완벽한 행운

완벽한 행운

주영하 장편소설

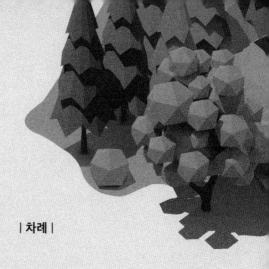

| 차례 |

1부

새천년새교회 기도실에는 거센 숨소리만 가득했다. 두 사람의 불규칙한 호흡이 3평도 채 되지 않는 좁은 공간 안에서 뒤섞이고 있었다. 지훈은 큰 숨을 힘겹게 삼키고는 눈을 부릅떴다. 눈앞에 펼쳐진 광경을 도무지 믿을 수가 없었다.

바닥에는 목각 십자가로 머리를 후려 맞은 남자가 널브러져 있었다. 흰 가운이 훌렁 밀려 올라가 벌거숭이 하체가 고스란히 드러난 모습에서는, 보육원 원장의 위엄도 목사의 권위도 찾아볼 수 없었다. 털이 숭숭한 하체는 오줌과 체액으로 뒤덮여 있었고 움푹 파인 머리 주위로는 피 웅덩이가 점점 번져갔다.

지훈은 원장의 코끝에 떨리는 손을 가져다 댔다. 숨이 느껴지지 않았다.

죽었다. 원장이 정말 죽은 것이다. 그것도 명호가 휘두른 목각 십자가에 몇 번이고 머리를 얻어맞아서. 좃됐다 소리가 절로 나오는 한편, 보육원을 억압과 공포로 지배하던 원장이 이토록 쉽게 뒈졌다는 게 믿기지 않았다. '나를 믿으면 천국에 이르리라. 나와 함께 영원히 살리라.' 원장이 설교대에서 외쳤던 말이 무색하게도, 그 역시 한낱 인간일 뿐이었다.

원장의 죽음을 확인하자 까마득한 공포가 덮쳐왔다.

"이 미친 새끼야!"

지훈은 명호를 홱 돌아보며 소리쳤다. 목각 십자가를 움켜쥔 명호는 가슴을 가쁘게 들썩거리고 있었다. 십자가에는 살점과 머리카락이 피와 함께 엉겨 붙어 있었고, 입고 있는 중산 중학교 육상부 유니폼에는 피가 잔뜩 튀어 있었다.

"진짜 주, 죽었다고. 어쩌자고 그랬어! 제정신이야?"

지훈이 명호의 어깨를 잡아 흔들며 외쳤다.

무방비하게 흔들리던 명호는 겨우 정신이 들었는지 혼탁하던 눈동자에 초점이 돌아왔다. 원장의 머리를 가격하는 동안 분노에 휩싸여 제정신이 아닌 듯 보였던 명호는 이제야 자신이 저지른 일을 실감한 듯 몸을 떨기 시작했다.

"그, 그만 좀 흔들어."

"대체 왜 그런 거야, 어?"

"……."

계속되는 지훈의 다그침에도 명호는 시선을 피하며 입을 다물었다.

"원장이 너한테 맞아 죽었다고. 너 지금 살인자 된 거야!"

내내 잠자코 있던 명호가 지훈의 '살인자'라는 비난에 울컥하는 표정을 지었다.

"입 다물고 있지 말고 뭐라고 말이라도 좀 해봐. 도대체 왜 그랬……!"

그때 명호가 지훈의 말을 자르며 빽 소리를 질렀다.

"그럼 그냥 놔둬? 네가 원장한테 뭔 짓거릴 당할지 뻔히 아는데 보고만 있어야 했냐고!"

명호가 십자가를 내동댕이치며 내지른 말에 지훈은 돌덩이처럼 굳어버렸다. 순간 가슴이 서늘해졌다. 오줌과 체액을 싸지른 원장의 벌거숭이 하체로 무심코 눈길이 향했다.

그럴 리 없다. 명호가 봤을 리가, 알고 있을 리가 없었다.

하지만 그런 바람이 허망하게도 지훈의 머릿속에서는 자연스레 퍼즐이 맞춰졌다. 조금 전 기도실 문을 벌컥 연 명호는 지훈의 어깨에 손을 댄 원장을 보자마자 목각 십자가를 집어 들었다. 그러고는 두 사람이 뭘 하고 있는지 물어보지도 않고, 심지어 놀라지도 않고서 분노에 휩싸여 원장의 머리를 몇 번이고 내리쳤다. 분명한 살의를 담아, 죽이겠다는 일념으로.

지훈은 원장이 죽었다는 사실보다 명호가 모든 걸 알고 있었다는 사실이 더욱 끔찍했다. 치욕과 모멸감으로 전신이 떨릴 지경이었다.

"너…… 무, 무슨 소리야? 내가 원장한테 뭘 당해?"

지훈은 떨리는 목소리를 간신히 가다듬었다.

"내가 모를 줄 알아? 저 변태 새끼가…… 몇 번이나 그랬잖아! 시험 잘 봐서, 수학 경시대회 뽑혀서, 반장 돼서, 상 주겠다는 핑계로⋯⋯. 맨날 여기로 부른 거 내가 모를 줄 알았냐고!"

"미쳤어, 말도 안 돼. 너 대체 무슨 개소리를 하는 거야?"

"어떻게 이 지경이 될 때까지 나한테 말을 안 할 수가 있어!"

지훈은 속으로 비명을 질렀다. 명호의 입을 틀어막고 싶었다.

보육원을 벗어나 대학에 가기 전까지 몇 년만 참으면 된다고 생각했다. 원장의 손길이 벌레처럼 느껴졌지만 그 손에서 각종 경시대회 참가비가 나오고 있었다. 여기를 떠나 서울에 있는 대학교에만 들어간다면, 이 끔찍한 일은 모두 뇌리에서 지워질 거라 믿었다. 애초에 존재하지 않았던 일처럼 사라질 거라 생각했다.

단, 아무도 모른다는 전제하에.

그러자 또 다른 무서운 가정이 뇌리를 스쳤다.

"호, 혹시⋯⋯ 이태헌도 알아?"

지훈이 쥐어짜는 듯한 목소리로 물었다.

석지훈, 장명호, 이태헌 세 사람은 새천년새교회에서 운영하는 천사들 보육원에서 함께 자란, 절친한 친구 사이였다. 다섯 살 때 부모를 차 사고로 잃고 보육원에 들어온 지훈, 부모의 경제적 사정 때문에 보육원에 맡겨진 명호, 태어나자마자 보육원에 버려진 태헌. 각자 보육원에 입소한 이유는 달랐지만 세 사람은 서로에게 친구를 넘어 친형제나 다름없었다.

그중 지훈은 본인이 세 사람을 이끄는 리더에 가깝다고 생각했다. 물론 명호와 태헌은 죽었다 깨어나도 인정하지 않겠지만. 그러나 힘세고 성격 급한 명호가 사고를 칠 때마다, 몸집은 크지만 마음이 여린 태헌이 호구 잡힐 때마다, 나서서 일을 해결하고 수습하는 건 바로 그였다.

이러한 일이 반복되자 지훈은 명호와 태헌을 자신이 책임져야 한다고 생각하게 됐다. 이 모든 걸 견디고 반드시 좋은 대학에 진학하리라 결심하게 된 이유이기도 했다. 하지만 그렇다고 해서 두 사람과 모든 걸 공유할 필요는 없었다.

어떻게 말 안 할 수가 있느냐고?

때로는 두 사람이 몰라야 하는 일도 있다. 아니, 가족만큼 가깝기 때문에 더욱 몰랐으면 하는 일이었다.

더욱이 태헌이라니. 항상 자신이 돌봐주고 이끌어줘야 했던 그가 이 일을 알고 있다고 생각하자, 수치심 때문에 혀라도 깨물고 죽고 싶은 심정이었다.

"말해봐. 이태헌은 어디까지 아는데!"

지훈이 새하얗게 질린 얼굴로 목소리를 높였다. 조개처럼 입을 다문 명호를 보자 두려움은 눈덩이처럼 불어났다. 잠시 후 명호는 지훈을 보며 고개를 저었다.

"이태헌은 몰라."

명호의 말에 지훈은 비틀거리며 의자에 주저앉았다. 비릿한 피 냄새가 기도실을 가득 메워 머리가 어질어질했다.

두 사람 다 입을 다물자 기도실 안에는 적막이 감돌았다. 입씨름이 끝나고 나니 원장을 살해했다는 거대한 문제가 다시 두 사람을 압도했다.

"이제 어떡할 거야?"

지훈은 또래보다 이성적이고 차분한 편이라 자부했지만, 지금은 무엇을 해야 할지 감이 오지 않았다. 경찰이나 구급대원을 불러야 하나, 아니면 다른 누군가를 불러야 하나, 일단 시신에 뭐라도 덮어놓아야 하나. 수만 가지 생각이 머릿속에서 요동치고 있을 때였다.

"목사님?"

기도실 문이 벌컥 열렸다. 뒤이어 기도실 안으로 얼굴이 하얗고 둥근 여자가 들어섰다. 사이비 목사이자 학대의 주범인 원장을 신처럼 떠받드는 여전도사였다. 여전도사는 바닥에 널브러진 원장의 시신을 보고는 얼굴을 일그러뜨리더니 이내 비명을 질렀다. 울부짖는 소리가 기도실 안에 메아리쳤다.

지훈은 두려움과 공포심에 전신이 얼어붙어 꼼짝할 수가 없었다. 오금이 저렸다. 무엇을 어떻게 해야 할지 정하지도 못했는데 무방비하게 들켜버린 것이다.

망했다, 망한 거야!

그때 명호가 잽싸게 지훈의 팔을 잡아챘다. 둘은 엉덩방아를 찧은 채 엉엉 울고 있는 여전도사를 가뿐히 뛰어넘어 달리기 시작했다. "미쳤어? 어디 가?" 지훈이 소리쳤지만 명호는 대답이 없었다. 지훈은 명호에게 이끌려 그대로 예배당을 빠져나왔다. 머릿속은 새하얬지만, 두 다리는 어찌 된 일인지 앞을 향해 기계적으로 내달리고 있었다.

밖으로 나오자 시리고 찬 바람이 얼굴을 후려쳤다. 그새 눈이 왔는지 넓은 교회 앞마당에는 보슬보슬한 눈이 쌓여 있었다. 지훈은 명호에게 붙들려 달리면서도 뒤를 돌아봤다. 새천년새교회 현판을 단 교회 옆에 낡은 보육원 건물이 자리하고 있었다.

늘 지겹도록 보던 광경이었지만 어딘가 낯설게 느껴졌다. 그 순간 누가 알려주지 않았는데도 저절로 알게 됐다.

앞으로 인생이 완전히 달라지리라는 것을.

"빨리 좀 달려! 경찰한테 잡히고 싶어?"

뒤돌아보느라 속도가 지체되자 명호가 소리쳤다. 지훈은 보육원에 머물렀던 눈길을 거두고 달아나는 걸음에 속도를 높였다.

두 사람은 단층 건물이 띄엄띄엄 늘어선 마을을 가로지르고 개울가와 넓게 펼쳐진 차밭을 지났다. 어느덧 해가 저물었다. 잠시도 쉬지 못한 다리가 돌덩이처럼 무거웠다. 땅바닥이 발뒤축을 잡아당기는 것 같았다.

잡목과 수풀이 우거진 외진 길을 지날 무렵 어디선가 사이렌 소리가 들렸다. 한 대가 아니었다. 경찰차 여러 대의 사이렌 소리였다. 지훈은 목 끝까지 두려움이 차올랐다. 계속 달아나고 싶었지만 이제 더 이상 단 한 걸음도 내디딜 수가 없었다. 지쳐 보이기는 명호도 매한가지였다.

"더는 못 가겠어."

지훈은 덤불 사이에 털썩 주저앉았다. 전신에 힘이 하나도 없었다. 명호는 사이렌 소리가 들려오는 곳을 짐작해보려는 듯 멀리 눈길을 던졌다가 지훈 옆에 앉았다.

　한동안 두 사람 다 말이 없었다. 거칠게 몰아쉬던 숨소리가 잦아들자 바람에 숲이 울부짖는 소리만이 들려왔다.

　찬바람에 땀이 식어가자 지훈은 조금씩 현실 감각이 돌아오는 것 같았다. 제일 먼저 든 생각은 왜 도망쳤을까 하는 것이었다. 왜 무턱대고 명호를 따라온 걸까. 저 자식이 얼마나 대책 없는지 알면서.

　원장을 가격하는 명호를 말리지 못한 것도, 무턱대고 따라 도망친 것도 얼마나 멍청한 짓이었는지 실감이 났다. 도망치는 것은 아무런 해결책이 될 수 없었다. 그렇게 죽을 듯이 도망쳤지만 아직도 중산을 벗어나지 못했다.

　그새 사이렌 소리가 아까보다 더 가까워졌다. 결정을 내려야 할 때였다. 지훈은 결심이 선 얼굴로 몸을 일으키고는 명호를 똑바로 쳐다봤다.

　"자수하자, 우리."

　"……."

　명호는 대답 없이 눈길을 피했다.

　"그렇게까지 큰 벌 받진 않을 거야. 우리 아직 촉법소년이잖아."

　"……우리? 웃기지 마. 너야 도망친 게 다니까 그런 소리 할 수 있는 거지. 원장을 죽인 건 나라고."

　"그건 내가 잘 설명할게. 네가 오해한 거긴 하지만 나 때문이었다고, 네가 나 도우려다가 그런 거라고, 죽일 생각까진 없었다고 내가 진술하면 되잖아."

지훈의 말에 명호의 눈이 커졌다. 얼굴이 일그러지더니 금세 분노가 들어찼다.

"야, 석지훈. 너 지금 이 상황에서도 그런 말이 나와? 오해는 무슨 오해야. 너 원장한테 당한 거 맞잖아!"

"뭔 소리야. 아니라니까? 왜 내 말을 안 믿는 건데!"

"그게 어떻게 오해야? 네가 아니라고 하면 있던 일이 없는 게 돼? 내가 너 때문에 원장을 죽였는데, 지금 니 같잖은 존심이 문제야?"

"그니까 왜 나한테 물어보지도 않고 일을 치냐고. 넌 항상 그게 문제야!"

지훈과 명호가 시뻘게진 얼굴로 목소리를 높이는 동안에도 사이렌 소리는 한층 더 가까워져왔다. 이제 사이렌 소리뿐 아니라 여러 대의 경찰차가 흙길을 달리느라 자갈이 구르는 소리까지 지척에서 들릴 정도였다.

다급해진 명호가 지훈의 팔뚝을 움켜쥐며 말했다.

"너 똑똑히 들어. 네가 원장한테 당한 사실 제대로 얘기 안 하면, 나 진짜 깜빵 가야 돼. 정상참작인가 뭔가 그거 받아야 할 거 아냐."

"……"

"네 맘 알아. 무슨 일 당했는지 알려지는 게 죽기보다 싫겠지. 근데 그거 땜에 내가 빵에서 썩어야겠냐?"

지훈은 턱이 아릴 정도로 이를 악물었다. 여러 가지 말들이 뒤섞였지만 목구멍 밖으로 토해져 나오는 말은 없었다. 그때 경찰차 여러 대가 시야에 나타났다. 사이렌 불빛이 어지럽게 흔들리더니 급정거한 차에서 경찰 여러 명이 내렸다.

명호는 황급히 지훈의 어깨를 잡아 흔들었다.

"야, 왜 대답이 없어. 어?"

명호의 얼굴에 초조함이 번졌다. 지훈은 소리치며 다가오는 경찰과 명호를 번갈아 봤다. 찰나의 순간 머릿속에 수만 가지 생각이 뒤엉켰으나 곧 한 가지 생각만이 명료하게 떠올랐다.

지훈은 마음의 결정을 내리고는 명호를 정면으로 응시하며 입을 열었다.

"걱정 마. 네 인생 앞으로 내가 책임질게."

"······뭐?"

"장명호 네 인생 내가 끝까지 책임진다고!"

그게 무슨 말이냐고 명호가 물을 새도 없이 경찰이 두 사람을 체포했다. 경찰은 미란다 원칙을 고지하고 두 사람을 경찰차로 끌고 갔다.

"야, 무슨 뜻인지 대답하라고!"

명호가 목이 터져라 소리 질렀지만 지훈은 입을 열지 않았다.

시간은 빠르게 흘렀다.

얼마 뒤 법원 소년부에서 재판이 열렸다. 법정에서 지훈은 증인석에 섰다.

그리고 양심에 따라 숨김과 보탬이 없이 사실 그대로 말하겠다고 선서했다.

2

햇볕이 칼날처럼 내리꽂히는 늦은 오후였다.

지훈은 캐리어를 끌며 중산 고속버스 터미널 건물을 빠져나왔다. 몇 걸음 채 걷지도 않았건만 전신이 땀으로 척척하게 젖어들었다. 내리쬐는 햇볕이 정수리를 뜨겁게 달군 탓이었다. 호흡할 때마다 습기 찬 숨이 폐부로 밀려들어 왔다.

꿉꿉한 공기가 피부에 들러붙는 불쾌함. 지훈은 정말이지 여름이 싫었다. 비단 더위 때문만은 아니었다. 경험상 높은 확률로 나쁜 일은 여름에 일어나고는 했다.

덥다…….

지훈은 손부채질을 하다 정문 유리창에 비친 자신의 몰골을 쳐다봤다.

땀에 전 채 꾸깃꾸깃해진 셔츠, 솔기가 뜯어진 정장 바지에 지저분한 스니커즈, 사방으로 뻗친 머리, 터질 듯 불뚝한 캐리어. 이 모든 것이 에르메네질도 제냐 정장에 에르메스 스니커즈, 청담동 바버숍에서 손질한 헤어컷, 루이비통 캐리어라는 사실이 무색할 지경이었다.

이래서야 영락없는 도망자의 모습이 아닌가. 그 누가 자신을 BK 증권사에서 잘 나가던 IB맨이라 생각할까. 늘 칼 같은 정장 차림에 넥타이핀과 커프스로 슈트룩을 마무리했던 지훈으로서는 치욕적일 만큼 형편없는 꼴이었다.

하긴 도망자라 해도 반박할 말은 없었다. 미친 듯이 쫓기다가 빌딩 옥상에 거꾸로 매달려 협박당하고 야반도주하듯 짐을 싸든 채 여기로 숨어들었으니.

문득 대학 졸업 이후 10여 년간 끊었던 담배 생각이 절실해졌다. 무심코 손이 주머니로 향했으나 잡히는 건 홀스 껍질밖에 없었다.

지훈은 홀스 껍질을 다시 주머니에 넣으며 눈앞의 정경을 찌푸린 얼굴로 쳐다봤다.

중산. 또다시 중산이었다.

그렇게 벗어나려 애썼건만 벗어나지 못한 과거가 발목을 붙들고 있는 곳.

지긋지긋해 미칠 것 같으면서도 벼랑 끝에 내몰리자 찾아올 곳이 여기밖에 없었다.

지열 때문에 중산 시내는 기름 속에서 드글드글 들끓는 것처럼 보였다. 가장 번화가라 불리는 곳이지만 길 양옆으로는 오래되고 허름한 건물들이 즐비했다. 곳곳에는 낡은 유흥업소 간판들이 매달려 있었고 공중에는 시커먼 전깃줄들이 어지럽게 엉켜 있었다. 지훈의 눈에는 90년대, 잘 봐줘도 2000년대 초반의 서울 변두리 유

홍가처럼 보였다.

　이 동네는 어떻게 예나 지금이나 달라진 게 없을까. 그런 생각을 하며 번화가를 마저 둘러보는데 주머니 속 핸드폰이 울렸다. 가슴이 덜컹 내려앉았다. 긴장된 손으로 핸드폰을 꺼내보자 화면에는 예상대로 '내돈떼먹음지옥'이라는 발신자의 이름이 떠 있었다. 발신자 본인이 직접 저장한 이름이었다.

　지훈은 마른침을 삼키며 핸드폰을 쳐다봤다. 받을까 말까 잠깐 고민을 하다 종료 버튼을 눌렀다. 어차피 핸드폰 너머에서 지껄이는 소리는 지금까지와 토씨 하나 다르지 않을 것이다. 기한을 줘놓고도 이렇게 전화를 해댄다는 건 심리적인 압박을 계속 가하겠다는 뜻이었다. 상대방의 빤한 의도에 놀아나고 싶지는 않았다.

　그런데도 새까맣게 암전된 핸드폰을 보자 불안감이 밀려오며 입안이 까끌까끌해졌다. 손이 또 무심코 주머니로 향했다. 여전히 홀스 껍질만 잡혔다.

　지훈은 침착하려 애쓰며 터미널 주위를 둘러봤다. 저만치 앞에 자리한 가판대 매점 하나가 보였다. 어렴풋이 오래전부터 저 자리에 있던 가판대라는 게 생각났다.

　지훈은 캐리어를 드르륵 끌며 가판대로 걸어갔다. 머리가 새하얗게 센 주인 할머니가 무료한 얼굴로 앉아 있었다. 지훈은 캐리어를 옆에 세워놓고 가방을 뒤졌다.

　분명 지갑을 챙겼던 거 같은데…….

　지훈은 가방 밑바닥에서 반지갑을 찾아 체크카드를 꺼내려다가 멈칫했다. 통장에는 28억가량의 돈이 있지만 쉬이 찾아 쓸 수 없는 돈이었다. 신용카드도 세 개나 꽂혀 있었지만 그림의 떡이나 마찬가지였다. 카드론과 현금서비스로 한계까지 돈을 빌린 데다 신용카드 한도가 다 찰 때까지 물건을 사고서는 중고시장에 팔아 현금으로 바꿨으니까. 물론 그 돈들은 저 28억이라는 돈에 포함돼 있었다.

홀스 하나 살 수 없는 신세라니. 어떻게 사람 인생이 이렇게까지 꼬꾸라질 수 있는지 기가 찰 지경이었다.

지훈은 할 수 없이 지갑을 뒤져 현금을 찾았다. 다행히도 5000원짜리 지폐 한 장이 남아 있었다. 그렇게 5000원을 꺼내 쥐고 홀스를 사려는데 그 순간, 가판대의 작은 창에 붙은 종이가 시선을 사로잡았다. 두꺼운 검은색 매직펜으로 '로또 당첨금 이번 회차 실수령액 40억!'이라고 써놓은 종이였다. 그제야 지훈의 눈에 가판대에 붙은 로또 판매 표지판이 보였다.

로또라…….

지훈은 손에 쥔 5000원짜리 지폐와 '로또'라는 글자를 번갈아 쳐다봤다. 평소의 그라면 생각조차 하지 않을 일, 바라지도 않을 요행이었다. 하지만 너무 충격적인 일을 단시간에 겪어서일까. '로또'라는 글자를 보자마자 머릿속에서 절로 희망찬 망상이 피어올랐다.

1등에 당첨된다면 무려 40억이다. 거기다 전세금, 예금, 투자상품, 코인, 대출, 신용카드 현금서비스 등 모든 수단을 활용해 통장에 모아놓은 돈이 28억. 태평에게 50억을 준다 해도 18억이 남는다. 그뿐인가. 나중에 해외로 날라버린 박지상 팀장을 붙잡아 휴지

조각이 된 50억에 대한 책임을 묻고 그 일부라도 받아낸다면, 빼앗긴 돈을 어느 정도 만회할 수 있는 것이다.

지훈은 저도 모르게 입맛을 다시다 침을 삼켰다. 40억이라는 숫자에서 눈을 뗄 수가 없었다.

그때 지훈의 귓가에 탁한 목소리가 들려왔다.

"사."

누가 말한 건가 싶어 두리번거리던 지훈이 가판대를 쳐다봤다. 주인 할머니가 내뱉은 말이었다. 무기력해 보이는 외견과는 달리 힘 있고 확신에 찬 목소리였다.

"너한테 갈 거 같으니까 사라고."

주인 할머니는 웃는 건지 우는 건지 모를, 잔뜩 주름진 얼굴로 정면만 바라보고 있었다. 자세히 살펴보니 눈동자가 혼탁하고 시선 처리가 불분명했다. 앞이 잘 보이지 않는 것 같았다.

그러고 보니 저 할머니. 20년도 더 전부터 똑같은 얼굴로 여기 있었던 거 같은데.

지훈은 주인 할머니가 뭘 보고 저런 소리를 하는 건가 싶어 허탈하게 웃었다. 부추기는 말을 들으니 오히려 찬물을 맞은 듯 정신이 들었다.

상식적으로 생각해서 당첨될 리 없지 않은가. 8백만분의 1 정도 확률이라는데.

신이 자신에게 그렇게 호의적일 리가 없었다. 똥통에 처박아버리지나 않으면 다행이지.

"아뇨, 됐습니다. 홀스나 하나 살게요."

지훈은 5000원을 내밀고 홀스를 집어 들었다.

"이런, 줘도 못 먹는 인간 같으니라고……. 그래설랑 20년 전 빚은 어떻게 갚으려고 그래?"

주인 할머니는 못마땅한 표정으로 잔돈을 거슬러주었다. 20년 전 빚이라니. 주인 할머니가 사람을 착각한 것 같았다.

아무리 그래도 그렇지. 주인 할머니의 퉁명스러운 태도에 불쾌해지려는 찰나 "히야, 이거 석지훈 아냐?" 하는 목소리가 들렸다. 지훈은 순간 명호인 줄 알고 긴장했다. 하지만 소리 난 곳을 돌아보자 둥글둥글한 몸집의 태헌이 땀을 뻘뻘 흘리며 걸어오고 있었다. 지훈은 인상을 찌푸렸다.

"언제 적 장난질이야?"

어린 시절부터 태헌의 특기는 성대모사였다. 특히 지훈과 명호에 한해서는 목소리뿐 아니라 행동거지의 특징 또한 어찌나 잘 흉내 내는지, 그것도 재주라면 재주였다.

오랜만에 보는 얼굴이 반가워 지훈은 금세 표정을 풀고 태헌에게로 걸어갔다. 땡볕 아래 더 버티고 서 있다가는 몸이 녹아내릴 것 같았다. 그러다 문득 누군가 뒤통수를 잡아당기는 듯한 느낌에 가판대를 돌아봤다. 덩치 큰 남자가 5000원을 내밀며 로또를 사려하고 있었다. 그때 남자의 손목에 개구리 문신이 언뜻 보였다. 주인 할머니가 로또를 맞잡은 채 좀처럼 놓아주지 않는 모양인지, 둘은 작은 실랑이를 벌이는 중이었다.

"못 줘. 이거 네 거 아냐!"

"이 할망구가 뭔 소리 하는 거야? 내가 방금 돈 주고 샀는데."

만약 저 로또가 당첨된다면 나는 평생 후회하겠지. 지훈은 실없는 생각을 하며 뒤돌아 태헌에게 걸어갔다.

지훈과 태헌은 다세대주택이 밀집한 동네 골목길을 올랐다. 드르륵거리며 캐리어 끄는 소리가 적막한 길에 울려 퍼졌다. 그리 가파른 길도 아니건만 내리쬐는 직사광선 때문에 두 사람의 등줄기로 끊임없이 땀이 흘러내렸다.

지훈은 처음에는 중산에 머무는 동안 늘 그랬듯이 태헌의 집에서 신세 질 생각이었다. 한 푼이 아까운 상황이라 모텔에서 묵을 수는 없는 노릇. 부탁할 만한 사람이 없는 건 아니었지만 지금 같은 꼴로는 누구도 만나고 싶지 않았다. 하지만 태헌은 잠시 곤란해하더니 아는 형 집이 빈다며 그곳에서 편하게 지내는 게 어떻겠냐고 제안했다.

지훈은 묵을 곳만 있다면 어디든 상관없었다. 아는 형 집 주소를 메시지로 보내달라고 했으나 태헌은 굳이 터미널까지 데리러 나왔다. 거절했던 게 미안한 모양이었다.

"아니, 내가 변명하는 게 아니라……. 우리 집이 얼마나 더러운 줄 알아? 어제는 바퀴벌레가 여기저기서 막 튀어나와서 난리도 아니었어. 제대로 잡지도 못했고……. 너 오늘 우리 집 왔으면 진짜 기겁했을걸?"

지훈은 옆에서 헉헉거리며 말을 쏟아내는 태헌을 쳐다봤다. 마지막으로 봤을 때보다 몸집이 더 푸짐해 보였다. 얼마 전 중앙시장 먹자골에서 꼬치 푸드트럭을 시작했다더니 판 것보다 먹은 게 더 많은 것 같았다. 아니면 유도를 했을 때 불려놓았던 근육이 모두 살로 변했거나.

그래도 쉴 새 없이 떠들어대는 태헌의 말을 들으니 불안감이 조금이나마 사라지는 듯했다. 잠시 잊고 살았던 중산에 대한 기억과 어린 시절의 추억이 되살아나며, 서울에서 있었던 일들이 꿈이었나 싶을 만큼 비현실적으로 느껴졌다. 지훈은 태헌의 말을 흘려듣다가 간간이 맞장구를 쳐주기도 했다.

사실 최근 몇 년간 지훈은 중산과 명호, 태헌을 멀리하려 했다. 발목을 잡아채는 관계의 무게에서 벗어나고 싶었기 때문이다. 아무리 높은 곳으로 올라가려 해도, 초라한 과거 때문에 그 역시 초라한 꼴을 벗어나지 못하는 것 같았다. 그만큼 고향과 어린 시절의 두 친구는 지훈을 태생적으로 규정짓는 존재였다.

하지만 이 모양 이 꼴이 되니 찾게 되는 것은 결국 이곳 그리고 그들뿐이었다.

골목 끝에 다다르자 태헌은 낡은 다세대주택의 대문을 열고 안으로 들어갔다. 건물 외벽 계단을 오르자 2층에 페인트칠이 군데군데 벗겨진 현관문이 보였다. 태헌은 말라비틀어진 화분 아래에서 열쇠를 꺼내 현관문을 열었다. 지훈은 진심으로 90년대로 돌아간 기분이 들었다.

태헌을 따라 안으로 들어가자 너저분한 집 안 꼴이 한눈에 보였다.

"상민이 형은 지금 서산에 출장 가 있거든. 괜찮다고 했으니까 편하게 써."

"어…… . 근데 이건 무슨 냄새야?"

지훈이 코밑을 쓸며 묻자 태헌은 픽 소리를 내며 웃었다.

"하여간 깔끔 떠는 건 여전하네. 그래도 우리 집보단 훨씬 나을 거야."

가구 몇 개만 덜렁 놓인 집 안은 환기가 되지 않아 텁텁한 공기가 맴돌았다. 전형적인 남자 혼자 사는 집이었는데, 그나마 곳곳에 놓인 사진 액자가 삭막함을 조금이나마 덜어주었다. 상민이 형이라는 사람은 경찰인지, 임관식 때 제복을 입고 부모님과 찍은 사진이 보였다. 그 옆으로는 낚시 동호회에서 태헌과 찍은 사진도 있었다.

지훈이 캐리어를 내려놓고 집 안을 둘러보자, 태헌은 할 일을 마쳤다 싶었는지 현관에서 신발을 신으며 나갈 준비를 했다.

"짐 풀고 쉬고 있어. 오랜만에 중산 왔는데 한잔하러 가야지?"

"그럴까? 이따 저녁때 중앙시장으로 갈게."

지훈이 대답하자 태헌은 우물쭈물 다음 말을 망설였다. 지훈은 그가 무슨 말을 하고 싶은지 알 것 같았다. 사실 먼저 꺼내고 싶은 말이었지만 자존심 때문에 입속에서 맴돌고 있던 차였다.

"저기…… 있잖아, 지훈아. 기분 나빠 하지 말고 들어. ……명호는 어떡할까? 같이 볼래?"

태헌은 눈치를 살피다가 조심스럽게 말을 꺼냈다. 덩치만 컸지

예전 성정 그대로였다. 어린 시절부터 줄곧 해오던 유도를 고등학생 때 그만둔 이유도, 그가 마음 여리고 소심한 평화주의자이기 때문이었다.

1년 전 지훈과 명호 사이가 크게 틀어진 후 누구보다 두 사람 관계를 회복시키려 노력했던 것도 태헌이었다. 지훈과 명호 사이에서 말을 전달하는 역할을 하는가 하면 대신 욕받이가 돼주기도 했다.

"글쎄, 걔가 시간이 될라나. 장명호한테 물어봐."

지훈은 태연한 척 확답을 주지 않고 공을 넘겼다. 명호를 반드시 만나야 했지만, 애가 타는 티를 내고 싶지는 않았다.

"아, 그래? 넌 괜찮다 이거지? 그럼 내가 명호한테 연락해볼게."

태헌은 어지간히 기뻤는지 헤벌쭉 웃더니 집을 나가려다, 다시 돌아봤다. 지훈이 쳐다보자 할 말이 더 남은 것처럼 뜸을 들이다 입을 열었다.

"너 와서 진짜 좋다. 안 그래도 너한테 상의할 일이 좀 있었거든……."

"뭔데?"

"이렇게 할 얘긴 아니고. 나중에 시간 따로 내줘. 그럼 나 진짜 간다."

지훈이 더 물어볼 새도 없이 태헌은 서둘러 집을 빠져나갔다.

태헌이 사라지자 좁은 집 안에는 먼지처럼 침묵이 내려앉았다. 지훈은 핸드폰을 든 채 낡은 가죽 소파에 풀썩 앉았다. 먼지가 왈칵 일었다. 오만상을 찌푸린 지훈은 그대로 일어나 서성거렸다. 소파도 바닥도 앉을 만한 곳이 되지 못했다.

지훈은 거실을 왔다 갔다 하며 핸드폰에서 명호의 연락처를 찾았다. 화면에 '장명호' 이름 세 글자가 떴다. 무게추를 단 듯 마음이 깊숙이 가라앉았다.

명호는 열다섯 살에 보육원 원장을 살해한 혐의로 10호 처분을 받고 2년간 소년원에 다녀왔다. 사회로 복귀한 그는 질 안 좋은 무리와 어울려 다니면서 학교에도 거의 나가지 않았다. 지훈은 불안하고 걱정됐지만 명호에게 훈계를 늘어놓을 수 있는 처지가 아니었다. 왜 명호가 원장을 살해했는지, 왜 소년원에 다녀왔는지. 두 사람 사이에 그 화두가 떠오르는 순간 지훈은 명호 앞에서 말없이 고개 숙여야 하는 죄인이었다.

그래서 명호가 엇나갈수록, 지훈은 그의 인간관계와 경험치가 조금 넓어지는 것뿐이라고 스스로 위안할 수밖에 없었다. 하지만 명호가 고등학교를 자퇴하고 가로회에 들어가면서부터는 상황이 달라졌다. 가로회는 중산 일대 유흥업, 성매매업, 도박장, 게임장 등의 사행산업을 꽉 잡고 있는 조직이었다.

가로회에서 운영하는 가로 대부업체의 말단 직원으로 입사한 명호의 모습은 제 옷을 입은 것처럼 자연스러웠다. 더 능글맞고 뻔뻔스러워졌으며 미래에 대한 불안감이 사라진 듯 편안해 보였다. 그제야 지훈은 명호가 완전히 다른 세계로 진입했다는 걸 인정할 수밖에 없었다.

반면 그동안 지훈은 정반대의 길을 걸었다. 중산 고등학교에서 전교 1등을 도맡아 하다가 서울대학교 경제학과에 입학했다. 졸업 후에는 국내 최고 기업 중 하나인 BK증권사에 입사했다. 말단 신입 사원 시절을 지나 에이스로 이름을 날리기까지 그리 오랜 시간이 걸리지 않았다. 매년 받는 성과급도, 성과평가도 최고 수준이었다.

대학 입학 후 십여 년간 지훈은 명호가 돈이 필요할 때면 언제든 ATM기를 자처했다. 대학생 때는 장학금 때문에 아등바등 성적에 매달리면서도 닥치는 대로 과외와 아르바이트를 병행해 돈을 벌었다. 보육원을 퇴소하고 손에 쥔 건 자립정착금 300만 원뿐이었는데, 당시 명호는 가로 대부업체에 들어간 지 얼마 되지 않아 월급이 쥐꼬리만 했던 터라 툭하면 손을 벌리기 일쑤였다. 게다가 아르바이트를 전전하던 태헌마저도 어려울 때마다 도움을 요청했다. 과외를 하던 지훈만이 큰돈을 벌 수 있었다. 입사 전까지 어떻게 살았나 싶을 만큼 지훈은 당시 기억이 흐릿했다. 오로지 돈, 돈, 돈을 벌기 위해 몸을 갈아넣은 기억밖에 없었다.

입사 후에도 마찬가지였다. 명호의 집 전세보증금도, 명호 어머니의 병원비도 모두 지훈의 주머니에서 나왔다. 마땅한 일이라 생각했고 명호에게 쓰는 돈은 조금도 아깝지 않았다. 그의 인생을 보상해주기 위해서라도 평생 해야만 하는 일이라 생각했다. 하지만 명호의 돈 요구는 날이 갈수록 뻔뻔해졌고 부르는 금액 또한 높아졌다. 최근 5년 동안 준 돈이 무려 2억에 달했다.

뿐만 아니었다. 명호는 지훈이 준 돈 일부를 엉뚱한 곳에 쓰기도 했다. 유흥비와 사고 합의금으로 꽤 큰 금액이 지출된 걸 나중에야 알고 지훈은 불같이 화를 냈다. 돈도 돈이지만 어머니 병원비라고 거짓말을 하고 돈을 받아 간 것에 큰 실망감이 들었다.

한번 신뢰에 금이 가자 불편한 마음은 삽시간에 눈덩이처럼 커졌다.

전에도 거짓말을 해서 돈을 가져간 적이 있지 않을까. 이만하면 할 도리를 다한 게 아닐까. 언제까지 이렇게 돈을 대줘야 하는 걸까. 지훈은 점점 마음속에서 과거의 일과 현재의 돈을 저울질하게 됐다. 그러다가 결국 1년 전 어머니 병원비를 또 보태달라는 명호의 말에 지훈은 쌓였던 감정이 폭발했고, 두 사람 사이가 완전히 틀어진 것이다.

지훈은 재차 핸드폰 화면에 뜬 명호의 연락처를 쳐다봤다. 통화 버튼을 누를까 말까 몇 번이나 손가락을 움찔거렸다. 망설임 섞인 한숨이 터져 나왔다. 양가감정과 모순된 생각이 마음을 더욱 무겁게 했다. 결국 지훈은 통화 버튼으로 향했던 손가락을 물리고 핸드폰을 꺼버렸다.

이제껏 방화건설 외동아들 강태평의 비자금인 줄도 모르고 시키는 대로 50억을 굴렸다. 그러다 몽땅 날려버리기까지 했다. 이 일을 계획하고 지시했던 직속 팀장 박지상은 해외로 날라버렸다.

이 모든 사실을 명호가 알게 된다면 뭐라고 할까. 비웃을까, 고소해할까.

무엇보다 명호에게 돈 좀 빌려달라는 말은 어떻게 꺼낼 수 있을까.

이제 자신이 되레 명호에게 아쉬운 소리를 해야 한다는 사실에 심정이 참담해졌다. 그럼에도 매달릴 수 있는 상대는, 가로 대부업체 실장 직함을 단 명호뿐이었다.

머릿속이 복잡해지자 지훈은 나중 일은 나중에 생각하기로 하고 낡은 소파에 몸을 털썩 뉘었다. 또 먼지가 뿌옇게 일었다. 입 밖으로 욕설이 튀어나왔다.

느릿하게 해가 저물 무렵 태헌에게서 메시지가 도착했다. 저녁 7시까지 중앙시장 서서갈비 집으로 나오라는 내용이었다. 명호가 오는지는 쓰여 있지 않았다. 직접 나와서 보라는 말일까. 지훈은 태헌이 부쩍 의뭉스러워졌다고 생각하며 상민의 집을 나섰다.

저녁인데도 중산 시내는 후텁지근한 열기로 뒤덮여 있었다. 유흥업소 간판들이 번쩍거리는 이면도로는 오가는 사람들과 자동차로 번잡했다. 그 모습에 눈살을 찌푸리며 지훈은 도로를 건너 골목으로 들어갔다. 좁디좁은 골목을 지나 막다른 곳에 다다르자 세 사람의 단골 가게인 서서갈비 집이 보였다.

부옇게 불이 켜진 낡은 간판에는 날벌레들이 잔뜩 달라붙어 있었다. 그 아래 격자무늬 미닫이문 옆으로 널따란 등판이 보였다. 두껍고 탄탄한 몸체와 우뚝 솟은 키, 검은 반소매 티셔츠 차림에 구겨 신은 운동화, 군인처럼 두피 가까이 짧게 깎은 머리. 명호는 뒤돌아선 채 격앙된 목소리로 통화하는 중이었다. 담배를 피우는지 새까만 어둠 속으로 하얀 연기가 넘실댔다.

"씹새끼야, 너 어딨어. 네가 이러고도 사지 멀쩡할 줄 아냐? 다

들고 튀는 건 상도가 아니지. 인간적으로 반은 줘야 할 거 아냐!"

명호는 작년보다 몸집이 커진 것 같았다. 근육이 꽉 들어찬 팔뚝은 터질 듯 팽팽했다. 화가 나면 침을 뱉듯 말하는 버릇도 여전했다.

지훈은 발을 멈췄다. 그냥 지나쳐서 가게 안으로 들어가기도, 아는 척하기도 멋쩍은 상황이었다.

"너 튈 거면 제대로 튀어. 잡히면 진짜 찢어 죽여버릴 거니까."

그때 명호가 마지막 말을 짓씹듯이 내뱉고는 전화를 끊으며 홱 뒤돌았다. 무방비하게 서 있던 지훈은 명호와 정면으로 눈이 마주쳤다. 명호의 눈이 커졌다가 뱀처럼 가늘어졌다. 잠시 눈빛이 흔들렸지만 금세 표정이 여유로워졌다. 명호는 담배를 한 모금 깊이 빨아들이고는 휘이 휘파람 소리를 내며 숨을 뱉었다. 희뿌연 연기가 허공으로 흩어졌다.

"오랜만이다."

지훈이 먼저 입을 열었다. 어쨌든 오늘 이 자리에서 아쉬운 소리를 해야 할 사람은 자신이었다.

"그러게."

명호는 조금 전 통화는 별일 아니라는 양 능글맞고 뻔뻔한 목소리로 대답했다. 둘 다 태연한 척하고 있지만 미묘한 긴장감이 감돌았다.

"들어가자."

지훈의 어깨를 툭 친 명호가 먼저 가게 안으로 들어갔다. 지훈은 몰래 숨을 토해내며 뒤따랐다.

연기가 자욱한 가게 안은 땀을 뻴뻴 흘리며 싸구려 갈비를 먹는 사람들로 온통 북적거렸다. 먼저 도착한 태헌은 기름때로 번들번들한 원통 테이블에 앉아 갈비를 우적거리고 있었다. 뭐가 그리 좋은지 그의 입이 헤벌쭉 벌어졌다.

"뭐야, 둘이 이미 만났어?"

"어, 밖에서."

지훈이 물티슈로 의자에 묻은 기름기를 닦으며 대답했다. 태헌은 실실거리며 열심히 고기를 구웠고 명호는 앉자마자 소주와 맥주를 말아 한입에 털어 넣었다. 태헌이 마지막 남은 갈비를 불판에 올려놓고 4인분을 추가 주문하는 사이 명호는 빈 잔에 소맥을 따라 지훈에게 건넸다.

"잘 지냈냐?"

물티슈로 테이블을 닦고 있던 지훈이 고개를 들었다. 술도 담배도 끊은 지 벌써 10년이 넘었다. 당연히 명호도 그 사실을 알고 있었다. 지훈은 명호에게서 잔을 받아 훅 들이켜고는 그 잔에 다시 소맥을 말아서 되돌려주었다.

"그럼. 못 지낼 게 뭐가 있겠어. 너는?"

"졸라 잘 지냈지."

명호는 한쪽 입꼬리를 올려 웃으며 가뿐히 잔을 비웠다.

이후 지훈과 명호 둘 다 주거니 받거니 하며 술만 들이켰다. 근황에 관한 피상적인 대화만 오가는 둘 사이에서 즐거이 떠들어대는 건 태헌뿐이었다.

시간이 흐르자 지훈과 명호, 태헌 세 사람 모두 불콰하게 술기운이 올랐다. 쓸데없는 말들을 주절거리던 태헌은 졸기 시작했다. 주량이 소주 한 병에 못 미치는 지훈도 눈앞이 느릿하게 도는 것 같았다. 그때 명호가 글라스 잔에 소주를 따르며 이제껏 피해왔던 화두를 입에 올렸다.

"근데 어떻게 이렇게 입 싹 닦고 살았냐. 너 끼고돌던 최 선생 아버지 기일 때도 연락 한번 없고."

대수롭지 않은 말투였지만 지훈은 신경이 바짝 곤두섰다.

"뭐 사는 게 힘들다 보면 다 그렇게 되는 거 아니겠어?"

"다 그런 건 아니지. 네가 사람 새끼야, 아님 짐승 새끼야?"

이럴 줄 알았다. 명호는 여전히 사람 속을 뒤집는 말을 아무렇지 않게 내뱉었다. 하지만 이제 곧 아쉬운 소리를 해야 하는 입장이라 지훈은 입 밖으로 튀어나오려는 욕을 삼켰다. 꾸벅거리며 졸던 태헌도 싸해진 분위기에 집게로 탄 고기를 뒤적거리며 분위기를 무마하려 들었다.

"뭐 그런 다 지난 얘기를 꺼내고 그래? 탄다, 타. 먹어."

하지만 명호는 이 주제를 쉽게 넘어갈 생각이 없어 보였다.

"너나 먹어, 새꺄. 야, 석지훈. 말해봐. 이때껏 쌩까고 있다가 뭣 땜에 쫄랑쫄랑 여까지 왔는데? 돈 받으러?"

"명호 넌 무슨……. 지훈이가 언제 그랬다고……."

"왜, 본전 생각났어? 내가 존나게 보고 싶어서 온 건 아닐 거 아냐."

태헌이 다시 끼어들었지만 명호는 쎄한 눈빛을 날리며 말을 잘랐다. 지훈은 다시 요동치는 마음을 가다듬었다.

그래, 차라리 잘된 일인지도 모른다. 명호 쪽에서 돈 얘길 먼저 꺼내준다면 땡큐지.

지훈은 소주와 맥주를 아무렇게나 뒤섞어놓은 잔을 훅 들이켜고 말했다.

"그래, 존나게 보고 싶었다. 돈 받을 생각에. 잘됐네, 안 그래도 그 본전 얘기하려고 했는데. 네가 나한테 뜯어간 돈이 얼만지 알지?"

"이 새끼 이거 안 되겠네. 돈독만 졸라 올라서."

"돈 얘기 먼저 꺼낸 건 너야."

"농담이잖아, 농담. 농담을 왜 다큐로 받고 지랄이야."

명호의 목소리가 커졌다. 분위기도 삽시간에 살벌해졌다. 하지만 지훈도 물러서고 싶지 않았다. 아주 오랜만에 알코올에 뇌가 절어서일까. 나중에 돈을 빌리든 말든 지금 당장은 장명호 저 인간의 속을 후벼파고 싶었다.

"뭐가 농담이야. 나만 보면 돈 얘기 하는 주제에. 그지처럼. 어떻게 예전이나 지금이나 변한 게 없어?"

"뭐? 씨발, 다시 씨부려봐."

명호가 의자에서 벌떡 일어나 지훈의 멱살을 틀어쥐었다. 지훈은 목이 졸린 채 몸이 덜렁 끌어올려졌다. 명백한 힘 차이에 자존심이 상했지만 명호에게서 시선을 떼지 않았다.

"네가 이러면 나는 당연히 쫄아야 돼? 넌 결국 이거밖에 없는 거지. 무식하게 힘이나 쓰는 거."

"이 새끼가 말이면 단 줄 아나."

좁은 가게 안에 명호의 거친 목소리가 울려 퍼졌다. 주위 테이블 사람들 몇몇이 불안한 얼굴로 두 사람을 돌아봤고, 지훈은 명호의 손아귀에서 벗어나려 몸을 뒤틀었다. 그러면서 손을 크게 휘두르던 와중에 뭔가를 퍽 세게 치고 말았다.

순간 "이 씨발!" 하는 욕설과 함께 옆 테이블 덩치가 술잔을 집어 던지며 일어섰다. 지훈의 손이 그의 뒤통수를 제대로 강타한 것이다. 화들짝 놀란 지훈이 뒤를 돌아봤다.

"씨발새끼들이! 얌전히 고기나 처먹지 여기서 웬 치정 싸움이야?"

덩치는 건수를 잡아 신이 난 듯한 목소리로 다가왔다. 급기야 "어, 어? 대답해봐!" 하며 지훈의 뺨을 툭툭 치기까지 했다. 지훈은 모멸감에 열이 올랐지만 실수한 건 사실이기에 참고 사과했다.

"……죄송합니다. 제가 실수로…….."

"이거 쌍판은 영 기생오라비같이 생겨설랑은, 뵈는 게 없냐?"

짝 소리가 울려 퍼졌다. 툭툭 치던 손길이 점차 거세지다 결국 지훈의 뺨을 후려갈긴 것이다. 거기서 끝이 아니었다. 덩치는 두 번, 세 번, 네 번 양쪽 뺨을 번갈아가며 때렸다. 손길에 점점 힘이 실리는 바람에 지훈은 뒤로 밀리다가 넘어지기까지 했다.

주먹으로 맞아 쓰러진 것보다 몇 배나 쪽팔리고 모욕적인 상황이었다.

개같네.

간신히 유지되고 있던 이성의 끈이 툭 끊겼다. 지난 몇 개월간 지훈을 옭아맸던 온갖 폭력의 굴레들이 머릿속을 스치고 지나갔다. 물리적인 폭력뿐만 아니라 협박, 배신, 방관, 외면까지.

더 이상은 못 참겠다.

뱃속에서 치밀어 오르는 격분에 휩싸여 지훈이 "야, 이⋯⋯." 하며 주먹을 움켜쥘 때였다. 덩치가 와당탕 쓰러지더니 바닥을 나뒹굴었다. 누군가가 말릴 새도 없이 명호가 덩치에게 달려든 것이다. 순식간에 두 사람이 한 덩어리가 돼 뒤엉켰다.

"이 좆같은 새끼가 어디서 돼지 족발로 사람을 치고 지랄이야!"

명호는 쓰러진 덩치에게 주먹을 마구 퍼부었다. 덩치도 욕설을 내뱉으며 주먹을 휘둘렀으나 명호의 상대가 되지는 못했다. 놀란 사람들이 비명을 지르며 쥐 떼처럼 흩어졌고 몇몇은 분주하게 신고 전화를 걸었다. 명호가 내뿜는 광폭한 기운에 태헌 역시 말릴 엄두도 내지 못했다.

"돼지 불알같이 생긴 놈이 누구한테 손을 대냐고, 어? 미안하다고 했잖아. 네가 뭔데 애 뺨따구를 갈기는데!"

지훈은 피떡이 되도록 처맞는 덩치를 보며 말을 잃었다. 처음에는 놀라서 얼어붙었고 다음에는 눈앞에서 펼쳐지는 생동감 넘치는 폭력에 압도됐다. 그 광경에 조금 전까지 머릿속에 팽배하던 온갖 부정적인 감정들이, 분노와 죄책감과 억울함이 깡그리 사라지는 것 같았다.

"하하⋯⋯."

어처구니없게도 헛웃음이 흘러나왔다. 예전부터 그랬다. 어린 시절부터 명호는 지훈이 끌어안고 끙끙대던 고민과 문제를 단박에 부숴버리는 재주가 있었다. 만약 명호였다면, 그동안 자신이 겪었던 일에 어떻게 대응했을까. 협박하는 태평을 저렇게 피떡이 되도록 두들겨 패버렸을까. 박 팀장을 지구 끝까지 쫓아가서 산 채로 잡아 왔을까.

시원하다고 해야 할지, 진절머리 나게 끔찍하다고 해야 할지.

아니다, 일단은 말리는 게 먼저였다.

지훈은 태헌과 눈을 마주치고는 또 한 번 주먹을 치켜드는 명호를 향해 달려들었다.

경찰이 출동했다. 덩치는 목뒤를 잡은 채 어구구 소리를 내며 구급차를 탔고 지훈과 명호, 태헌은 경찰서로 끌려갔다. 덩치는 구급차에 타기 전 지훈과 명호를 향해 살포시 가운뎃손가락을 추켜세우는 걸 잊지 않았다.

지훈은 맞아서 벌게진 뺨을 내보이며 정당방위임을 주장했지만 경찰은 귀찮은 듯 쌍방폭행이니 합의하라는 소리만 되풀이했다. 가게 안에는 CCTV도 없었고 목격자의 말도 죄다 달랐다. 경찰로서는 시시비비를 가리는 것보다는 합의로 사건을 마무리 짓는 게 여러모로 나은 일이었다.

그렇게 지훈과 명호, 태헌은 떠밀리듯 경찰서 밖으로 나왔다. 풀내음이 섞인 미적지근한 바람이 불어왔다. 아무것도 해결된 것 없이 일만 복잡하게 꼬였는데도 지훈은 속까지 시원해지는 느낌이었다. 신기한 일이었다. 그렇게 명호가 폭력을 쓰는 걸 경멸하고 혐오했건만, 덩치에게 주먹을 날리는 모습을 본 순간 머릿속의 복잡한 생각이 단숨에 휘발돼버렸다.

"어우, 일진 한번 드럽네. 가자."

명호는 경찰서에서 나오자마자 담배를 피우며 발걸음을 뗐다. 지훈도 별생각 없이 명호를 뒤따랐지만 태헌은 당황한 얼굴로 두 사람을 붙들었다.

"둘 다 어디가? 경찰이 합의하랬잖아."

"미쳤냐? 내가 왜?"

명호가 인상을 썼다. 지훈도 동의한다는 뜻으로 고개를 끄덕였다. 어찌 됐건 먼저 폭력을 행사한 건 덩치였다. 쪽팔리게 얻어맞은 지훈의 입장에서는 먼저 고개 숙이러 가고 싶지 않았다. 하지만 이번에도 태헌의 생각은 달랐다. 이렇게 찜찜하게 집으로 갈 수는 없다며, 시작이 누구건 간에 덩치가 더 얻어맞은 건 사실이라며, 당장 합의하러 가자 야단법석을 피웠다. 싫다고 고집부리던 지훈과 명호도 결국 태헌의 재촉에 한숨을 쉬며 알겠다고 대답할 수밖에 없었다.

세 사람은 택시를 타고 덩치가 실려 간 응급실로 향했다. 산 하나를 넘어 옆 동네에 위치한 병원이었다. 택시에서 내리자 때마침 치료를 마친 덩치가 응급실에서 나오고 있었다. 명호는 눈을 부라렸지만 지훈은 똥 씹은 얼굴로, 태헌은 처량한 모습으로 두 손을 공손하게 모았다. 세 사람을 본 덩치는 픽 비틀린 웃음을 지으며 손가락을 까닥거렸다. 따라오라는 소리였다.

세 사람을 흡연 구역으로 데려간 덩치는 화단 턱에 걸터앉아 담배를 빼 물었다. 예의 바르게 불을 붙여준 건 태헌이었다.

"얼마나 심신이 고단하셨습니까. 모쪼록 마음의 위안이 되시길 바랍니다."

장황한 사과의 말을 끝으로 태헌이 준비한 돈봉투를 건네며 고개를 숙였다.

"너넨 입에 본드 붙였냐?"

돈봉투를 휙 낚아챈 덩치는 태헌의 말에 대꾸도 없이 지훈과 명호에게로 시선을 돌렸다. 태헌이 둘의 옆구리를 쿡 찌르자 명호는 이를 갈며 "즈성함당.", 지훈은 뚱하게 "죄송함당." 하고 억지로 사과했다.

분위기는 더 나빠졌다. 지금 이 자리가 화해의 장이 되길 바라는 건 오직 태헌뿐이었다. 나머지 모두가 마땅찮아 하는 상황에서 합의가 이뤄질 리 없었다.

"이 새끼들 아직 정신 못 차렸네. 내가 니들 반드시 콩밥 먹인다. 합의 안 해, 새끼들아."

결국 판을 깬 건 덩치였다. 덩치는 돌아서기 전 지훈을 머리부터 발끝까지 훑어보더니 뺨을 툭툭 치기까지 했다. 지훈은 기분 나쁜 얼굴로 덩치의 손을 뿌리쳤다. 그 순간 덩치의 손목에 언뜻 개구리 문신이 보였다.

"저 씨부랄 새끼가!"

명호가 욕설을 내뱉으며 달려들 것처럼 굴자 지훈이 급히 말렸다. 잠시 후련하다고 생각했던 폭력도 지금은 해결 방법이 아니었다.

세 사람은 별 소득 없이 병원을 터덜터덜 걸어 나왔다.

"와 씨, 저 저팔계 같은 새끼. 내가 언제 제대로 한번 삶아버린다."

분이 풀리지 않는지 명호가 씩씩댔다.

"네가 그런 태도니까 저분도 합의 안 한다고 하는 거잖아. 진심으로 사과했어야지!"

태헌도 이번에는 성질을 냈다.

"그러니까 애초부터 뭔 얼어 죽을 놈의 합의야. 저런 놈들 내가 한둘 보는 줄 알아? 제대로 밟아서 고소할 생각조차 못 하게 만들어야지."

"네가 이러니까 문젠 거야. 그리고 삶긴 뭘 삶고 밟긴 뭘 밟아? 누군지도 모르면서!"

명호와 태헌의 목소리가 번갈아가며 높아졌다. 어린 시절부터 자주 보던 장면이라 지훈은 굳이 말리려 들지 않았다. 대신 지훈에게는 두 사람의 언쟁을 단숨에 잠재울 만한 키가 있었다.

"알아."

지훈은 앞뒤 맥락 없는 소리로 두 사람 사이의 말을 끊었다. 명호와 태헌이 동시에 이쪽을 쳐다봤다.

"내가 안다고. 저 새끼가 누군지 어디 사는지."

덧붙인 지훈의 말에 명호와 태헌은 뭔 소리야? 하는 표정을 지었다. 이럴 때는 말보다 직접 보여주는 게 백배 나은 법. 지훈은 전

리품처럼 숨겨놨던 검정 가죽 지갑을 뒤춤에서 꺼냈다. 말보다 행동이 빠른 명호가 잽싸게 지갑을 낚아채 열었다.

역시나 지갑 안에는 덩치의 주민등록증이 들어 있었다. 조세빈이라는 이름과 03으로 시작하는 주민등록번호가 보였다. 지갑이 덩치의 물건이라는 사실을 알아챈 명호가 냅다 함박웃음을 지었다.

"오올, 역시 서울대. 손버릇도 서울대애! 근데 이거 이거 대가리에 피도 안 마른 시키였네?"

명호는 덩치의 주민등록증을 꺼내 삐딱하게 꼬나보더니 갑자기 눈을 빛냈다. 대부분의 경우 못돼 처먹은 생각을 할 때 더 초롱초롱하게 빛나는 눈이었다.

"이 시키는 엿 좀 먹어봐야 해."

그러더니 명호는 손가락 사이에 주민등록증을 끼워 휙 날려버렸다. 표창처럼 핑그르르 날아간 주민등록증이 어둠 속 어딘가로 사라졌다. 당황한 태헌이 "야, 뭐 하는 거야!" 하고 소리치며 지훈에게 같이 말려달라는 눈빛을 보냈지만 지훈은 그럴 생각이 전혀 없었다. 애초에 화단에 떨어져 있던 덩치의 지갑을 왜 몰래 주워왔는데.

"신용카드는 왜 이렇게 많아? 분실신고하고 재발급받으려면 진짜 짜증 나겠네."

오히려 지훈은 한술 더 떠서 덩치의 신용카드를 전부 꺼냈다. 그러고는 명호를 흉내 내며 어둠 속 어딘가로 카드를 모두 날려버리기까지 했다. 그 모습을 보며 명호는 오랜만에 통쾌하게 웃었다. 안까지 대충 살펴본 지훈이 지갑을 쓰레기통에 버렸을 때였다.

"잠깐만."

지갑을 다시 주운 명호가 안쪽을 열어보더니 반으로 접힌 종이를 꺼냈다. 지훈이 미처 발견하지 못한 것이었다. 지훈과 태헌이 뭔가 싶어 명호 옆에 바짝 다가섰다. 명호가 접힌 종이를 펼쳤다.

로또였다.

"에이 씨, 로또네."

명호는 김빠진 얼굴로 성의 없이 지훈에게 로또를 건넸다. 지훈은 로또를 받아들고는 이리저리 살펴봤다. 추첨일이 지난 로또였다면 당장 쓰레기통행이었겠지만 추첨일이 내일모레 토요일이었다. 어쩔까 싶어 명호를 쳐다봤지만, 그는 이미 흥미가 떨어진 표정이었다. 버려도 그만, 가지고 있어도 그만일 종잇조각. 그래도 8백만분의 1의 가능성이 남아 있기 때문일까. 버리기가 주저됐다.

지훈은 로또를 손가락 사이에 끼워 팔랑거리며 태헌에게 물었다.

"이거 되면 우리 셋이 나눠 가질까?"

"그게 되겠어? 찜찜한데 그냥 버리자, 어? 이거 절도잖아."

아까부터 내내 조마조마해하던 태헌이 목소리를 낮추며 대답했다.

"그럼 넌 빠지시든가요."

태헌을 밀어낸 명호가 로또를 홱 낚아챘다. 태헌은 "그건 아니지 이!" 하며 명호를 쫓았다. 명호와 태헌은 한동안 무람없는 손길로 로또를 주거니 받거니 했다. 8백만분의 1의 확률을 품은 종잇조각은 세 사람의 손에서 구겨지다 결국 지훈이 보관하는 것으로 결론이 났다. 누가 내린 결정인지는 아무도 몰랐다.

지훈은 성의 없는 손길로 로또를 반으로 접어 지갑에 넣었다.

3

다음 날 지훈은 쪼개질 듯한 머리를 부여잡고 잠에서 깨어났다. 누군가 망치로 두드리는 것처럼 골이 둔중하게 울렸다. 부연 시야에 낯선 집 안 풍경이 담기자 여기가 어딘가 싶었다가, 뒤늦게 상민의 집이라는 게 떠올랐다.

힘겹게 몸을 일으킨 지훈은 어기적거리며 기어가 냉장고에서 생수병을 꺼내 들이켰다. 차츰 정신이 들자 어젯밤 저질렀던 무모한 일들이 머리를 스쳐 지나갔다.

모두 술기운에 벌인 일이었다.

갈빗집에서 덩치와 싸움이 붙었다. 덩치와 합의하러 병원까지 갔다가 지갑을 주웠다. 그러고는…… 택시가 잡히지 않아 무려 산하나를 걸어서 넘어왔다. 이 모든 게 꿈이 아니라는 사실을 다리에 남은 근육통이 증명하고 있었다. 씻지도 못하고 소파에 누운 게 마지막 기억이었다.

지훈은 남은 생수를 마저 들이켰다. 몸속에 찬 기운이 퍼지며 술기운이 모조리 날아갔다. 덩달아 자괴감이 둑이 터진 것처럼 밀려

왔다.

도대체 어제 무슨 등신같은 짓을 한 거야…….

지훈은 핸드폰을 켜서 통화 목록을 확인했다. 태평으로부터 걸려 온 부재중 전화가 다섯 통이나 됐다. 메시지도 남겨져 있었다.

'혀엉, 지금 내 전화 씹는 거? 어디 더 해봐. 한 번 씹을 때마다 천만 원씩 올릴 거니까.'

태평의 목소리가 귓가에서 들리는 듯했다. 이제 고작 스물두 살이지만 그는 여느 재벌 3세입네 하는 인물들과 확연히 달랐다. 늘약에 취한 듯 흐릿하게 풀린 동공에 조선족 깡패를 수하로 데리고 다녔다. 그래서인지 몰라도 뒷일을 생각하지 않고 저지르는 행동들이 상상을 초월했다.

갑자기 목이 졸린 듯 숨이 막혔다. 찬물을 뒤집어쓴 것처럼 현실감각이 돌아왔다.

태평은 여전히 50억을 내놓으라며 협박하고 있었고 박 팀장은 어디로 사라졌는지 알 길이 없었다. 해결된 문제가 하나도 없는데 뭐가 좋다고 술이나 처마셨는지. 정작 명호에게 돈 좀 빌릴 수 있냐는 말은 꺼내보지도 못했다.

지훈은 은행 앱을 켰다. 잔액은 여전히 28억에 머물러 있었다. 한숨이 나왔다. 허망하게 하루를 날렸다는 사실에 짜증이 치밀었다. 그나마 어제 명호와 나름 분위기가 나쁘지 않았다는 것이 위안 삼을 만한 일이었다.

그나저나 명호한테 뭐라고 말하면서 돈 이야기를 꺼내야 하나…….

일단 잘 들어갔냐고 메시지부터 보내?

지훈이 고민스러운 얼굴로 핸드폰을 주워 들었을 때였다. 전화가 울렸다. 명호의 전화였다. 시커먼 속내를 들킨 듯 때맞춰 걸려온 전화에 지훈은 당황했다. 미안하고 고민스러운 마음에 한참 보고만 있다가 "어……." 하고 대답하며 전화를 받았다. 그러자 핸드폰 너머로 명호가 울부짖는 소리가 들려왔다.

"야, 이씨. 아, 아부지…… 우리 아부지가아……."

이어지는 명호의 말에 핸드폰에 귀를 바짝 댄 지훈의 얼굴이 사색이 됐다.

지훈은 헐레벌떡 중산제일병원으로 향했다. 지하 1층 장례식장으로 들어가자 장례지도사와 도우미들이 빈소를 차리고 있었다. 바닥에는 명호가 큰 몸뚱이를 제대로 가누지도 못한 채 엎드려 통곡하고 있었다.

명호의 부모는 생계 때문에 아들을 보육원에 맡겨놓고는 한 달에 한 번 만나러 왔다. 그런 부모라도 뭐가 그리 애틋한지 명호는 제 부모라면 아주 끔찍하게 생각했다. 그가 가로 대부업체에 입사하고도 늘 궁핍했던 이유도 부모 때문이었다. 명호의 어머니는 오랫동안 투석을 받아온 말기 신부전증 환자였고 명호의 아버지는 허리를 다쳐 일을 못 한 지 오래였다.

명호는 해준 것 하나 없이 짐 덩이가 돼버린 부모를 정성껏 모셨다. 술만 마시면, 빨리 돈 벌어 두 분 호강시켜주고 싶다는 말을 입에 달고 살았다. 1년 전 명호와 크게 다툰 것도, 어머니 병원비를 빌려달라는 명호에게 언제까지 거머리처럼 내 돈을 뜯어갈 거냐고 말했기 때문이다. 하지만 아이러니하게도 오늘 새벽 길거리에서 사망한 사람은 명호의 어머니가 아닌 아버지였다. 뇌출혈이 원인이었다.

지훈은 울부짖는 명호를 일으켜 세우려 했다. 하지만 명호는 제대로 일어나지도 못하고 다시 주저앉아 오열했다. 명호의 짓무른 눈과 처참한 표정을 보니 마음이 좋지 않았다. 아니, 돌덩이가 얹힌 것처럼 가슴이 무거웠다.

희한한 일이다. 어제 중산에 도착하기 전까지만 해도 명호를 떠올리면 화부터 났다. 하지만 막상 큰일이 벌어지자 대번에 명호의 일이 내 일처럼 느껴졌다. 어쩔 수 없이 친구라는 생각이 들었다.

그때 태헌이 허겁지겁 장례식장 안으로 들어섰다. 한껏 울상인 얼굴에 이미 눈물을 매달고 있었다. "명호야!" 태헌이 달려와 명호를 부둥켜안았다. 명호의 통곡 소리가 더욱 커졌다. 지훈도 콧잔등이 시큰해졌다.

한동안 명호를 위로하던 것도 잠시, 지훈과 태헌은 본격적인 장례 준비가 시작되자 눈코 뜰 새 없이 바빠졌다. 명호 아버지의 영정사진을 출력하고 사망진단서를 떼고 지인들에게 부고 소식을 알렸다. 상주복을 입고 띠를 두르기도 했다. 혼이 나가 있는 명호와 함께 화장터를 예약하고, 관, 유골함, 수의를 고르는 것도 그들의 몫이었다.

오후가 되자 한산했던 장례식장에 조문객이 하나둘씩 찾아왔다. 대부분 깡촌에서 올라온 명호 아버지의 먼 친척과 지인 들이었다. 지훈과 태헌은 명호와 함께 조문객을 맞이했다. 상주 노릇을 하며 장례지도사가 시키는 일만 했을 뿐인데도 하루가 훌쩍 지나갔다.

다음 날이 되자 조문객 몇몇이 장례식장에 더 찾아왔다. 지훈은 화장실에서 간단히 세수만 한 채 이리저리 불려 다녔다. 이제야 회사에 부고 소식을 알린 모양인지 가로회에서 온갖 화환들이 속속들이 도착했다. 화환의 위치를 지정해주는 것도 지훈의 일이었다.

입관식을 마치고 잠시 숨을 돌리는데 복도에서 여러 개의 구둣발 소리가 겹쳐 울렸다. 상주석에 앉아 있던 지훈은 단체 조문객이 오는가 싶어 자리를 털고 일어났다. 하지만 그들의 정체를 짐작한 명호는 짜증 섞인 표정으로 미적거렸다.

아니나 다를까 곧 남자 대여섯 명이 장례식장 안으로 들어섰다. 외양과 옷차림새가 제각기 달랐지만 그들에게서는 같은 냄새가 났다. 명호에게서도 풍기는 냄새였다.

지훈은 제일 앞에서 분향하는 남자를 살펴봤다. 반질반질 값비싼 양복 차림, 손목에 얹어진 오데마 피게 시계, 부드럽고 점잖은 생김새까지. 보는 순간 저 사람이 가로 대부업체의 실질적인 주인이자 골든아이캐피탈 대표 한필우라는 걸 알아챘다. 한때는 명호가 '필우 형님', '한 대표님'이라고 부르다, 최근 몇 년간은 '개새끼', '뱀 같은 새끼'라고 부르는 인물. 그의 뒤로 꼬리처럼 조직원들이 따르고 있었다.

필우는 절을 하고는 명호를 돌아봤다. 명호의 얼굴에 떨떠름한 기색이 번졌다.

"암만 오지 말랬어도 와보는 게 인지상정 아니겠냐?"

"예에……. 감사합니다."

명호가 성의 없이 대답했다.

"네가 힘내야 수술 앞둔 어머님도 힘내시지. 아버님 좋은 데 가셨을 거다. 맘 잘 추스르고 회사엔 천천히 복귀해."

필우는 명호의 어깨를 툭툭 치고 돌아섰다. 지켜보던 지훈이 긴장한 것이 무색하게도 필우의 조문은 별 탈 없이 마무리되는 듯했다. 하지만 그 순간 필우가 뒤를 돌아봤다.

"근데 명호야. 가로 거 회계장부 원본 어딨냐."

"……에?"

기습을 당한 것처럼 명호의 얼굴이 굳었다.

"장례식 끝나면 그것 좀 갖고 와. 너 못 믿는 건 아닌데, 돈이 좀 비는 것 같아서 말이야."

필우의 말에 일순 공기의 밀도가 높아졌다. 지훈은 명호를 곁눈질했다. 잠시 굳어 있던 명호의 얼굴이 다시 능글맞고 뻔뻔스러워졌다. 감추는 게 있을 때 짓는 표정이었다.

"여기서 돈 얘길 하심 어떡합니까. 서운하게시리……. 너무하시네?"

"그래, 상가에 와서 이런 말 하는 거 도리는 아니지. 근데…… 가져오라면 잔말 말고 가져와."

필우는 한 번 더 명호의 어깨를 두드리고는 장례식장을 빠져나갔다. 그전에 명호 옆에 선 지훈을 뱀 같은 눈동자로 훑어보는 것도 잊지 않았다. 필우를 따라 대부분의 조직원들이 빠져나가자, 그중 하나가 눈치를 보다 명호에게 다가왔다. 산만 한 덩치에 20대 중반 정도로 보이는 남자였다.

"죄송함다, 행님. 장례식 말하지 말라캤는데, 한 대표님 진즉 알고 계시더라고예."

"됐어, 쥐새끼가 한두 마리인 것도 아니고."

"글고 창식이 새끼는 그제 필리핀 민다나오섬으로 넘어간 거 확인……."

"야, 임수완. 됐다, 장례식까지 와서 무슨 일 얘기냐. 나중에 듣자."

지훈을 의식한 명호가 수완이라 불린 남자의 말을 잘랐다. 수완은 머쓱한 얼굴로 "알겠슴다. 담주에 뵙겠슴다." 하고 대답하고는 장례식장을 빠져나갔다.

필우와 조직원들이 사라지자 장례식장은 전보다 더 텅 빈 느낌이었다. 명호는 상주석에 털썩 주저앉았다. 슬픔과 상실감은 그새 자취를 감추고 현실적인 고민이 들어찬 얼굴이었다.

"무슨 문제 있어?"

지훈이 명호 옆에 앉으며 물었다.

"아니."

명호가 단칼에 대화를 차단했다. 말을 이어갈 생각이 없는 것 같았다. 지훈도 말하기 싫은 걸 캐물을 생각은 없었다. 다만 어제부터 이상하다 싶은 일이 있었다. 수족이라 불릴 만큼 명호와 가깝게 지내던 창식이 보이질 않는 것이다. 창식은 명호가 소년원에서 만난 동생으로, 명호의 추천으로 가로 대부업체에 입사하기도 했다. 지훈은 창식이 그닥 마음에 들지 않았지만 명호는 그를 꽤나 신뢰했다.

"근데 고창식은 어디 갔어? 아까 필리핀 얘기하던데 휴가라도 간 거야? 이런 일 있을 때 제일 먼저 나설 애가 어째 안 보이나 싶었는데."

"그 새끼 얘긴 꺼내지도 마."

명호가 미간을 구겼다. 생각만으로도 열이 받는지 이마에 핏줄이 솟았다. 이후 명호는 벽에 등을 기대고 앉아 곰곰이 생각에 빠져들었다. 명호가 입을 다물자 지훈도 무료한 얼굴로 핸드폰만 쳐다봤다. 조문객도 없어 장례식장에는 적막만이 감돌았다.

"야, 석지훈."

그때 초점 없이 앞만 쳐다보고 있던 명호가 지훈을 불렀다.

"왜?"

"너 증권회사에서 투자금융 담당이라고 했지?"

"어. 왜?"

"그, 있잖아. 너 말이야. 도, 돈도 좀 빌려……. 아니다, 됐다."

명호는 저 혼자 시작한 말을 멋대로 마무리 지으며 자리에서 일어났다. 그러더니 혼잣말인 듯 한마디를 덧붙였다.

"씨발, 돈 앞에선 아부지 돌아가신 것도 별일이 아니다, 야."

담배를 꺼내 문 명호는 터벅터벅 발걸음 소리를 내며 장례식장

을 빠져나갔다. 지훈은 흘낏 명호의 표정을 살폈다. 오열하고 울부
짖을 때보다 몇 배는 더 고단해 보이는 얼굴이었다.

　밤이 되자 장례식장은 더욱 한산해졌다. 옆 장례식장에서 들리
는 통곡 소리만이 벽을 타고 전해졌다.

　접객실 벽에 비스듬히 기대앉아 있던 지훈은 상주석으로 시선
을 돌렸다. 명호가 발가락을 만지작거리며 앉아 있었다. 필우가 다
녀간 이후로 명호는 계속 말없이 무언가를 골똘히 생각하기만 했
다. 그게 아니면 수시로 흡연 구역으로 가 담뱃갑만 비웠다.

　지훈은 심경이 복잡했다. 명호 아버지가 돌아가셨다는 충격과
함께 파도처럼 몰려온 장례 일정이 거의 마무리되자 뒤늦게 현실
적인 문제가 마음의 틈을 비집고 떠올랐다.

　언제쯤 명호에게 돈 이야기를 넌지시 꺼내볼 수 있을까.

　내일은 일요일. 태평이 제시한 기한이다. 내일까지 50억을 만들
지 못하면 무슨 일을 당할지 짐작조차 할 수 없었다. 긍정적으로
생각해보자면 태평도 내일까지 50억을 만들어올 거라 기대는 하
지 않을지도 모른다. 그러나 성의와 노력 혹은 그에 준하는 증거물
이라도 내보여야 그를 살려놓을 가치가 있다고 판단할 것이다.

　지훈은 상을 당한 명호를 보며 이런 생각을 하는 자신에게 자괴
감을 느끼는 한편, 오늘 내에 돈 이야기를 꺼내야 한다는 사실에
압박감도 느꼈다. 또한 어제 이야기를 꺼냈어야 했는데 타이밍을
놓쳤다는 생각에 한숨도 나왔다.

한 자세로 너무 오래 앉아 있었는지 엉덩이 한쪽이 묵직해져왔다. 지훈은 자세를 고쳐 앉았다. 옆자리에서 꾸벅꾸벅 졸던 태헌의 투실한 몸뚱이가 쓰러질 듯하다가 간신히 균형을 잡았다. 그때 접객실 TV에서 로또 추첨 방송이 흘러나왔다. 이제껏 방송이 나오는 줄도 몰랐다가 귀가 뜨인 것은 문득 그저께 주운 로또가 떠올랐기 때문이다.

TV 방송 화면에서는 아나운서의 멘트에 맞춰 로또 추첨기가 당첨 볼을 뱉어내고 있었다. 하단에 일렬로 표시된 네 개의 당첨 번호도 보였다. 지훈은 한쪽 엉덩이를 띄우고 뒷주머니에서 지갑을 꺼냈다. 반쯤 접혀 있던 로또를 무심한 손길로 꺼내 당첨 번호를 확인했다.

어…… 어……?

지훈은 벽에 비스듬히 기대 있던 상체를 일으켰다. 피곤에 찌든 얼굴 근육이 조여들었다. 로또를 쥐고 있던 손에도 바짝 힘이 들어갔다.

TV 화면 하단에 표시된 숫자는 38, 4, 5, 27.

로또 제일 윗줄의 숫자는 4, 5, 19, 27, 31, 38. 무려 숫자 네 개가 같았다.

심상치 않은 지훈의 기색에 졸음을 쫓은 태헌이 로또와 TV 화면을 번갈아 봤다. 흐리멍덩하던 태헌의 눈빛이 순식간에 돌변했다.

"뭐야, 뭐야. 지금 몇 개 맞은 거야?"

"가, 가만있어봐."

TV 화면 안 로또 추첨기에서는 계속해서 색색깔의 공들이 춤추듯 정신없이 돌아갔다.

"자, 다섯 번째 볼입니다. 다섯 번째 볼. 회색 31번. 회색 31번입니다!"

아나운서의 외침과 함께 또다시 로또 추첨기가 볼을 토해냈다. 숫자를 확인한 지훈이 자리에서 벌떡 일어났다. 38, 4, 5, 27, 31. 무려 다섯 개의 숫자가 같았다.

"미친! 이, 이거 되는 거 아냐?"

태헌도 지훈을 따라 일어섰다. 얼마나 긴장했는지 투실한 볼살이 파르르 떨렸다. 지훈과 태헌은 같이 로또를 맞잡은 채 "19번, 19번!" 하고 외쳤다. 극렬한 긴장감이 전신을 휘감았다. 숨조차 제대로 쉴 수 없었다.

"뭐가 이렇게 시끄러워?"

상주석을 지키고 있던 명호가 쿵, 쿵, 쿵 발꿈치로 바닥을 찍으며 다가왔다. 그때 마지막으로 로또 추첨기에서 볼이 튀어나왔다.

"자, 다음 여섯 번째 행운의 숫자는, 19번, 19번입니다."

"ㅇㅇㅇㅇ아아아아!"

아나운서의 멘트가 끝나기도 전에 지훈과 태헌이 괴성을 질렀다. 크어어어, 으어어어, 언어로 표현되지 못할 숨넘어가는 소리가 장례식장 안에 메아리쳤다. 명호는 뒤늦게 지훈에게서 로또를 낚아챘다.

"자, 로또 당첨 번호는 38번, 4번, 5번, 27번, 31번, 19번. 그리고

2등 보너스 볼은 44번입니다. 축하드립니다."

TV 화면 하단에 표시된 여섯 개의 숫자가 로또 종이에 박힌 여섯 개의 숫자와 정확하게 일치했다. 명호의 눈이 희번덕거렸다. 믿을 수 없는지 "이, 이거 뭐야. 된 거야? 된 거냐고, 씨발!" 하고 소리치더니 부둥켜안고 있던 지훈, 태헌을 와락 껴안았다. 세 사람은 서로 끌어안고 한참 동안 방방 뛰었다. 장례도우미조차 없었기에 장례식장 안에는 세 사람뿐이었다. 복도를 지나가던 무슨 일인가 싶어 발걸음을 멈추고 들여다본 사람들도 곧 제 갈 길을 갔다.

지훈은 도무지 믿을 수가 없었다. 몇 번이나 뺨을 때리고 꼬집어봤지만 분명한 현실이었다. 무려 8백만분의 1의 확률. 그 기가 막힌 행운이 손을 잡아준 것이다.

흥분과 환희에 휩싸여 고성을 질러대던 지훈은 차츰 정신을 차렸다. 광분하는 명호와 태헌의 어깨를 눌러 잡고 진정시켰다.

"일단 우리 여기서 이럴 게 아니라 자리 좀 옮기자."

이렇게 계속 소리를 질러대다간 다른 사람들 눈에 띌 수도 있었다. 앞으로의 일을 도모하기 위해서라도 자리를 옮겨야 했다.

유족 대기실에 둘러앉은 세 사람은 핸드폰으로 재차 로또 당첨 번호와 자신들의 로또 번호가 일치하는지 확인했다. 꿈이 아니었다. 진짜 세 사람의 로또가 당첨된 것이다.

"60억!"

당첨금액을 찾아본 명호가 주먹을 말아쥐며 소리쳤다.

"세금 떼면 40억이야."

지훈이 재빨리 덧붙였다. 60억이든 40억이든 도무지 현실 같지 않은 금액이었다.

"그럼 한 사람당 13억 3천씩 맞지? 셋이 똑같이 나누기로 했잖아."

그때 태헌이 핸드폰 계산기 화면을 보여주며 말했다. 화면에는 40억을 3으로 나눈 숫자가 떠 있었다. 싱글벙글 웃는 태헌을 본 순간, 지훈과 명호의 표정에는 미묘하게 실금이 갔다. 둘 다 말로 하지는 않았지만 절도니 뭐니 하며 한사코 태클을 걸었던 태헌의 모습이 떠올랐기 때문이다.

"잘도 기억하네."

명호가 비아냥대듯이 말했다. 하지만 태헌은 꿈에 젖은 목소리로 주절거릴 뿐이었다.

"너무 좋다. 진짜 꿈 아니지? 13억이면 엄청 큰돈이잖아. 중산에서 젤루 좋은 집을 사고도 남을 돈이라고!"

"그러게."

지훈이 떨떠름한 목소리로 대답했다. 중산에서는 13억 3천으로 제일 좋은 집을 사는 게 가능하겠지만 서울에서는 꿈도 꾸지 못할 일이었다.

"명호네 아부지도 뭐가 급하다고 이 좋은 걸 못 보고 가셨는지……. 나도 사실 돈 필요했거든. 진짜 진짜 필요했어……. 우리 열심히, 아주 행복하게 살자, 응?"

태헌은 감상에 젖어 눈물 바람이었다. 하지만 지훈은 극렬한 환희가 가시자 가슴 한구석에 조금씩 한기가 드는 것 같았다. 당첨금액은 40억이지만 자신의 몫은 13억 3천뿐이라는 사실을 자각했기 때문이다.

늦은 밤이 되자 세 사람은 유족 대기실에 몸을 뉘었다. 전날처럼 나란히 누웠으나 등을 돌린 채 각자 생각에 잠겼다. 지훈은 머릿속으로 13억 3천이라는 돈을 굴려봤다. 현재 통장에 있는 28억에 13억 3천을 더한다 해도 41억 3천이었다. 13억 3천이 새로 굴러들어와봤자 태평이 요구한 50억에서는 여전히 8억 7천이 모자란다.

13억 3천이 이렇게 별거 아닌 돈이었나.

13억 3천은 누군가에게는 큰돈이지만, 지금 지훈이 처한 상황을 바꾸기에는 충분하지 않은 돈이었다.

과거를 후회해봤자 소용 없지만 지훈은 문득 덩치의 지갑을 발견한 순간이 아쉬워졌다. 명호와 태헌에게 지갑을 주운 사실을 말하지 말고 혼자 챙겼다면 어땠을까. 40억을 전부 차지했다면 상황을 바꾸기에 충분했을 텐데.

그 순간 갑자기 요의가 느껴졌다. 지훈은 스르르 자리에서 일어났다. 그런데 명호와 태헌 둘 다 깨어 있었는지 지훈을 따라 냅다 몸을 일으켰다.

"어디 가?"

명호가 쎄한 눈길로 물었다.

"화장실."

지훈이 대수롭지 않게 말했다. 명호와 태헌은 의미심장한 시선을 주고받았다.

"하하, 나도 한 발 빼고 와야겠다."

벌떡 일어난 태헌이 지훈보다 앞서 유족 대기실을 나갔다.

화장실에서 태헌은 찔끔거리며 제대로 오줌을 누지도 못했다. 볼일을 마친 지훈이 화장실을 먼저 나가자 앞섶을 갈무리하는 둥 마는 둥 하며 쫓아 나오기까지 했다. 화장실을 나오자 복도에서는 명호가 기다리고 있었다. 대놓고 감시하는 얼굴이었다.

지훈은 어이가 없었다. 입 밖으로 헛바람이 새어 나왔다. 명호의 시선은 지훈이 바지 주머니에 쑤셔넣어 놓은 지갑을 향해 있었다. 태헌도 계속해서 지훈의 허리께를 힐끗거렸다.

이것들이 지금 뭐 하는 거지?

기가 막혔지만 일면 이해되는 부분도 있었다. 지금 그의 뒷주머니에는 무려 40억짜리 종이가 들어 있다. 지훈 자신도 로또가 든 지갑이 괜스레 묵직하게 느껴지는데, 남에게 40억짜리 종이를 맡겨야 하는 두 사람은 얼마나 불안할까 싶기도 했다.

"너희, 설마 내가 로또 갖고 튈 거라고 생각하는 거야?"

지훈의 물음에 태헌은 민망한 듯 시선을 피했지만 명호는 명백하게 의심스럽다는 표정을 지었다. 이런 상황을 월요일까지 지속할 수는 없는 노릇. 지훈은 이야기 좀 하자며 명호와 태헌을 데리고 유족 대기실 안으로 들어갔다.

"이런 말 하기 좀 그런데. 나 석지훈이야. 어떻게 날 못 믿을 수가 있어? 이러다가 내일 나 약속 가는 것도 따라오겠다고 하겠다?"

오늘은 토요일이니, 어쨌든 누군가는 당첨금을 찾으러 가는 월요일까지 로또를 가지고 있어야 한다. 그리고 그 누군가는 처음부터 로또를 가지고 있었던 자신이 돼야 하고. 이 부분에 대해 이견이 발생한다면 골치 아파질 게 뻔하기에 지훈은 이 문제를 빠르게 마무리 짓고 싶었다.

지훈의 말에 명호의 얼굴이 돌덩이처럼 굳었다.

"야, 가긴 어딜 가. 낼 울 아부지 발인인데."

"아는데. 서울에서 진짜 중요한 약속이 있어서 그래. 내 목숨이 달린 일이야."

태평이 제시한 기한은 바로 내일, 일요일까지다. 지금까지의 경험에 따르면, 태평의 성격상 50억을 다 준비하지 못했다고 하더라도 일단 약속 장소에는 나가야 했다. 지훈은 이제껏 모은 28억과 가로 대부업체 실장인 명호의 명함을 들고 간 뒤 나머지 금액을 준비할 수 있게 시간을 달라고 말하려던 참이었다.

"나도 낼은 친구 결혼식 사회 봐주기로 했는데……."

태헌도 그 틈을 타 곤란하다는 뜻을 내비쳤다.

"그래서 내일 네가 기어코 그 로또를 처갖고 가시겠다?"

명호는 어이가 없는지 성질을 버럭 내며 지훈을 쳐다봤다. 세 사람 사이에 불편한 기운이 흘렀다. 결국 염려하던 문제가 수면 위로 떠오르고 만 것이다.

누가 월요일까지 로또를 가지고 있을 것이냐.

아마도 명호는 셋이 같이 장례식장에 있다가, 월요일 아침 다 함께 서울에 있는 농협 본점으로 이동해야겠다 생각했을 것이다. 하지만 지훈과 태헌이 일요일 일정을 취소할 수 없는 이상 이 문제는 간단히 해결될 성질의 것이 아니었다.

어린 시절부터 보육원에서 같이 자란 세 사람은 제일 친한 친구인 것은 물론 거의 가족 같은 사이였다. 하지만 최근 몇 년간은 사이가 다소 소원했다. 더욱이 지훈과 명호는 매번 만날 때마다 얼굴을 붉히고 싸웠다. 전처럼 모든 걸 공유하지도 않았다.

과연 이 우정은 40억을 감당할 만한 그릇인지. 그들 스스로도 확신할 수 없었다. 게다가 40억이라는 돈은 혈연으로 맺어진 가족도 등 돌리게 할 수 있는 금액이었다.

지훈도 스스로에게 물었다. 로또를 명호와 태헌에게 맡길 수 있을까?

그리고 그에 대한 대답을 토해내듯 입을 열었다.

"당연히 내가 갖고 가야지. 지금까지 내가 계속 갖고 있었잖아."

"개소리하네. 그건 당첨되기 전이니까 그렇지. 지금이랑 같냐?"

명호가 침을 뱉듯 소리쳤다.

"그럼 너한테 맡기라고? 야, 너도 나한테 그런 소리 하면 안 되지."

"그럼 어쩌라고. 삼등분으로 찢어? 그렇게라도 해?"

"미쳤어? 바코드랑 번호 훼손되면 당첨금 수령 못 해!"

지훈과 명호 사이에 고성이 오갔다. 한참을 싸우던 둘이 잠시 말을 멈추자 침묵과 함께 껄끄러운 기운이 흘렀다. 어쩔 수 없이 로또 종이를 깔끔하게 세 개로 잘라야 하나 고민하던 그때 태헌이 결연한 목소리로 말했다.

"금고에 넣어놓자. 로또."

지훈과 명호가 번뜩 고개를 들었다. 의문 어린 표정에 태헌은 시계를 확인하더니 다급하게 두 사람을 잡아끌었다.

"가면서 말할 테니까 일단 따라와. 거기 문 닫기 전에."

지훈과 명호는 얼떨떨한 표정을 지었지만 달리 방도가 없었다. 세 사람은 그대로 장례식장을 빠져나갔다.

택시를 타고 한참을 달려 외진 동네에 도착했다. 드문드문 늘어선 가로등 불빛은 흐릿하고 어둠에 휩싸인 건물들은 을씨년스러워 보였다. 오가는 사람조차 드물어 더욱 황폐한 느낌이 드는 거리였다.

지훈과 명호는 태헌을 따라 외벽 페인팅이 벗겨진 4층짜리 건물로 들어갔다. '마포 전당포'라는 간판이 언뜻 보였다.

좁고 가파른 계단을 따라 2층으로 올라갔다. 불빛 하나 없어 마치 검은 굴속으로 빨려 들어가는 것 같았다. 녹슨 철제 현관문 앞에 서서 태헌이 벨을 눌렀다. 안에서는 대답이 없었다. 태헌이 두번, 세 번 벨을 누르자 그제야 철제 현관문이 삐걱 소리를 내며 열렸다.

현관문을 연 건 40대 중반 정도로 보이는 여자였다.

"진옥이 누나, 넘 늦게 미안요. 우리 금고 하나 빌릴 수 있어요?"

진옥이라 불린 여자는 성의 없이 고개를 끄덕이더니 지훈 일행을 전당포 안으로 안내했다. 사무용 책상과 의자뿐인 휑뎅그렁한 사무실을 지나자 금고실이 보였다.

진옥이 금고실을 열었다. 생각보다 넓은 방에는 금고와 캐비닛이 가득 들어차 있었다. 손바닥만 한 것부터 책장만 한 것까지 금고의 종류와 크기도 다양했다.

"크기는 상관없고. 숫자 아홉 자리까지 설정할 수 있는 금고 없어요?"

지훈은 진옥에게 물은 뒤 명호와 태헌을 돌아보며 말했다.

"한 사람당 세 자리. 불만 없지?"

명호와 태헌은 금고를 구경하며 고개를 끄덕였다.

진옥은 방 안을 둘러보다 성인 남자 허벅지 정도까지 오는 높이의 금고 앞에 섰다. 검은색에 평범해 보이는 금고였다. 특이한 점이라고는 비밀번호를 입력하는 숫자판 위에 불이 들어오는 작은 등 아홉 개가 일렬로 위치해 있다는 것 정도였다.

"비밀번호는 한 자리부터 아홉 자리까지 맘대로 설정할 수 있어. 숫자 버튼 다 누르고 입력 버튼 누름 돼. 다섯 번 틀리면 금고가 완전히 잠기고. 열 수 있는 방법은…… 없을걸?"

진옥이 탁한 목소리로 설명했다. 지훈과 명호, 태헌은 금고 앞에 모여들었다. 지훈은 숫자판 위에 일렬로 늘어선 아홉 개의 작은 등을 도로록 쓸어 만지며 진옥에게 물었다.

"이건 뭐예요?"

"맞는 숫자를 누르면 초록 불, 틀린 숫자를 누르면 빨간 불이 들어와. 비밀번호 까먹는 멍청한 새끼들 땜에 이런 게 다 나왔다니까. 어쩔 거야. 쓸 거야, 말 거야?"

지훈은 명호와 태헌의 얼굴을 쳐다봤다. 둘 다 아무래도 좋다는 표정이었다.

세 사람이 모두 고개를 끄덕이자 진옥은 미련 없이 방을 나갔다. 이후 세 사람은 꼼꼼하게 금고실 안을 살폈다. CCTV가 설치돼 있는 건 아닌지, 혹시 누가 숨어 있는 건 아닌지. 미리 의논한 적도 없지만 맡은 바 임무를 수행하듯 방 안을 점검했다. 다 확인했다 싶을 무렵 세 사람은 자연스레 금고 앞에 모였다. 지훈은 주머니에서 로또를 꺼내 명호와 태헌에게 확인차 보여준 다음 금고에 넣고 문을 닫았다. 문을 여닫을 때마다 삐리릭 소리가 났다.

"나부터 한다?"

지훈이 금고 앞에 쪼그려 앉았지만 명호와 태헌은 멀뚱히 서서 쳐다보기만 했다. 지훈이 꺼지라는 듯 턱짓을 하자 두 사람은 그제야 이해했다는 얼굴로 멀찍이 떨어져 뒤돌아섰다.

지훈은 둘이 돌아선 사이 몰래 로또 종이를 챙기면 어떨까 하는 생각이 불쑥 들었지만 지금 닫힌 문을 연다면 삐리릭 소리가 날 게 뻔했다. 상상만으로 그쳐야 할 시도였다.

무슨 숫자를 입력해야 할까. 생일이나 전화번호처럼 너무 쉬운 숫자면 안 된다. 통장 비밀번호처럼 평소 자주 쓰던 숫자도 안 될 것 같았다. 지훈이 좀처럼 숫자를 누르지 못하자 명호가 재촉했다.

"뭐 하냐, 손가락 부러졌냐?"

"닦달하지 좀 마."

"아, 새끼. 이틀 있다가 다시 열 건데 뭘 그렇게 고민해."

"아무 숫자나 막 입력했다가 까먹을까 봐 그런다."

지훈은 투덜거리면서 생각했다. 맞다. 방금 한 말대로 낯선 비밀번호를 입력했다가 잊어버리면 큰 낭패다. 그럴 바에는 쉽고 자주 쓰던 번호가 나을 것이다.

지훈은 숫자판으로 손가락을 가져갔다. 오래 사용하지 않은 듯 버튼의 살짝 휜 돌출 부분에 먼지가 뽀얗게 쌓여 있었다. 인상을 찌푸리며 1, 2, 7 숫자 세 개를 힘주어 눌렀다. '127'은 지훈의 생일 7월 12일과 전 여자친구 민아의 생일 1월 7일을 조합한 숫자였다. 헤어진 지 몇 달이 넘었지만 '0127'은 아직도 그의 집 현관문 비밀번호로 남아 있었다.

지훈이 비밀번호 세 개를 입력한 순간 첫 번째부터 세 번째 등까지 초록 불이 들어왔다. 지훈은 다리를 펴고 일어나 명호가 선 곳으로 걸어갔다. 그러자 인기척을 느낀 명호가 바통 터치하듯 스쳐 지나가며 구시렁거렸다.

"되게 고민하네. 별거 아닐 거면서."

"넌 내가 무슨 번호를 눌렀는지 아마 상상도 못 할 거다."

지훈은 씩 웃으며 태헌 옆에 돌아섰다. 금고 앞에 쪼그려 앉은 명호는 망설임 없이 숫자를 눌렀다. 삑, 삑, 삑 소리가 균일하게 들렸다.

"통장 비번?"

뒤돌아선 채 지훈이 명호를 떠봤다.

"네가 그걸로 했나 부지? 내가 그렇게 단순한 인간 같냐?"

명호가 일어나 돌아오며 대답했다.

"뭐 너도 복잡한 인간은 아닐 텐데. 젤 자주 보는 번호?"

"정답."

명호가 킬킬거리며 대답하는 사이, 금고로 걸어간 태헌이 삑삑 삑 빠르게 숫자를 눌렀다.

"야, 저 새끼 같은 번호 연속으로 눌렀다."

명호의 말에 태헌은 당황하며 "아니야!" 하고 소리쳤다. 지훈과 명호는 마주 보고서 "제대로 맞혔네." 하며 킬킬거렸다.

금고의 아홉 자리 비밀번호가 모두 입력됐다. 숫자판 위 일렬로 늘어선 아홉 개의 등에도 모두 초록 불이 들어왔다. 지훈이 입력 버튼을 누르자 삐리릭 소리와 함께 '비밀번호가 설정되었습니다.' 하는 기계음이 흘러나왔다. 동시에 아홉 개의 초록 불도 사라졌다. 그 순간 세 사람 사이에 감돌던 긴장감도 자취를 감췄다.

세 사람은 전당포 건물을 빠져나왔다. 서로 어깨를 밀치고 시시 덕거리며 으슥한 거리를 걸었다. 로또를 금고에 맡기고 온 것뿐인 데 복잡한 문제까지 전부 놓고 온 듯했다. 로또 당첨금도 이미 안 전하게 손안에 들어온 것처럼 느껴졌다.

4

명호, 태헌과 헤어지고 집으로 가는 길, 지훈은 먹색 하늘을 쳐다봤다. 비가 올 모양인지 밤하늘이 탁하게 물들어 있었다. 지훈은 구불구불 하늘 끝에 닿을 듯 이어진 골목길을 오르며 생각에 잠겼다. 얼굴에서 점점 웃음이 지워졌다. 명호, 태헌과 헤어지자 애써 눌러놨던 욕망이 마음의 틈을 비집고 튀어나왔다.

전부 내 손에 쥘 수 있었던 40억.

곱씹을수록 속이 쓰렸다. 또다시 13억 3천이라는 돈이 적은 돈 같이 느껴졌다. 감격스럽던 기분은 사라지고 아쉬운 마음만 커졌다. 누가 뭐래도 로또 당첨에서 공이 제일 큰 사람은 자신이었다. 로또가 든 덩치의 지갑을 줍지 않았다면 지금의 40억은 없는 것이나 마찬가지니까.

괜히 지갑을 명호와 태헌에게 보여줘서는.

아니다. 자신이 버린 지갑을 명호가 다시 줍지 않았다면 13억 3천도 없었을 것이다.

그래도 로또가 되면 셋이 나눠 가지자는 말은 하는 게 아니었는데.

아니다. 태헌이 합의하러 가자는 소리를 하지 않았다면 지갑조차 줍지 못했을 것이다.

언덕길을 오르는 동안 지훈의 마음이 천 번 만 번 흔들렸다. 그러나 이미 쏟아버린 물을 주워 담을 수는 없는 노릇이었다. 금고에 로또를 모셔놓은 이상 후회한다 한들 무슨 소용이랴.

그때 지훈의 머릿속에 번뜩 생각 하나가 스쳐 지나갔다. 번개를 맞은 듯 전율이 일었다.

만약, 정말로 만약, 금고의 비밀번호를 알 수만 있다면.

지훈은 발을 멈췄다. 언덕길을 내려갔다가 고개를 절레절레 흔들며 다시 오르기를 반복했다. 차라리 작동을 멈추면 좋으련만 두뇌는 미친 듯이 굴러갔다. 제발 멈추었으면, 하고 바랄 정도로 생각이 뻗어나가더니 결국 염려하던 지점에 도달했다.

그래, 금고를 열어 로또를 가져가겠다는 것도 아니잖아.

그저 그 비밀번호가 맞는지 확인하려는 것뿐.

결심이 서자 지훈은 생각을 합리화하며 발걸음을 돌렸다. 그러고는 언덕길을 빠른 속도로 내려갔다.

지훈은 '마포 전당포' 현관문 앞에서 벨을 눌렀다. 몇 번이고 눌렀지만 안에서는 응답이 없었다.

역시 나쁜 짓을 멈추라는 신의 계시인 걸까.

전당포까지 오는 동안 지훈은 수도 없이 갈등했다.

여기까지 오는 동안 명호와 태헌에게서 연락이 온다면 포기하고 돌아가야지.

여기까지 오는 동안 비가 온다면 돌아가야지. 빨간 신호에 걸린다면 돌아가야지.

하지만 행운인지 불행인지 명호와 태헌에게서 연락은 오지 않았고 비도 오지 않았으며 빨간 신호에 걸리지도 않았다. 지훈은 이 모든 것을 하늘의 탓으로 돌리며 자신의 행동을 정당화했다. 죄책감도 서서히 지워버렸다.

하긴 금고에서 로또를 꺼내 독차지하겠다는 것도 아니고.

그냥 명호와 태헌의 비밀번호가 뭔지 확인하려는 것뿐이잖아?

그렇게 속으로 되뇌며 재차 벨을 눌렀다. 이번에도 안에서는 인기척이 없었다. 역시 여기까지인가. 지훈은 전당포에 들어갈 수 없다면 포기하는 게 맞다고 생각하며 현관문 손잡이를 돌렸다. 그런데 손잡이가 매끄럽게 돌아가는 게 아닌가.

지훈은 주위를 잠시 두리번거리다 살며시 전당포 안으로 들어갔다. 사무실을 지나 금고실로 다가가 손잡이를 돌리자 금고실 문도 열렸다.

심장이 사정없이 두근거렸다. 나쁜 짓을 하려는 게 아니다. 그저 만약의 사태를 대비해 명호와 태헌의 비밀번호를 알아두고 싶은 것뿐이다. 애써 합리화하며 금고 앞에 쪼그려 앉았다. 금고실 불을 켤 엄두는 나지 않아 핸드폰 플래시로 숫자판을 비춰봤다.

역시나. 어떤 버튼은 살짝 휜 돌출 부분에 먼지가 쌓여 있었고 어떤 버튼은 먼지가 닦여 깨끗했다. 입안이 바짝 말라 지훈은 침을 삼켰다. 막연히 추측만 했던 것이 맞아떨어지자 되레 당황스러웠다. 몰래 이런 시도를 한다는 사실에 죄책감이 느껴졌지만 여기까지 와서 물러서는 것도 무의미한 일이었다.

지훈은 핸드폰 플래시를 비추며 숫자판을 자세히 살폈다. 1, 2, 4, 5, 7, 8, 0이 먼지 없이 깨끗했고 6, 9에는 먼지가 소복했다. 3은 먼지가 닦인 듯 쌓인 듯 애매했다. 누르는 동안 먼지가 닦였을 테니 세 사람이 누른 숫자는 1, 2, 4, 5, 7, 8, 0 그리고 3 중에 있다는 소리였다.

그 어느 때보다 머릿속이 차가워졌다. 심장박동 소리가 먹먹하게 들려왔다.

지훈은 1, 2, 4, 5, 7, 8, 0에서 자신이 누른 1, 2, 7을 제외했다. 그러면 남는 숫자는 4, 5, 8, 0과 애매한 3이다. 명호와 태헌이 누른 숫자가 4, 5, 8, 0 그리고 3 중에 있다는 뜻이었다. 물론 그가 누른 1, 2, 7 중에도 명호와 태헌이 누른 숫자가 있을지 모른다. 하지만 없을 가능성이 매우 높았다. 태헌이 같은 숫자를 세 번 반복해서 눌렀기 때문이다. 게다가 명호가 지훈 자신과 겹치는 숫자를 눌렀다면 이렇게 많은 숫자가 먼지 없이 깨끗할 리 없다. 깨끗한 버튼의 개수가 더 적어야 했다.

4, 5, 8, 0 그리고 3이 깨끗하다는 이야기는, 명호는 지훈이 누른 숫자와는 겹치지 않으면서 각기 다른 세 개의 번호를 눌렀다는 뜻이었다.

지훈은 아드레날린이 치솟는 듯했다. 일단 바닥에 주저앉아 생각에 생각을 거듭했다. 아무래도 같은 숫자를 연속해서 누른 태헌의 번호를 먼저 추측하는 게 빠를 것 같았다. 일단 3을 제외했다. 태헌은 같은 숫자를 세 번 눌렀을 테니 3처럼 먼지가 애매하게 닦인 버튼은 아닐 터였다.

즉 태헌의 숫자는 4, 5, 8, 0 중 하나다.

생각이 여기까지 미치자 태헌의 번호를 알아낼 방도가 떠올랐다. 지훈은 금고 가까이 몸을 기울였다. 숫자판으로 향하는 손이 작게 떨렸다. 여기서 멈출 수도 있었으나, 로또를 독차지하려는 게 아니라는 걸 다시 한 번 속으로 되뇌었다. 그저 명호와 태헌의 숫자가 궁금할 뿐이다.

지훈은 손을 떨며 먼저 1, 2, 7을 눌렀다. 다음으로 명호의 자리에 3, 3, 3을 눌렀다. 일단 명호의 숫자 세 개가 모두 3이 아니라는 사실을 확인하는 것만으로도 충분한 성과다. 마지막으로 태헌의 자리에는 4, 5, 8을 눌렀다.

그렇다. 4, 5, 8, 0 중 하나가 태헌의 숫자라면, 태헌의 자리에 4, 5, 8을 입력해보면 된다. 그중 하나에 초록 불이 들어오면 그 숫자가 정답인 것이고 다 빨간 불이 들어오면 0이 정답이라는 뜻이니까.

아홉 자리 번호가 전부 입력되자 지훈은 머뭇거리다가 입력 버튼을 눌렀다. 동시에 일렬로 늘어선 아홉 개의 등 중 첫 번째에서 세 번째 자리까지는 초록 불, 네 번째에서 여덟 번째 자리까지는 빨간 불, 마지막 아홉 번째 자리에는 초록 불이 들어왔다. 지훈은 심장이 입 밖으로 튀어나올 것 같았다. 전율이 일었다. 태헌의 숫자를 진짜 알아낸 것이다.

태헌의 비밀번호는 '888'!

하지만 기쁨도 잠시였다. 금고에서 '지금까지 두 번 틀리셨습니다.' 하는 소리가 스산하게 울려 퍼졌기 때문이다. 지훈은 얼음처럼 굳어버렸다. 전혀 예상치 못했던 상황에 전신에 소름이 돋았다. 누군가 먼저 금고의 비밀번호를 눌러본 것이다.

누구야, 대체 누가.

지훈은 서둘러 일어나 금고실을 둘러봤다. 어둠에 휩싸인 커다란 금고들이 마치 사람이 웅크린 모습 같았다. 전신이 나무토막처럼 뻣뻣해졌다. 오싹해진 지훈은 도망치듯 금고실을 빠져나왔다.

외진 동네를 벗어나는 내내 지훈은 경계 어린 눈으로 사방을 살폈다. 익숙한 언덕길에 접어들자 겨우 안도감이 들었다. 긴장 때문인지 셔츠의 등 부분이 땀으로 흠뻑 젖어들었다. 그러다 문득 이런 생각이 들었다. 내가 왜 도망친 거지?

사실 죄책감을 느낄 하등의 이유가 없었다. 명호인지 태헌인지 모를 누군가도 로또를 독차지할 셈으로 그보다 먼저 금고 비밀번호를 눌러보지 않았는가. 그런 생각이 들자 지훈은 어처구니가 없었다. 헛웃음이 나오다가 곧 열이 치솟았다.

왜 그들이 신의를 지킬 거라 생각했을까. 그리고 자신은 왜 신의를 지켜야 한다고 생각했을까.

자신 말고도 또 한 명이 헤어지자마자 전당포로 돌아가 금고의 비밀번호를 눌러봤다. 40억 앞에서는 단 몇 시간의 고민도 필요 없을 만큼 값싼 우정이었던 셈이다.

대체 누구일까. 명호일까, 태헌일까.

누구인지 알아내야 한다. 그래야 손잡을 사람을 가려낼 수 있다. 40억 앞에서 갈기갈기 찢길 우정이라면 그 돈을 나눠 가질 가치도 없었다. 그때 적막한 언덕길에 핸드폰 벨 소리가 울려 퍼졌다. 지훈은 핸드폰을 확인했다. 명호였다. 잠시 고민하다 전화를 받았다. 명호는 지훈이 전화를 받자마자 당황한 목소리로 속사포처럼 말을 쏟아냈다.

"야, 석지훈. 큰일났다. 이태헌이……. 아 씨, 이걸 어떻게 설명해야 돼."

"……무슨 말이야? 그렇게 말하면 내가 어떻게 알아들어?"

지훈이 경계 어린 목소리로 대답했다. 누군가가 금고 비밀번호를 먼저 눌러봤다는 걸 안 순간, 기다렸다는 듯 때맞춰 걸려 온 전화라 의심스러웠다.

"너 지금 어디야? 만나서 얘기 좀 하자."

명호의 목소리에 초조함이 묻어났다.

지훈은 고민했다. 직감이 위험하다고 소리치는 것 같았다. 그렇지만 지금은 배신자를 걸러내는 일이 더 시급했다. 그래야 자신의 몫이 20억으로 늘어나고 내일 태평에게 50억—혹은 그에 준하는 증거물—을 내놓을 수 있었다.

지훈은 주위를 둘러보며 지표가 될 만한 것을 찾았다. 골목 어귀에 미진슈퍼가 보였다.

"미진슈퍼 사거리."

명호는 알겠다고 대답한 뒤 곧장 전화를 끊었다.

지훈은 언덕길을 내려가 미진슈퍼 처마 아래 섰다. 깊은 밤중이라 골목은 인기척 하나 없이 고요했다. 반대편 골목을 바라보고 있는데 빗방울이 하나둘씩 떨어졌다. 그러다 곧 거센 빗줄기가 돼 내리퍼붓기 시작했다.

지훈은 쏟아지는 비를 쳐다보다 불쑥 태헌에게 연락해봐야겠다는 생각이 들었다. 명호만이 아니라 태헌도 떠봐야지 배신자가 누군지 제대로 가려낼 수 있을 것 같았다. 핸드폰에서 태헌의 연락처를 찾아 통화 버튼을 누르려는데, 빗줄기를 뚫고 가까워지는 헤드라이트 불빛이 보였다. 명호의 차였다. 부아앙 소리를 내며 빠르게 달려온 명호의 차가 미진슈퍼 앞에 섰다.

"타!"

명호가 운전석 창문을 열고 소리쳤다. 어둠에 그늘져 명호가 어떤 표정을 짓고 있는지 잘 보이지 않았다. 지훈은 망설이다 머리 위로 손 그늘을 만들고는 반대쪽으로 달려가 조수석에 올라탔다. 골목을 가로지른 것뿐인데 셔츠가 장대비에 흠뻑 젖어들었다.

"무슨 말이길래 만나서 얘기하자는 거야? 이태헌이 왜?"

조수석에 올라탄 지훈이 머리에 묻은 빗방울을 털어내며 물었다.

"여기서 할 얘긴 아냐. 가서 얘기할게."

"어디?"

"……가보면 알아."

명호는 딱딱하게 굳은 얼굴로 정면만 보며 차를 출발시켰다.

명호의 차는 외진 길을 한참 달리다 산 위 S자 도로로 진입했다. 억세게 퍼붓는 비 때문에 와이퍼가 찔꺽찔꺽 힘겹게 앞 유리창을 닦아냈다. 명호는 운전하는 내내 말이 없었다. 몇 번 말을 걸던 지훈도 명호에게서 대화의 의지가 느껴지지 않자 입을 닫았다. 라디오에서 흘러나오는 감성적인 팝송만이 정적을 채우고 있었다.

명호는 한동안 구불구불한 산길을 달리다 도깨비 도로 쉼터에 차를 세웠다. 도깨비 도로는 원래 커브 길이지만 멀리서 보면 직선이라 사고가 많이 나 붙여진 별명이었다. 창밖을 내다보던 지훈은 도착한 곳이 도깨비 도로의 쉼터라는 걸 알아채고는 고개를 갸웃했다.

"뭐야, 이 시간에 여긴 왜 와?"

"내려."

명호가 먼저 차에서 내렸다. 비를 흠뻑 맞으며 기다리고 선 명호를 보자니 지훈도 내리지 않을 수가 없었다. 차에서 내리자 세찬비 때문에 앞이 잘 보이지 않을 정도였다. 눈을 가늘게 뜨고 주위를 살펴봐도 명호가 왜 이곳에 오자고 했는지 짐작이 가지 않았다.

"야, 석지훈."

명호가 낮은 목소리로 지훈을 불렀다. 명호는 이제껏 한 번도 보지 못한 표정을 짓고 있었다. 괴롭고 고통스러워 보였다. 지훈을 부르고도 몇 번이나 망설이더니 말을 이었다.

"난 그때…… 네가 했던 거짓말 믿기로 했었다."

"무슨 말……."

지훈은 말을 멈췄다. 온몸이 싸늘하게 굳었다. 명호는 무려 20년 동안 둘 사이에서 한 번도 거론된 적 없었던 열다섯 살 그때 그 일을 이야기하고 있었다.

"야, 그게 비 맞으면서 할 소리야?"

지훈이 짜증을 내며 말했다. 잊고 있던 죄책감과 수치심이 스멀스멀 발목을 휘감았다. 왜 갑자기 그 이야기를 꺼낸 건지 이해도 되지 않았고 화도 났다.

"난 그때 네 거짓말 믿었는데. 너도 묻지도 따지지도 말고, 지금부터 내가 하는 말 그냥 믿어주면 안 되겠냐?"

"왜 갑자기 옛날얘기를 꺼내? 그리고 그땐 네가 진짜 오해한 거라니까."

"그래, 아무 일도 없었다고 쳐. 근데 나 그거 땜에 정상참작 못 받았다. 너 그거 기억해야 돼. 그리고 내 인생 책임지겠다고 했던 네 말도."

"하아……. 도대체 뭔 소리가 하고 싶어서 이러는 건데?"

명호는 머뭇거리다가 결심한 듯 차 트렁크 쪽으로 가서 와보라는 눈짓을 했다. 지훈이 다가갔다. 트렁크가 천천히 열렸다. 새까맣던 시야가 어둠에 적응되자 트렁크 안에 있는 검은 물체가 보였다. 무엇인지 알아본 지훈이 경악하며 펄쩍 물러섰다. 목구멍이 콱 틀어막힌 듯 말이 나오지 않았다.

트렁크 안에 몸을 웅크린 태헌이 있었다.

"야, 이 미친……!"

지훈이 버럭 소리치며 명호에게서 물러났다. 다리에 힘이 풀려 순간 휘청거렸다.

"내가 그런 거 아냐!"

명호가 다급하게 소리쳤다.

"이 미친 새끼야. 이게 네가 아님 누가 한 건데!"

"나도 몰라. 지, 진짜 몰라! 그, 그냥…… 트, 트렁크 안에 있었어!"

그 어느 때보다 절박한 목소리가 빗속을 뚫고 들려왔다. 하지만 지훈은 빗줄기 때문에 명호의 표정을 제대로 확인할 수 없었다. 그저 얼굴에 커다랗고 검은 구멍이 뚫린 듯 보였다. 웃고 있을까, 울고 있을까. 기괴하고 소름 끼치는 모습이었다.

그제야 지훈은 벼락을 맞은 듯 명호가 왜 여기로 자신을 데리고 왔는지 깨달았다. 도깨비 도로는 사고가 잦은 곳이다. 매년 두세 번 꼴로 사고가 나고는 했다. 만약 자신과 태헌을 저 차에 태우고 절벽으로 밀어버린다면 명호로서는 완전범죄가 된다. 명호는 자신에게 태헌을 죽인 누명을 씌우고 차에 태워 절벽으로 밀어버릴 셈이었던 것이다.

역시 금고 비밀번호를 먼저 눌러봤던 건 명호였구나. 뒤늦게 정신이 들자, 왜 경계심 없이 그를 따라나선 것인지 후회가 됐다. 자신은 체격도 힘도 명호와는 비교조차 되지 않았다. 그가 자신을 죽이기로 마음먹었다면 꼼짝없이 당할 수밖에 없었다.

두려움이 목을 조여오자 충격과 배신감 같은 감정은 빠르게 자취를 감췄다. 오히려 머릿속이 차가워졌다. 그저 이 상황을 벗어나야겠다는 생각밖에 들지 않았다.

지훈은 계속 갈등하는 척 왔다 갔다 하며 서서히 운전석 쪽으로 향했다.

"지훈아. 야, 석지훈. 이번엔 너 진짜 나 믿고 제대로 도와줘야 돼."

명호가 다시 한 번 절박한 목소리로 애원했다. 그리고 그 순간 지훈은 잽싸게 운전석에 올라타서 시동을 걸었다. 한 박자 늦게 상황을 파악한 명호가 차 조수석 문에 간신히 매달렸다. 흘낏 쳐다보자 한껏 일그러진 명호의 얼굴이 보였다. 지훈은 명호를 떨쳐낼 생각으로 차를 출발시켰다.

"야, 이 새끼야! 내가 네 속셈 모를 줄 알아? 너 이태헌 죽이고 나까지 죽이려고 여기 데려온 거잖아!"

"아냐, 차 좀 세워봐!"

지훈은 차를 세울 생각이 전혀 없었다. 진실을 내뱉자 미칠 듯한 분노가 전신을 지배했다. 배신감으로 치가 떨렸다. 분하고 억울했다. 액셀을 있는 힘껏 밟았지만 바닥이 진흙탕이 됐는지 차는 제대로 나가지 못하고 바퀴가 헛돌기만 했다.

"살인자 새끼. 벌레만도 못한 새끼. 어떻게 돈 때문에 친구를 죽여?"

"내 이럴 줄 알았어! 네가 믿을 거라고 생각한 내가 등신이지!"

명호는 힘겹게 조수석 문을 열고서 간신히 차에 올라탔다. 때마침 차가 빗길에 미끄러지기 시작했다. 지훈은 순간적으로 브레이크를 밟았다. 운전대가 마구 돌아가자 명호가 운전대를 함께 붙들었지만 이미 차는 통제를 벗어났다. 끽끽 소리를 내며 헛돌던 차는 그대로 미끄러져 가드레일을 처박았다. 엄청난 충격이 지훈과 명호를 덮쳤다. 차가 충돌하자 가드레일이 그대로 뚫려버리며 명호의 차가 허공을 날았다.

지훈과 명호는 미친 듯이 비명을 질렀다. 안전벨트도 하지 않은 탓에 두 사람의 몸이 마구 뒤엉키며 차 안에서 튕기고 굴렀다.

가드레일 너머 절벽으로 굴러떨어진 차가 쿵쿵 부딪치며 종잇장처럼 우그러졌다. 끝내 차가 절벽 바닥에 처박혔다. 엔진룸에서 흰 연기가 피어오르나 싶다가 쏟아지는 비에 사그라들었다.

정적이 흘렀다. 빗소리가 모든 것을 뒤덮었다. 차 안에는 피투성이가 된 지훈이, 바로 옆 흙바닥에는 차에서 튕겨 나온 명호가 의식을 잃은 채 쓰러져 있었다.

시커먼 하늘에서는 사나운 빗줄기가 끊임없이 쏟아졌다.

2부

I

20년 전. 점심을 먹는 둥 마는 둥 뱃속에 욱여넣은 지훈이 보육원 건물을 빠져나왔다. 마당에는 뾰족하게 날 선 바람이 세차게 불어대고 있었다. 지훈은 오리털이 거의 다 빠져 납작해진 패딩으로 몸을 감쌌다. 그래봐야 얇은 옷감 안으로 꾸역꾸역 밀려드는 한기를 막아내지는 못했지만. 지훈이 점심시간에 급식실을 도망치듯 빠져나온 건 궁금증을 주렁주렁 매단 원생들의 눈빛이 견디기 힘들었기 때문이다.

어제 명호가 보육원으로 돌아왔다. 들리는 말로는 경찰 수사 중 촉법소년임이 확인되자 바로 돌려보냈다고 한다. 명호가 돌아오자 보육원에는 팽팽한 긴장감이 감돌았다. 원생들 눈에 매달린 호기심도 짙어졌다. 좁은 보육원 건물 안에서 지훈은 명호와 수시로 마주쳤고 그때마다 숨죽인 시선이 달라붙었다.

이제 명호는 지훈을 붙들고 원장에게 당한 사실을 솔직하게 진술해달라고 부탁하지 않았다. 소용없다는 걸 알기 때문일까. 아니면 그의 처지를 이해했기 때문일까. 그저 까맣게 죽은 눈동자로 시선을 피할 뿐이었다.

명호가 그럴 때마다 지훈은 누가 손으로 쥐고 비튼 듯 심장이 뻐근했다. 나 살자고 명호를 사지로 몰아넣었다는 죄책감에 숨이 잘 쉬어지지 않았다.

또다시 희뿌연 입김과 함께 한숨이 터져 나왔다.

한동안 앞마당과 뒷마당을 오가며 시간을 때우던 지훈은 얇은 운동화 밑창으로 한기가 파고들자 교회 건물을 흘낏 쳐다봤다. 예배당 안도 춥기는 매한가지지만 바람은 막아줄 수 있었다. 지금쯤이라면 아무도 없을 시간이기도 했다.

지훈은 살얼음이 맺힌 마당에 둥그런 발자국을 남기며 교회 건물로 걸어갔다. 두꺼운 목문을 열자 어두컴컴한 예배당 내부가 보였다. 그래서 처음에는 당연하게도 예배당 안이 텅 빈 줄 알았다. 작게 속삭이는 소리도 휘몰아치는 바람이 만들어내는 울림이라 생각했다.

하지만 어둠에 시야가 적응되자 예배당 제일 앞 장의자에 옹송그린 뒷모습이 보였다. 명호였다. 명호가 돌아온 뒤로 지훈은 아직 그와 단둘이 대면한 적이 없었다. 그런데 예기치 못한 순간 한 공간에 둘만 남겨지자 당황스러웠다. 어찌할 바를 몰라 머뭇대다가 조용히 예배당을 빠져나가려는데 울음 섞인 목소리가 들려왔다.

"내가 진짜 당신 존나게 싫어하는데…… 완전 싫어하는데…….
그래도 이번에는 좀 살려주면 안 되겠냐고요."

처음 지훈은 명호가 자신에게 말을 건네는 줄 알았다. 심장이 바닥으로 추락하는 기분이었다. 그러나 계속 이어지는 명호의 말은 그를 향한 게 아니었다. 명호는 정말이지 어울리지 않게도 기도를 하고 있었다. 여태껏 십자가 그림자만 봐도 침을 뱉던 명호였다.

"이건 말도 안 되는 거잖아요……. 난 진짜 그 새끼 도와주려고 한 건데, 그 새끼가 어떻게 이렇게 내 뒤통수를 칠 수 있냐고요!"

명호가 내뱉는 말 한 마디 한 마디가 비수처럼 가슴에 박혔다. 토할 것처럼 속이 울렁거리고, 죄책감에 미칠 것만 같았다.

"내가 딴 건 안 바랄게요. 석지훈 맘 좀 돌려줘요. 아니면 딱 하루만이라도 그 새끼랑 몸을 바꿔주든가. 법정에서 제대로 증언 좀 하게. 그리고 그 새끼도 내가 얼마나 죽을 거 같은지 알아야 할 거 아니에요. 그니까아, 제발 이 개같은 내 인생 좀 살려달라고, 어? 신이란 게 있다면 이 정도는 들어줘야 하는 거 아니냐고요!"

명호의 속삭임은 점점 울부짖음으로 변하고 있었다. 지훈은 가슴이 지끈거리다 못해 갈기갈기 찢기는 것 같았다.

내가 대체 무슨 짓을 저지른 걸까.

당시 지훈은 공범으로 몰릴까 봐 두려웠다. 원장의 추행 사실이 밝혀지면 지훈 자신에게도 동기가 생기는 셈이었으니까. 게다가 살인 현장에는 두 사람이 함께 있었다. 사람들은 명호가 혼자 원장을 살해했다고 생각하지 않을 것이다. 자신 역시 공범으로서 같이 죄를 짊어지게 될 가능성이 컸다. 물론 그렇다고 해서 명호에게 저지른 짓을 정당화할 수는 없겠지만.

어떻게 사과해야 할까. 명호와 얼굴을 마주할 용기조차 없었다.

지훈은 힘없이 돌아서서 목문 손잡이를 잡았다. 조심스럽게 문을 밀려던 순간이었다.

예배당 안쪽에 있는 기도실 문이 벌컥 열렸다. 다른 누군가가 있을 거라 생각하지 못한 지훈도 명호도 흠칫 놀라 기도실을 쳐다봤다. 머리가 하얗게 센 할머니가 총총걸음으로 기도실을 나오고 있었다. 지훈은 눈을 가늘게 뜨고 할머니를 응시했다. 어디서 봤더라……. 그 순간 터미널 가판대 매점 주인 할머니라는 사실이 떠올랐다.

할머니는 멍한 눈으로 정면만 보며 예배당을 가로질러 갔다. 걸음이 어찌나 느린지 할머니 주변만 시간이 천천히 흐르는 것 같았다. 혼잣말을 하는 건지 웅얼거리는 소리도 들렸다.

지훈이 얼떨떨하게 쳐다보는 동안 할머니가 가까이 다가왔다. 지훈이 비켜서자 할머니는 어디를 보는지 불분명한 시선을 던지며 목문을 열었다. 그때 웅얼거림이 지훈의 귓가를 스쳤다.

"두드리면 문이 열릴 것이다……. 언젠가…… 때가 되면…….."

문이 활짝 열리고 할머니가 예배당을 빠져나갔다. 열린 문 사이로 무섭게 바람이 불어댔다. 그리고 지훈의 눈앞에서 문이 쾅 소리를 내며 닫혔다.

2

쾅, 쾅, 쾅. 머릿속에서 할머니가 계속 문을 닫고 있었다. 덩달아 누군가 망치로 두드리는 것처럼 쿵, 쿵, 쿵 골이 울렸다. 의식이 점차 떠오르자 누구한테 두들겨 맞기라도 한 것처럼 온몸이 욱신거렸다. "으……." 지훈은 뻑뻑한 눈꺼풀을 깜빡거리며 신음했다.

어떻게 된 거야.

뿌옇던 시야가 맑아지자 말간 하늘이 보였다. 등 뒤로 축축한 흙바닥이 느껴지고 웃자란 잡풀이 얼굴을 간질거렸다. 지훈은 물먹은 솜처럼 묵직한 몸을 일으켰다. 피가 눈꺼풀에 엉켜 말라붙은 모양인지 시야가 얼룩덜룩했다.

지훈은 쨍한 햇볕에 실눈을 뜨고 주위를 살폈다. 억센 잡풀과 바윗돌이 아무렇게나 방치된, 절벽 아래의 버려진 땅이었다. 한쪽으로는 가파르게 경사진 절벽이 하늘을 찌를 듯 자리하고 있었다. 하지만 그 무엇보다 지훈의 시선을 사로잡은 건 구겨진 쇳덩이처럼 내동댕이쳐진 명호의 차였다.

어젯밤 일이 조각조각 파편처럼 떠올랐다. 그러다 어느 순간 모든 기억이 한꺼번에 수면 위로 솟구쳐 오르자 사고가 나기 직전 그를 휘감았던 분노, 배신감, 처참함과 깊은 절망감이 되살아났다. 어떻게 태헌을 죽일 수가 있는지, 진짜 자신까지 죽이고 로또를 독차지할 셈이었던 건지.

장명호 개새끼, 죽여버릴 거야.

지훈은 절뚝거리며 명호의 차로 걸어갔다. 부연 시야로 운전석에 웅크리고 있는 인영이 어슴푸레 보였다. 의식을 차린 모양인지 움찔거리며 몸을 일으키고 있었다.

태헌은 진짜…… 죽은 걸까. 정말 명호가 죽인 걸까.

참담한 심정과 함께 극렬한 분노가 치솟자 물기 맺힌 지훈의 눈이 시뻘겋게 충혈됐다. 와중에도 운전석의 인영이 움직이는 걸 보며 명호가 죽지 않았다는 생각에 묘한 안도감이 들기도 했다. 그 사이 차에 앉아 있던 인영이 문을 열고 비틀비틀 걸어 나왔다.

지훈은 곧 펼쳐질 대치를 준비하며 흐린 시야로 그를 지켜봤다. 그런데 무언가 조금 이상했다. 피가 말라붙은 눈꺼풀을 손등으로 세게 비벼봤지만 이상한 건 그대로였다.

도무지 믿을 수가 없었다. 눈앞의 상대가 복제인간처럼 자신과 완전히 똑같은 모습이었던 것이다. 같은 얼굴에 같은 체형, 심지어 같은 정장 바지에 셔츠를 입고 있었다.

"뭐, 뭐야. 너 누구야!"

지훈이 소리쳤다.

"넌 누군데!"

상대가 되받아쳤다. 소름이 끼쳤다. 어떻게 된 거지? 의아해진 순간, 지훈은 문득 자신의 몸뚱이에 위화감이 느껴졌다. 어쩐지 아까부터 팔다리의 움직임이 낯설고 시야가 높다는 생각이 들었다. 두 손을 눈앞으로 들어 보이자 투박하고 거칠며 마디가 굵은 손이 보였다.

지훈은 번개처럼 내리친 깨달음에 우그러진 자동차로 뛰어가 창문에 자신의 모습을 비춰봤다.

……!

믿을 수가 없었다.

차창에 비친 사람은 지훈이 아니라 명호였다. 자신이 명호의 모습을 하고 있는 것이다. 벼락 같은 충격에 지훈은 주먹으로 퍽 하고 제 머리를 후려쳤다. 그것도 모자라 사정없이 뺨을 때렸지만 꿈이 아니었다. '지훈'의 모습을 한 상대도 얼이 빠져 있다가 지훈에게로 바짝 다가왔다. 그러고는 지훈의 얼굴을 부여잡고 목을 거의 뽑을 듯 잡아당기며 소리쳤다.

"너 누구야. 대답하라고!"

'지훈'의 모습을 한 상대는 지훈 자신과 똑같은 얼굴인데도 얼굴 근육을 완전히 다르게 쓰고 있었다. 미간을 구기거나 입가를 한쪽만 끌어올리는 행동에서 다른 이의 습관이 묻어났다. 얼굴은 '지훈'이지만 말투와 행동은 전혀 다른 사람이었다. 그 순간 지훈은 이 해괴하고 괴이한 상황을 단박에 이해할 수 있었다.

지금 자신은 명호의 몸속에, 명호는 자신의 몸속에 들어가 있는 것이다. 아니, 영혼이 뒤바뀌었다고 표현해야 할까? 모르겠다. 어쨌든 석지훈의 몸과 장명호의 몸이 뒤바뀐 것 같았다.

어떻게 이런 일이.

머릿속이 혼란으로 뒤엉켰다. 하지만 그 믿을 수 없는 일이 현실에 벌어진 건 확실해 보였다. 상황 파악이 끝나고 상대가 누구인지 깨닫자 소용돌이치는 혼란 속에서도 화가 치솟았다. 지훈은 자신과 똑같은 모습을 한 '지훈'의 손을 떨쳐내고 뒤로 펄쩍 물러났다. 그러고는 바닥에 굴러다니는 나무 막대기를 주워 '지훈'을 향해 겨누었다.

"너 장명호 맞지? 나한테 대체 뭔 짓을 한 거야!"

"아 씨, 설마 너 석지훈이야?"

'지훈'이 지훈에게 다가왔다. 지훈에게는 자신을 똑같이 복제한 인간이 다가오는 느낌이었다. 아니면 영혼이 쏙 빠진 껍데기가 다가오는 느낌이거나. 뭐가 됐든 괴이하기 짝이 없었다.

"오, 오지 마."

지훈은 나무 막대기를 무작정 휘둘렀다.

그래, 꿈이 아니라고 치자. 그리고 저 '지훈' 안에 명호의 영혼이 들어앉아 있다 치자.

하지만 저 새끼가 태헌을 죽이고 자신까지 죽이려 했다는 사실에는 변함이 없었다. 지금 이 상황도 명호가 괴상한 수를 쓴 게 틀림없었다.

"나 이렇게 만든 것도 전부 네가 한 짓이지? 로또 가로채겠다고 이태헌도 죽이고 나까지 이 꼴로 만든 거잖아!"

태헌의 이름을 꺼내자 트렁크에 들어 있던 태헌의 시신이 떠올랐다. 울컥 가슴을 치받는 감정에 울먹거리기 시작한 지훈은 활짝 열린 트렁크 쪽으로 뒷걸음질 쳤다.

"뭔 개소리야? 내가 뭔 수로 사람 몸을 막 바꿔?"

'지훈'은 억울한 모양인지 명호처럼 오만상을 찌푸리며 따라왔다.

"오, 오지 말라고! 그럼 트렁크에 있는 이태헌 시신은 뭔데. 네가 사람이야? 어떻게 나하고 이태헌한테……!"

절망감에 휩싸여 목청껏 소리를 지르던 지훈은 열린 트렁크 안을 보고는 말을 멈췄다. 눈이 휘둥그레졌다. 트렁크 안이 텅 비어 있었다. 태헌의 시신이 온데간데없이 사라진 것이다. '지훈'도 얼른 다가와 트렁크 안을 들여다봤다. 곧 '지훈'의 얼굴에도 혼란스러운 표정이 번졌다.

지훈은 정신을 차릴 수가 없었다. 명호와 몸이 바뀐 데다가 태헌의 시신까지 사라졌다. 감당하기 벅찬 해괴한 일들이 연속으로 벌어지자 망치로 후려 맞은 듯 머리가 얼얼했다. 제정신으로는 믿어지지 않는 이 현상의 이유를 찾아내지 못한다면 정말 미쳐버릴지도 몰랐다.

지훈은 악에 받친 얼굴로 나무 막대기를 '지훈'에게 바짝 들이댔다.

"그, 그래. 이거 전부 약 때문인 거야. 신경계를 교란시켜서 내가 헛걸 보고 있는 거지. 내가 미치지 않고서야 이런 걸 볼 리 없잖아? 그니까 네가 나한테 약 먹인 거 아님 이게 뭐겠냐고. 치료제 내놔,

개새끼야!"

지훈은 목에서 쇳소리가 나도록 악다구니를 썼다.

그랬다. 아니, 그래야 했다. 명호와 몸이 바뀐 것도, 태헌이 죽은 것도 모두 헛걸 본 것이어야 했다.

'지훈'은 열받은 얼굴로 "개빡치네." 하고 중얼거리더니 지훈이 하찮게 휘두르는 나무 막대기를 단숨에 낚아채 내팽개쳐버렸다.

"넌 친구도 아냐. 어떻게 네가 나한테 이럴 수가 있어!"

나무 막대기를 허망하게 뺏겨버리자 지훈은 고함을 치며 '지훈'에게 마구잡이로 주먹질을 했다. 힘과 움직임이 제어되지 않는다는 게 느껴졌지만 지훈은 멈출 수가 없었다. 그때 '지훈'이 난동을 부리는 지훈을 바닥으로 넘어뜨리고는 기술로 제압했다.

"아니라고. 넌 왜 맨날 날 못 믿어. 아니라고 했잖아!"

'지훈'은 지훈 위에 올라타서 오른팔을 붙잡은 채 짓씹듯이 소리쳤다. 그러자 지훈은 왼손으로 바닥의 흙을 긁어모아 '지훈'의 얼굴에 냅다 뿌려버렸다. "악!" 외마디 비명을 지르며 '지훈'이 휘청거렸다. 그 틈을 타 '지훈'을 밀어버린 지훈이 엉금엉금 기어가 돌덩이를 향해 팔을 뻗었다. 하지만 '지훈'이 다시 지훈을 넘어뜨리는 게 먼저였다.

지훈과 '지훈'이 한 몸처럼 뒤엉켰다. 멀리서 보면 신이 나 얼싸안고 바닥을 구르는 것 같았다. 누가 누구인지 분간조차 할 수 없었다.

그때 '지훈'이 지훈의 멱살을 강하게 틀어쥐며 외쳤다.

"씹새끼야, 좀 닥쳐라!"

'지훈'이 있는 힘을 다해 지훈의 얼굴에 주먹을 메다꽂았다. 퍽,
뼈를 강타하는 소리가 울려 퍼졌다.

몽글몽글하게 의식이 수면 위로 떠올랐다. 지훈은 두개골이 박
살 난 듯한 통증에 머리를 부여잡고 상체를 일으켜 세웠다. 흐릿한
시야가 밝아지자 바닥에 앉아 담배를 피우는 '지훈'이 보였다. 옆에
는 꽁초가 수북했다.

지훈은 숨을 토해내며 '지훈'을 뚫어지게 쳐다봤다. 아까처럼 눈
두덩이를 세게 비벼봤지만 환영은 사라지지 않았다. 지훈은 넋을
잃은 채 투박한 손으로 자신의 얼굴을 더듬었다. '명호'의 얼굴인
듯한 거친 윤곽이 느껴졌다.

꿈이 아니었구나. 정말 현실이었어.

"역겨우니까 내 얼굴 그따위로 더듬지 마라."

'지훈'이 담배꽁초를 손가락으로 튕겨버리며 말했다. 지훈은 여
전히 목구멍이 틀어막힌 것처럼 아무 말도 나오지 않았다.

"우리가 왜 이렇게 됐는지는 나도 모르겠지만. 이태헌은 나 진짜
아냐. 존나게 대가리 굴려봤는데……. 하 씨, 그때 이태헌 살았는지
죽었는지 제대로 확인 못 했던 거 같기도 하고."

'지훈'이 정말로 억울하다는 듯 인상을 찌푸리며 말을 덧붙였다.
지훈은 '지훈'의 말을 들으며 점차 이성이 되돌아오는 것 같았다.

그랬다. 말도 안 되는 일이지만 이 일이 벌어진 건 사실이다. 그

렇다면 계속 외면하느니 힘들더라도 조금씩 받아들여야 했다. 머리가 완전히 돌아버려서 헛걸 보고 있든, 환각을 보는 것이든, 세상이 미쳤든 간에.

"말이 되는 소릴 해. 근데 이태헌 지금은 왜 없어?"

지훈이 '지훈'을 날카로운 눈빛으로 쳐다보며 물었다. 영혼이 뒤바뀐 일에 대해 답을 찾을 수 없다면 태헌 일이라도 자세한 경위를 알아야 했다. 무엇보다 태헌이 무사한지 확인하고 싶었다. 그러자 '지훈'은 시큰둥한 얼굴로 박살 난 핸드폰 하나를 던져주었다. 태헌의 핸드폰이었다. 거미줄처럼 온통 금이 간 화면에 신용카드 결제 내역이 떠 있었다. 한 시간 전 카드 결제 대행사명으로 900원을 사용한 흔적이 보였다.

"차 아래에서 찾았어. 우리보다 먼저 정신 차리고 움직인 것 같아."

지훈은 문자를 뚫어지게 쳐다보다 고개를 들었다.

"너 피해서 도망간 건 아니고? 네가 죽이려고 했으니까!"

"아니라고! 진짜 그랬으면 신고부터 했겠지. 이렇게 몰래 사라졌겠냐? 그것도 아님…… 어제 너랑 나랑 쌍으로 미쳐서 헛걸 봤거나."

'지훈'은 얼토당토않은 대답을 늘어놓고는 뭐가 웃긴지 저 혼자 낄낄거렸다. 저 '지훈'은 대책 없이 뻔뻔스럽고 무식하리만큼 단순했다. 영락없는 명호였다. 지훈은 어이없는 표정으로 '지훈'을 쳐다보다가 고개를 돌려버렸다. 어제오늘 연속해서 벌어진 모든 일이 머릿속에서 뒤엉켰다. 이제는 자신이 두 눈으로 목격한 것도 사실이었는지 확신하기가 힘들었다.

태헌의 핸드폰을 내려놓은 지훈은 혼란스러워 미칠 것 같은 마음에 '지훈'을 다시 추궁했다.

"진짜 아니야?"

"믿기 싫음 믿지 말든가, 개새끼야."

담배를 빼 문 '지훈'이 불을 붙이며 말했다. 한 모금 깊게 빨아들였다 내뱉자 하얀 연기가 넘실거리며 퍼져나갔다.

아무리 머리 터지게 고민한들 태헌이 없는 이상 어떻게 된 일인지 알 수는 없었다. 저 인간의 말이 틀렸다고 단정할 만한 이유도 없었다. 게다가 태헌이 무사한 것도 확인하지 않았는가. 그렇다면 이제 태헌보다는 몸이 바뀌어버린, 이 말도 안 되는 상황이 더 큰 문제였다.

"와 씨, 이제 우리 어떡하냐……. 이런 꼴로 어떻게 사냐고."

지훈이 탄식하듯 말을 토해냈다. 그러자 '지훈'은 담배를 끄고 일어나 지훈을 발로 툭 찼다.

"그니까 언제까지 그러고 자빠져 있을 거야. 뭐라도 해봐야지."

'지훈'의 입에서 모처럼 쓸 만한 말이 나왔다. 맞는 소리였다. 지훈이 알겠다는 듯 무거운 엉덩이를 떼자 '지훈'이 팔을 잡아당겨 일으켜주었다.

지훈은 역광 때문에 그늘진 '지훈'의 얼굴을 쳐다봤다. 그래, 이제 진심으로 인정할 수밖에 없었다. 한때는 자신의 것이었던 몸, 그 안에 갇힌 사람이 진짜 명호라는 사실을.

두 사람은 절뚝이며 절벽 아래를 대충 눈으로 살폈다. 뭐 하나라도 몸이 바뀌게 된 원인을 찾을 수 있기를 바랐다. 하지만 버려진 땅에는 잡풀과 썩은 나뭇가지, 바스러진 돌덩이들만 무성할 뿐 이 사태의 원인일 만한 건 무엇 하나 눈에 띄지 않았다.

두 사람은 가파른 절벽 길을 올라갔다가 달려서 내려와보기도 하고 먼 곳에서부터 뛰어와 서로의 몸을 맞부딪쳐보기도 했다. 하지만 혹시나 하는 바람은 역시나 하는 실망으로 이어질 뿐이었다.

그새 해가 정수리 위로 바짝 올라섰다. 따가운 햇빛이 직선으로 내리꽂혔다. 둘 다 온몸이 끈적한 땀으로 번들거렸다.

두 사람이 도깨비 도로 쉼터를 탐색하고 있던 와중 명호의 핸드폰이 울렸다. 장례지도사의 전화였다. 통화하는 '지훈'의 얼굴이 점차 심각해졌다. 그는 전화를 끊고는 무언가를 잠시 생각하다 결심이 선 얼굴로 지훈을 돌아봤다.

"야, 석지훈. 오늘 일단 네가 울 아부지 발인을 해야겠다. 울 아부지를, 저승 갈 때 하나밖에 없는 자식새끼도 안 온 형편없는 인간으로 만들 순 없잖냐. 당분간 너는 나인 척, 나는 너인 척하면서 서로 일상을 커버쳐줘야 할 거 같은데."

"무슨 말도 안 되는 소리야? 그게 가능하겠……."

되받아치려던 지훈은 말을 삼켰다.

그렇게 하지 않으면 어떻게 하겠다는 것인가. 명호가 저 얼굴을 하고 발인하러 갈 수는 없었다. 자신도 마찬가지였다. '명호'의 모습을 한 채 일상을 살아갈 수는 없었다.

문득 까마득하게 잊고 있던 일이 번개처럼 뇌리를 스쳤다. 너무

나도 엄청난 일들이 연속으로 벌어져 잠시 잊었지만, 그 역시 해결
해야 할 일이 있었다.

지훈은 핸드폰을 켜서 부재중 전화를 확인했다. 다행히 태평으
로부터 걸려 온 전화는 없었다. 태평과의 약속은 오늘 밤 9시다. 그
몸서리쳐지는 만남을 명호가 대신해줄 수 있다는 생각에 미안함과
함께 아주 작은 안도감이 피어났다.

지훈은 쭈뼛거리다가 명호에게 태평과의 일을 상세히 털어놨다.
이야기를 들은 명호는 네가 지금 이때다 싶어 나한테까지 똥물 튀
기는 거냐고 길길이 날뛰었다. 하지만 태평이 20대 초반이라는 말
에는 낄낄거리며 존만 한 애새끼한테 겁먹은 거냐고 비웃어댔다.

"하여간 오늘 밤 9시까지야. 무조건 강태평 집으로 가야 해. 아
마 널 죽이진 않을 거야. 나 없으면 50억도 없다는 걸 잘 아는 놈
이거든. 그래도 장기 떼버리겠다느니 어쩌겠다느니 할 텐데. 그
땐⋯⋯."

지훈은 통장에 넣어둔 28억을 태평에게 전달하고 나머지 22억
에 대해서는 시간을 달라고 사정해보라는 이야기를 하려다가 말을
삼켰다. 명호를 쳐다봤다. 명호가 뒤집어쓴 자신의 얼굴이 그 어느
때보다도 선명하게 느껴졌다. 몸이 바뀐 상황에서 28억의 주인은
'지훈', 즉 명호다. 명호가 28억의 존재를 알게 된다는 사실이 꺼림
칙했다.

"알아서 잘 헤쳐 나와 보도록 해. 너 예전에 연장 든 애들 열두
명이랑 싸워본 적도 있다고 했잖아."

지훈의 말에 명호는 옛 기억이 떠오르는지 젠체하는 얼굴로 흥 콧방귀를 뀌었다.

두 사람은 도깨비 도로를 따라 걸으며 산에서 내려왔다. 시내 번화가와 중앙시장을 지나며 서로의 생활에 대해 상세한 이야기를 주고받았다. 도중 시장에서 만난 누군가가 지훈에게 "장 실장!"하고 손을 흔들었지만 지훈은 어리둥절하게 쳐다만 봤다. 명호가 옆구리를 찔렀을 때야 겨우 자신이 '명호' 모습을 하고 있단 사실을 깨닫고 어색하게 "어, 어." 하며 손을 마주 흔들어줄 수 있었다.

중산제일병원에 도착한 두 사람은 상대방의 핸드폰을 사용하기로 하고 유심칩만 꺼내 교환했다. 평소처럼 지훈은 지훈에게 걸려온 연락을, 명호는 명호에게 걸려 온 연락을 받되 목소리를 들킬수 있으니 전화는 피하고 메시지만 사용하기로 했다. 상대방 신상에 영향을 줄 수 있는 일은 즉시 알려주기로도 약속했다.

"무슨 일 생기면 바로바로 연락하고."

지훈은 명호에게 당부를 잊지 않았다. 명호는 아버지 마지막 가시는 길에 함께할 수 없다는 사실이 가슴 아픈 모양이었다. 먹먹하게 장례식장을 쳐다보더니 가보겠다는 눈짓과 함께 돌아섰다. 지훈도 돌아서려는 찰나 명호가 지훈을 불렀다.

"야, 석지훈."

명호가 발걸음을 돌려 가까이 다가왔다. 듣는 귀가 없는지 사방을 경계하더니 인적 드문 곳으로 지훈을 끌고 갔다.

"근데…… 로또는 어떡할 거냐."

명호의 말에 지훈은 "아아……." 하며 탄식했다.

그래, 로또가 있었지.

"어떡할 거냐는 게 무슨 말이야?"

지훈은 명호의 의중을 살피기 위해 별생각 없는 척 대답 대신 질문을 던졌다.

"내가 생각을 해봤는데 말이야. 우리 몸 바뀐 거 이거 장기전이 될 수도 있잖아. 왜 이렇게 됐는지 원인 찾는 데만도 시간 걸릴 거고. 그러니까 일단 로또부터 찾는 건 어때? 너도 그 꼴로, 나도 이 꼴로 살려면 돈이 있어야 할 거 아냐."

명호의 말에 지훈은 생각에 잠겼다. 일리 있는 말이었다. 무엇보다 자신은 이미 태헌의 비밀번호가 '888'이라는 걸 알고 있었다. 그 사실을 털어놓는다면 둘이서 금고를 열어 로또를 찾는 건 힘든 일도 아니었다.

하지만 그 순간 명호가 내뱉은 말에 지훈은 몸이 굳었다.

"우리 금고 비번을 다섯 번 눌러볼 수 있다고 했던가……?"

이미 두 번의 기회는 날아가 버렸다. 누군가가 먼저 비밀번호를 눌렀고 지훈이 그 후 두 번째로 비밀번호를 눌러봤다. 그 사실을 명호가 알게 되면 지훈이 두 번 다 눌렀다고 생각할 것이고 로또를 독차지하려 했다고 오해할지도 몰랐다.

게다가 누가 먼저 비밀번호를 눌러봤는지도 아직 알아내지 못했잖은가.

어쩌면 명호일 수도 있다. 그 역시 로또를 독차지할 생각을 하고 있는지도 몰랐다.

지훈은 명호를 쳐다봤다. 무표정한 '지훈'의 얼굴만 봐서는 무슨 생각을 하고 있는지 도무지 파악하기가 힘들었다.

아직 완전히 명호를 믿긴 힘들다.

또한 자신이 태헌의 비밀번호를 알고 있는 이상 명호보다는 유리한 입장이었다. 가진 패를 쉽게 내보일 수는 없었다.

지훈은 어떻게든 로또 찾는 일은 뒤로 미뤄야 한다는 판단이 들었다.

"어, 다섯 번 맞아."

지훈이 마른침을 삼키며 대답했다.

"그러면 이태헌한텐 좀 미안하지만 일단 우리가 20억씩 나눠 갖고. 나중에 이태헌이 달라 그러면 그때 나눠주자. 금고 안에 로또 계속 넣어놓는 것도 불안하지 않냐?"

명호의 말에 지훈은 심장이 바닥으로 내려앉았다.

"너 이태헌 비밀번호 알아……?"

지훈이 묻자, 명호는 한쪽 입꼬리를 비스듬히 끌어올리며 설명을 시작했다.

"뭘 들었냐. 아까 대가리 터지게 고민했다고 했잖아. 들어봐. 이태헌이 같은 번호를 연속해서 세 번 눌렀다고 치자. 그럼 너랑 내 비번 누르고. 이태헌 자리에다가 첨에는 123, 두 번째는 456, 세 번째는 789 누르면 뭐 하나는 초록 불 들어올 거 아냐? 그 초록 불 들어온 게 이태헌이 세 번 누른 숫자겠지. 다 빨간 불이면 이태헌은

000을 누른 거고. 그렇게 세 번 만에 이태헌 비번 알 수 있겠더라고?"

지훈은 얼음 파편이 박힌 듯 가슴에 한기가 들었다. 명호가 스스로 생각해냈다고는 믿기지 않을 만큼 완벽한 계산법이었다.

명호의 말이 옳았다. 그런 방식을 사용한다면 네 번 만에 금고를 열 수 있다. 단 한 가지 치명적인 문제가 있다면 남은 기회는 세 번뿐이라는 사실이었다.

지훈은 고민하는 척하며 머릿속으로 계산해봤다. 가장 좋은 방법은 태헌의 비밀번호를 알고 있다고 고백하고 같이 금고를 여는 것이다. 하지만 명호가 순순히 그 말을 믿어줄까? 하는 의구심이 들었다. 지훈이 로또를 독차지하려 했다고 오해하며 광분할지도 모른다.

또한 명호가 지훈보다 먼저 금고 비밀번호를 눌러본 사람이라는 가능성을 배제할 수도 없었다. 그렇다면 명호는 지금도 로또를 독차지할 생각으로 이런 제안을 하는 것이다. 힘을 합쳐 금고를 열고 로또를 꺼내는 순간, 돌변해서 무력으로 로또를 강탈해갈 가능성도 있었다.

백번 생각해도 아직은 때가 아니었다.

"이태헌이 같은 번호를 세 번 누른 건지 확실하지 않잖아. 그때 못 들었어? 다섯 번 틀려서 금고 잠기면 열 수 있는 방법이 없다고."

"네 번 눌러봐도 기회는 한 번 남잖아. 정 안 되면 그 한 번은 나중에 이태헌이 나타났을 때 쓰면 되는 거고."

지훈은 낭패한 얼굴로 몰래 입술을 씹었다. 명호답지 않게 그럴 듯한 말이었다. 더군다나 현재 명호가 자신의 얼굴을 하고 있기 때문일까. 더더욱 명호같지가 않았다.

"아니, 그렇게는 못 해. 확실하지도 않잖아."

끝내 지훈은 논리가 아니라 감정적인 대응을 선택할 수밖에 없었다. 반박할 말이 떠오르지 않았다. 명호는 기분이 상한 모양인지 미간을 있는 대로 찌푸리며 허! 하는 소리를 냈다.

"넌 내가 하는 건 다 맘에 안 들지? 왜 못 하는데!"

"돈 찾기 전에 이태헌부터 찾자. 그게 먼저야. 말 못 하고 가야 할 사정이 있었는지, 진짜 도망간 건지, 살았는지 죽었는지 뭐 하나 확실한 게 없잖아."

"지 발로 움직인 게 맞다니까! 이 꼴로 못 살겠다고 지랄할 땐 언제고, 돈 찾아서 잘살아보자고 하니까 왜 그것도 싫대!"

"40억 나눠 가졌다가 이태헌 나타나면 주자고? 그게 가능할 것 같아? 돈 앞에선 부모 형제도 안 보이는 게 사람이야. 우리 사이가 애초에 왜 이렇게 됐는데."

지훈의 말에 명호는 씩씩거리며 분을 참지 못했다. 알루미늄 쓰레기통이 찌그러지도록 발길질을 하더니 지훈을 죽일 듯이 노려봤다.

"그래, 니 좆대로 해라. 땡전 한 푼 없이 깡패 새끼로 어디 한번 잘살아보라고!"

크게 소리친 명호는 바람이 일 정도로 휙 몸을 돌리고는 걸어가 버렸다. 와중에도 지훈은 "오늘 밤 9시까지 강태평 만나러 가는 거

알지? 잊지 마!" 하고 외쳤지만, 명호는 돌아보지 않은 채 가운뎃손
가락만 치켜들었다.

지훈은 멀어지는 명호의 뒷모습을 물끄러미 쳐다봤다. 자신의
뒷모습이지만 으스대는 걸음걸이는 영락없는 명호였다.

앞으로 어떻게 해야 하는 걸까.

명호 말대로 로또를 먼저 찾아야 하는 걸까.

그것도 아니면 이 믿기 힘든 영혼 뒤바뀜 현상의 원인을 찾아봐
야 하는 걸까.

뭐가 됐든 해결 방법은 새까만 어둠 속에 휩싸여 쉬이 보이지 않
았다. 지훈은 가슴을 짓누르는 숙젯거리를 한가득 떠안은 채 뒤돌
아 병원으로 걸어갔다.

3

발인을 끝마쳤다. 명호 아버지는 지훈의 마지막 배웅을 받으며 한 많은 이 세상을 떠났다. 지훈은 장례식이 끝날 때까지 명호 대신 진심을 다해 명호 아버지를 보내드렸다. 납골당의 제일 좋은 자리에 유골함을 안치하고 비용을 대신 지불하기도 했다.

지훈은 발인을 마치자마자 도서관으로 직행했다. 몸이 바뀌고 난 후 지훈과 명호는 절벽 아래에서 할 수 있는 방법은 죄다 시도해봤다. 하지만 영혼 뒤바뀜 현상과 관련된 그 어떤 실마리도 발견할 수 없었다. 그리하여 지푸라기라도 잡는 심정으로 지훈은 그에게 가장 익숙하면서도 잘할 수 있는 방식을 택한 것이다.

지훈은 도서관 검색대에서 '몸 뒤바뀜', '영혼 체인지', '유체이탈' 등의 키워드를 입력했다. '사후 세계로의 진입', '유체이탈과 그후', '영혼의 소리를 들어라' 등 검색을 통해 찾아낸 책들을 공용 테이블에 올려놓았다. 서가에서 '영혼을 깨우는 주술'이라는 책을 꺼낼 때는 누가 볼까 싶어 낯부끄럽기도 했다.

그 후로 오랜만에 엉덩이 힘을 발휘해 꼼짝 않고 앉아 책을 탐독

했다. 행여나 의미 있는 단서를 놓칠까 싶어 눈을 부릅떴지만 몸을 뒤바꾸는 방법 따위가 책에 나올 리는 만무했다.

쌓여 있던 책을 하나하나 해치울수록 불안감도 커졌다. 들고 온 책을 다 읽었을 무렵에는 도서관 1층 통창 너머로 꼿꼿하게 고개를 세웠던 해도 기울고 있었다. 지훈은 책을 서가에 돌려놓고 도서관을 나섰다.

애초부터 알고 있었는지도 모른다. 이런 말도 안 되는 현상이 책에 나올 리 없다는 것을.

그저 뭐라도 하지 않으면 견딜 수가 없었다.

그러던 중 도서관을 나서다 문득 한 가지 생각이 들었다. 영혼 뒤바뀜 현상이 최초로 발생했던 현장에 단서가 있지는 않을까. 아침에는 정신이 없었던 나머지 현장을 제대로 살펴볼 생각조차 하지 못했다. 그곳을 샅샅이 살펴본다면 당시 놓친 것을 발견할 수 있을는지도 몰랐다.

도서관을 나선 지훈은 곧장 자동차 사고가 났던 도깨비 도로 절벽 아래로 향했다. 텁텁한 열기가 떠도는 가운데 벌써 산 너머로 해가 붉은 띠를 두르며 내려앉고 있었다. 방치된 차도 그대로였다. 지훈은 잡풀과 흙 부스러기, 나뭇가지 잔해들로 너저분한 땅을 헤집기 시작했다. 무엇을 찾는지도 모른 채 찾고 있는 꼴이었다.

어느새 하늘을 붉게 물들이던 빛도 어둠 속으로 침잠했다. 가로등 하나 없는 절벽 아래 땅은 암흑천지였다. 핸드폰 플래시를 켠 지훈은 우그러진 자동차로 발걸음을 옮겼다.

아무것도 없다. 그래도 이렇게 건진 것 없이 돌아갈 수는 없다.

그렇다면 다시 처음부터.

핸드폰 플래시로 운전석 부근을 살폈다. 한군데씩 꼼꼼하게 불빛을 비춰보는데 문득 바닥 모서리에서 전에는 미처 발견하지 못했던 유산지가 보였다. 종이를 집어 들었다.

홀스 껍질이었다.

지훈은 홀스 껍질을 만지작거리며 운전석을 빠져나왔다. 터미널 가판대에서 샀던 홀스의 껍질 같았다. 이게 왜 여기 있는 걸까. 주머니에서 빠진 걸까. 그보다 자신이 이 껍질을 주머니에 언제 넣어났는지도 기억나지 않았다.

이게 영혼 뒤바뀜 현상에 어떤 단서라도 되는 걸까?

홀스, 그리고……. 생각이 가판대로 막 뻗어나가려는데 그 순간 적막을 깨뜨리며 핸드폰이 울렸다. 지훈은 소스라치게 놀라 핸드폰을 확인했다. 밤 9시 5분에 맞춰놓은 알람이었다.

사정없이 박동하는 심장을 진정시키며 알람을 껐다. 지금이면 명호와 태평이 만나고 있을 시간이었다. 명호가 태평을 제대로 설득할 수 있을까. 일러둔 대로만 했다면 가능성이 전혀 없는 것만도 아니었다. 그보다는 명호가 성질을 부려 태평을 자극할지도 모른다는 게 더 걱정이었다.

아니다. 명호라면 스물두 살짜리 애새끼 따위를 상대하는 건 문제가 아닐지도 모른다. 오히려 이제껏 그에게 꼼짝없이 당했던 자신을 비웃으며 통쾌한 한 방을 날려줄지도.

핸드폰 플래시를 트렁크 쪽으로 휘둘렀지만 이제 지훈의 머릿속은 두 사람의 만남에 대한 염려로 가득했다. 그 탓에 그는 비를 머금었다가 푸석해진 흙바닥에 옅게 남은 태헌의 워커 자국을 발견하지 못한 채 지나쳤다.

5분, 10분. 시간은 더디게 흘렀다. 명호는 태평과 헤어진 뒤에 전화를 주기로 했다. 이렇게 금방 연락이 올 리 없다는 건 알지만 걱정되고 초조한 마음을 주체할 길이 없었다.

만약 명호가 태평과 그의 수하들에게 큰일이라도 당한다면…….

나는 또 명호에게 무슨 죄를 짓게 되는 걸까. 그리고 평생 명호의 몸으로 살게 되는 걸까.

걱정과 두려움이 발밑에서 점점 차오르는데, 또 한 번 정적을 깨며 핸드폰이 울렸다. 이번에는 문자 알림이었다.

'혀엉, 왜 안 와? 나 기다리는 거 존나 싫어하는 거 알면서. 빨랑 와라아.'

태평의 메시지를 확인한 지훈의 눈이 커졌다. 명호가 아직 도착하지 않은 모양이었다. 시계를 확인하자 벌써 9시 15분이 넘어가고 있었다. 다급히 명호에게 전화를 걸었다. 신호음이 계속될수록 초조함이 커졌다. 한 번, 두 번 연속해서 통화 버튼을 눌러댔지만 그는 전화를 받지 않았다. 동시에 태평에게서는 계속 메시지가 오고 전화가 걸려 왔다.

'야 이 씹새끼야, 감히 날 바람 맞혀? 죽을라고 환장했냐?'

'진짜 김 실장한테 베드 하나 준비하라고 해? 싱싱한 물건 하나

간다고. 장기 다 털어버리고 껍데기만 남은 몸뚱이는 갈기갈기 찢어서 바다에 뿌려버린다.'

'50억, 방금 100억으로 늘었어. 100억 안 가져오면 뒤진다.'

이후로도 태평의 문자가 폭격처럼 이어졌으나 확인할 엄두조차 나지 않았다.

바람이 목덜미를 스쳤지만 이마에는 식은땀이 맺혔다. 체온이 곤두박질친 듯 손발이 차가워졌다. 지훈은 떨리는 손으로 재차 명호에게 전화를 걸었다. 부재중 통화는 스무 통, 시간도 벌써 9시 30분이 지나가고 있었다.

이만하면 단순히 약속 시간에 늦은 것이 아니다.

이 미친 새끼는 태평과의 약속 장소에 나가지 않은 것이다.

분노로 몸이 끓어올랐다. 결국 명호는 이딴 방법으로 자신을 엿먹이기로 작정한 것이다. 왜 몸이 바뀌었는지 이유도 알아내지 못했는데. 언제 어떻게 몸이 다시 바뀔지 모르는 상황에서 제멋대로 행동한 명호가 도무지 이해되지 않았다.

지훈은 걸던 전화를 확 끊어버렸다.

'장명호 이 새끼야. 너 어딨어? 약속 시간 30분 넘게 지난 거 몰라?'

부들거리는 손에 분노를 담아 핸드폰 자판을 치는데 벨 소리가 울렸다. 명호의 전화였다. 가까스로 닿은 연락에 지훈은 통화 버튼을 누르며 냅다 소리부터 질렀다.

"너 미쳤어? 지금 어디야!"

말이 채 끝나기도 전에 핸드폰 너머에서 명호의 다급한 목소리가 들려왔다.

"야, 석지훈. 나 진짜 크, 큰났다."

"도대체 강태평한테 안 가고 뭐 하고 자빠져 있는 거야!"

"고창식이 그 새끼가 울 엄마 수술비랑 병원비 입금하라고 준 돈까지 갖고 날랐나 봐. 좀 전에 병원에서 전화가 왔는데……."

"그만해라."

지훈은 머리 뚜껑이 열리는 기분이었다.

거짓말, 거짓말, 또 거짓말.

명호의 거짓말이라면 진력이 날 지경이다. 제멋대로 행동하고 난 후면 으레 따라붙는 말도 안 되는 변명들. 언제나 그렇듯 그 피해는 고스란히 지훈의 몫이었다.

몸이 바뀐 후 두 사람은 당분간 서로의 일상을 대신 살아주기로 약속했다. 그런데 명호는 기어이 첫 번째, 그리고 제일 중요한 당부마저 무시해버린 것이다.

물론 아버지 장례를 치르는 것보다는 태평과 만나는 것이 훨씬 어렵고 위험한 일이다. 하지만 그것에 관해서는 애초부터 일러뒀고 억지로 나가달라고 부탁한 적도 없었다. 만약 명호가 약속 장소에 나가지 않겠다고 진작 말했더라면 다른 방법을 강구했을 것이다.

"뭘 그만해. 울 엄마 이식수술 못 받는다니까!"

하지만 명호는 이 가당치도 않은 연극을 그만둘 생각이 없는 것처럼 보였다. 방귀 뀐 놈이 성낸다고 되레 소리를 지르기까지 했다.

"그걸 나보고 믿으라고? 이런 상황에서 어머니까지 팔아먹으면서 거짓말하고 싶어?"

"거짓말 아니야. 병원에 전화해보라고. 그니까…… 빨리 금고 열어서 로또부터 찾자, 어?"

그 순간 지훈은 뺨에 열기가 느껴질 정도로 화가 치솟았다. 명호가 무슨 작당을 꾸미는지 알아차렸기 때문이다. 로또를 넣은 금고. 그걸 열기 위해 이런 얄은수를 쓰고 있는 것이다. 자신의 어머니까지 거짓말로 팔고 당부한 약속마저 어겨가면서까지 말이다.

도대체 명호에게 뭘 기대했던 걸까. 실망감이 가슴 깊이 번졌다.

"네가 왜 이러는지 모를 거 같아? 이런다고 너한테 내 금고 비번 알려줄 거 같냐고!"

"아니라고! 넌 왜 맨날 내 말을 못 믿……."

"진짜 그만해라. 남은 정까지 털리기 전에."

더 들어줄 수가 없었다. 냉정하게 일갈한 지훈은 전화를 끊었다. 벨 소리가 또 울리자 아예 전원을 꺼버리고는 핸드폰을 주머니에 쑤셔넣었다.

플래시의 빛줄기마저 사라지자 절벽 아래의 황폐한 땅은 한 치 앞도 내다볼 수 없는 어둠에 휩싸였다. 지훈은 일말의 망설임도 없이 뒤돌았다. 습기에 미역 줄기처럼 늘어진 잡초와 질퍽한 흙길을 밟으며 도로로 향했다.

이번에야말로 장명호 그 새끼를 정신이 번쩍 들게 만들어줘야 한다.

어디 한번 호되게 당해보라지.

태평의 협박에 대한 걱정 따위는 머릿속에서 휘발됐다.

언제 어떻게 다시 몸이 바뀔지 모르지만 지금 당장 '지훈'은 그가 아니었다. 따라서 명호의 행동 때문에 '지훈'에게 닥칠 위기 또한 명호가 감당하면 되는 것이다. 태평에게 떡이 되도록 두들겨 맞든, 무슨 위협을 당하든 간에.

지훈은 억센 잡풀 더미를 경중경중 뛰어넘어 도로에 올라섰다. 지척에 태헌의 워커 자국이 또 하나 남아 있었지만, 칠흑 같은 어둠 속이었기에 지훈은 그 또한 그냥 지나쳐버렸다.

다음 날 아침 명호의 집에서 눈을 뜬 지훈은 숨을 헉 토해내며 이부자리를 걷어냈다. 끔찍한 꿈을 꾼 듯 진저리를 치다 번뜩 떠오르는 생각에 욕실로 향했다. 곧이어 경악에 찬 비명이 쏟아져 나왔다.

꿈이 아니었다.

부연 거울에 비친 얼굴은 명호였다. 크게 뜬 눈도, 바들거리는 입가도, 머리카락을 쥐어뜯는 손도 명호의 것이었다. 지훈은 절망어린 한숨을 쉬며 거칠고 투박한 손을 쳐다봤다.

이제는 명호와 몸이 바뀌었다는 사실을 완전히 인정해야 했다. 게다가 이 현상이 일시적인 것도, 자고 일어나면 다시 바뀌거나 하는 단순한 법칙의 것도 아닌 모양이었다.

지훈은 타일 군데군데 곰팡이가 슬고 물때가 낀 욕실에서 샤워를 마쳤다. 낡은 빌라의 방 세 개짜리 집 안을 둘러보자 인상이 찌푸려졌다. 어제 두 시간이 넘도록 쓸고 닦고 환기를 시켰지만 퀴퀴한 공기가 맴돌았다. 얼마나 더 이렇게 지내야 하는 건지 가슴이 답답해졌다.

잠시 상념에 빠졌던 지훈은 외출을 위해 이음새가 어긋난 옷장 문을 열었다. 하와이안 셔츠, 꽃무늬 셔츠, 깊은 브이넥 셔츠 사이를 뒤져 그나마 팔 부분이 망사로 된, 비교적 단정해 보이는 검은색 셔츠를 찾아냈다. 옷장 문 안쪽에 달린 침침한 거울을 보며 셔츠를 입고 있자니 어젯밤 명호와의 일이 떠올랐다. 신발 안의 모래 알갱이처럼 자꾸만 마음이 불편했다.

……아 씨, 너무했나?

어제 매몰차게 전화를 끊은 후 지훈은 한동안 핸드폰을 꺼뒀다. 하지만 그놈의 정이라는 게 뭔지, 아니면 못된 말을 하고 난 후 발뺌고 자지 못하는 습성 때문인지. 일말의 불편한 감정이 마음 한구석에 찌꺼기처럼 남았다.

'말 쎄게 한 건 미안하다. 근데 이태헌도 없이 로또 찾는 건 아닌 거 같아. 무슨 일인지는 모르겠지만, 일단 200만 원 빌려줄게. 더 필요하면 얘기해. 그리고 약속 장소에 안 나간 이상 강태평 가만 안 있을 거야. 몸조심하고 이거 보면 연락해.'

결국 꺼림칙한 감정을 이기지 못하고 모바일뱅킹으로 명호에게 200만 원을 송금했다. 메시지도 보냈지만 명호는 확인조차 하지 않았다.

그나저나 태평과의 일을 어떻게 처리해야 할지 암담했다. 태평이 설마 '지훈'에게 어떤 위해라도 가할까? 아무리 현재 '지훈'에게 닥칠 위기는 명호가 감당하면 된다 해도 다시 몸이 뒤바뀐다면 그 피해는 오롯이 그의 몫이다. 행여나 태평이 손목을 자르거나 장기라도 떼어낸다면…….

아니다. 그럴 리 없다. 명호가 잠자코 있지 않을 것이다. 그 부분에 한해서만큼은 명호를 믿을 수 있었다. 또한 태평에게도 이득이 되는 일이 아니었다.

복잡한 생각을 마무리 지은 지훈은 집을 나섰다. 빌어먹을 성실함은 몸이 바뀌어서도 여전했다. 명호의 거죽을 걸쳤다 해도 성정까지 일변할 리는 만무했다. 명호는 일상을 대신 살아주자는 약속을 패대기쳐버렸지만 자신은 그와 같은 사람이 되고 싶지 않기도 했다.

굽이진 언덕을 내려가 길가에서 80번 버스를 탔다. 시내 중심가를 지나 한참 달리자 후미진 동네가 나왔다. 버스에서 내린 지훈은 거리를 따라 걸으며 목적지를 찾았다. 10분 정도 걷자 노후된 5층짜리 건물에 위태롭게 매달린 '가로 대부업체' 간판이 보였다.

지훈은 간판을 찌푸린 눈으로 노려보다가 건물 출입문으로 들어갔다. 예전에 명호를 만나러 몇 번 와보기는 했지만 사무실 안으로 들어가는 건 처음이었다. 명호는 지훈과 태헌이 회사에 오는 것도, 지훈과 태헌에게 회사 이야기를 하는 것도 그다지 좋아하지 않았다.

건물 안은 지저분하고 컴컴했다. 엘리베이터가 없어 계단으로 걸어 올라가 5층에 도착하자 미로 같은 복도에 '가로 대부업체' 현판이 붙은 문이 보였다. 지훈은 잠시 호흡을 고르며 문손잡이를 잡았다.

지금부터 나는 장명호다. 나는 장명호다.

주문을 걸듯 마음속으로 되뇌며 문을 열고 사무실 안으로 들어갔다.

내부는 생각보다 넓었다. 휑뎅그렁한 공간에 사무용 책상과 캐비닛이 듬성듬성 자리하고 있었다. 청소를 언제 한 건지 빈 책상마다 먼지가 뽀얗게 쌓여 있었다. 출근 시간이 10시라고 들었는데 사무실에는 책상에 발을 올린 채 핸드폰 게임을 하는 남자 하나뿐이었다.

"어, 행님, 왜 나오셨써요?"

남자가 발을 내리고는 의아한 표정으로 물었다. 말투에는 투박한 사투리 억양이 묻어났다.

임수완……이라고 했던가. 장례식장에서 본 적 있는 얼굴이었다.

"어, 어…… 장례식도 마쳤는데, 출근해야지……."

지훈은 수완의 시선을 피하며 말끝을 흐렸다. 이상한 점을 알아챌까 긴장됐지만 상대는 신경조차 쓰지 않는 눈치였다.

"거 참말로, 매칠 쉬다 오시지. 차 사고 나갖고 천당에서 하나님하고 하이파이브하고 온 냥반이 참도 성실하시다."

반말과 존댓말을 오가는 조심성 없는 말투를 보니, 명호와 수완은 생각보다 막역한 사이인 것 같았다. 그제야 예전에 수완을 두고 최측근 중 하나이며 믿을 만한 인물이라고 했던 명호의 말이 떠올랐다. 아군이라는 판단이 들자 경계심이 누그러지며 조금이나마 긴장이 풀렸다.

"아냐. 좀 긁힌 거 빼곤 멀쩡해."

"말짱하긴. 얼굴이 매칠 새 무말랭이맹크로 말라비틀어졌구먼, 마. 근데 그럴 만도 하지예. 아부지 글케 갑자기 돌아가셨재, 행님은 차 사고 나서 요단강 건널 뻔했재, 어젠 또 어무이까지……. 뭔, 올해가 삼재라도 된답니까? 굿 한번 해야 하는 거 아닌가 모르겠네."

어머니……?

정수리를 한 대 맞은 것 같은 느낌에 지훈은 수완을 홱 쳐다봤다. 그러나 수완은 지훈의 반응은 알아차리지 못한 채 넋두리하듯 말을 이어갔다.

"어떻게 보믄 이게 다 고창식이 그 새끼 때문 아임니까. 으떻게 행님 어무님 수술비까지 갖고 튈 수가 있노!"

"진짜야? 고창식이 명호, 아, 아니, 우리 어머니 수술비를 들고 튀었어?"

지훈이 수완을 붙들고 다급하게 물었다.

"음마야, 그걸 왜 저한테 물으십니까? 어제 행님이 톡 보내놓고는. 돈 빌릴 데도 있다고 하셨잖아요. 행님이 맨날 자랑해쌌던 그 서울대 나온 친구."

쐐기를 박는 듯한 마지막 말에 지훈은 바짝 마른 목구멍으로 침을 삼켰다.

그럼 명호 말이 전부 사실이었단 말이야……?

당황한 마음에 눈알을 이리저리 굴리다가 벅벅 마른세수를 했다. 명호에게 퍼부었던 말들이 하나씩 뇌리에 떠올랐다. 명호가 당시 어떤 심정이었을지 생각하자 어제 일이 후회돼 미칠 것 같았다.

"잠깐 나 통화 좀 하고 올게."

"어디 가십니까? 장부는 우짜고예!"

수완이 외쳤지만 지훈은 핸드폰을 쥔 채 사무실을 빠져나갔다. 미로 같은 복도를 지나 계단을 급히 내려가며 명호에게 전화를 걸었다. 신호음이 계속 울렸지만 통화는 연결되지 않았다.

명호의 말이 사실일 줄이야.

당연히 거짓말일 거라 생각했다. 전부 로또를 금고에서 꺼내기 위한 작당질이라 생각했다. 명호 어머니가 진짜 수술을 못 할 위기에 처한 줄 알았다면 절대 그런 식으로 말하지 않았을 것이다.

고객님이 전화를 받지 않는다는 음성 메시지로 넘어가자 지훈은 전화를 끊고 다시 통화 버튼을 누르려 했다. 그런데 그때 핸드폰 화면 상단에 막 도착한 문자 내용이 보였다.

'[한진은행] 석지훈 님의 통장 비밀번호가 변경되었습니다.'

건물 출입문 밖으로 뛰쳐나가던 지훈은 발걸음을 멈췄다. 팔뚝에 자잘한 소름이 돋았다.

이게 뭐야……? 통장 비밀번호가 왜 변경돼?

당연히 지훈은 통장 비밀번호를 변경한 적이 없다. 더군다나 통장 비밀번호 변경은 인터넷이나 모바일로는 불가하고 본인이 직접 은행에 방문해야 가능한 것 아닌가.

설마 싶은 한 가지 상황이 떠올랐지만 지훈은 불길한 생각을 밀어냈다. 보이스피싱범이 보낸 문자일 수도, 은행 문자 발송 시스템의 오류일 수도 있었다.

지훈은 침착하려 애쓰며 핸드폰으로 한진은행 앱에 접속했다. 핸드폰 자체는 명호의 것이라도 유심칩을 교환했으니 그의 명의로 앱에 접속돼야 했다. 그러나 은행 모바일뱅킹 앱 화면에는 기대와 바람을 단박에 부수는 메시지가 떴다.

'로그인할 수 없습니다.'

머릿속이 백지장처럼 새하얘졌다. 온갖 불길한 가정이 꼬리에 꼬리를 물고 이어졌다. 그때 쾅쾅쾅 계단을 요란하게 내려오는 발소리가 들리더니 수완이 "행님, 명호 행님!" 하고 불렀다.

"클났다, 마! 조 실장이 지금 회계장부 가져오라 카는데예?"

급박한 목소리였지만 지금 지훈은 수완의 이야기에 신경 쓸 겨를이 없었다. 붙드는 손을 뿌리친 지훈은 건물을 빠져나갔다. "해앵니임!" 부르는 소리가 멀어졌다.

거리로 나와 지나가는 택시를 서둘러 잡아탔다. 차창 밖으로 스쳐 지나가는 풍경을 초조하게 보면서도 의심을 몰아내려 노력했다. 어제도 지레짐작하는 바람에 명호와 이 사달이 나지 않았는가. 명호가 한 짓이 아닐 가능성도 있었다.

드디어 택시가 좁은 골목에 섰다. 지훈은 택시에서 잽싸게 튀어나와 명호의 집으로 들어갔다. 신발을 현관에 내팽개친 채 서랍장 제일 위 칸을 허겁지겁 뒤졌다. 그러자 서울에서 챙겨온 그의 명의로 된 통장과 체크카드를 넣은 지퍼백이 보였다.

지훈은 지퍼백을 움켜쥔 채 빌라를 나왔다.

골목을 빠져나와 큰길로 접어들어 정신없이 은행 지점을 찾았다. 그러는 중에도 줄기차게 명호에게 연락을 시도했지만 통화는 연결되지 않았다. 불안감이 끝없이 몸집을 불렸다.

때마침 큰길 모퉁이에 한진은행 중산지점이 보였다. 지훈은 황급히 지점 안으로 들어가 ATM기 앞에 섰다. 떨리는 손으로 체크카드를 넣었다. 곧바로 화면에는 '사용할 수 없는 카드'라는 메시지가 떴다.

입에서 욕설이 튀어나왔다. 무럭무럭 몸집을 불리던 불안과 의심이 확신으로 변모하고 있었다. '명호가 계좌 비밀번호를 변경하고 체크카드를 재발급했다.' 이것 외에는 지금 상황을 납득할 만한 다른 설명이 없어 보였다.

지훈은 이번에는 떨리는 손으로 통장을 반듯하게 펴서 삽입구에 넣었다. 다행히 통장까지 재발급하지는 않은 모양인지 ATM기가 제대로 작동했다. 입출금 거래내역을 확인했다.

'출금 16,352,000원, 중산제일병원, 한진은행. 잔액 2,788,745,200원.'

'출금 2,788,745,200원, 석지훈, 동명은행. 잔액 0원.'

얼굴에서 핏기가 가셨다. 눈을 부릅뜨고 보면서도 지금 보고 있는 게 현실인지 실감이 나지 않았다. 잔액은 0원이었다. 1600만 원가량은 명호의 어머니가 입원한 중산제일병원으로, 나머지 돈은 지훈 명의의 다른 은행 계좌로 이체돼 있었다. 이제껏 모아놓은 전 재산 28억이 몽땅 사라진 것이다.

숨이 틀어막히는 기분이었다. 지금껏 경험한 것과는 비교도 할 수 없는 절망감이 등 뒤를 덮쳐왔다. 뒤이어 미칠 듯한 분노가 전신을 집어삼켰다.

이 등신 호구 새끼.

지훈은 자신의 뺨을 부어터질 때까지 휘갈기고 싶었다. 잠시나마 명호와의 신의를 지키려 한 스스로가 미치도록 후회됐다. 그래, 명호는 처음부터 이런 놈이었다. 돈 앞에서 무슨 친구고 의리겠는가.

어제 화가 난 명호는 혹시나 하는 생각으로 제 명의의 은행 계좌를 확인했을 것이고 28억을 발견하자마자 빼돌린 것이다.

몸이 바뀌었단 사실이 이런 독이 돼 돌아올 줄이야.

지훈은 후들거리는 다리로 은행 지점을 빠져나오며 명호에게 메시지를 남겼다.

'장명호 이 미친놈아. 당장 전화 받아. 너 제정신이야?'

'내 돈 내놓으라고. 네가 사람이면 어떻게 나한테 이럴 수가 있어?'

'야 장명호…… 제발 제발 전화 좀 받아줘. 우리 얼굴 보고 얘기하자, 어?'

계속 전화를 걸었지만 어느 순간 명호가 핸드폰 전원을 꺼버린 건지 신호음조차 가지 않았다.

지훈은 큰길로 나와 지나가던 아무 택시나 잡아탔다.

"기사님, 서울 한남동으로 가주세요. 최대한 빨리요."

터미널로 이동해 고속버스로 갈아탈 여유조차 없었다. 한시라도 빨리 명호를 만나야 했다. 아마도 명호는 자신이 살던 한남동 트리아세 오피스텔에 있을 가능성이 컸다.

지훈은 태평에게 가져다줄 자금 50억을 마련하기 위해 전세보증금을 빼고 단기 월세 계약으로 전환했다. 다른 집을 알아볼 정신이 없었을뿐더러 이사 비용과 물류 보관 비용을 감안한다면 한두달 정도 그곳에 머물러도 괜찮을 거라 생각했기 때문이다. 도깨비 도로에서 서로의 일상을 대신 살아주기로 약속하고 현관문 카드키를 넘겨줄 때 당연히 이 사실을 명호에게 알렸다. 당시 명호는 가는 눈으로 카드키를 보고는 실실 웃어댔다.

'트리아세 오피스텔 실화냐? 이제 내가 거기 살면 돼?'

아주 신이 났을 거다. 술병을 까고 난장이라도 부렸겠지. 명호라면 28억을 빼돌리고도 도망은 생각지도 않을 것이다. 오히려 뻔뻔스러운 낯짝을 들이대며 뭐가 문제냐고 말하는 게 더 명호다웠다.

아니다. 어쩌면 명호는 진심으로 28억을 갈취할 생각은 없는 건지도 모른다. 그저 욱하는 마음에 저지른 일일지도. 그가 그렇게까지 쓰레기는 아닐 것이다.

장명호, 제발 집에 있어줘라. 제발…….

지훈은 서울로 향하는 지옥 같은 시간 동안 이성의 끈을 놓지 않기 위해 온 힘을 다해야만 했다.

두 시간가량을 달려 택시가 한남동에 위치한 고급 오피스텔 단지 앞에 도착했다. 지훈은 용수철이 튕기듯 택시를 빠져나와 오피스텔 건물로 향했다.

엘리베이터를 타고 15층에 도착했다. 현관문 앞에 서서 비밀번호 '0127'을 눌렀다. 문이 열리자 그리 넓진 않지만 개방감이 느껴지는 현관이 보였다. 단 며칠간 떠나 있었을 뿐인데도 낯설어진 공간 안으로 발을 내디뎠다. 좁은 현관 복도를 지나 거실로 향하자 정갈하면서도 미니멀한 가구들로 채워진 공간이 보였다.

지훈은 복잡한 심경을 잠재우며 집 안을 둘러봤다. 거실에는 맥캘란 18년산 위스키를 꺼내 마신 흔적, 안방 침대에는 자고 일어난 흔적이 남아 있었다. 주방에는 먹다 남은 컵라면도 있었지만 명호는 어디에도 보이지 않았다.

지훈은 창 너머로 한강변이 내다보이는 거실 소파에 앉아 기다리기로 했다. 불안하게 엉덩이를 걸쳐 앉은 터라 어딘가 남의 집에 온 듯한 모습이었다.

시간은 느릿느릿 흘렀다.

지훈은 집 안 여기저기를 맴돌며 초조하게 명호를 기다렸다.

어느덧 해가 졌다. 반들반들한 대리석 바닥에도 그림자가 길게 드리우더니 어둠이 스며들었다.

백 번째일지 이백 번째일지 모를 전화를 습관처럼 걸었다. 그런데 내내 꺼져 있던 명호의 핸드폰에서 신호 연결음이 울리는 게 아닌가. 동시에 현관문 밖에서 희미한 벨 소리도 들렸다.

지훈은 소파에서 튕기듯 일어났다. 문밖에서 들리던 벨 소리도 점차 커지더니 누군가의 발소리와 뒤섞였다. 곧 삑 하는 소리와 함께 현관문이 열렸다. 지훈은 현관으로 뛰어갔다. 열린 문으로 말쑥하게 차려입은 '지훈'이 들어오고 있었다.

눈이 마주쳤다. 늘 적응되지 않는 순간이었다. '지훈'의 얼굴 거죽을 뒤집어쓴 저 인물은 자신도 명호도 아닌 미지의 제삼자 같았다. 정말 저 안에 든 게 명호가 맞는 걸까, 막연하면서 근거 없는 의심이 들기도 했다.

'지훈'은 눈을 가늘게 뜨더니 그럴 줄 알았다는 듯 삐딱하게 고개를 기울였다. 표정에서 감춰지지 않는 상스러움이 묻어났다.

"이 미친놈아, 왜 그랬어!"

지훈은 '지훈'에게 달려들어 와락 멱살을 잡았다.

그를 본다면 이성적으로 행동하리라 결심했다. 왜 그랬는지 이유를 묻고 진짜 그럴 작정이 아니었다는 걸 확인받고 싶었다. 마지막으로, 정말 미약하게나마 남아 있는 믿음 때문이다. 하지만 뻔뻔스러운 표정의 '지훈'을 보자 결심이 모래성처럼 무너졌다. 그에게 돈뿐 아니라 몸까지 뺏겼다는 걸 실감하자 말 그대로 눈이 뒤집혔다.

"대답하라고!"

지훈은 명호의 멱살을 잡아 쥐고 벽으로 냅다 밀어붙였다. 명호의 발끝이 덜렁 올라가며 뒤통수가 벽에 처박혔다. 몸이 바뀌고 나니 체격으로나 힘으로나 우위에 있다는 게 실감 났다. 화가 치솟은 상황에서도 묘한 쾌감이 일었다.

하지만 겉이 바뀐다고 속까지 바뀌는 건 아니었다. 명호는 지훈의 팔목을 비틀어 잡더니 엄지로 급소를 누르며 멱살에서 팔을 잡아뗐다. "아아악!" 지훈은 비명을 지르며 몸을 움츠렸다.

"씨발아, 먼저 뒤통수치고 지랄한 건 너잖아. 28억이나 가지고 있으면서 우리 엄마 병원비도 안 내줘놓고선, 어디서 피해자 코스프레를 하고 자빠졌어?"

명호는 팔목을 움켜쥔 채 몸을 웅크린 지훈을 단숨에 발로 걷어찼다. 커다란 몸뚱이가 쿵 나가떨어졌다. 지훈은 바닥에 꼬꾸라진 충격으로 공벌레처럼 몸을 말고 신음했다. 명호는 경멸하듯 콧방귀를 끼더니 그런 지훈을 타 넘고 유유히 집 안으로 들어갔다.

앓는 소리를 내던 지훈은 몸을 일으키며 눈에 불을 켰다. 거실로 향하는 명호의 목덜미를 낚아챘다. 하지만 이번에도 명호는 "이 새끼가!" 하고 소리 지르며 지훈의 팔을 휘어잡았다. 결국 힘겨루기가 벌어지며 서로 밀치고 밀쳐지다 둘은 함께 바닥으로 나뒹굴었다.

"내가 무슨 지랄을 했는데? 돈을 털어갔어, 뭘 털어갔어? 네가 하도 평소에 거짓말을 밥 먹듯이 하니까 좀 못 믿은 거밖에 없잖아!"

지훈은 명호에게 깔려 버둥거리면서도 목이 터져라 소리쳤다. 팔다리를 허우적대며 상대에게 타격을 주려 했지만 전부 빗나갔다.

"그래? 근데 그거 땜에 울 엄마 수술 못 할 뻔했어. 너 때문에 죽을 뻔했다고!"

"그게 왜 나 때문인데! 말이 되는 소릴 해. 너 돈 없는 게 왜 내 탓이야?"

"당연히 너 때문이지. 내 인생이 왜 좆창 났는데!"

명호의 말에 시뻘게진 얼굴로 주먹을 휘두르던 지훈이 멈칫했다. 그 틈을 타 명호가 아래에 깔린 지훈의 멱살을 움켜쥐었다.

"너 땜에 열다섯 살에 사람 죽이고 빵에 갔어. 근데 네 거짓말 땜에 정상참작 못 받고 2년을 썩었고. 이래도 내 인생 좆창 난 게 너 때문이 아냐?"

지훈은 돌덩이처럼 굳었다. 이제껏 그가 이렇게 직접적으로 자기 속내를 드러낸 적은 없었다.

지훈이 기세를 잃자 명호는 멱살을 툭 놓아버리고 일어났다. 목이 졸려 얼굴이 새빨갛게 부어오른 지훈도 뒤따라 상체를 일으켰다.

명호의 말은 사실이다. 그래서 평생 불편한 감정을 안고 살았다. 하지만 이 모든 과정에서 그의 잘못은 하나도 없는 것일까?

"……원장을 죽인 건 너야. 그때 나 혼자서도 충분히 해결할 수 있었어. 근데도 성질 못 이겨서 원장 죽여버린 건 너잖아."

지훈은 처음으로 가슴 밑바닥에 눌러놨던 이야기를 꺼냈다.

지금까지 명호와 얽힌 모든 일의 시초를 찾으려면 20년 전 사건으로 거슬러 올라가야 했다. 그때 해소되지 못했던 감정이 앙금으로 남아 그와의 관계를 계속 어긋나게 하는 것이다.

당시에는 서로 그 일에 대해 침묵하는 것이 최선이라 생각했다. 열다섯 살, 친구가 세상 전부인 나이였고 가족이 없는 두 사람에게는 실제로 서로가 전부이기도 했다. 어쩌면 서로를 잃게 될까 두려워 입을 닫았는지도 모른다.

차라리 그때 먹살 잡고 주먹질하며 죽도록 싸웠더라면. 악다구니를 쓰고 피 토하듯 상대를 비난하고 원망했더라면. 그렇게 꼬였던 감정을 일부라도 해소했다면 지금의 문제는 없었을까.

지훈의 말에 명호는 픽 비틀린 웃음을 지었다.

"그래서 넌 잘못한 게 하나도 없다? 그럼 그동안 나한테 돈 준 것도 존나 억울했겠네?"

"……그렇게까진 생각 안 해. 그래도 너한테 줄곧 빚진 맘은 있었으니까. 네 인생 책임진다고 했던 거도 나고."

"근데 인제 와서 왜 네 잘못은 하나도 없는 척해. 야, 지금 너 밑바닥 다 드러났어."

당장이라도 싸울 듯 비난하는 말에 지훈은 그를 쳐다봤다. 끝까지 남 탓만 하는 꼴을 보니 부아가 치밀었다.

피해자 코스프레? 웃기지 마. 지금 피해자인 척하는 게 누군데.

"그래, 그럼 이왕 말 나온 김에 다 얘기하자. 열다섯 살에 소년원 갔다 왔다고 다 너처럼 사는 거 아니야. 성실하게 잘 사는 사람도 있어. 근데 깡패 되기로 결심한 거, 그거 너잖아. 네 행동에 책임져야 하는 건 내가 아니라 너야."

"……개어이없네."

명호는 고개를 돌리며 허탈한 듯 바람 빠진 소리를 냈다. 다시 고개를 들고 지훈을 쳐다봤을 때는 무언가를 결심한 것 같은, 묘하게 달라진 얼굴이었다.

"지금까지 그렇게 생각하면서 살았냐? 졸라 계산적이네. 그래서 나한테 빚진 맘, 그거 얼마였는데? 1억? 2억? 그래서 그거 주고 나서 내가 더 달라니까 억울했냐?"

"뭘 또 그렇게까지 말해?"

"……난 이때까지 너 같은 새끼도 친구라고 생각해서 그때 일 묻고 산 건데. 넌 존나게 대가리 굴리면서 계산기 두드리고 있었던 거네?"

왜 하필 명호는 이 시점에서 20년 전 이야기를 꺼낸 걸까. 그러고 보면 차 트렁크 안에서 기절한 태헌을 보여줄 때도 그는 20년 전 일을 입에 올렸다. 자기가 불리하다 싶으니 상황을 반전시키고 싶어 자꾸 과거 일을 들춰내는 것이다.

지금도 그렇다. 28억을 빼돌린 본인이 명백히 잘못했음에도 불구하고 20년 전 일을 끄집어내 기어코 누가 죄인인지 역할을 뒤바꿔버렸다.

이 모든 걸 빤히 알면서도 지훈은 쉽게 입이 떨어지지 않았다. 잠시 불편한 침묵이 흐르는 가운데 명호가 정적을 깨뜨렸다.

"됐다. 얘기 더 해서 뭐 하냐. 이제 친구고 뭐고 다 끝내자."

지훈이 퍼뜩 고개를 들고 명호를 쳐다봤다.

"너랑 나 사이에 계산 다 하고 끝내버리자고."

"무슨 계산……?"

불안감이 스멀스멀 발목을 휘감고 올라왔다.

"난 암만 생각해도 배신은 네가 먼저 한 거 같거든. 너 때문에 내 인생 말아먹은 거도 사실이고. 그니까 28억이랑 네 인생 내가 갖는 걸로 하고 끝내자."

머릿속에 폭발이 일어나는 듯했다. 명호의 말이 쉬이 이해되지 않았다. 눈을 크게 뜨고 쳐다만 보다가 "뭐?" 하며 숨을 토하듯 말을 뱉어냈다.

"몸도 바뀐 마당에 별로 어렵지도 않은 일이잖아."

"그, 그게 무슨 말도 안 되는 소리야!"

"뭐가 말이 안 돼? 이대로 우리 몸 다시 안 바뀌면 어차피 내가 네 인생 사는 건데."

낭떠러지에서 추락하는 것처럼 오싹하면서도 아득한 감각이 전신을 휘감았다. 지훈은 "개소리하지 마!" 하고 소리 지르며 명호의 멱살을 잡아 쥐려 했다. 그러나 명호가 가뿐하게 무릎을 날려 명치를 찍는 게 먼저였다. 지훈은 창자가 끊어질 듯한 통증과 함께 바닥으로 꼬꾸라졌다. 숨이 막혀 비명조차 나오지 않았다.

"이 개같은 새끼가 아직도 정신을 못 차렸네. 처맞아야 정신 차리지?"

명호는 욕설을 퍼부으며 지훈을 가차 없이 발로 짓밟았다. 전신의 뼈가 산산조각 날 거 같은 고통이 엄습했다. 무차별적인 발길질이 쏟아지자 지훈은 비로소 명호가 이제껏 얼마나 자신을 적당히 봐주었는지 깨달았다. 지금 명호는 티끌만 한 존중도 없이, 오직 경멸만을 담아 폭력을 퍼붓고 있었다.

지훈이 피떡이 되도록 발길질을 해대던 명호는 널브러진 그의 뒷덜미를 붙들고 현관으로 질질 끌고 갔다. 그러고는 현관문을 열고 걸레짝이 된 몸뚱이를 쓰레기 버리듯 내팽개쳐버렸다.

"그니까 이제 내 집에서 나가."

지훈은 차가운 바닥에 나동그라졌다. 온몸을 두들겨 맞은 충격 때문에 꼼짝도 할 수 없었다. 움찔대다 겨우 고개만 들어 명호를 올려다봤다.

"넌 이제 좆됐어."

살벌하게 현관문이 닫혔다.

4

이틀을 꼬박 앓았다.

떡이 되도록 처맞고 내쫓긴 후 어떻게 오피스텔 건물을 나왔는지 기억조차 희미했다. 그저 코와 입에서 피를 줄줄 흘리며 택시에 올라탔던 순간만이 흐릿하게 남아 있었다. 그러고는 택시에서 기절하듯 잠든 뒤 정신을 차려보니 명호의 집이었다.

그 후 악몽 속을 헤매며 자다 깨기를 반복했다. 태평에게 얻어맞았을 때보다 몇 배나 아팠다. 아마도 정신적인 충격 때문이었을 것이다. 가끔 울리던 핸드폰은 저절로 방전됐다. 충전기를 다시 꽂아 넣은 건 이틀 뒤 정신이 들고 난 후였다.

해가 떴지만 집 안에는 눅눅하게 처지는 공기가 감돌았다. 지훈은 퉁퉁 부은 눈꺼풀을 들어 올렸다. 곤죽이 되도록 두들겨 맞은 전신이 천근만근 무거웠다. 이부자리를 걷어내고 무릎으로 기어가 냉장고에서 생수를 꺼냈다. 한 번에 쭉 들이켜자 찬 기운이 몸 안에 퍼지며 어느 정도 정신이 드는 듯했다.

자는 동안 얼마나 식은땀을 흘린 건지 티셔츠에서 쉰내가 났다.

지훈은 빈 생수통을 찌그러뜨려 재활용 박스에 던져넣고는 욕실로 향했다. 침침한 전구 빛 아래 거울을 마주하자 오색찬란하게 멍이 들고 부어오른 광대와 눈꺼풀이 보였다. 안 그래도 못난 얼굴이 몇 배는 못나진 것 같았다.

간단하게 샤워를 마치고 욕실을 나왔다. 조금 전 충전기를 꽂아넣은 핸드폰은 배터리가 아직 10퍼센트도 채워지지 않은 상태였다. 핸드폰 전원을 켜봤지만, 명호에게서는 전화도 문자도 없었다.

지훈은 수건으로 젖은 머리를 털며 바닥에 궁둥이를 붙였다. 이틀 전 일이 머릿속에 달라붙었다. 황당하고 어이가 없어 헛웃음만 나왔다.

28억을 되찾으러 갔다가 뭘 잃고 온 건지.

명호는 28억과 함께 지훈의 인생을 가지겠다고 말했다. 몸이 바뀐 상황에서는 영 불가능한 일도 아니라 더 기가 막힐 노릇이었다.

명호를 떠올리자 그에게 두들겨 맞은 부위가 전기가 통한 듯 저릿했다. 태평한테 이보다 심하게 맞은 적도 있지만 이번처럼 오래 앓은 적은 없었다. 역시 상대가 명호라는 게 충격적이었나 보다. 그의 폭력성을 알면서도 한 번도 그게 자신을 향할 리 없다고 자만했던 탓일까. 명호에게 제대로 얻어맞았다는 사실 자체가 앓아눕게 된 근본적인 원인인 것 같았다.

핸드폰을 집어 든 지훈은 연락처에서 명호를 찾았다. 묘한 공포심이 일며 열도 뻗쳤지만 찬 생수로 속을 가라앉히듯 마음을 다잡았다. 발끈해서 들이받는다고 될 일이 아니었다. 욱하는 마음에 명호를 찾아갔다가 이 사달이 나지 않았는가. 28억과 몸을 되찾아오려면 감정을 가라앉히고 전략적으로 행동해야 했다. 하지만 아무리 냉정해지자 마음먹어도 괘씸하고 억울한 마음이 사라지지 않았다.

그래, 친구 그따위 것 끝내자면 누가 무서워서 벌벌 떨 줄 아나.

28억과 몸만 되찾는다면 이쪽에서 먼저 인연을 끊어버릴 것이다. 애초부터 인생에 도움이라고는 되지 않는 개자식이었다. 그런 인간에게 왜 친구고 가족이란 이름을 붙여가며 질질 끌려다녔는지 후회가 돼 미칠 것 같았다.

지훈은 바닥에 굴러다니는 아무 티셔츠나 집어 입고 집을 나왔다. 쑤시고 결리지 않는 데가 없었지만 집에 있으면 아무것도 해결되지 않을 것 같았다.

바깥으로 나오자 눅진한 공기가 피부에 달라붙었다. 뜨거운 햇볕이 지면을 달군 듯 들끓는 날씨가 이어지고 있었다.

지훈은 생각에 빠진 얼굴로 경사진 골목길을 내려갔다.

어떻게 해야 명호로부터 28억과 몸을 되찾을 수 있을까.

명호는 이성과 논리로 설득될 만한 인간이 아니다. 무력으로 되찾아올 수 없다는 건 이미 경험했던 바다. 몇 번을 생각해도 거래를 제시하는 방법밖에 없었다. 돈 28억, 그리고 석지훈의 몸과 견줄 만한 가치가 있는 건 금고 안에 잠들어 있는 로또뿐이었다.

로또라…….

지훈은 이미 금고 비밀번호 총 아홉 자리 중 여섯 자리의 비밀번호를 알고 있었다. 그가 누른 번호인 '127'과 태헌의 번호인 '888'.

가운데 세 자리 명호의 비밀번호는 미지수로 남아 있지만 이 역시 알아낼 단서는 있었다.

세 사람이 로또를 금고에 넣어둔 날, 지훈은 친구들의 번호를 알아내기 위해 전당포로 돌아갔었다. 금고 숫자판의 돌출된 부분에 쌓인 먼지로 눌린 버튼을 추측해, 명호와 태헌이 누른 숫자가 4, 5, 8, 0이라는 걸 알아냈고 그중 태헌의 비밀번호가 '888'이라는 사실도 밝혀냈다. 이에 따라 남은 숫자 4, 5, 0이 명호가 누른 숫자라는 건 마땅히 추측할 수 있는 바였다.

그렇다면 4, 5, 0으로 만들어질 수 있는 숫자 조합은 '450, 405, 540, 504, 045, 054' 총 여섯 개. 금고를 눌러볼 기회는 세 번뿐. 운에 기대어 아무 숫자나 누를 순 없었다.

골목길을 빠져나와 도로로 접어든 지훈은 생각에 골몰하며 정처 없이 발걸음을 옮겼다.

무슨 힌트가 없을까.

얼마 걷지도 않았건만 등줄기를 따라 끈적한 땀이 흘러내렸다. 그러다 문득 고개를 드는데 저만치 앞에서 버스 한 대가 달려오는 게 보였다. 419번 버스였다. 불쑥 금고 비밀번호를 설정하던 날 명호와 킬킬대며 주고받았던 말이 생각났다.

당시 금고 앞에 쪼그려 앉은 명호는 고민 없이 한 번에 숫자를 눌렀다. 자신은 통장 비번이냐고 명호를 떠봤고 그는 '네가 그걸로 했나 부지? 내가 그렇게 단순한 인간 같냐?' 하며 대거리를 했다. 그에 '너도 복잡한 인간은 아닐 텐데. 젤 자주 보는 번호?' 하고 다시 물었고 명호의 대답은.

'정답.'

그때의 상황이 또렷하게 기억나자 전율이 일었다. 제일 자주 보는 번호로 비밀번호를 설정했다는 명호의 말은 거짓이 아닐 것이다. 당시 상황이 그랬다. 당연히 월요일에는 금고를 열 수 있을 거라 생각했고 그래서 자신도 평소 쓰던 비밀번호를 눌렀다. 당시에는 로또를 누가 가지고 있을 것이냐 하는 문제를 해결해 홀가분한 마음이 컸다. 이렇게까지 일이 꼬일 줄 몰랐으니 명호가 거짓말할 이유 따위는 없었다.

그래, 명호는 제일 자주 보는 세 자리 숫자로 비밀번호를 설정했다.

그리고 명호가 제일 자주 접하는 숫자라면……. 혹시 버스 번호?

지훈은 419번 버스를 쳐다봤다. 정류장에 잠시 멈춰 섰던 버스는 승객을 태우고서는 뒤뚱뒤뚱 멀어져갔다. 정류장으로 걸어가 버스 표지판을 확인했다. 시내로 향하는 버스는 방금 출발한 419번, 가로 대부업체로 갈 때 타야 하는 버스는 80번. 그 외의 버스들도 4, 5, 0만으로 조합 가능한 번호는 없었다.

버스 번호가 아니라면 대체 명호가 자주 보는 세 자리 숫자는 무엇일까.

그에 대해 속속들이 알고 있던 예전이었다면 쉽게 답이 나왔을 테지만 지금으로써는 짐작조차 되지 않았다. 아무래도 명호의 일상을 좀 더 알아봐야 할 것 같았다. 그리고 명호에 대해 알아보려면 그의 주 활동지인 회사에 가보는 수밖에 없었다.

내키지 않는 결론에 도달하자 지훈은 떨떠름한 얼굴로 80번 버스를 기다렸다. 한참 후 도착한 버스에 몸을 실으면서도 머릿속으로는 4, 5, 0과 관련된 숫자를 찾았다. 명호의 빌라는 312호, 전화번호에 사용된 숫자는 9, 8, 5, 2, 4, 주소는 31길 68-2. 명호의 초등학교, 중학교, 고등학교 때 반 번호와 출석 번호까지 떠올려봤지만 이렇다 싶은 숫자는 생각나지 않았다.

얼마 후 버스가 예의 그 후미진 동네에 도착했다. 지훈은 버스에서 내려 가로 대부업체로 향했다. 며칠 전에도 왔었지만 본능적인 거부감은 여전했다. 건물 안으로 들어가 계단을 올랐다. 5층 복도에 위치한 사무실은 517호였다. 머뭇거리며 손잡이를 잡았다.

나는 장명호다. 장명호다. 나는 장명…….

마음을 굳게 먹으며 문손잡이를 돌리려는데 그보다 사무실 문이 박살 날 듯 세게 열리는 게 먼저였다. 사무실 안에서 커다란 덩어리 같은 것이 튀어나왔다. 수완이었다. 심장이 떨어질 만큼 놀란 지훈은 물러서며 간신히 충돌을 면했다.

"행니임!"

수완은 '명호'를 보자마자 사색이 된 얼굴로 어깨를 붙들었다.

"그동안 뭐 하고 있었노, 참말로……. 전화기는 국 끓여 드셨습니까. 와 안 받으시고!"

"어, 어? 미안. 이…… 일이 좀 있었어. 근데…… 무슨 일 있어?"

명호 흉내를 내는 건 어렵기보다는 꺼림칙한 일이다. 자아의 고유성이 훼손되는 것 같기도 하고 재주 없는 연극배우가 된 느낌이

기도 했다. 어쨌든 앞으로 자주 마주칠 수완의 의심을 피하려면 달라진 행동의 이유가 필요했다.

"아, 진짜. 회계장부, 회계장부요! 몇 번을 말씀드립니까? 결국 골든에서 한 대표랑 조 실장이 가지러 온다 카잖아요!"

심각한 얼굴로 이야기한 수완은 '명호'를 쳐다보며 대답을 기다렸다.

골든, 한 대표, 조 실장, 회계장부? 뭔 소린가 싶어 멀뚱히 눈을 굴리던 지훈은 상황 파악을 위해 머릿속 여기저기 흩어져 있던 정보를 긁어모아야 했다.

한 대표라면 한필우. 골든아이캐피탈 대표이자 가로 대부업체의 실질적 주인이다. 조 실장은 한필우의 오른팔이자 골든아이캐피탈의 실장인 조동재일 것이고.

'한필우 똥꼬 빨아주다 실장까지 올라간 새끼. 개싫어.'

명호는 몇 번 술을 마실 때 동재에 대한 악감정을 토로한 적이 있다. 고로 지금 자신이 해야 할 반응은 "뭐? 그 개새끼, 이번엔 한 대표 옆에서 뭐라고 입을 털었길래." 정도가 될 것이다. 아니나 다를까, 수완은 수상함을 눈치채지 못하고 말을 이어갔다.

"아, 씨. 우짭니까? 쫌 있음 올 거 같은데."

"줘, 주면 되지. 뭐가 문제야."

지훈은 대수롭지 않은 투로 말하며 수완을 지나쳐 사무실 안으로 들어갔다. 그러자 수완은 더욱 의아한 얼굴이 돼 그의 어깨를 붙잡았다.

"해앵님? 마 진짜 요즘 와 그라요?"

어, 이게 아닌가……?

수완의 표정을 보고 뭔가 잘못됐다는 걸 깨달았지만 뭐가 잘못됐는지 알 수 없었다. 말투 때문인가? 아니면 표정?

"아니, 내가 얼마 전에 사고로 머리를 다쳤잖아. 기억에 문제가 좀 생긴 거 같아."

그깟 회계장부가 뭔 대수라고 볼 때마다 타령일까.

그냥 빨리 줘버려서 입 다물게 하는 게 상책 아닌가.

곁눈질로 명호의 책상 위치를 확인한 지훈이 그곳으로 다가갔다. 책상 서랍을 뒤적거리며 회계장부를 찾는 척하려니 수완이 답답한지 가슴을 내리쳤다.

"와, 내 돌아삐겠네. 진짜 머리 해까닥 하신 겁니까?"

그러고는 연신 시계를 초조하게 확인하다가 '명호'의 곁에 따라붙어 낮은 목소리로 뇌까렸다.

"고창식이 토끼고 행님 한동안 좆빠지게 그 쉐끼 찾아댕깄잖아요. 그동안은 내 말 몬 했는데, 창식이하고 행님 뭔 사고 칬던 거 아니냐고요. 그…… 회계장부 갖고."

"에이, 내가 사고는 무슨……."

반박하려던 지훈은 입을 다물었다. 자신은 아니더라도 명호라면 사고를 치고도 남을 인간이었다. 거기다 회계장부로 칠 수 있는 사고란 충분히 예상 가능하지 않은가.

문득 필우가 장례식장에 조문 왔을 때가 떠올랐다. 그는 수하 여러 명을 데리고 분향한 뒤 명호에게 이렇게 말했다.

'명호야. 가로 거 회계장부 원본 어딨냐. 장례식 끝나면 그것 좀 갖고 와. 너 못 믿는 건 아닌데, 돈이 좀 비는 것 같아서 말이야.'

당시 지훈은 그들이 뿜어내는 특유의 분위기에 압도돼 그저 엿듣고 곁눈질하느라 말의 의미까지 파악할 정신이 없었다. 그런데 명호가 회계장부를 가지고 무슨 짓을 저질렀는지 감이 잡히자 뒤늦게 당시 필우의 말이 떠오른 것이다.

설마 명호가 회삿돈을 빼돌리고 장부 조작이라도 한 걸까.

그것도 창식이하고?

그렇다면 창식이 토낀 이유는 한 가지밖에 없다.

생각이 여기까지 미치자 지훈은 발밑으로 전신의 피가 빠져나간 듯 얼굴이 창백해졌다.

"임수완. 너 아는 거 있으면 솔직하게 말해. 내가 사고를 당해서 진짜 기억이 날아간 거 같거든? 장명호…… 아, 아니, 내가 회삿돈을 빼돌렸는데 혹시 창식이가 그걸 갖고 튀었어? 한 대표하고 조 실장은 그거 눈치채고 회계장부 원본 가져오라고 난리인 거고?"

"뭐, 뭔 소린교? 저, 저는 잘 모릅니더……."

수완의 얼굴에 당황하는 빛이 번졌다. 그러나 수완을 설득할 시간 따위는 없었다. 지금 필우와 동재가 이곳으로 오고 있다면 발등에 불이 떨어진 셈이었다.

"야, 분위기 파악 못 해? 제대로 말하라니까!"

지훈은 저도 모르게 책상을 있는 힘껏 내리쳤다. 움찔하던 수완은 그제야 군기가 든 얼굴로 우물쭈물 입을 열었다.

"……다 해, 행님이 한 거면서 와 저한테 물으십니까……. 그라고 모른 척하라매요. 끝까지."

인정하는 말이었다.

명호가 창식과 함께 회삿돈을 빼돌린 것도, 창식이 그 돈을 가지고 도망친 것도.

지훈은 정신이 혼미해졌다. 말 그대로 총체적 난국이었다. 28억과 몸까지 뺏기고 얻은 게 나락으로 떨어지기 일보 직전인 인생이라니. 만약 필우가 회삿돈 횡령 사실을 알아낸다면 자신은 명호의 몸으로도 살아갈 수가 없다. 평생 도망자 신세가 되거나 시멘트 통에 담겨 바다에 수장되거나 사지가 토막 난 채 산속 어딘가에 묻히게 될 것이다.

명호는 어떻게 이 모든 사실을 털어놓지 않은 건지. 최소한 경고라도 해주었어야 했다.

그러다 문득 다른 생각이 들었다. 아니다. 어쩌면 명호는 자신이 이대로 죽어버리길 원한 건지도 모른다. 28억과 함께 석지훈의 몸을 완벽하게 뺏기 위해 이 모든 상황을 일부러 말하지 않은 것이다. 자기 손에는 피 한 방울 묻히지 않고 상대를 제거할 수 있는 방법이라니, 이보다 더 완벽한 살인이 있을까.

한 방 맞은 듯 명치가 아릿했다. 더 이상 치솟을 화도 실망도 없을 거라 생각했건만 마음이 끝없이 침잠했다. 한편으로는 명호의 진짜 속내를 알게 되자 오히려 기필코 살아남아야겠다는 오기도

꿈틀거렸다. 이대로 순순히 당할 수는 없었다.

"그래서 회계장부 원본은 어딨는데?"

결심이 서자 지훈은 싸늘하게 수완을 쳐다보며 물었다. 수완은 일순 변해버린 분위기를 감지한 건지 즉시 캐비닛 서랍에서 USB를 꺼냈다. 지훈은 USB를 낚아채 먼지가 뽀얗게 쌓인 노트북에 꽂았다. USB 안에 있는 것은 '회계장부'라는 성의 없는 이름의 폴더 하나뿐이었다.

폴더 안에는 대출 원장과 월별 이자 수입 원장 엑셀 파일이 들어 있었다. 대출 원장에는 대출약정서의 대출자명, 대출 금액, 금리 등이 표로 정리돼 있었고 이자 수입 원장에는 실제 대출자가 납입한 이자 금액과 누적 금액이 입력돼 있었다.

월별로 정리된 시트는 언뜻 보면 정갈한 숫자들의 나열처럼 보였다. 그러나 두 원장의 아무 열이나 선택해 비교해보니 숫자가 전혀 맞지 않았다. 대출 원장 대조표의 금리와 실제 납입한 이자 금액도 달랐다. 수기로 작성한 것만도 못한 조잡한 장부로, 눈에 빤히 보일 정도로 구멍이 숭숭 나 있었다. 소규모 업체라 회계 프로그램을 쓰지 않는 걸 믿고 이런 짓을 한 게 분명했다.

지훈은 입 밖으로 욕설이 튀어나오려는 걸 참았다.

"골든에서 몇 시에 온대?"

시계를 확인하니 오전 10시였다.

"오전에 회의 있다 캤으니까……. 점심 지나고는 올 것 같심다."

늘 이런 식이다. 뒤로 넘어져도 코가 깨졌다. 몸뚱어리의 원주인이 상상할 수조차 없는 대형 사고를 쳐놨는데 뒷수습할 시간도 없었다.

그래도 마냥 넋 놓고 기다릴 수만은 없지 않은가. 해볼 만큼 해봐야지. 적어도 겉으로 보기에 멀쩡한 장부로는 만들어놔야 했다. 그러지 않으면 죽은 목숨이다. 비유적인 표현이 아니라 진짜 사지가 절단 나 죽을 수도 있었다.

지훈은 핸드폰 번호가 바뀌었다며 자신의 번호를 수완에게 알려주었다. 그러고는 바깥에서 망을 보라고 한 뒤 온갖 단축키와 함수를 이용해 숫자를 정리하기 시작했다. 눈알이 휙휙 돌아가고 손가락이 키보드 위를 정신없이 날아다녔다. 에어컨을 켤 시간조차 없어 온몸이 끈적하게 젖는데도 정수리가 뜨끈해질 정도로 초인적인 집중력을 발휘했다.

시간이 얼마나 흘렀을까.

정적을 깨뜨리는 짧은 알림 소리와 함께 수완에게서 문자가 도착했다. '도착'이라는 짧고 간결한 단어를 보자 땀 맺힌 등줄기에 한기가 들었다. 장부는 거의 완성됐다. 하지만 마지막 달 시트를 클릭한 순간 노트북이 삑삑 요란하게 경고음을 냈다. 화면 하단을 보니 배터리가 2퍼센트도 채 남아 있지 않았다.

왜 하필이면 이때. 지훈은 속으로 쌍욕을 퍼부으며 수완에게 문자를 보냈다. '5분. 딱 5분만 시간 끌어봐.' 그러고는 여기저기 책상서랍을 열어젖히며 충전선을 찾기 시작했다. 그런데 저만치 계단 아래에서 남자 여러 명의 구둣발 소리가 희미하게 들리는 게 아닌가.

제발, 제발 좀 나와라!

지훈은 미친 사람처럼 캐비닛을 쾅쾅 열어대며 돌아다녔다. 다행히 방치된 캐비닛의 제일 아래 서랍에서 온갖 케이블 더미를 발견했고 그중에서 충전기를 찾을 수 있었다. 동시에 "잠깐만요, 한 사장님. 쪼매만 기다리봅시다." 하며 수완이 일행을 막아서는 소리가 들렸다.

지훈은 수완이 좀 더 버텨주길 바라며 바들거리는 손으로 충전기를 노트북에 꽂았다. 화면이 밝아지고 수정 중인 파일이 나타났다. 하지만 안심하기는 일렀다. 다시 속도를 높여 파일을 고치던 그때 바깥에서 조직원 중 하나가 "임수완이 이 씨발새끼 지금 뭐 하냐?" 하고 외치는 소리가 메아리처럼 울려 퍼졌던 것이다. 이후 수완이 뭐라고 변명하는 것 같았지만 수작이 먹히는 것 같지 않았다.

곧 고성이 오가는 소리가 들렸다. 가서 말려야 마땅하겠지만 수정을 마치려면 아직 몇 분이 더 필요했다. 설마 같은 조직원인데 고작 길 한번 막았단 이유로 쥐어팰까? 그렇지는 않겠지. 염치없게도 수완이 시간을 벌어주길 기대하는 수밖에 없었다.

임수완, 좀만 더 버텨주라. 조금만 더.

지훈은 후들거리는 손끝에 바짝 힘을 주고 수정을 이어갔다. 그런데 기대를 배반하듯 누군가를 구타하는 소리가 귓가를 때렸다. 억 하는 신음 소리도 함께 들렸다. 수완이 맞고 있는 게 분명했다.

고작 길 좀 막았다고 사람을 저렇게 패? 미칠 것 같았다. 엄습하는 공포에 심장이 쥐어짜이는 것 같았다. 소리로만 전해지는 상황이 끔찍한 상상과 두려움을 한꺼번에 불러일으켰다. 이윽고 누군가가 비명을 지르며 계단 아래로 굴러떨어지는 소리가 났다. 욕설과 함께 거침없는 발걸음 소리도 한층 더 가까워졌다.

신경이 천장 끝에 닿을 만큼 곤두서고 귀에서 이명까지 들렸다. 수완이 걱정돼 죽을 것 같았지만 지금 이 일을 해내지 못한다면 수완도 자신도 모두 지옥행 열차에 올라타게 된다. 다행히 그 와중에도 수정 작업은 끝을 향해 달리고 있었다. 서둘러 마지막 숫자를 수정했다. 최종적으로 파일을 저장하고 노트북을 닫을 찰나 사무실 문이 열렸다.

지훈은 그 소리에 맞춰 자연스럽게 일어나며 노트북에서 USB를 빼냈다. 극도의 긴장감으로 심장 소리가 귓가에서 쿵쿵 울렸다. 열린 문으로 필우를 필두로 해서 조직원 다섯이 들어왔다. 오른쪽에 선 쥐새끼 같은 인상의 남자는 명호가 말했던 필우의 오른팔 조동재가 분명했다. 지훈은 USB를 탁상 달력 사이에 밀어넣으며 필우에게 꾸벅 인사했다.

"어, 오셨어요?"

연극의 시작이었다.

"명호야…… 환영 인사가 요란하다……? 임수완이는 왜 저 지랄인 거냐?"

필우가 눈을 가늘게 뜨고 지훈에게 물었다. 은테 안경을 쓰고 얼굴선이 얄팍한 그는 점잖고 평범해 보이는 인상이었다. 어디 대학교 교수라고 해도 믿을 법한 생김새였으나 왠지 모를 서늘한 느낌이 감돌았다.

"대표님 말씀대로 환영 인산데, 너무하십니다. ……그나저나 여긴 어쩐 일이십니까."

기에 눌린 지훈은 시선을 흐리며 말을 돌렸다. 순간 하필이면 동재와 눈이 마주쳤다. 목 긋는 시늉을 하며 한쪽 입가를 끌어올리는 모습을 보니 명호가 왜 그리 치를 떨며 싫어했는지 알 것 같았다.

"모르는 척하지 말고 갖고 와……. 조 실장 말도 있고 한 번은 확인해봐야지."

모르는 척도, 버티기도 소용없었다. 작정하고 온 분위기였다. 필우와 동재 뒤에 선 조직원들은 여차하면 뛰쳐나와 시키는 대로 목이라도 딸 듯 흉흉한 기세를 내뿜고 있었다. 하지만 명호라면 순순히 USB를 넘기지 않았을 것이기에, 지훈은 할 수 있는 한 최대치의 껄렁거림을 단전에서부터 끌어모았다.

"근데 아 씨발, 기분 존나게 더럽네. 대표님, 아니, 형님. 언제부터 우리가 막 이런 거까지 까보는 사이였습니까?"

"이 새끼가 말을 돌리네? 야, 나불대지 말고 USB나 내놔."

대신 나선 건 동재였다. 필우는 점잖은 얼굴로 손 하나만 들어 그의 움직임을 막고는 한 걸음 다가왔다.

"명호야……. 갖고 와. 뭔 말이 많아."

필우의 살벌한 시선이 '명호'에게 메다 꽂혔다.

아, 도저히 못 버티겠다.

결국 지훈은 위압감에 짓눌려 탁상 달력 사이에서 얌전히 USB를 꺼내는 수밖에 없었다.

필우는 USB를 건네받자 한 걸음 뒤에 서 있던 안경 쓴 남자에게 USB를 던져주었다. 안경은 그 자리에서 노트북을 펼치고 USB를 꽂았다. 곧 휑뎅그렁한 사무실 안에는 우웅 하는 전자기기 소리와 키보드 두드리는 소리만 간헐적으로 울려 퍼졌다.

괜찮다. 어지간한 실력자가 아니면 들키지 않을 것이다.

지훈은 초조함을 억누르기 위해 전신의 근육에 바짝 힘을 주었다. 모두 입을 다물자 침묵이 공간을 짓눌렀다. 질식할 것 같았다.

시간은 더디게 흘렀다.

이윽고 확인 작업이 끝났는지 안경이 알쏭달쏭한 얼굴로 USB를 빼냈다. 지훈은 심장이 날뛰다 못해 터질 것 같았다. 지금 저 안경의 입에서 나오는 말에 생사가 결정되는 것이다.

"다 맞습니다."

안경이 필우, '명호', 동재의 표정을 한 번씩 살피더니 입을 열었다. 동시에 동재가 "뭐?" 하고는 오만상을 찌푸리며 그에게 다가갔다. "제대로 확인한 거 맞아?" 하고 당황한 낯빛으로 안경을 채근하더니 '명호'에게 눈을 부라렸다.

"이 개새끼가. 대표님, 이거 뭔가 잘못된 겁니다. 제가 고창식이 새끼한테 들었는데……."

하지만 동재는 말을 끝내지 못했다. 필우가 동재의 목덜미를 잡아채더니 풀스윙으로 뺨을 내려쳤기 때문이다. 동재가 억 하는 소리를 내며 비틀댔지만 필우는 무표정하게 또다시 따귀를 후려쳤다.

그때부터 열 대, 스무 대, 혹은 그보다 더 많은 따귀 세례가 쏟아졌다. 동재는 신음 소리를 내면서 복도로 뒷걸음쳤다. 반면 필우는 태연하기 짝이 없었다. 부어오르기 시작한 동재의 뺨을 기계처럼 일정한 속도로 내려칠 뿐이었다.

지훈은 경악에 찬 얼굴로 얼어붙어 있다가 허둥지둥 필우와 동재를 따라 나갔다.

"일어나⋯⋯."

동재가 와당탕 쓰러지자, 필우가 특유의 나른한 목소리로 동재를 재촉했다.

"형님, 저거 뭔가 잘못된 거예요! 저 새끼가 저 엿 먹일라고 수 쓴 거라고요!"

동재가 일어나며 '명호'를 가리켰다.

"그렇게 치밀한 새끼 아니라며⋯⋯?"

말이 끝남과 동시에 또다시 필우가 전신에 힘을 실어 따귀를 내려쳤다. 동재의 코와 입에서 흘러내린 피가 산발적으로 튀었다. 이제 동재의 얼굴은 부어터지다 못해 점토를 뭉개놓은 것 같았다. 계단까지 몰린 동재는 끝내 일격을 얻어맞고 계단 아래로 굴러떨어졌다. 와당탕 소리가 섬찟하게 울려 퍼졌다.

지훈은 계단참에 시체처럼 늘어진 동재의 몸뚱이를 응시했다. 도무지 현실의 장면 같지 않았다.

필우는 "저거 치워⋯⋯." 하고 수하 중 하나에게 말하더니 '명호'

를 쳐다봤다.

"장 실장아…… 서운했지?"

"아, 아닙니다."

필우에게 대꾸하기 위해 지훈은 목에 힘을 잔뜩 주었다. 힘을 주지 않으면 딸꾹질이 나올 것 같았다.

"미안했다? 내가 원래 이간질하는 새끼들 싫어하잖냐……."

"그, 그러시죠."

"그래도…… 오해 안 생기게 앞으로 잘하자, 명호야?"

"네, 알겠습니다."

필우는 아무렇지 않은 얼굴로 '명호'를 툭 치고는 돌아섰다. 나른하고 점잖아 보이는 뒷모습이었다. 그런데 몇 발자국 걸어가던 필우가 뒤돌아 그를 쳐다봤다.

"아, 그리고 고창식이 필리핀 민다나오섬으로 넘어간 거까지 확인했다."

"……네?"

"네가 그렇게 찾는다는 얘기 듣고 내가 애들 좀 풀었어. 조만간 데리고 올 수 있을 거니까……. 기대해라."

말을 마친 필우가 양쪽 입가를 끌어올리며 서늘하게 웃었다. 아마도 저게 필우의 본모습이 아닐까.

지훈은 아찔하다 못해 머릿속이 하얗게 산화하는 듯했다. 이제까지의 위기에는 위기라는 이름을 붙일 수도 없었다. 지금이야말로 사형 선고가 내려진 순간이었다.

5

복수를 논할 때 가장 유명한 문구는 '눈에는 눈, 이에는 이'일 것
이다. 사람들은 보통 죄에 비해 부족한 처벌이 내려질 때 이 말을
쓰고는 한다. 하지만 실상 이 문구의 원 의도는 더 큰 보복을 막기
위한 것이었다. 한쪽 눈을 다쳤을 때는 한쪽 눈, 한쪽 팔을 다쳤을
때는 한쪽 팔을 다치게 한 행위만 처벌하고 그 이상의 보복은 하지
말아야 한다는 취지에서 시작된 말이었다.

그럼에도 지훈은 '눈에는 눈, 이에는 이'라는 말을 머릿속에서 즉
시 폐기했다. 당한 만큼 돌려주는 것은 불가능하다. 몇 배, 몇십 배
로 갚아주고 싶은 게 인간 심리였다. 명호도 똑같을 것이다. 그는 어
린 시절에도 딱밤 한 대를 맞으면 주먹질로 갚아주는 인간이었다.

필우 일행이 떠난 후 지훈은 수완을 부축해 건물을 빠져나왔다.
택시를 타고 병원으로 이동한 다음 극구 사양하는 수완을 응급실
에 데려다놓고 인적 드문 공터로 향했다. 혼자가 되자 비로소 숨이
쉬어지는 것 같았다.

지훈은 흉곽을 부풀리며 텁텁한 공기를 크게 들이마셨다. 필우

의 말이 뇌에 들러붙은 듯 머릿속을 떠나지 않았다. 그는 명호와 창식이 회삿돈을 빼돌렸다는 것과 그걸 창식이 들고 도망갔다는 것 모두를 알고 있는 게 분명했다. 하지만 명백한 증거가 없기 때문일까, 아니면 모종의 이유가 있는 것일까. 바로 까발릴 생각은 없는 것처럼 보였다. 그저 잡아 죽일 동물을 몰이하듯 사냥감을 조금씩 덫으로 몰아넣을 뿐이었다.

도대체 앞으로 어떻게 해야 하는 걸까. 28억과 함께 공들여 쌓아온 석지훈의 삶을 빼앗겼는데 목숨까지 잃게 생겼다. 전신을 짓눌렀던 공포가 엷어지자 견딜 수 없는 분노가 솟구쳤다.

왜 명호는 이렇게까지 잔인하게 구는 건지.

그가 이 모든 상황을 짐작하면서도 방관했다는 건 자명한 사실이다. 그 속내에는 자신이 죽기를 바라는 마음이 있었을 것이다.

몸과 28억을 완벽하게 차지하고 싶었겠지. 적어도 한때는 절친한 친구이자 가족이었다. 그러나 이제 명호에게 우정이나 의리 따위는 존재하지 않았다. 일말의 신의라도 남아 있었다면 이런 식으로 친구를 죽음으로 몰아넣지는 않았을 것이다. 그에게는 오로지 남의 것을 빼앗겠다는 악의에 찬 탐욕만 가득할 뿐이었다.

지훈은 주머니에서 담뱃갑을 꺼냈다. 수완에게서 얻어낸 것이었다. 선 자리에서 세 대를 연달아 피웠다. 혈관 구석구석 니코틴이 스며들자 비로소 결심이 섰다.

억울해하고 열받을 것도 없다. 그 새끼가 날 죽이려 한다면 나역시 똑같이 보복해주면 된다. 빼앗긴 것들을 하나씩 되찾고 제대로 갚아줄 것이다.

담배꽁초를 쓰레기통에 짓눌러 껐다. 그러고는 병원 인공신장 센터 건물을 올려다봤다. 명호를 압박할 방법이 저곳에 있었다.

사흘 뒤면 심혈관 합병증과 투석으로 장기입원 중이던 명호 어머니가 신장이식 수술을 받는다. 어머니를 끔찍하게 생각하는 명호라면 수술을 무사히 받았는지, 결과가 어떤지, 어머니 몸 상태는 어떤지 알고 싶어 애가 탈 것이 분명했다.

지훈은 명호 어머니의 담당 간호사를 찾아갔다. 간호사는 '명호'를 보고 수술비가 제때 입금돼 다행이라고 말했다. 맞장구를 쳐준 지훈은 명호의 번호로 등록된 보호자 연락처를 자신의 번호로 변경했다. 또한 환자의 심신 안정을 위해 향후 그 어떤 외부인의 면회와 연락도 차단해달라고 요청했다.

"아, 그리고 제일 중요한 거. 환자의 개인정보 보호와 기밀 유지에 각별히 신경써주세요. 특히 그 어떤 문자로도 환자 정보 발설하시면 안 됩니다."

"네? 근데 저번에 장명호 씨가 앞으로 윤옥순 환자분에 대한 건 문자로 전해달라고 하셨잖아요. 방문이나 전화 힘들다고요."

간호사가 의아해하며 말했다.

지훈은 속으로 코웃음을 쳤다. 예상했던 바였다. 명호는 그리도 당당하게 남의 인생을 가지겠다고 말해놓고는 명호로서의 인생도 포기하지 못한 것이다. 두 인생을 전부 갖겠다 이 말이겠지. 다른 사람 인생은 그렇게 개똥으로 알면서 제 가족에게는 끔찍한 모습이 역겹고 우스웠다.

그렇다. 명호를 압박할 방법은 명호의 어머니 윤옥순 여사를 인질로 삼는 것이었다. 명호 말대로 몸이 바뀐 상태에서는 그다지 어려운 일도 아니었다. 몸이 바뀌었다는 사실이 한때 독이 됐다면 이제 그걸 기회로 삼으면 된다.

"어떻게, 수술도 얼마 안 남았는데 어머니 보고 가실 거죠?"

간호사가 입원실 복도를 걸어가며 물었다. 별생각 없이 따라가던 지훈은 멈칫했다. 명호 어머니에게는 자신이 가해자라 생각하니 꺼림칙한 기분이 들었다. 명호 어머니와 직접 얼굴을 마주하면 마음이 약해질 것도 같았다.

지훈은 간호사에게 잘 부탁한다는 말을 남기고 병원을 떠났다. 덫을 쳐놨으니 이제부터 할 일은 기다리는 것뿐이었다.

하루, 이틀, 사흘. 시간이 흘렀다. 그동안 지훈은 입질을 기다리며 회사에 출근했다. 명호도 문제였지만 필우는 더 큰 문제였다. 명호에게 복수하기도 전에 필우에게 죽임을 당한다면 전부 소용없는 일 아닌가.

지훈은 골든아이캐피탈로 가로 대부업체 직원들을 보내며 필우의 동향을 파악했다. 다행히 창식을 잡는 일이 쉽지 않은지 필우의 수하들이 연신 허탕을 쳤다는 보고가 들려왔다. 게다가 필우는 매일같이 조직 이사회로 불려가고 있었다. 시간을 번 지훈은 가슴을 쓸어내리며 안도했다. 그 와중에 병원에서도 꾸준히 연락이 왔다. 간병인 말에 따르면 명호 어머니는 수술을 무사히 끝내고 중환자실에서 회복 중인 듯했다.

하루가 더 지났다. 지훈은 직원들과 호프집에서 한잔한 후 시내 거리를 걷고 있었다. 필우가 중국으로 출장 가 일주일간 자리를 비우게 됐다는 희소식에 연거푸 소맥을 들이켰더니 금세 취기가 올랐다.

거리는 왁자한 소음으로 가득했다. 자동차 경적, 취객들의 고함을 안주 삼아 걷고 있는데 핸드폰이 울렸다. 수완인가 싶어 별생각 없이 발신자를 확인하는 순간 술기운이 확 달아났다.

명호의 전화였다.

걸려들었다! 심장이 크게 뛰고 의식할 새도 없이 전신에 힘이 바짝 들어갔다. 작전이 통한 것이다. 바로 전화를 받고 싶었지만 주도권을 잡기 위해서는 시간을 더 끌어야 했다.

지훈은 시내 곳곳을 배회하며 시간을 보냈다. 밤이 깊어질수록 거리가 뿜어내는 짙은 술기운에 네온사인이 물결치듯 일렁였다. 거리 소음에 파묻혔지만 핸드폰은 계속 울려대고 있었다. 스무 통, 서른 통, 한번 시작되자 폭주하듯 명호로부터 전화가 걸려 왔다.

'개새끼야. 전화 받아.'

'씨발, 전화 받으라고! 죽여버리기 전에 전화 받아!'

문자도 쉴 새 없이 도착했다.

그게 다가 아니었다. 수완과 간호사로부터도 전화가 걸려 왔다. 예전 번호로 자신이 장명호라고 주장하는 사람이 문자를 보내왔다고, 어떻게 된 일이냐고 어리둥절해했다. 지훈은 그들에게 그 문자에 절대 대답하지 말라고 신신당부를 했다.

지훈은 시내에서 시간을 끌 만큼 끌다, 자정이 지날 무렵 명호 집으로 향하는 언덕길을 올랐다. 빌라가 밀집한 골목은 고요했으나 한편으로는 소란했다. 오가는 자동차 소리와 얇은 건물 벽을 뚫고 집 안에서 새어 나오는 생활 소음이 한적한 골목길을 메웠다.

명호에게서 또 전화가 걸려 왔다. 마음 같아서는 일주일 후에나 전화를 받고 싶었지만 필우의 위협을 앞둔 지훈도 마냥 여유로운 상황은 아니었다.

한참 벨 소리가 울리게 내버려두다가 끊기기 직전 전화를 받았다.

"야, 이 씨발새끼야!"

핸드폰 너머에서 명호가 귀청이 떨어져나가도록 소리를 질렀다. 지훈은 가차 없이 통화 종료 버튼을 눌렀다. 다시 명호로부터 전화가 걸려 왔다.

"네가 감히 내 전화를……."

또 전화를 끊었다. 이후 몇 번이나 같은 상황이 반복됐다. 명호의 전화를 받기는 했지만 그가 목소리를 조금이라도 높이면 예외 없이 통화를 종료했다. 결국 패턴을 파악한 명호는 다섯 번째로 통화가 연결되자 절박한 목소리로 외쳤다.

"야, 석지훈! 전화 끊지 말아봐. 제발!"

지훈은 침묵한 채 듣고만 있었다.

"씨…… 아니, 아니, 이거 욕 아니야. 야, 듣고 있냐?"

"……."

"대답이라도 하라고! 이럴 거면 전화는 왜 받은 거냐?"

"……."

"……우리 엄마 수술했어? 엄만 어때?"

침착한 척했으나 목소리 저변에 깔린 초조함까지 감출 수는 없었다. 목소리를 일부러 낮추는 느낌이기도 했다. 주도권을 쥐고 있다는 게 얼마나 짜릿한 일인지. 관계와 상황이 전복되자 묘한 쾌감까지 일었다.

명호가 무슨 말을 떠들든 지훈은 침묵으로 일관했다. 지훈이 아무 말 없자 명호는 저 혼자 화를 냈다가 흥분했다가 야단법석을 떨었다. 그러다 마침내 제풀에 지쳐 입을 다물었다. 핸드폰을 사이에 두고 두 사람의 호흡 소리만 오갔다. 비로소 명호는 대화할 준비가 된 것 같았다.

"너부터 얘기해. 회사에서 빼돌린 돈이 얼마야?"

지훈의 말에 명호가 "씨발." 하고 혼잣말을 중얼거렸다.

"나도 잘 몰라. 정확한 건 고창식이 그 새끼만 알아."

가당치도 않은 대답에 지훈은 또 통화를 종료했다. 곧 명호에게서 전화가 걸려 왔다. 지훈은 전화를 무시했다. 한 번, 두 번, 세 번째에 전화를 받았다.

"씹……! 4, 40억이야. 40억."

명호가 다급하게 소리쳤다. 지훈은 쌍욕이 터져 나오는 걸 참았다.

"많이도 해 처먹었다? 근데 내가 지금 그거 때문에 한필우한테 죽기 일보 직전인 거 너도 알지?"

"......."

"어떻게 말을 안 해줄 수가 있어? 난 적어도 강태평 조심하라고 경고는 했어."

"야, 좆같은 상황 서로 주고받았으니 쎔쌤 아냐? 나도 강태평 그 새끼한테 잡힐 뻔한 적 한두 번이 아니라고!"

"미리 말해주는 거랑 아닌 거랑 같아?"

지훈은 화가 들끓어 정수리가 뜨끈해지는 것 같았다. 명호는 정말 끝까지 자신이 뭘 잘못했는지 모르고 있었다. 더 이상 이런 감정적인 대화를 지속할 필요가 없어 보였다.

"됐고. 어머니 수술시키고 싶으면 28억이랑 네 금고 비번 내놔."

지훈은 준비해뒀던 말을 꺼냈다.

빼앗겼던 걸 되찾아오는 걸로는 부족했다. '눈에는 눈, 이에는 이' 따위는 가당치도 않은 말이었다. 필우의 위협에서 벗어나려면 돈이 필요했다. 어떻게든 명호가 구멍 낸 금액을 메꿔야 하지 않겠는가. 로또 당첨금 40억이 가로 대부업체로 흘러 들어가는 꼴이 창자가 뒤틀릴 만큼 배 아팠지만 당장 살기 위해서는 그 방법밖에 없었다.

"개소리하지 마! 장기이식 수술 같은 게 그렇게 간단하게 취소될 리 없잖아. 우리 엄마 잘못되면 너는 멀쩡할 거 같냐? 너도 죽여버릴 거야!"

아니나 다를까, 명호가 노발대발했다.

"뇌사자 컨디션이 달라져서 날짜 미뤄졌다고. 그리고 바뀐 수술

날 전에 내가 네 어머니 빼돌리면 당연히 수술 못 받는 거지. 어머니 진짜 수술 안 시키고 싶으면 그래, 어디 한번 죽여봐. 몸뚱이 잃고 인생 잃고 돈 잃은 마당에 내가 무서울 게 있을 거 같아?"

지훈은 미리 준비한 변명을 빠르게 내뱉었다. 어딘가 허술한 구석이 있는 이야기였지만, 흥분한 명호는 제대로 된 판단을 하지 못했다.

"개새끼, 씨발새끼! 진짜 찢어 죽인다!"

이성을 잃고 분노하는 명호의 목소리가 핸드폰 너머에서 들려왔다. 그런데 뭔가가 이상했다. 한적한 골목길에 그 순간 명호의 생목소리가 똑같이 울려 퍼졌던 것이다.

섬찟해진 지훈은 핸드폰 스피커를 막은 뒤 숨을 죽였다. 명호의 목소리가 들려온 곳을 어림짐작해보니 명호의 빌라가 위치한 곳이었다.

허, 이 새끼가.

지훈은 전화를 끊고 핸드폰을 무음 모드로 변경한 다음 골목길을 빙 둘러 걸었다. 목적지는 명호의 빌라 뒷골목이었다. 몸을 숨긴 채 좁은 틈 사이로 빌라 앞쪽 상황을 살펴보니 살기등등한 얼굴로 선 '지훈'이 보였다.

소름이 돋았다. 명호는 집 앞에서 기다리고 있으면서도 말 한마디 하지 않은 것이다. 통화할 때 일부러 목소리를 낮춘 이유도 알 것 같았다. 명호는 누구 하나 잡아 죽일 듯 섬뜩한 얼굴로 집 앞을 서성거렸다.

지훈은 뒷골목을 빠져나와 반대 방향으로 향했다. 그동안에도 명호로부터 계속 전화가 걸려 왔다. 이대로 집에 갔다면 무슨 일을 당했을지 상상만으로도 가슴이 선득해졌다. 덩달아 이제 명호와는 돌아올 수 없는 강을 건넜다는 사실이 실감 났다. 어쩌다 상대를 잡아 죽이려는 상황까지 치달은 것인지, 입안에서 쓴 물이 돌았다.

지훈은 시내로 향하는 택시를 탔다. 이마에 맺힌 식은땀을 닦으며 명호에게 메시지를 보냈다.

'28억 현금으로 준비하고 네 금고 비밀번호 말해. 내일까지 딱 하루 준다. 아까 말한 대로 다 잃은 마당에 나 무서울 거 없는 놈이야. 어머니 목숨은 살려야지?'

지훈은 핸드폰을 끄고 뒷좌석에 몸을 파묻었다. 분노와 충격으로 머리가 어질어질했다. 명호가 진짜 자신을 해치러 올 것까지는 예상하지 못했다. 이제 더 이상 물러설 곳이 없었다. 죽기 아니면 까무러치기였다.

시내 끄트머리에 있는 모텔에서 밤을 보냈다. 방 안은 침침하고 이불도 꿉꿉한 곳이었다.

다음 날까지도 지훈의 핸드폰은 쉴 새 없이 울려댔다. 하루 사이 명호에게서 수십 통의 전화가 걸려 온 것은 물론 수완과 간호사에게서도 계속 연락이 왔다.

'행님, 어디 계십니까? 행님 친구분 왔는데요.'

'장명호 보호자님. 어떡하죠? 윤옥순 환자분 만나게 해달라고 어떤 남자분이 찾아오셨어요.'

'와 씨, 행님. 친구분 행님 만날 때까지 꿈쩍도 안 하겠다는데? 벌써 여서 몇 시간째 죽치고 있다 마;;'

'보호자님. 그 남자분 모르시는 거 확실하죠? 그분이 난동 부려서 결국 경비원들이 병원 밖으로 끌어냈어요.'

지훈은 둥근 테이블에 앉아 빵을 뜯어 먹으며 두 사람의 메시지를 확인했다. 명호가 회사와 병원에 직접 찾아가다니, 그의 인내심이 닳는 게 실시간으로 보였다. 오히려 고마운 일이다. 명호가 평정심을 잃을수록 상황은 배로 유리해진다.

느지막이 모텔을 나서며 명호에게 전화를 걸었다. 신호음이 울리자마자 통화가 연결됐다.

"28억 준비했어?"

태연한 목소리로 지훈이 물었다.

"……우리 엄마 어떻게 됐는지부터 얘기해. 수술했어?"

"28억 갖고 오면 수술시켜준다니깐."

명호는 잠시 침묵했다. 지훈은 명호를 다시 압박했다.

"너 서울 아니지? 여기 있는 거 다 알아. 지금 28억 갖고 기찻길로 와. 그리고 그때 비밀번호 알려주는 것도 잊지 말고."

지훈은 대답도 듣지 않고 전화를 끊었다.

길가에서 택시를 잡아타고는 화물열차가 다니는 기찻길로 향했다. 기찻길은 지구대와 가까우면서도 인적이 드물었다. 게다가 어린 시절 명호, 태헌과 함께 많은 시간을 보냈던 곳이기도 했다. 어디서 만나자고 할지 계속 고민했지만, 이곳만 한 곳이 없었다.

지훈은 긴장감으로 입안이 말랐다. 단층집들이 늘어서 있고 논밭이 넓게 펼쳐진 길에 택시가 섰다. 택시비를 지불하고 차에서 내렸다. 바닥을 딛고 있었지만 몸이 붕 뜬 것처럼 비현실적인 느낌이었다.

오늘로 모든 것이 끝이다. 지난했던 명호와의 싸움도 끝인 거다.

명호에게서 28억을 받고 40억 로또를 금고에서 꺼내면, 명호가 횡령한 돈을 메꾼 다음 당분간 숨죽이고 살 것이다. 이후로는 몸을 다시 바꿀 방법을 찾아야겠지.

명호 어머니의 안위가 제 손에 있는 이상 명호가 할 수 있는 일은 없었다.

물론 명호 어머니에게 위해를 가할 생각은 없었다. 아무리 명호가 증오스럽다고 하더라도 어린 시절부터 봐온 명호 어머니의 목숨을 위태롭게 하지는 않을 것이다. 단지 명호와의 싸움에서 주도권을 쥐고 싶을 뿐이었다.

물론 이 모든 패를 명호 앞에서 까 보일 수는 없었다. 최대한 비정해 보여야 했다.

철길을 따라 걸으며 진녹색의 벼가 바람에 흔들거리는 정경을 쳐다봤다. 간혹 오가는 사람들이 보였지만 제 갈 길을 가느라 바빠 지훈 쪽으로는 눈길 한번 주지 않았다.

지훈은 건널목을 한참 지나쳐 수풀이 우거진 곳으로 향했다. 그때 멀찍이 레일 반대편에 선 '지훈'이 보였다. 정확한 장소 지시도 없이 기찻길로 오라는 말만 했는데도 제대로 찾아온 걸 보면 그도 어릴 적 셋이 자주 놀던 장소를 잊지 않은 모양이었다.

'지훈'은 다소 흐트러진 차림에 무표정한 얼굴로 한 손에는 커다란 캐리어 손잡이를 쥐고 있었다. 눈이 마주치자 또 여지없이 낯선 감각이 몰려왔다.

지훈은 주위를 둘러보고 사람이 없다는 걸 확인한 후에야 '지훈'에게 다가갔다.

그러자 '지훈'은 미간을 찌푸리더니 캐리어를 반사적으로 뒤로 숨겼다.

"아직도 돈에 미련 있어? 어머니 목숨보다 돈이 중요한가 보지? 끔찍한 효자인 척하더니 너도 별수 없구나."

지훈이 빈정거렸다. '지훈'은 말없이 지훈을 쳐다봤다. 묘한 위화감이 느껴졌다. 비꼬는 말을 받아칠 줄 알았건만 그의 입은 열리지 않았다.

"돈은?"

지훈이 캐리어를 쳐다보며 물었다.

"잠깐만, 이거 어떻게 말해야 할지 모르겠는데……. 아 씨, 지금 와서 네가 내 말을 믿을지도 모르겠고……. 아니다, 됐다."

잠시 침묵하던 '지훈'이 난감한 얼굴로 중얼거렸다.

이상했다. 영 명호답지 않았다. 그가 갑자기 낯선 행동을 하자 위화감, 불편함, 혹은 부자연스럽고 불쾌한 감각이 스멀스멀 차올랐다.

"뭔 소리야? 빨리 28억 넘기고 비번도 말해. 그럼 어머니 수술도

시켜주고 사진도 일주일에 한 번씩 보내줄게."

협박하는 어조로 강하게 이야기했으나 '지훈'의 얼굴은 미동조차 하지 않았다.

지훈은 본능적인 꺼림칙함을 무시하고 캐리어 손잡이를 잡았다. '지훈'도 뺏기지 않으려는 듯 손잡이를 움켜쥐었다.

"사실 내가 너한테 28억 안 줘도 되는 거 알아?"

"개소리하지 마. 그럼 어머니는 수술 못 받는 거야."

"냉정하게 따지자면 그거도 나한텐 협박 안 돼. 돈도 진짜 뺏을 생각 없어서 가져온 거야."

"뻥치고 있네. 어머니 돌아가실까 봐 벌벌 떠는 놈이."

지훈은 매몰차게 캐리어 손잡이를 낚아챘다. 바닥에 캐리어를 눕히고 황급히 지퍼를 열자 안에는 5만 원권 다발이 가득했다. 비로소 목구멍에 걸려 있던 숨이 터져 나왔다. 가슴 깊이 안도감이 퍼지며 맥없이 긴장이 풀렸다.

"분명히 돌려줬다."

'지훈'은 건조한 표정으로 지켜보더니 뒤돌아섰다. 벌떡 일어선 지훈이 '지훈'의 어깨를 붙들었다.

"어딜 가? 금고 비번 알려줘야지."

돌아본 '지훈'은 인상을 찌푸리며 한숨을 내쉬었다.

지훈은 어이가 없었다. 명호는 자신이 지금 어떤 상황에 처한 건지 파악하지 못한 듯했다. 자신의 어머니가 인질로 잡혀 있는데 저딴 표정이라니. 아니, 뭣보다 갑자기 달라진 저 태도는 뭐란 말인가.

"장명호. 야, 내 말 무시해? 내가 어머니한테 해코지 못 할 거 같아? 몸 바뀐 이상 어머니는 나한텐 인질이야, 알아?"

"알아."

"그니까 비번 말해. 마지막 기회야."

지훈은 할 수 있는 한 최대치의 비정한 목소리로 말했다.

잠시 침묵이 흘렀다. '지훈'은 "아 씨……." 하고 중얼거리며 괜스레 머리를 쓸어넘겼다. 한참을 고민하는 듯했다.

이윽고 그가 입을 열었다.

"장명호 비번 알려주고 싶어도 못 알려줘."

"뭔 소리야? 잊어버렸다는 헛소린 하지도 마라."

"아냐, 나도 진짜 몰라서 그래. ……사실 나 장명호 아니거든."

지훈은 정수리를 한 대 얻어맞은 듯한 얼굴로 '지훈'을 쳐다봤다. 그는 이제껏 본 적 없는 차분하면서도 진중한 표정을 짓고 있었다. 또다시 낯선 감각이 전신을 휘감았다.

"무슨 말도 안 되는 소리야?"

"말도 안 되는 소리가 아니라, 나 진짜 장명호 아니라니까."

"장난해? 네가 장명호가 아님 누군데?"

'지훈'은 땅이 꺼져라 한숨을 내쉬었다. 한순간 얼굴 근육의 움직임과 행동, 말투가 달라졌다. 지훈은 꿈이라도 꾸는 것 같았다. 머리가 멍멍하고 위화감 때문에 속이 울렁거렸다. 자신의 몸을 움직이고 있는 '지훈'은 지금까지 명호였다. 명호처럼 말하고 행동했기에, 그리고 스스로 명호라고 주장했기에 명호라고 믿었다. 설사 그렇게 주장하지 않았더라도 '지훈'이 명호임을 모를 수가 없었다. 한두 해도 아니고 무려 30년 가까이 친구로 지냈는데 어찌 못 알아볼 수 있을까.

하지만 지금 저 '지훈'은 전혀 다른 말을 하고 있었다. 지금까지와는 완전히 다른 표정과 말투로 자신이 명호가 아니라고 주장하고 있었다.

이윽고 '지훈'이 입을 열었다. 현실을 거꾸로 뒤집는 듯한 말이 흘러나왔다.

"나 태헌이야, 이태헌."

3부

1

21년 전. 하늘에서 뽀얀 눈이 나풀거리는 12월의 어느 토요일이었다.

선생들이 아침 댓바람부터 보육원 숙소동을 돌아다니며 원생들을 깨웠다. 방학을 코앞에 두고 들뜬 마음에 늦게 잠자리에 들었던 원생들은 눈곱도 떼지 못하고 본관 거실로 집합해야 했다. 전원이 모이자 원장이 느긋한 걸음걸이로 나타났다. 그는 원생의 신체적·정신적 건강과 바른 생활 습관, 청결한 환경 조성을 위해 대청소를 시행하겠다고 선언했다. 변덕스러운 그답게 어제까지도 계획에 없던 일이었다.

원장과 선생들은 원생들에게 청소 물품을 지급하고 담당 구역을 할당해주었다. 최 선생을 제외하고는 모두 손 하나 까닥하지 않은 채 서너 살 아이들에게까지 복도 청소를 시켰다. 일하지 않는 자 먹지도 말라며, 조금이라도 굼뜨게 행동하면 불호령이 날아들었다.

복도에서 창문을 닦던 지훈은 감시하던 선생 하나가 자취를 감추자 물걸레질을 하던 서너 살 아이들에게서 걸레를 가져왔다.

지훈은 "형아, 형아." 하며 엉겨 붙는 아이들을 떼내고 서둘러 복도를 쓸고 닦았다. 선생이 되돌아오기 전 일을 마쳐야 했기에 조바심이 일었다. 도와준 걸 들킨다면, 청소하는 습관을 기르지 못하게 방해하는 것도 죄라며 벌이 내려질 터였다. 그렇게 바지런히 비질과 물걸레질에 매진하고 있는데 등 뒤에서 기척이 느껴졌다.

"지훈이는 이리 따라와라. 날 좀 도와줘야겠어."

원장의 목소리였다. 삐거덕거리며 돌아보자 퉁퉁하게 살찐 원장이 인자하게 웃고 있었다.

지훈은 몸이 굳었다. 예뻐서 그러는 거라고, 이상한 게 아니라고, 가만히 있으면 된다고 속삭이던 말들이 머리를 스치고 지나갔다. 더불어 더듬거리던 불순하고 음습한 손길도 떠올랐다. 그런 짓이 이상하다는 걸 알아차리지 못할 만큼 어리지는 않았지만, 이 상황을 해결할 방법을 찾을 수가 없었다.

"어허, 뭐 하는 거냐. 안 따라오고."

지훈이 주저하자 원장이 엄한 표정으로 얼굴을 갈아 끼우며 목소리를 높였다. 한없이 인자했다가 진저리나게 괴팍했다가, 종잡을 수 없을 만큼 변덕스럽다는 게 원장의 특징이었다. 주위 사람을 끝없이 긴장하고 눈치 보게 만들었다.

지훈은 뻑뻑한 눈을 감았다 뜨고는 원장을 따라갔다. 거대한 모래주머니를 매단 듯 다리가 무거웠다. 원장은 말없이 복도를 지나 계단을 올라갔다. 2층 제일 끝에 원장실이 있었다.

어찌 된 일인지 복도에는 사람 하나 보이지 않았다. 아래층과 바깥에서 희미하게 왁자한 소리가 들려올 뿐이었다. 원장실이 가까워질수록 두려움 때문에 심장박동이 커졌다.

원장실 앞에 도착한 원장은 키패드의 비밀번호를 누르고 문을 열었다. 비밀번호를 아는 사람은 원장과 총무 선생뿐이었다. 게다가 원장의 호출이 없다면 그 누구도 원장실 근처에는 얼씬도 하지 않을 터였다.

"안 들어오고 뭐 해."

방 안에 먼저 발을 들여놓은 원장이 돌아보며 말했다. 끈적하고 기분 나쁜 목소리가 귓가에 달라붙었다. 지훈은 달달 떨리는 손을 꽉 쥐고 발걸음을 떼었다.

그때였다.

"야, 석지훈."

등 뒤에서 명호의 목소리가 들렸다. 펄쩍 뛸 만큼 놀란 지훈이 홱 뒤돌아봤다. 화장실 청소를 하다 온 모양인지 대걸레를 쥔 명호가 헉헉거리며 뛰어오고 있었다. 난데없는 방해꾼의 등장에 원장의 미간에 깊은 주름이 생겼다.

"얜 왜 부르신 건데요?"

명호는 거친 태도로 원장을 향해 얼굴을 치켜들었다. 그럴 리 없겠지만 마치 이곳에서 무슨 일이 벌어질지 알고 훼방이라도 놓으러 온 사람 같았다.

"원장실 책 정리를 도와달라고 불렀다. 장명호, 네 담당 구역은 끝난 거냐?"

원장은 벌레 보듯 경멸 어린 눈길로 명호를 내려다봤다.

"당연히 끝냈죠. 근데 앤 다 못 끝냈을 거예요. 책 정리는 제가
도와드릴게요."

"웃기는 소리 마라. 제 숙소 이불 정리도 제대로 못 하는 게 책
정리는 무슨……. 할 일 없으면 가서 주방 청소나 도와. 지훈이 넌
빨리 들어오고."

원장이 강압적인 어투로 말했다. 뭐 하냐고 종용하는 눈길이 지
훈에게 꽂혔다. 망설이던 지훈은 애써 아무렇지 않은 표정으로 명
호에게 괜찮다는 눈짓을 보냈다. 원장실에서 겪게 될 일보다 명호
가 저 안에서의 일을 알게 되는 것이 더 두려웠다.

"아, 씹. 제가 한다잖아요."

하지만 명호는 계속 고집을 부렸다. 지훈이 원장실에 들어가는
것을 꼭 막아야 하는 것처럼 굴었다. 그러자 원장이 악귀처럼 얼굴
을 일그러뜨리며 불같이 화를 냈다.

"이 더러운 개새끼가 어디서 면상을 바짝 치켜들고 대들어? 처
맞아야 정신 차리지?"

기어코 원장이 솥뚜껑만 한 손을 번쩍 들어 올렸다. 한때 권투
선수였던 원장은 어리다고 해서 봐주는 법이 없었다. 얼마 전에도
명호는 그에게 얻어맞아 고막이 파열될 뻔했다. 그런 일이 있었는
데도 명호는 계속 대들었고, 그때마다 원장은 명호를 죽기 직전까
지 때리고 굶기고 창고에 가뒀다.

"자, 잠깐만요. 제가 할게요."

지훈은 명호 앞을 가로막으며 원장의 팔에 매달렸다. 또 얻어터지도록 내버려둘 수는 없었다.

"원장실 책 정리는 내가 할 테니까 넌 얼른 내려가."

지훈의 말에 명호는 더 꼭지가 돈 얼굴이 됐다. 하고 싶은 말을 참는 것처럼 얼굴이 붉으락푸르락하더니 기어코 대걸레를 휘두르며 지랄을 떨었다.

"넌 거기 절대 못 들어가. 들어가면 내가 가만 안 둘 거라고!"

한바탕 소란이 일자 무슨 일인가 싶어 선생과 원생 들이 2층으로 올라왔다. 원장은 다들 내려가라고 고함을 친 뒤 대걸레를 빼앗아 명호를 때리기 시작했다. 지훈이 잘못했다고 용서해달라고 빌어도 소용없었다. 명호는 웅크린 채 곤죽이 되도록 얻어터지면서도 비명 한번 지르지 않았다.

그로부터 며칠이 지난 밤이었다. 본관 뒤편에 위치한 보육원 숙소에서 작은 실랑이가 벌어졌다. 명호는 열린 창가에 반쯤 걸터앉아 있었고 지훈은 그런 명호의 옷자락을 붙들고 있었다.

"들키면 어쩌려고 그래? 밤 9시 이후론 외출 금지인 거 몰라?"

"쫌 놔! 안 들킨다니까? 선생 새끼들, 요즘엔 점호 제대로 안 하잖아."

지훈은 창문으로 숙소를 빠져나가려는 명호를 말렸다. 며칠째 명호는 돈을 벌겠다며 밤마다 고속버스 터미널에서 질 나쁜 무리와 소매치기를 하고 있었다.

"이번에 들키면 얻어맞고 창고에 갇히는 걸로 안 끝나. 원장이 너 새우잡이 배에 팔아버린다고 했다고!"

지훈의 말에 명호의 표정이 험악해졌다.

"뭐야, 너 또 원장이랑 같이 있었어?"

되묻는 말에 지훈은 뜨끔해서 저도 모르게 입안의 살을 깨물었다.

지훈의 표정에서 상황을 짐작한 듯 명호는 한동안 거친 숨을 몰아쉬었다.

"나 돈 진짜 많이 벌 거야. 그래서 너랑 이태헌 데리고 이 거지 같은 곳에서 나갈 거라고. 그니까 말리지 마."

흐릿한 달빛 아래 음영이 짙게 드리워진, 결심으로 단단히 굳은 명호의 얼굴이 보였다. 명호는 옷자락을 움켜쥔 지훈의 손을 매섭게 뿌리치고 숙소를 빠져나갔다. 아마도 뒷마당 개구멍으로 나가 산길을 빙 둘러 시내까지 갈 생각인 듯했다.

지훈은 순식간에 멀어지는 명호를 보며 불안감에 휩싸였다. 명호는 내년 초 도에서 주관하는 육상대회를 앞두고 있었다. 이렇게 계속 반항하다가 원장이 육상부 활동까지 그만두게 하는 건 아닌지 조바심이 났다.

얼음장같이 차디찬 바람이 열린 창문 사이로 불어왔다. 지훈은 명호가 무사히 돌아올 수 있도록 창문이 잠기지 않게 한 마디만큼 열어놓고 방으로 돌아갔다.

숙소 방은 군대 생활관처럼 가운데 통로를 두고 양쪽 나무 바닥에 요와 이불을 깔고 자도록 만들어진 공간이었다. 따로 침대를 두지 않은 건 비용을 절감하기 위해서는 물론이고 되도록 많은 원생을 욱여넣기 위함이었다.

쉰내가 풀풀 나는 방에서는 이미 원생들이 빽빽하게 누워 잠자리에 들 준비를 하고 있었다. 불을 끈 지훈은 제 자리를 찾아 드러눕고는 이불을 덮었다. 제일 안쪽이 태헌의 자리, 그다음이 차례대로 명호와 지훈 자신의 자리였다. 태헌은 벽을 보고 돌아누운 채 곤한 숨을 내쉬고 있었다. 지훈은 눈을 감기 전 명호 자리에 베개를 집어넣어 불룩하게 만들어놓는 것을 잊지 않았다.

어둠 속에서 원생들 몇몇이 속닥거리는 소리가 들렸다. 명호가 나간 이상 또 뜬눈으로 밤을 지새우겠지만 지훈은 억지로 잠을 청해보려 했다.

그때 숙소 문이 벌컥 열렸다. 곧 불도 켜졌다. 지훈이 놀라 바라보자 문가에 오 선생이 명단을 든 채 서 있었다. 뺨을 맞은 듯 정신이 번쩍 들며 심장이 곤두박질쳤다. 오 선생이 점호하러 온 것이다.

"오랜만에 점호한다."

지훈이 당황하는 사이 오 선생은 쩍 하품을 하며 성의 없이 이름을 부르기 시작했다. 이름이 불린 원생들이 차례로 대답했다. 오 선생은 명단에 시선을 박은 채 원생들 쪽으로는 눈길 한번 주지 않았다.

조용한 방 안에는 호명 소리만 울려 퍼졌다. 점점 차례가 다가왔다. 지훈은 심장이 거세게 뛰다 못해 폭발할 것 같았다. 바로 옆 명호의 자리가 불룩 솟아 있기는 하지만, 그 안에는 베개 하나만 들어 있을 뿐이었다.

뭐라고 변명해야 할까. 화장실에 갔다고 둘러대야 하나.

아니다. 곧 들킬 변명은 안 하느니만 못했다.

"석지훈."

어떻게 해야 할지 결정하지도 못했는데 오 선생이 지훈을 불렀다.

지훈은 "네." 하고 대답했다. "이태헌." "네." 하는 소리도 연달아 들렸다.

이윽고 오 선생이 "장명호." 하고 호명했다. 지훈이 눈을 꾹 감았다 뜨며 변명을 위해 입술을 떼려는데 그보다 먼저 "네." 하고 대답하는 소리가 들렸다.

지훈은 반사적으로 소리가 난 곳을 쳐다봤다. 벽을 보고 돌아누운 태헌에게서 흘러나온 소리였다. 지훈도 깜빡 속을 만큼 명호의 목소리와 비슷했다. 태헌이 명호의 흉내를 낸 것이다.

오 선생은 다음 차례를 부르려다 돌연 고개를 들었다. 시선이 향하는 게 느껴지자 지훈은 상체를 반쯤 일으켜 명호 자리로 향하려는 오 선생의 시야를 차단했다.

"장명호, 넌 내일부터 화장실 청소 한 달이다. 숙소동, 본관, 예배당 전부 다."

"아, 뭐예요. 왜 나만 갖고 그래요."

"네가 한 짓을 몰라서 그래?"

"왜 다들 나만 갖고 지랄이야……."

투덜거리는 말투마저도 명호와 무척이나 흡사했다.

오 선생은 미간을 살짝 찡그렸지만, 별다른 의심 없이 불을 끄고 방을 나갔다. 모두가 숨죽인 듯 한동안 정적이 흘렀다. 그러다 이내 원생들이 하나둘씩 탄성을 지르며 태헌에게 다가왔다.

"뭐야, 어떻게 한 거야? 네가 명호 흉내 낸 거 맞지?"

"태헌이 형, 한 번만 더 해봐. 진짜 잘하더라."

태헌은 그제야 벽면 쪽을 향해 있던 몸을 일으키고는 원생들에게 씩 웃어 보였다. 또 해보라는 말에 다시 명호 흉내를 내기도 했다. 이번에는 말투와 어조뿐 아니라 표정과 행동까지 곁들였다. 원생들은 박장대소했다. 계속해서 부추기는 말들이 이어졌다. 진짜 감쪽같다, 또 누구 흉내를 낼 수 있냐. 그러자 태헌은 지훈과 원장, 오 선생까지 흉내 냈다.

어안이 벙벙하던 지훈도 점차 긴장을 내려놓고 분위기에 휩쓸렸다. 어찌 됐건 태헌 덕에 명호가 걸리지 않았으니 다행이었다. 태헌이 다른 사람을 흉내 낼 때마다 원생들은 배를 잡고 깔깔거렸고 태헌은 원생들에게 둘러싸여 뿌듯해했다.

"네 덕분에 명호 살았다. 너 아니었음 명호 걸려서 또 엄청 맞았을 거야."

아이들이 흩어지자 도로 이부자리에 누운 지훈이 태헌에게 말했다.

"이럴 때를 대비해서 연습 좀 해봤지. 생각보다 쉽더라고."

태헌이 씩 웃었다.

그 후로 한동안 천사들 보육원에서는 흉내 내기 열풍이 불었다.

재주 없는 지훈은 애초부터 동참할 시도조차 하지 않았지만 명호는 곧잘 태헌처럼 다른 사람을 흉내 냈다. 물론 태헌의 재주에 비할 바는 아니었다.

그때부터였을 것이다. 태헌이 타인을 흉내 내며 사람들의 이목을 끌기 시작한 건. 그 이후 흉내 내기는 태헌의 오랜 장기가 됐다.

2

수분을 함빡 머금은 텁텁한 바람이 불었다. 기찻길 레일을 가운데 두고 지훈과 '지훈'은 대치하듯 마주 보고 서 있었다. 지훈은 뿌연 안개가 들어찬 듯 머릿속이 멍했다.

방금 저 '지훈'이 뭐라고 했던가.

비밀번호를 대라는 말에 명호의 번호는 알려주고 싶어도 못 알려준다고 말했다. 헛소리하지 말라고 일갈하자 진짜 모른다고, 자신은 명호가 아니라고 주장했다.

'말도 안 되는 소리가 아니라, 나 진짜 장명호 아니라니까. 나 태헌이야, 이태헌.'

그 말이 신호탄이 된 듯 '지훈'의 말투와 행동이 한순간에 변했다. 뒤뚱대면서 걷는 모습도, 한쪽 어깨가 기울어진 자세도, 느릿한 몸짓까지도 영락없는 태헌이었다.

지훈은 이제껏 저 '지훈'의 정체가 명호라는 걸 의심해본 적이 없었다. 몸이 바뀐 현장에는 자신과 명호 둘뿐이었고, 자신이 명호 몸속으로 들어갔으니 당연히 명호가 자신의 몸속으로 들어갔다고 생각했다. 게다가 30년을 친구로 지냈는데 겉모습이 달라진들 그 속에 누가 들어앉아 있는지 모를 수 있을까. 명호는 비밀번호를 내 놓기 싫어서, 지금 이 상황을 모면하고자 자신이 태헌이라는 몹쓸 거짓말을 하는 것이다.

하지만 왜 하필 명호를 곧잘 흉내 내던 태헌의 모습이 떠올랐는지.

저 '지훈'이 명호라고 생각하면서도 만약 태헌이라면 감쪽같이 명호 흉내를 낼 수 있을 것도 같았다. 더불어 '지훈'을 볼 때마다 느 껴지는 생경하면서도 불쾌한 감각. 가끔은 그 위화감에 속이 울렁 거릴 정도였다. 그 감각의 원인이 저 '지훈'이 지훈 자신의 겉모습 을 하고 있기 때문인지, 아니면 그의 정체가 명호가 아니라 태헌이 기 때문인지는 알 수 없었다.

"아니야, 거짓말이잖아……. 허튼수작 부리지 마, 장명호."

지훈은 캐리어 손잡이를 움켜쥐고 한 걸음 물러섰다. 머릿속이 혼란으로 뒤엉키는 와중에도 슬금슬금 부아가 치밀었다. 저 인간 이 명호라면 지금 자신은 형편없는 연극에 우롱당하는 것이고, 태 헌이라면 이제까지 그의 손아귀에서 농락당한 것이다.

지훈에게서 혼란의 기색을 읽은 모양인지 '지훈'이 절박한 표정 을 지으며 다가왔다.

"잠깐 내 말 좀……."

"오, 오지 마. 오지 말라고!"

'지훈'이 레일을 넘어오려 하자 지훈은 두 손을 들어 방어 태세 를 취하며 크게 한 걸음 물러났다. 얼굴이 뜨끈해질 정도로 열기가 오르고 이 혼란스러운 상황에 화가 났다.

"알았어, 안 갈게. 근데 제발 내 말 좀 믿어주라. 우리 몸 바뀐 게 둘 사이가 아니라 셋 사이에서 일어난 거라니까? 석지훈 너는 장명호 몸속으로, 장명호는 이태헌 내 몸속으로, 이태헌인 나는 석지훈 네 몸속으로 들어간 거라고."

'지훈'은 각각을 삼인칭으로까지 지칭하며 지훈을 설득하려 들었다.

그래, 그럴 수 있다고 치자. 영혼 뒤바뀜 현상이 둘 사이에서도 벌어졌는데 셋 사이에서 일어나지 말라는 법이 있겠는가. 그렇지만 저 '지훈'이 태헌이라면 이제껏 왜 명호라고 속였는지 도무지 이해되지 않았다. 지훈의 표정에서 그런 의문을 읽기라도 한 듯 '지훈'이 변명을 시작했다.

"알아, 왜 내가 명호라고 널 속였는지 궁금하겠지. 그런데 그럴 수밖에 없었어. 사실…… 우리 로또에 당첨돼서 금고에 넣고 온 날, 명호가 술 마시자고 우리 집에 찾아왔었어. 나한테 술을 먹이더니 우리 둘이라도 비밀번호를 공유하자면서 꼬드기더라? 싫다고 하니까 엄청 화를 내더라고. 그러다가 결국 몸싸움까지 벌이게 됐는데 명호가 내 목을 조르는 바람에 기절했어. 정신 차려 보니까 이렇게 지훈이 네 몸속에 들어와 있었고. 그런데다 네가 먼저 나한테 명호냐고 물어봤잖아. 그 순간 얼결에 그냥 명호인 척하자 싶었어."

지훈은 머릿속이 쑥대밭이 된 것 같은 상황 속에서도 기억을 더듬었다. 도깨비 절벽 아래에서 누가 먼저 상대를 알아봤더라. 기억이 떠올랐다. 분하게도 '지훈'의 말이 맞았다. 자신이 먼저 명호냐고 물어봤었다.

"그래서 그게 다 내 책임이다 이거야? 그게 네가 명호인 척하면서 날 속인 이유냐고!"

지훈이 쏘아붙이자 '지훈'은 서둘러 설명을 덧붙였다.

"그게 아니라! 진짜 돈 앞에선 친구고 뭐고 없더라. 명호 자식이 한순간에 돌변해서 날 죽이려고 했단 말이야. 그런 걸 봤는데 내가 어떻게 지훈이 널 믿겠냐? 너랑 명호랑 짜고서 날 죽이기로 한 걸 수도 있잖아. 그때는 너도 믿을 수가 없었어. 뭣보다 우리 셋 사이에선 내가…… 약자잖아……."

'지훈'이 시선을 내리깔며 말끝을 흐렸다. 지훈은 황당하고 어이가 없었다. 태헌이 셋 사이에서 수동적인 편이기는 하지만 이는 스스로 자처한 바였다. 마음이 여리고 소심한 태헌은 중요한 순간에는 언제나 뒤로 물러나기를 택했고, 그에 따라 남은 두 사람이 결정을 내리거나 상황을 이끌어야 했다. 따지고 싶었지만 지금은 이 부분에 대해 말꼬리를 붙들고 늘어질 상황이 아니었다.

"야, 장명호. 사람 갖고 놀 생각 하지 마."

"알아, 속아서 기분 나쁘겠지. 근데 널 믿어도 되는지 검증할 시간이 필요했어. 그래서 계속 명호인 척하면서 널 떠본 거야. 나한텐 로또니 돈이니 하는 것보다 내 목숨이랑 안전이 제일 중요했으니까……."

'지훈'은 태헌의 말버릇대로 계속 말끝을 흐렸다. 명호가 흉내

내는 건지 진짜 태헌이 저렇게 말하고 있는 건지 알 수가 없어 지훈은 머릿속이 뒤엉키는 기분이었다. 지훈이 대꾸가 없자 '지훈'은 조바심이 나는 모양인지 주절주절 변명을 이어갔다.

"그리고 지훈이 네가 날 명호로서 대해주는 게 좀 좋았던 거 같기도 해. 네가 믿으니까 진짜 내가 명호가 된 것 같았거든. 이렇게까지 오래 연극을 할 생각은 없었는데……. 명호 역할에 몰입하고 감정이 격해지면서 솔직하게 털어놓을 적당한 때를 놓쳤던 것 같아."

황당하기 이를 데 없는 말에 지훈은 머리꼭지가 도는 기분이었다.

그럼 이제까지의 일들이 겨우 장난이고 연극이었단 말인가.

부글부글 끓어오르던 분노가 '지훈'을 향했다. 욕지기가 치밀었다. 그때 건널목에서 요란한 경고음이 울려 퍼지더니 덜컹거리는 기차 소리가 멀리서부터 들려왔다.

"이 미친놈아. 너, 우리 집에서 나 죽도록 팼잖아. 그건 왜 그랬어!"

'지훈'은 "아……." 하며 탄식하고는 우물쭈물 망설였다. 그동안 우렁찬 기차 소리가 배로 커지더니 지면에 강한 진동이 일었다. 곧 열차의 거대한 앞머리가 위용을 드러냈다.

"말해보라고! 네가 이태헌이라면 왜 명호 일에 그렇게 열 내면서 날 팼던 건데?"

'지훈'은 고개를 푹 숙인 채 좀처럼 입을 열지 않았다. 그사이 컨테이너 열차는 엄청난 속도로 다가왔다. 레일을 가운데 두고 마주 선 지훈과 '지훈'은 약속이나 한 듯 뒤로 물러났다. 사방을 흔드는 굉음에 귀가 떨어져나갈 것 같았다.

그때 '지훈'이 버럭 소리쳤다.

"정말 미안한데. 너 그때 진짜 개새끼였어! 맞을 만했어!"

말이 끝나기도 전에 열차가 두 사람 사이를 벽처럼 갈라놓으며 쏜살같이 지나갔다. 지면을 박차고 지나가는 열차 사이사이로 '지훈'이 역방향으로 도망가는 모습이 보였다.

지훈은 "이 미친 새끼야!" 하고 소리치며 레일 반대편에서 '지훈'을 정신없이 쫓아갔다.

지훈이 욕설을 퍼부으며 뒤쫓아 가는 동안 열차도 꽁무니를 보이며 멀찍이 달아났다. 지훈은 단숨에 레일을 넘어 도망가는 '지훈'을 붙잡아 넘어뜨렸다. 두 사람은 고성을 지르며 한데 뒤엉켜 풀숲을 굴렀다. 후회하지 않는 '지훈'의 태도에 지훈은 눈이 뒤집혔다. '지훈' 위에 올라타 그의 멱살을 잡고 주먹을 치켜들었다.

"뭐라고? 다시 말해봐! 내가 맞을 만했다고?"

"미안, 진짜 미안. 근데 너 때문에 명호 어머니 수술비 입금 못 할 뻔한 건 사실이잖아! 그래도 그렇게까지 때린 건 내 잘못이니까 너 분 풀릴 때까지 마음대로 때려. 근데…… 이제 의심 풀린 거 맞지? 나 믿어주는 거지?"

"미쳤어? 네가 명호 어머니 때문에 그렇게까지 나 팼단 말을 믿으라고? 네가 장명호니까 그랬던 거지 뭔 개소리야! 어머니 수술 못 받을까 봐 돈도 갖고 왔잖아!"

"말했잖아, 28억도 진짜 뺏을 생각 없었다고! 원래 네 통장에 돈이 있는지도 몰랐어. 그 돈도 홧김에 인출하긴 했지만, 수술비만 쓰고 나머지는 돌려줄 생각이었다고! 근데 네가 결국 명호 어머니를 인질로 삼았잖아."

"그니까 네가 이태헌이라면 그게 너랑 뭔 상관이냐고!"

"네가 그렇게까지 하는데 내가 어떻게 널 믿냐? 너란 인간은 돈 때문에 친구 어머니를 인질로 삼는 놈이잖아! 그렇게 돈에 눈 뒤집힌 인간이 내가 태헌이라고 고백했을 때 날 죽이지 않을 거라고 어떻게 믿을 수 있겠어!"

'지훈'의 말에 지훈은 몸이 굳었다. 비난을 내포한 말이 폐부를 찔렀다. 그동안 돈에 환장해서 저지른 짓들이 뇌리를 스치자 가슴이 뜨끔거렸다. 아무리 화가 나고 28억이 절실했다 하더라도, 진짜 돌아가시도록 내버려둘 생각은 없었더라도, 친구 어머니를 인질로 삼은 건 부정할 수 없는 사실이었다.

"넌 대학 때부터 쭉 서울에 있어서 명호 어머니를 자주 못 봤겠지만 난 아니었어. 명호 어머니가 많이 아프시기 전까지 나한테 어떻게 해주셨는데……. 근데 넌 뭐라고 했냐? 28억이랑 비밀번호 안 내놓으면 어머니 죽인다고 했잖아……."

다시 '지훈'의 말이 심장을 후벼팠다. 극심한 양심의 가책이 느껴지자 지훈은 치켜들었던 주먹을 떨궜다. 그러고는 '지훈'의 멱살을 놓고 레일에 걸터앉았다. '지훈'은 쭈뼛거리며 눈치를 보더니 일어나 지훈 앞에 섰다.

내 겉모습을 한 채 자신을 태헌이라고 주장하는 저 사람은, 과연 누구란 말인가.

이제껏 한 치의 의심도 없이 명호라고 믿었던 저 사람은.

객관적으로 생각하자면 말도 안 되는 소리였다. 지난 며칠간 저 '지훈'이 보여준 행동은 철저히 명호의 의지와 욕망을 반영한 것이었다. 만약 저 '지훈'이 태헌이라면, 아무리 떠보는 말이었다 할지라도 태헌의 금고 비밀번호를 세 번 만에 추측할 수 있다는 말은 하지 않았을 것이다.

하지만 반대 논리를 살펴보자면 정말 자신이 어떤 마음인지 떠보기 위해 본인의 금고 비밀번호를 들킬 위험까지 감수하며 그런 말을 했을 수도 있다. 지난 며칠간의 일을 떠올리자니 '지훈'이 명호든 태헌이든 다 납득할 만한 근거를 들 수 있는 상황이었다.

누군가 이런 말을 했던가. 직감이란 이제껏 살아오는 동안 무의식 영역에 축적된 외부 세계에 대한 빅데이터를 근거로 빠르게 도출된 결론이라고. 아주 짧은 시간 동안 수천만 가지의 정보를 분석해 본능적으로, 무의식적으로 알려주는 거라고. 하지만 지금은 그 직감마저 고장이 난 것 같았다.

"……명호 어머니 수술 받으신 거 맞지? 괜찮으신 거 맞지?"

'지훈'이 물었다. 지훈은 벅벅 마른세수를 하다 햇볕을 등지고 선 그를 올려다봤다. 역광 때문에 깊게 음영이 져 얼굴 부분에 커다랗고 검은 구멍이 뚫린 것 같았다.

"얘기 못 해줘. 아직 네가 명호인지 태헌인지 모르겠거든. 네가 한 말들 전부 말뿐인 거잖아. 난 더 즉물적인 증거가 필요해. 그전까진 너란 인간을 장명호로도 이태헌으로도 못 믿겠어."

지훈은 고민 끝에 결론을 내렸다. 저 사람이 명호였다가 태헌일 수 있다면 그 누구도 될 수 있었다. 확실한 증거가 없는 한 그 어떤 사실도 믿을 수는 없다.

'지훈'은 한숨을 내쉬며 지훈 옆에 궁둥이를 붙이고 앉았다. 답답해 속이 터지겠다는 얼굴이었다. 길가를 등지고 나란히 앉은 채 정면을 바라보자 끝도 없이 펼쳐진 논이 보였다. 습기 찬 바람이 둘 사이로 불어왔다. 알알이 익어가는 벼들이 쏴아아아 소리를 내며 바람에 무겁게 흔들렸다.

그 무엇도 믿지 않기로 결론 내렸다. 하지만 그렇다고 해서 해결된 것 또한 없었다. 앞으로 어떻게 해야 하나 고민하고 있는데, 한동안 생각에 골몰하던 '지훈'이 뭔가 생각난 듯 목소리를 냈다.

"맞다, 금고 비밀번호! 그걸로 내가 태헌이라는 거 증명할 수 있어."

그는 드디어 방법을 찾아 기쁘다는 듯 얼굴이 환해졌다.

"뭔 말이야."

"금고 아홉 자리 비밀번호 중에 끝 세 자리 비번은 나밖에 모르잖아. 그 자리에 내 비번을 입력할게. 금고에 초록색 불이 들어오면 내가 태헌이라는 게 입증되는 거 맞지?"

잠자코 듣고 있던 지훈은 이내 난감해졌다. 그가 제안한 방법이 영 틀려먹은 건 아니지만 한 가지 문제가 있었다. 금고 비밀번호를 누를 수 있는 기회는 총 다섯 번. 그중 두 번의 기회는 이미 소진됐다. 명호의 행방도 확실히 모르는데 이런 이유로 또 한 번의 기회를 날려버리는 게 마땅찮았다. 그렇다고 저 '지훈'이 누군지 알 수 없는 상황에서 이미 태헌의 비밀번호를 알고 있노라 까발릴 수도 없었고.

지훈이 대답 없이 떨떠름한 얼굴을 하자 '지훈'은 지훈의 팔을 잡아당겨 일으켜 세웠다. 일어나지 않고 뭐 하는 거냐고, 얼른 가보자고, 이런 걸 생각해내다니 자신은 천재인 모양이라고. 태헌처럼 쉴 새 없이 떠들어댔다. 그 모습이 꼭 태헌 흉내를 내는 명호 같았다.

'지훈'이 신이 난 듯 앞서 걸었다. 지훈은 엉덩이를 털고 그를 뒤따랐다.

지훈과 태헌은 28억이 든 캐리어를 명호의 집에 가져다 두고 전당포로 향했다. 금이 가고 칠이 벗겨져 얼룩덜룩해진 건물은 낮에도 변함없이 을씨년스러웠다. 저번처럼 좁고 가파른 계단을 따라 2층으로 올라갔다. 녹슨 철제 현관문 앞에서 벨을 누르자 진옥이 문을 열어주었다.

두 사람은 금고실로 들어가 문을 닫았다. 얼결에 여기까지 따라왔으나, 로또가 든 금고를 보자 지훈은 정신이 번쩍 드는 것 같았다.

"빨리 네 비번 먼저 눌러."

태헌은 일면 순진무구해 보이는 말투로 지훈을 재촉했다. 자신이 태헌이라는 걸 증명하고 싶어 안달 난 명호처럼 보였다. 지훈은 떠밀리듯 금고 앞에 쪼그려 앉았다. 손가락을 숫자판에 가져다 댔지만 영 내키지 않았다. 이번에 비밀번호를 누르면 세 번째 기회가 날아간다. 이런 우스꽝스러운 연극 때문에 귀중한 기회 한 번을 소진해도 되는 걸까.

어영부영 전당포까지 따라왔으나 이 방법은 아니라는 생각이 점점 확고해졌다. 게다가 비밀번호를 누르면 금고에서는 세 번째 기회가 소진되었다는 음성이 나올 것이다. 여기까지 오는 동안 내키지 않는다는 티를 그렇게 냈으니, 태헌은 지훈이 40억 로또를 독차지하고자 몰래 비밀번호를 두 번 눌러봤다고 생각할지도 모른다.

결국 지훈은 번호 누르기를 포기하고 일어났다.

"아니. 이런 식으로 기회 한 번을 날려버리는 건 아닌 거 같아."

"그럼 어쩌자고. 물증이 필요하다고 한 건 너잖아. 이거 말고는 내가 태헌이라는 걸 증명할 방법이 없어 보이는데……."

태헌도 그제야 이 방법이 위험하다고 생각했는지 얼굴에 언뜻 안도감이 스쳤지만, 말로는 투덜거렸다.

태헌임을 알아낼 수 있는 또 다른 방법이 있을까. 잠시 고민해봤지만 마땅한 게 떠오르지 않았다. 태헌의 집 현관문 비밀번호는 명호뿐 아니라 태헌의 친구라면 다들 알고 있었고 태헌의 과거도 마찬가지였다. 지훈이 주저하자 태헌은 그의 태도에서 무언가를 감지했는지 더 강경한 태도로 닦달했다. 이제는 왜 비밀번호를 누르지 않는지 의심하는 것도 같았다.

"증명하겠다는데 왜 안 누르는 거야? 설마 너, 무슨 꿍꿍이가 있는 건 아니지? 지훈아, 네가 이러면 나도 너 못 믿어."

상황이 점점 이상하게 돌아갔다. 분명 처음에는 물증을 내놓으라고 이쪽에서 태헌을 몰아붙였는데 어찌 된 노릇인지 도리어 궁지에 내몰린 형국이 되고 말았다.

"이런 식으로 기회 한 번을 날리는 건 아닌 거 같다니까. 그냥 나가자. 네가 태헌이라고 증명할 수 있는 다른 방법을 찾아보자고."

"이거 점점 더 이상해지네. 뭐 숨기는 거라도 있어? 고작 기회한 번 날리는 건데 왜 난리야? 네 번이나 남았잖아. 됐어, 이제 네의견 필요 없어. 그냥 눌러버리지 뭐."

태헌은 오히려 생떼를 부리며 막무가내로 굴더니 기어코 금고앞에 쪼그리고 앉아 숫자판에 손가락을 가져다 댔다. 지훈은 덜컹심장이 내려앉았다.

"하지 말라니까!"

번호를 누르기 직전 고함을 지르며 태헌을 밀쳤다. 나동그라진그는 황당하다는 얼굴로 지훈을 쳐다봤다. 입안이 바싹 말랐다. 명백하게 설명이 필요한 상황이 돼버렸다. 왜 일이 이렇게까지 돼버렸는지 지훈도 이해할 수 없었다. 모든 걸 사실대로 털어놓는 것외에는 다른 방도가 없어 보였다.

지훈은 마른침을 삼키고 입을 열었다.

"오해하지 말고 들어. 사실 나 이태헌 비밀번호 알고 있어. 그러니까 네가 진짜 이태헌이라면 나한테 그냥 네 비밀번호를 말해. 그럼 네가 이태헌이라는 게 바로 증명되잖아."

지훈 스스로 생각하기에도 개소리라고 생각될 만큼 말도 안 되는 이야기였다. 태헌은 깜짝 놀랐는지 숨을 들이마시고는 눈을 크게 떴다. 당황하는 기색이 스치더니 이내 얼굴이 뻣뻣하게 굳었다.

"뭐야. 내 비밀번호를 네가 어떻게 알아?"

태헌의 추궁에 지훈은 입술을 달싹거리기만 할 뿐 쉬이 털어놓지 못했다.

"장난해? 대답해. 내 비밀번호를 어떻게 아냐고!"

태헌이 격분에 휩싸여 소리쳤다. 두 눈에는 불신과 적대감이 가득했다. 태헌은 대체로 온순한 편이지만 제대로 화가 나면 완전히 돌변하고는 했다. 덩치도 크고 완력도 센 데다 유도까지 했던 터라 그럴 때면 명호조차 말리는 게 힘들었다.

끝내 지훈은 로또를 금고에 넣은 날 자신이 이 전당포에서 무슨 일을 했는지 털어놓았다. 명호와 태헌의 비밀번호가 궁금했던 찰나 알아낼 방법이 갑자기 떠올랐다고. 버튼에 쌓인 먼지로 번호를 추측했다고. 그런데 누군가 먼저 비밀번호를 눌러본 상태였다고.

이야기를 모두 들은 태헌은 한동안 말이 없었다. 지훈은 초조하게 그의 표정만 살폈다. 처음에는 화가 난 것 같았지만 이내 그 말을 믿어주는 건지 눈빛에서 적대감이 사라졌다.

"이제 어떻게 된 건지 알겠네. 너무 쉽게 비밀번호를 추측하게 해준 내가 멍청했던 건가."

한참 만에 태헌의 입이 열렸다. 자조 섞인 말이 흘러나왔다.

"미안하다. 네가 태헌이든 명호든 그 부분은 내 잘못이야."

"그럼 어떡할까. 이 상황에서도 지훈이 넌 여전히 내가 태헌이라고 못 믿는 거잖아."

지훈은 아니라고 부정하지 못했다. 잘못은 인정하지만 저 '지훈'

을 태헌으로 받아들이는 것은 별개의 문제였다. 태헌은 짧게 숨을 토해내더니 말을 이었다.

"그래도 내 비밀번호는 너한테 얘기 못 해줘. 나도 너 못 믿겠거든. 네가 내 비밀번호를 모르면서 거짓말하는 건지 어떻게 알아?"

"……그럼 어떻게 할까?"

"잠깐 생각해봤는데, 지훈이 네 비밀번호를 알려주면 나도 내 비밀번호를 말해줄게. 그럼 공평하잖아."

지훈은 고개를 퍼뜩 들었다. 어쩌다 상황이 이렇게까지 와버렸을까. 어떤 논리의 흐름을 타고 이런 결론이 도출됐는지 머리가 얼얼할 지경이었다. 무엇보다 이미 태헌의 비밀번호를 알고 있는 지훈으로서는 확연하게 손해를 보게 되는 거래였다.

지훈은 입안의 속살을 씹으며 뜸을 들였다. 태헌은 고요한 눈길로 이쪽을 주시하며 지훈의 입이 열릴 때까지 묵묵히 기다리기만 했다.

그때 문득 지훈의 시선에 태헌이 짝다리를 짚고 선 모습이 보였다. 그 자세가 묘하게 명호를 연상케 했다. 태헌이든 명호든 짝다리를 짚는 건 흔해 빠진 행동이지만 무의식의 영역에서 직감이 경고를 보내는 것 같았다.

지훈은 저 '지훈'이 명호일 경우를 생각해봤다. 명호라면…….
명호는 당연히 자기 자신의 비밀번호를 알고 있는 데다가, 조금 전 지훈이 말한 방법으로 태헌의 비밀번호도 유추할 수 있다. 지훈은 자세한 설명을 위해 명호와 태헌이 누른 숫자가 애매한 3을 포함해 3, 4, 5, 8, 0이라고 말해주었으니까.

'지훈이 네 비밀번호를 알려주면 나도 내 비밀번호를 말해줄게. 그럼 공평하잖아.'

그리고 자신이 저 말에 휩쓸려 비밀번호를 이야기해준다면 명호는 마침내 완전한 아홉 자리 비밀번호를 알 수 있게 되는 것이다.

소름이 돋았다. 지훈은 무표정한 얼굴로 선 '지훈'을 쳐다봤다. 겉모습만으로는 저 사람이 명호인지 태헌인지 판단이 서지 않았다. 알아내려고 노력할 때마다 낯선 감각 때문에 내장이 요동치는 것 같았다. 마침내 인정할 수밖에 없었다. 이런 방법으로는 그 무엇도 밝혀낼 수 없고 해결할 수도 없다는 걸.

"아냐, 내가 너한테 가짜 비밀번호를 알려주면 어떡할래? 암만 생각해도 이 방법은 진짜 아닌 거 같아."

지훈의 말에 태헌은 눈썹을 움찔거렸다.

"그럼 어떡하자고."

"명호부터 찾자. 네 말이 맞다면 지금 명호는 네 몸속에 들어간 거잖아. 넌 안 궁금해? 네 몸이랑 명호가 어디에 있는지."

"……당연히 궁금하긴 한데. 제 발로 숨은 놈을 무슨 수로 찾아내?"

"그래도 찾아야지. 명호를 찾아야 다시 몸을 바꾸든 로또를 찾든 네가 태헌인 걸 증명하든, 뭐라도 할 수 있을 거 아냐."

한동안 대답 없던 태헌은 이윽고 동의한다는 뜻으로 고개를 끄덕였다. 표정을 지운 얼굴에서는 그 어떤 감정도 읽어내기 힘들었다.

지훈은 가자는 눈짓을 보내고 먼저 금고실을 나갔다. 사무실 책상에 앉아 있던 진옥이 얼굴을 들고 힐끔 쳐다봤다. 지훈과 태헌은 고개만 꾸벅 숙이고는 전당포를 빠져나왔다.

해가 들지 않아 한낮에도 어두침침한 2층 계단을 내려가는데, 지훈의 머릿속에 일순 꺼림칙한 의문 하나가 떠올랐다. 지훈은 발걸음을 멈추고 뒤따라 내려오는 태헌을 돌아봤다.

"근데…… 너 그날 왜 굳이 여기까지 오자고 한 거야? 장례식장 근처에도 전당포 많잖아."

"어? 아……. 그냥 뭐, 지나가다 봐서."

태헌이 대수롭지 않게 대답했다.

지훈은 금고에 로또를 넣어놓자고 제안한 사람도, 굳이 장례식장에서 멀리 떨어진 이 전당포로 오자고 한 사람도 태헌이라는 걸 기억하고 있었다. 당시 태헌은 진옥과 아는 사이인지 그녀를 "진옥이 누나."라고 불렀다.

"여기 주인이랑 아는 사인 아니고?"

"아, 아는 사이기도 하고."

"어떻게 아는 사이인데?"

"누구 소개로."

"누구?"

지훈의 캐묻는 말에 태헌이 미간을 깊게 찌푸렸다.

"야, 석지훈. 너 지금 뭘 묻고 싶은 건데?"

그러게. 뭘 묻고 싶은 걸까.

문득 최근 명호와 소원해졌던 것만큼 태헌과도 그러했다는 사실을 깨달았다. 각자의 삶과 생활이 있었기에 어린 시절처럼 모든 걸 공유하지도 않았다. 갑자기 원래 알던 태헌과 지금의 태헌 사이에 커다란 공백이 있는 것처럼 느껴졌다.

저 '지훈'이 태헌인지 명호인지 알 수 없는 것은 물론이거니와, 설사 정말로 태헌이라 한들 과연 그를 믿어도 되는 걸까.

태헌에게는 아무런 꿍꿍이가 없다고, 태헌은 진실한 인간이라고 확언할 수 있을까.

그동안 명호인 척했던 구구절절한 이유를…… 믿어야 하는 걸까.

또 생경하면서도 불쾌한 느낌이 뱃속을 휘저었다. 이제 그 감각은 저 사람이 태헌인지 명호인지 알 수 없다는 데서 기인한 것이 아니었다. 태헌이라는 인간 자체가 돌연 낯설게 느껴졌기 때문이다.

3

상민은 낡은 2층 주택 반지하 방 앞에서 초인종을 눌렀다. 귀에 거슬리는 버저 소리가 길게 울려 퍼졌지만 안에서는 반응이 없었다. 세 번, 네 번 계속해서 눌러도 마찬가지였다. 습기가 들어찬 지하 공간에 한참을 서 있었던 터라 전신에서 땀이 배어 나왔다. 그럼에도 상민은 응답을 들을 때까지 여기 있겠다는 듯 줄기차게 벨을 눌렀다.

벌써 사흘째 태헌과 연락이 닿지 않았다. 서산 경찰서에 2주간 출장을 다녀온 뒤 낚시나 가자며 문자를 보냈지만 답문이 없었다. 그가 서산에 있는 동안 제 친구를 비어 있는 집에 머물게 해도 되냐고 물어온 게 태헌의 마지막 연락이었다.

상민은 티셔츠 앞자락을 펄럭거리며 구시렁대다가 발걸음을 돌렸다. 숨이 턱턱 막히는 무더위는 여름의 끝자락에도 여전했다.

경찰서로 돌아가자 동료 형사들이 점심을 먹고 사무실로 돌아와 있었다. 형사 하나가 태헌의 집에 들렀다 온 상민을 보고 혀를 찼다. 그들은 건장한 남자 새끼가 잠깐 연락 안 되는 게 뭐 그리 호

들갑 떨 일이냐며 사건 취급도 해주지 않았다.

상민은 자리에 앉아 볼펜을 입에 물었다. 담배 생각이 절실해질 때마다 하는 짓이었다.

다른 형사들 말대로 단순 가출일 수도 있다. 그저 핸드폰을 꺼놓고 훌쩍 여행을 떠났을 수도 있고. 실종이라는 증거는 어디에도 없었다. 그러나 설명할 수 없는 찜찜한 기분이 벌레처럼 신경을 갉작거렸다. 그때 상민 자리를 지나쳐가던 젊은 형사가 무언가가 떠오른 듯 돌연 멈춰 섰다.

"그러고 보니 유 형사님 없는 동안 그 이태헌이란 분 경찰서에 찾아온 적이 있었어요."

상민은 고개를 퍼뜩 들고 젊은 형사를 쳐다봤다.

"걔가 왜?"

"저야 모르죠. 무슨 일로 온 거냐고 물으니까 한참 암말도 않다가, 뭐라고 구시렁거리더니 나가버리더라고요."

"뭐라고 구시렁거렸는데? 제대로 좀 듣지 그랬어!"

"아휴, 뭐랬는지 기억났으니까 이렇게 말하는 거잖아요. 첨엔 뭔 소린가 싶었는데 나중에 생각해보니까 '이딴 개같은 일도…… 신고 되나?' 이랬던 거 같더라고요."

그 순간 상민의 입이 벌어졌다. 머릿속에서 예전 기억 하나가 등실 떠올랐다. 대수롭지 않아 잊고 있던 기억이었다.

출장 가기 며칠 전 두 사람은 여느 주말처럼 민물낚시를 하러 인근 호수로 향했다. 이제 막 해가 떠올라 수면 위로 햇살이 반짝거리며 부서지던 새벽이었다. 호수 바람을 맞으며 늘어지게 하품을 하는데 문득 태헌이 중얼거리는 소리가 들렸다.

'형······. 나 아무래도 망한 거 같아요.'

상민은 말없이 고개만 돌려 태헌을 바라봤다. 아까부터 계속 정신 빠진 사람처럼 굴더니 갑자기 생뚱맞은 소리를 했다.

'돈이······. 하아, 항상 돈이 문제예요.'

'뭔 소리야.'

상민이 물었지만 태헌은 대답하지 않았다. 태헌에게 돈이 부족한 건 새삼스러운 일이 아니었다. 늘 궁상맞게 살았고 최근 장만한 푸드트럭으로 번 돈도 어딘가로 몽땅 흘러가는 눈치였다. 상민에게도 몇십만 원씩 돈을 빌려간 적이 한두 번이 아니었다.

태헌이 대답하지 않자 상민도 그냥 신경을 껐다. 그러고는 한동안 잊고 살았는데 젊은 형사의 말에 묻혀 있던 기억이 떠오른 것이다.

단순 가출일 수도 있다고, 아니면 여행이라도 간 거라고?

아니다. 그가 아는 태헌은 그럴 사람이 아니었다.

태헌은 늘 상대의 마음을 먼저 헤아리고 배려하고는 했다. 전화 한 통조차 허투루 하는 법이 없었다. 전화를 받지 못하는 상황이면 나중에라도 연락해주고는 했는데, 이렇게까지 소식이 두절되는 건 심상치 않은 일이었다.

게다가 두 번씩이나 안 좋은 일이 있다고 말하지 않았는가. 경찰서에 찾아오기까지 했고.

돈과 관련된 어떤 일에 휘말린 게 분명했다.

상민은 온갖 물건이 쑤셔박혀 있는 서랍을 뒤지기 시작했다. 예전에 태헌의 집 비밀번호를 포스트잇에 적어놓은 적이 있었다.

형사들은 갑자기 서랍 속 물건들을 마구잡이로 헤집는 상민을 보며 또 한 번 혀를 찼다. 그러거나 말거나 상민은 책상 서랍을 통째로 꺼내 뒤집어엎는 데 여념이 없었다.

지훈은 땡볕이 내리쬐는 거리를 걸으며 홀로 태헌의 집으로 향했다. 명호를 찾기 위해서였다. 명호를 찾아야 이 복잡한 상황의 실타래를 풀 수 있을 것 같았다.

태헌의 집은 명호의 집에서 마을버스로 다섯 정거장 정도 떨어진 곳에 자리 잡고 있었다. 높은 지대의 완만하게 경사진 골목에 낮은 단층 건물들이 즐비한 동네였다. 마을버스에서 내린 지훈은 굽이진 언덕을 올라 오래된 2층 주택 앞에 도착했다. 이곳의 반지하 방에서 태헌은 10년 넘게 지내고 있었다.

태헌의 집은 세 사람의 아지트나 다름없었다. 명호는 부모님과 함께 살았기에 지훈은 중산에 올 때마다 태헌의 집에 묵었다. 1차에 2차까지 달리고도 술이 부족하면 편의점에서 맥주를 사서 이곳으로 왔고, 주인이 없을 때조차 공짜 숙박업소처럼 드나들던 곳이었다.

지훈은 현관문 비밀번호를 눌러 문을 열었다. 집 안으로 발을 내딛자 밀폐된 내부에 고여 있던 퀴퀴한 공기가 덮쳐왔다. 쉰내도 코를 찔렀다. 불을 켜자 낮에도 어둑어둑한 집 안이 모습을 드러냈다.

화장실 하나 달린 단칸방에는 술 마신 흔적이 그대로 남아 있었다. 늘 지저분했던 집이지만 태헌의 말대로 몸싸움이 있었던 모양인지 바닥에는 쓰러진 술병과 잘게 바스러진 과자 부스러기들이 널려 있었다.

적어도 명호와 몸싸움을 벌였다는 태헌의 말이 거짓은 아닌 듯했다.

지훈은 태헌의 말이 모두 진실이라는 가정하에 상황이 어떻게 진행된 것인지 되짚어봤다.

명호는 기절한 태헌이 죽었다고 생각해 자신의 차를 이곳으로 가져와 태헌을 싣고 도깨비 도로로 향했다. 누명을 씌울 셈이었는지 정말로 도움을 청할 생각이었는지는 알 수 없지만, 지훈은 명호 때문에 일에 휘말렸고 그러다 세 사람이 탄 차가 절벽 아래로 추락했다. 이후 제일 먼저 깨어난 명호는 자신이 태헌의 몸속에 들어갔다는 사실을 깨닫고 혼란에 빠졌을 것이다.

그렇다면 왜 나머지 두 사람을 깨우지 않고 몰래 사라진 것일까.

태헌을 죽이려 했던 사실이 들통날까 봐 두려워 도망친 것일까.

지훈은 신경이 곤두선 채로 방 안 구석구석을 들여다봤다. 혹시나 무심코 지나친 단서라도 있을까 방바닥에 얼굴을 처박듯이 붙인 채 살펴보는데 희미한 황갈색 자국이 언뜻 눈에 띄었다. 지훈은 눈을 크게 떴다. 손톱만 한 흔적이었지만 채 지우지 못해 방바닥에 말라붙은 핏자국이 분명했다.

싸움의 흔적인 핏자국까지 발견하자 지훈은 마음의 중심이 미세하게 기우는 게 느껴졌다. 핏자국은 지훈이 그토록 원하던 물성 있는 증거라고 할 수도 있었다.

그렇다면 금고 비밀번호를 제일 먼저 눌러본 사람도 명호인 걸까.

명호는 정말 40억 로또를 독차지하기 위해 이 모든 짓을 저지른 것일까.

그러나 이토록 확연한 증거에도 불구하고 마음에 저항이 일었다. 아무리 명호가 성미가 불같기로서니 친구 목을 조르고는 그대로 도망쳐버릴 인간은 아니었다.

대체 그는 어디로 간 걸까.

생각에 잠긴 채 다시 매의 눈으로 집 안을 살피고 있는데 문득 서랍장에 가지런히 놓아둔 곰인형 다섯 개가 눈에 띄었다.

이런 게 왜 여기 있을까.

태헌은 인형 같은 걸 좋아하지 않았다. 똑같은 인형이 다섯 개나 되는 걸 보면 우연히 생긴 거라기보다는 일부러 산 것 같았다.

누구에게 선물이라도 받은 걸까, 하고 생각하던 그때 불현듯 현관문 비밀번호를 누르는 소리가 들렸다. 태헌인가 싶어 입구를 쳐다본 지훈은 놀라 몸을 움찔거렸다. 40대 중반으로 보이는 남자가 거리낌 없이 집 안으로 들어오고 있었다. 날카로운 눈매에 짧게 깎은 머리, 단단해 보이는 체구가 위압감을 주는 남자였다.

방 안에 아무도 없을 줄 알았는지 지훈과 마주친 남자도 마찬가지로 놀라더니 퉁명스럽게 말을 건넸다.

"장명호 너 이 새끼, 여기서 뭐 해."

지훈은 순간적으로 사고가 정지되는 것 같았다. 그동안 깜빡 잊고 있던, 자신이 '명호'의 모습을 하고 있다는 자각이 뇌를 강타한 것이다. 더욱이 태헌의 집 비밀번호를 알고 있는 데다 명호 이름을 편히 부르는 걸 보니 남자는 태헌뿐 아니라 명호와도 아는 사이인 듯했다.

긴장으로 몸이 뻣뻣해졌다. 그동안 필우와 수완을 비롯해 많은 사람 앞에서 명호인 척해왔지만 지금처럼 명호와 무슨 관계인지 모르는 사람과 불시에 대면한 적은 없었다.

"아, 뭐, 그냥요."

지훈은 초조함을 숨기며 남자가 누군지 단서를 찾고자 그의 겉모습을 힐끗거렸다. 그동안 남자는 좁은 집 안 곳곳을 매의 눈으로 살피기 시작했다.

"근데 여긴 어쩐 일로……."

지훈은 이 상황에서 누구나 물어볼 법한 말을 꺼냈다. 대답을 통해 남자의 정체를 유추할 수 있을 것 같았다.

"태헌이 이 자식이 연락이 안 되네. 낚시 가자는 문자에 대답도 없고."

낚시라는 말을 듣자 지훈의 머릿속에 전구에 불이 켜지듯 단서가 나타났다. 얼마 전 중산에 도착한 지훈은 몸이 바뀌기 전까지 태헌의 아는 형이라는 사람 집에 머물렀다. 아는 형의 이름은 유상민. 태헌과는 낚시 동호회에서 알게 된 사이며 직업은 강력계 형사라고 했다. 태헌이 자랑스럽게 주절거리던 말과 함께 그 집에 놓여 있던 사진 속 얼굴이 떠올랐다. 상민이 분명했다.

그렇다면 형사인 저 남자와 명호는 어떻게 아는 사이인 걸까. 가로 대부업체 실장인 명호가 저 남자의 관리 대상 중 하나인 걸까.

죄지은 것도 없건만 남자가 형사라고 생각하자 괜스레 위축되는 기분이 들었다.

"넌 태헌이랑 연락되냐?"

상민이 화장실 안을 살피며 지훈에게 물었다. 샤워기와 바닥의 물기를 확인하는 듯했다.

"아뇨, 저도……."

"그 석지훈인가? 서울에서 왔단 친구하고는?"

상민은 싱크대에 쌓인 그릇과 컵도 확인했다. 개수를 세는 것처럼 보였다.

"걔랑도 안 될 거예요. 뭐 별일 있을까요."

'태헌'이 사라졌다는 사실이 드러나는 게 좋을지 아닐지 판단이 서지 않았다. '태헌'의 안에 누가 들어가 있는지, 그가 왜 사라졌는지도 확신할 수 없는 상황이었다. 게다가 상민은 이 사태를 제법 심각하게 인지하고 있는 것처럼 보였다. 일이 골치 아파지는 건 아닌지 걱정스러워졌다.

"그건 모르지. 단순 가출일 수도, 실종일 수도 있고. 더 나쁜 일이 생겼을 수도 있고."

무언가를 생각하던 상민은 이번에는 눈을 치켜뜨며 지훈에게 다가왔다.

"근데 넌 태헌이하고 마지막으로 본 게 언제야?"

미묘하게 상민의 목소리 톤이 달라졌다. 태도 또한 취조하는 것처럼 매서워졌다.

별스럽지 않게 대답하려던 지훈은 순간 말을 멈췄다.

생각해보자. 지금 자신은 '명호'의 몸속에 들어와 있다. 알맹이가 누구든 간에 상민이 보기에는 영락없는 '명호'다. 그런데 만약 태헌의 말대로 로또가 당첨됐던 날 명호가 태헌을 죽이려 했다면 그 흔적이 이 방 안에 남아 있을 것이고…….

자칫하면 내가 명호 대신 살인미수라는 죄를 뒤집어쓰는 형국이 되고 만다.

소름이 돋았다. 긴장으로 등 뒤가 뻣뻣해졌다. 어떻게든 도망쳐 버린 명호를 찾아야겠다는 생각이 들었다. 더불어 명호의 죄를 덮어줘야 하는 지금 이 상황에 헛웃음도 나왔다.

"저희 아버지 발인 전날 본 게 마지막인데요. 그때 뭐 좀 맡길 게 있어서 셋이서 전당포 갔다가 바로 헤어졌어요."

지훈은 여상한 말투로 이야기하며 슬금슬금 핏자국이 있는 곳으로 발을 옮겼다. 형사의 사나운 눈길이 따라붙었다.

"진짜 그날 본 게 마지막이야? 근데 여긴 왜 온 거야."

"뭐 때문이겠어요. 형사님하고 같은 이유지. 연락이 안 되니까 저도 뭔 일인가 싶어서 와본 거잖아요."

"범인이 현장에 다시 찾아온 건 아니고?"

지훈은 고개를 홱 들어 상민을 쳐다봤다. 그는 예리한 안광으로 지훈을 주시하고 있었다. 사소한 행동거지와 말의 행간을 놓치지 않겠다는 듯 첨예하게 날이 선 표정이었다.

지훈은 몰래 침을 삼키며 발로 핏자국 위를 덮고 섰다. 상민이 핏자국을 발견하기라도 한다면 상황은 골치 아파진다. '태헌'이 사라진 일은 폭행 혹은 실종 사건으로 둔갑할 것이고 '명호'는 용의자가 되고 만다.

아니다. 명호가 아니라 내가 용의자가 되는 거지.

대책 없이 일을 치고 도망간 명호에게 열불이 치솟았다. 왜 하필 명호와 몸이 바뀐 걸까. 얼른 붙잡아 상민 앞에 끌고 오고 싶었다.

"에, 에이⋯⋯. 무슨 농담을 진담처럼 하세요."

지훈은 계속해서 발을 꼼지락거리며 상황을 눙치고 넘어가려 했다.

"새꺄, 상황이 그렇잖아. 여기서 무슨 싸움이라도 있었던 거 아냐?"

"태헌이 놈이 술버릇 심하잖아요. 술 먹고 널브러져서 자다가 이 꼴 났나 보죠, 뭐."

상민은 대답이 없었다. 지훈의 거짓말을 꿰뚫어보려는 듯한 눈초리로 노려보기만 했다. 불편한 정적이 이어졌다.

"저 못 믿겠음 지훈이한테도 물어보시든가요."

지훈은 신경질적으로 발을 구르며 방바닥의 핏자국을 문댔다.

그제야 상민은 지훈에게 꽂혀 있던 시선을 거둬들였다. 지훈의 말을 납득해서가 아니라 사건성이 있는지 확신하지 못한 얼굴이었다.

이후 상민은 집 안을 좀 더 살폈지만 결국 태헌의 집이 범죄 현장이라는 증거는 찾지 못한 듯했다. 두 사람은 나란히 태헌의 집을 빠져나왔다. 대화 없이 굽이진 언덕길을 내려갔다. 갈라설 타이밍을 재던 지훈은 큰길에 도착하자마자 고개를 숙여 가보겠다는 뜻을 알렸다. 돌아서서 재빨리 걸어가려는데 상민이 부르는 소리가 들렸다.

"야, 명호야."

이제 겨우 해방됐다고 생각했던 지훈은 몰래 얼굴을 찌푸리며 돌아봤다.

"왜요, 또 무슨 할 말이 남았어요?"

"근데 고창식인 뭔 짓을 저질렀길래 필리핀으로 튄 거냐? 한 대표가 눈에 불을 켜고 애들 풀어서 찾는다며."

"글쎄요, 저도 잘."

뜬금없이 창식으로 향한 화제에 지훈은 말을 얼버무렸다. 지훈이 다시 꾸벅 인사하고 자리를 뜨려는데 상민이 툭 내던지듯 한마디를 덧붙였다.

"고창식이 잡았댄다. 좀 있음 한국으로 데리고 온다던데?"

지훈은 그대로 멈춰 섰다. 고개를 들자 관통할 것 같은 상민의 시선과 눈이 마주쳤다. 얼굴에서 핏기가 완전히 사라지는 게 느껴졌다.

"너랑은 상관없는 일이지?"

"……네."

"그리고 태헌이한테 진짜 뭔 일 생기기만 해봐. 거짓말한 새끼들 다 조져버린다, 내가."

상민의 목소리가 지훈의 귓가에 종처럼 울려 퍼졌다. 그야말로 인생의 종막을 알리는 소리였다.

상민이 시야에서 사라지자 지훈은 정처 없이 거리를 헤맸다. 머릿속은 카오스, 패닉 그 자체였다. 혼란이라는 거대한 소용돌이가 뇌를 헤집는 기분이었다.

유상민이라는 형사는 '태헌' 실종 사건의 용의자로 '명호'인 나를 의심하고 있다.

필우가 창식을 잡았으니 40억 횡령 사건의 전모가 드러나는 것도 시간문제다.

형사와 조직 모두에게 쫓기는 상황. 그야말로 철창행이냐, 사지 절단행이냐였다. 아니면 둘 다거나.

지훈은 속으로 명호에게 욕설을 퍼부었다.

갑자기 사라진 것까지는 이해가 간다. 식겁했겠지, 아차 싶었겠지. 눈을 떠보니 몸이 바뀐 데다 태헌이 누구의 몸으로 들어갔는지 가려낼 수 없었을 테니까. 태헌을 죽이려던 일이 들통날까 봐 일단은 도망치자 싶었을 것이다.

그래도 이토록 연락이 없다는 것은 이해가 가지 않았다. 연락 정도는 했어야 맞다.

혹시 몸을 감춰야 하는 다른 사정이 있는 걸까.

의문스러운 마음이 들었다. 도통 명호답지 않은 행동의 근간에 어떤 문제가 있는 게 아닐까 싶었다.

아니다. 이런 생각 자체가 소용없는 짓이다. 명호를 찾는다면 이유는 자연스럽게 밝혀질 것이다. 게다가 아직까지 누가 명호고 태헌인지 확실하지도 않고.

지훈은 가장 다급한 일부터 확인하기 위해 수완에게 전화를 걸었다. 창식이 필리핀에서 잡힌 게 맞느냐고 묻자 수완은 알아보겠다며 전화를 끊었다. 잠시 후 수완에게서 연락이 왔다.

"아 씨, 잡은 건 맞다는데⋯⋯. 창식이 새끼가 한국 안 올라고 여권 찢었다 캅니다. 오는 데 시간 좀 걸리겠는데예."

지훈은 가슴을 쓸어내렸다. 당장 오늘내일 창식이 한국에 오는 게 아니라면 어느 정도 여유가 있는 셈이었다. 그전까지 어떻게든 명호를 찾아 해결 방법을 알아내야 했다.

이후 태헌에게 전화를 걸었다. 신호음이 몇 번 울리다 "어, 왜." 하는 목소리가 들렸다. 명호를 찾아야 하니 나오라고 버럭 소리쳤다. 두 사람은 도깨비 절벽 아래에서 만나기로 하고 전화를 끊었다. 그 장소는 이미 몇 번 살핀 적 있었지만 그래도 명호가 사라진 곳에서 시작하는 게 맞을 성싶었다.

지훈은 택시를 타고 도깨비 절벽 인근 길가에 도착했다. 길게 자란 잡풀을 헤치며 절벽 아래로 걸어가자 황폐한 땅이 모습을 드러냈다. 햇볕에 누렇게 마른 수풀 더미, 돌 부스러기, 부러진 나무의 잔해로 여전히 너저분했다.

나뭇가지를 주워 들고 명호의 차가 있던 위치로 걸어갔다. 흙바닥을 뒤적거리며 발자국을 찾고 있는데 누군가 다가오는 기척이 느껴졌다. '지훈'이었다. '지훈'은 태헌처럼 한쪽 어깨를 늘어뜨린 채 팔자걸음으로 느릿하게 걸어왔다.

태헌이 바닥에 쪼그려 앉았다.

"여긴 우리 찾아볼 만큼 찾아본 거 아니었어?"

"그땐 몸 바뀐 거에 대한 단서를 찾으려던 거였지, 명호 찾으려던 건 아니었잖아."

처음 몸이 바뀐 날은 경황이 없었고 두 번째로 혼자 왔던 날은 해가 져 어둑어둑한 시간이었다. 한 번도 이곳을 제대로 수색한 적 없다는 이야기였다.

지훈은 명호가 트렁크에서 빠져나와 제 발로 도망을 갔다면 분명히 발자국이 남아 있을 거라 생각했다. 억수같이 비가 쏟아진 다음 날이었다. 흙바닥은 온통 빗물을 머금어 질퍽질퍽했고 '태헌'의 몸은 워커를 신고 있었다. 무게를 실어 진흙을 밟았다면 또렷하게 워커 자국이 남았을 터. 며칠이 지난들 없어지지는 않았을 거라는 확신이 들었다.

"난 여기서부터 시작할 테니까 넌 도로랑 가까운 쪽을 찾아봐줘."

지훈이 지팡이처럼 모양 난 나뭇가지를 건넸지만 태헌은 일면 시큰둥해 보였다.

"꼭 이렇게까지 해야 하냐."

"말했잖아. 너랑 친하다는 그 형사가 너 실종된 줄 알고 찾고 난리가 났다고. 명호를 찾아야 실종이 아니란 게 증명될 거 아냐."

"그니까 지금 너 좋자고 나한테 이 짓거리를 하라는 거잖아."

태헌의 말에 지훈은 고개를 들고 쳐다봤다. 태헌은 아차 싶었던 모양인지 시선을 피했다.

지훈은 작게 한숨을 쉬었다.

"네 입장에서는 껄끄럽겠지만, 난 명호가 사라진 게 좀 찝찝하고 걱정돼. 솔직히 명호가 널 죽이려고 했다는 말도 백 퍼센트 못 믿겠고."

아마도 연락이 안 되기 때문일 것이다. 아무리 태헌을 죽이려 한 게 들통날까 싶어 도망간 거라 할지라도 전화 한번 없다는 게 영 찝찜했다. 명호라면 변명이라도 하려고 연락을 할 놈이었다. 그 답지 않은 행동 이면에 무슨 큰일이라도 있는 게 아닐까 추측하게 되는 것이다.

"하여간 의심 많기는……. 그리고 그 새끼 걱정할 게 뭐 있냐? 사막 한가운데 던져놔도 살아남을 놈인데."

태헌은 지훈의 말에 콧방귀를 뀌었다.

"그럼 찾지 마? 명호를 찾아야 모든 상황이 확실해질 거 아냐."

지훈은 저도 모르게 날카로운 말이 튀어나왔다.

"그걸 왜 나한테 물어. 지훈이 네가 찾고 싶다며."

"그럼 어떡하라고. 찾자는 말이야, 말자는 말이야?"

"아니, 내 말은……. 나한테도 뭔가가 주어져야 한다는 거지."

태헌이 무슨 말을 하는지 깨닫자 지훈은 입이 떡 벌어졌다. 그는 명호를 찾는 일에 대가를 요구하는 것이었다. 입에서 쓴 물이 배어 나오는 것 같았다.

"그래서 뭘 원하는데."

"금고 비밀번호 교환."

태헌은 작은 망설임조차 없었다.

"당연히 너한텐 손해겠지. 이미 내 비번을 알고 있으니까. 근데 그건 다 네가 잘못한 거잖아. 네가 나쁜 맘 먹고 알아낸 거잖아. 그니까 나도 네 비번 알아야겠어."

미리 준비했는지 단박에 말을 쏟아낸 태헌의 얼굴이 고집으로 똘똘 뭉쳐 있었다.

태헌의 말이 옳았다. 비밀번호를 교환해야 공평했다. 하지만 저 '지훈'이 태헌이 아니라 명호일 가능성은 여전히 남아 있었다. 명호가 완전한 아홉 자리 비밀번호를 손에 쥐기 위해 태헌인 척 연극을 하는지도 몰랐다.

잠시 고민하던 지훈은 마음의 결정을 내리고 입을 열었다.

"알았어. 알려줄게. 대신 오늘 단서 하나라도 찾으면."

명호 찾는 일을 열심히 도와달라는 말이었다.

태헌은 입을 비쭉거리더니 이내 알겠다고 대답했다.

이후 두 사람은 잡풀과 나뭇잎, 돌덩이 들을 헤쳐가며 황폐한 땅을 뒤지기 시작했다. 태헌도 목적이 생겨서인지 건성건성 하던 손길이 이내 바빠졌다. 무더위가 기승부릴 시기가 지났건만 해가 저물도록 후덥지근함이 가실 줄을 몰랐다.

어느새 전신이 땀으로 번들거렸다. 태헌은 중간중간 쉬기도 했지만 지훈은 한 번도 엉덩이를 붙이고 앉은 적이 없었다. 명호를 찾아야 한다고 생각하자 희한하리만큼 절박해졌다. 그를 찾으려고 한 원래의 목적은 이미 잊은 채, 그저 명호에 대한 걱정만이 눈덩이처럼 불어나고 있었다.

태헌은 그늘진 바위에 앉아 티셔츠를 펄럭거렸다.

"와 씨, 너무 덥다. 지훈아, 이제 그만하자."

"뭘 그만해. 명호 찾아야 할 거 아냐."

몸을 계속 숙이고 있었던 터라 목과 허리가 부러질 것 같았다. 그러나 이제 와 그만둔다면 이곳을 조사해볼 날은 영영 돌아오지 않을 것이다. 더욱이 비라도 온다면 워커 자국은 사라지고 만다.

지훈이 듣는 척도 하지 않자 태헌은 연신 땀을 닦으며 투덜댔다.

"그만하자니까. 이거 다 헛짓거리야. 사실 명호 뒷말하는 걸까 봐 아까 얘기 못 했는데. 너 이러는 거 보니까 말은 해야 할 거 같아서."

"야, 그런 거면 입 밖으로 꺼내지도 마."

지훈은 '사실은 말이야'로 시작하는 뒷담화를 경멸했다. 더군다나 이제 와 그런 말을 꺼내는 의도가 뻔하지 않은가.

"들어보라니까? 아니 이…… 사실 명호가 완전 어이없는 도박에 빠졌더라고. 거기다 돈을 탕진해서 빚을 많이 진 것 같았어."

지훈은 인상을 구기며 관자놀이로 흘러내리는 땀을 닦았다. 태헌은 지훈이 저지하지 않자 탄력이 붙은 듯 말을 쏟아냈다.

"무슨 어이없는 도박인 줄 알아? 인형뽑기. 그거에 한 달에 몇백

씩 쏟아부었다니까. 나한테도 그렇고 여기저기 사람들한테 얼마나 손 벌리고 다녔는데. 못해도 빚이 2~3000만 원은 될걸? 나랑 몸 바꾸고 차라리 잘됐다 싶었을 거야."

지훈은 속으로 코웃음을 쳤다. 명호가 40억을 횡령한 사실을 알면서도 왜 저런 말을 하는지 이해가 되지 않았다. 40억을 횡령하고 사지가 절단 날 판에 그런 푼돈 때문에 도망갈 리는 없었다.

"웃기는 소리 하지 마. 명호가 그럴 인간이야?"

"네가 뭘 안다고 그래. 그동안 걔가 얼마나 변했는데. 예전이랑 완전 달라. 인간이 추접스럽고 야비해졌어."

"그래봤자 고작 1년이야. 그동안 연락 별로 못 한 게 뭐. 내가 걔 본성을 몰라? 장명호 그딴 일로 도망갈 정도로 찌질한 인간은 아냐."

"……이거 좀 웃기네. 너 설마 장명호 그 인간 진심으로 걱정하는 거야?"

지훈의 입에서 으, 하며 진저리치는 소리가 흘러나왔다. 명호를 걱정한다? 그게 가당키나 한 말인가. 설사 마음속으로는 그렇다 해도 죽었다 깨어나도 입에 담고 싶지 않은 말이었다.

"미쳤냐? 그냥 찾아야 할 거 같으니까 찾는 거지. ……명호였어도 똑같이 했을 거야. 내가 갑자기 연락 끊고 사라진다면, 명호 그 새끼 사방팔방 뒤집어엎으면서 찾아다녔을 거라고."

명호를 찾아야 하는 이유는 무수히 많았다. 그를 찾아야 저 '지훈'이 명호인지 태헌인지 확실히 알 수 있으니까. 몸을 다시 바꿔야 하니까. 40억 횡령 건을 해결하고 상민에게 태헌이 실종되지 않았다는 걸 보여줘야 하니까. 그리고 무엇보다 아주 조금, 쥐똥만큼 걱정되니까. 태헌에게 말한 대로였다. 명호라면 같은 상황에서 똑같이 이렇게 찾아 헤맬 것 같았다.

그새 해가 저물어 버려진 땅도 불그스름하게 물들어갔다. 그림자가 길게 늘어져 발자국 찾기가 더 어려워질 성싶었다. 지훈은 허리를 기역자로 구부려 바닥에 엉긴 잡풀을 헤집었다. 맺혀 있던 땀이 후두둑 떨어졌다.

입 다물고 지켜보던 태헌이 "야⋯⋯." 하며 말을 꺼낸 순간이었다. 땅바닥에 시선을 박고 있던 지훈의 눈이 둥그렇게 커졌다. 희미하지만 말라붙은 진흙 바닥에 워커 자국이 보인 것이다. 심장이 날생선처럼 펄떡 뛰었다.

"찾았어!"

하나를 찾으니 그것을 기점으로 연달아 찾아낼 수 있었다. 지훈은 워커 자국을 정신없이 따라갔다. 태헌도 바위에서 훌쩍 뛰어내려 지훈 뒤에 따라붙었다. 드문드문 남겨진 워커 자국은 큰 도로가 아니라 산을 빙 두르는 1차선 도로를 향하고 있었다. 명호의 이동 방향이 확실해진 셈이었다.

주변을 둘러보자 휑하게 뻗은 도롯가에 가게 하나가 보였다.

혹시 저긴가? 사고가 난 다음 날 명호는 태헌의 신용카드로 900원을 사용했다. 인터넷으로 검색해도 그간 찾을 수 없었던 카드의 사용처가 저곳일지도 모른다는 생각이 들었다.

지훈과 태헌은 간판도 없는 가게로 뛰어갔다. 슬레이트 지붕을인 단층 건물은 가정집과 식당을 겸하고 있었다. 출입문에는 제대로 작동하는지 의심스럽기는 하지만 CCTV도 달려 있었다. 열려 있던 알루미늄 문 안으로 헐레벌떡 들어가자 무료하게 TV를 보던 주인아저씨가 둘을 쳐다봤다.

"여쭤볼 게 있는데요. 혹시 며칠 전 엄청나게 비가 왔던 밤 기억하세요?"

지훈이 다짜고짜 묻자 가게 주인은 얼떨떨하게 고개를 끄덕였다. 지훈은 핸드폰에서 태헌의 사진을 찾아 보여주며 한 번 더 물었다.

"그다음 날 아침에 이 사람, 혹시 가게로 오지 않았어요?"

가게 주인은 얼굴을 찡그리며 생각에 잠기더니 주름진 눈을 크게 떴다.

"어, 어! 맞아. 왔었네. 무슨 사고라도 당한 사람처럼 아주 엉망인 꼴로."

"그, 그래서요? 뭘 하던가요?"

"생수 달래서 줬더니 한 번에 다 마시고 가버렸지."

"그게 다예요?"

지훈의 낯빛이 어두워졌다. 반면 가게 주인은 뭔가 생각난 모양인지 "아 참." 하며 말을 이었다.

"나한테 가게 전화 좀 써도 되냐고 물었어. 쓰라고 했더니 누구한테 전화를 걸어서 자기 좀 데리러 와달라고 하더라고. 그러고는 평상에 앉아서 한 30분쯤 기다렸나? 껌정색 차가 요 앞까지 왔어.

그래서 그 차 타고 간 게 다야.”

가게 주인이 말을 끝내자 지훈과 태헌은 동시에 서로를 쳐다봤다.

명호가 무사하다는 건 다행한 일이다. 그의 신상에 나쁜 일이 생긴 것 같지는 않았다. 걱정했던 최악의 사태는 면한 것 같아 안심되는 한편, 명호의 행적은 여전히 이해가 가지 않았다.

누구한테 연락한 걸까. 전화번호를 외우고 있고, 데리러 오라고 요청할 정도라면 꽤 가까운 사이라는 뜻이다. 하지만 명호는 지금 '태헌'의 모습을 하고 있지 않은가.

명호는 태헌의 지인인 누군가에게 자신을 데리러 와달라고 부탁한 걸까.

명호를 데리러 왔던 검정 차의 주인은 대체 누구일까.

무엇보다 지금 명호는 어디에 있는 걸까. 왜 모습을 드러내지 않는 걸까.

정체를 알 수 없는 먹구름 같은 의문만 층층이 쌓였다.

지훈과 태헌은 가게를 나왔다.

“말했지. 별일 없을 거라고.”

태헌은 가게 주인의 말을 듣고 눈에 띄게 안심하는 얼굴이었다.

“뭐, 그렇긴 하네.”

찝찝한 구석이 없는 건 아니지만 명호의 안위가 확인되자 지훈도 일단 다행이라는 생각이 들었다.

“제 발로 도망간 거 맞잖아. 하여튼 명호 무사한 거 확인했으니까 이제 천천히 찾아보자. 개가 가면 어딜 갔겠냐. 나랑 몸 바뀐 상황에서 갈 수 있는 데도 제한적일 거고. 중산 바닥 좁으니까 금방 찾을 수 있을 거야."

지훈과 태헌은 1차선 도로를 따라 걸었다. 어느덧 해가 저물어 사방은 완연한 밤의 색으로 물들었다. 도롯가에 늘어선 울창한 나무들이 바람에 흔들리며 쏴아아 소리를 냈다.

"오늘은 여기까지 하자. 지쳐서 우리 더는 못 해."

태헌의 말에 지훈은 고개를 끄덕여 수긍했다.

"그리고…… 너, 잊은 거 아니지?"

"뭘?"

"야, 단서 찾으면 비번 알려준다며."

지훈의 입술이 아, 소리를 내며 떨어졌다. 태헌은 기대에 찬 얼굴로 지훈의 대답을 기다리고 있었다.

단서를 찾게 되면 비밀번호를 알려주겠다고 약속했다. 그 말인즉슨 앞으로 저 '지훈'을 태헌으로 완전히 믿겠다는 뜻이었다. 행여나 저 '지훈'이 명호라면 비밀번호를 가르쳐주는 순간 명호는 온전한 아홉 자리 비밀번호를 알 수 있게 되는 거니까. 만약의 사태에 대비해 거짓말로 비밀번호를 가르쳐줄 수도 있지만 그런 식으로 친구를 기만하고 싶지는 않았다.

명호가 무사한 걸 확인했다. 여전히 산처럼 쌓인 문제는 많지만 이제 그를 찾아 하나씩 해결하면 된다. 그리고 눈앞에 있는 저 '지훈'은…… 태헌이다. 그렇게 믿기로 결정했다.

"127이야. 내 비번."

"이제 진짜 나 믿는 거지? ……그럼 명호 어머니 수술은 어떻게 됐어?"

"……당연히 받으셨지. 내가 그렇게 쓰레긴 아니다."

태헌은 마침내 원하던 걸 손에 쥔 듯 입꼬리를 끌어올려 웃었다.

지훈과 태헌은 어두운 길을 나란히 걸어 내려갔다. 지훈은 필우에게 위협받고 있다며 한시바삐 명호를 찾아야 한다고 말했고, 태헌은 내일부터 장기방이 있는 여인숙 거리를 돌아보자고 말했다. 구불구불한 도로를 따라 두 사람의 뒷모습이 어둠 속으로 사라졌다.

그리고 다음 날, '태헌'의 시체가 발견됐다.

4

희붐한 빛이 밝아오던 새벽녘, 야단스러운 전화벨 소리에 지훈
은 눈을 떴다. 시계를 확인해보니 새벽 5시 반도 되지 않은 시각이
었다. 지훈은 발신자도 확인하지 않고 수신을 거절한 뒤 도로 이부
자리에 누웠다. 잠에 취해 정신이 몽롱했다. 하지만 다시 핸드폰이
울렸다. 왠지 모를 집요함이 느껴져 지훈은 할 수 없이 전화를 받
았다.

"누구세요."

"지훈아……."

핸드폰 너머에서 목소리가 들려오자 지훈은 잠이 달아났다. 천
사들 보육원의 최 선생이었다. 그의 목소리에 울음기가 배어났다.
늘 그렇듯 새벽녘에 걸려 온 전화는 불길하기 짝이 없었다.

"최 선생님? 무슨 일이세요?"

그 와중에도 지훈은 명호 목소리인 걸 감추기 위해 음성을 낮췄다.

"어떡하니……. 여, 여기 병원이야. 태헌이가, 태헌이가……."

죽었어. 영안실이야. 죽었대. 호수에서 시신으로 발견됐대. 어떡

하니.

조각조각 난 말들이 부유했다. 의미를 잃은 단어들이 귓가에 맴돌았다. 그 말이 무슨 뜻인지 선뜻 이해가 가지 않았다.

누가 죽었다는 말인가. 태헌이?

어처구니없는 소리에 입 밖으로 헛웃음만 흘러나왔다. 해괴한 이야기였다.

최 선생의 훌쩍이는 소리가 곧 목 놓아 우는 소리로 변했다.

불쌍해서 어떡하니. 어떻게 이렇게 참담하게 갈 수 있는 거니. 태헌아, 태헌아.

지훈은 핸드폰을 붙든 채 석상처럼 굳었다. 지독히도 비현실적이었다. 악몽을 꾸는 것 같았다.

빨리 병원으로 와달라는 말을 마지막으로 최 선생은 전화를 끊었다.

지훈은 핸드폰을 떨구고 어둠 속에서 한참을 앉아 있었다. 혹시 꿈인가 싶어 통화 내역을 확인했지만 최 선생과의 통화 기록은 낙인처럼 남아 있었다.

태헌이…… 죽었다고? 아니, '태헌' 몸속의 명호가 죽은 걸까.

누가 됐든 말도 안 되는 소리였다. 아까 전화했던 사람은 최 선생이 맞는 걸까? 그가 아닐지도 모른다. 누군가의 몹쓸 장난일지도 몰랐다.

그런데도 지훈은 자리에서 일어났다. 아닐 거라고 확신하면서도 다리가 후들거렸다. 기계적으로 옷을 갈아입고 집을 나섰다. 택시를 타고 중산제일병원으로 가는 동안 심장에 날카로운 파편이 박혀 있는 것 같았다. 끔찍하게 기분 나쁜 감각이 등 뒤를 덮쳤다.

택시가 장례식장 앞에 도착했다. 건물로 들어가 시신 안치실로 향하자 복도에 최 선생이 보였다. 가까이 걸어갔다. 몸이 붕 뜬 것처럼 느껴졌다. 땅에 발을 딛고 선 것 같지 않았다.

"명호야, 어떡하니……."

최 선생은 지훈을 보자마자 주저앉았다. 텅 빈 복도에 그의 울음소리가 메아리쳐 울렸다. 기다리고 선 형사의 안내를 받아 안치실로 들어갔다. 지독하게 비리고 역한 냄새가 단번에 덮쳐왔다. 쇠처럼 시린 기운도 뼛속으로 스며들었다.

흰 천을 덮어쓴 사람이 스테인리스 상판에 누워 있었다. 천이 걷혔다. 창백하게 질린 얼굴이 보였다. 군데군데 살점이 떨어져 나간 채로 퉁퉁 부어올라 이목구비조차 구분할 수 없었다. 그런데도 단박에 알아볼 수 있었다. '태헌'의 몸이었다. 아니, ……명호였다.

지훈은 안치실을 박차고 나와 화장실에서 속에 든 것을 게워냈다. 내장을 죄다 쏟아낼 것처럼 웩웩거렸다. 눈물이 줄줄 흐르고 전신이 와들와들 떨렸다.

믿을 수가 없었다. 일어나서는 안 되는 일이었다.

한참 동안 구역질하다 비틀거리며 화장실을 나왔다. 울고 있는 최 선생 옆에 태헌이 주저앉아 있었다. 망연자실한 듯 넋 나간 표정으로 허공을 쳐다보더니 와락 얼굴을 구기며 물었다.

"……왜 죽은 거야."

지훈은 태헌에게 다가가 어깨에 손을 올렸다. 전신의 떨림이 손바닥으로 전해졌다.

"뭣 때문에 저렇게 죽은 거냐고!"

화를 낸 태헌은 주먹으로 벽을 치다가 시신 안치실로 들어가려 했다. 지훈이 태헌을 다급하게 붙잡았다.

"내가 확인했어. 보지 마."

태헌은 지훈을 뿌리치더니 문을 박차고 들어갔다. 막무가내로 흰 천을 휙 걷어냈다. '태헌'의 시신이 모습을 드러냈다. 태헌은 나무토막처럼 굳었다. 동공이 사정없이 흔들렸다. 시신이 된, 그것도 끔찍하게 훼손된 자신의 몸을 보는 것이 얼마나 충격일지. 태헌은 비틀거리다가 얼굴을 일그러뜨리며 안치실을 뛰쳐나갔다.

지훈은 복도를 막무가내로 달려가는 태헌을 붙잡았다.

"놔, 이거 안 놔? 다 죽여버릴 거야!"

"그만해. ……이제 됐으니까."

발광하던 태헌은 서서히 전신에 힘을 뺐다. 가져다 박듯 벽에 몸을 기대고는 그대로 미끄러져 주저앉았다. 자신의 팔을 꽉 깨문 채 끅끅 소리를 내며 울었다.

지훈은 울부짖는 태헌을 쳐다봤다.

그제야 태헌이, 아니, 명호가 죽었다는 게 실감 났다.

그 명호가, 장명호가, 진짜 죽은 것이다.

무려 30년이다. 피를 나누진 않았지만 가족이 없는 자신에게는 태헌과 함께 가족과도 같은 존재였다. 징글징글하고 꼴도 보기 싫고 속 터질 때마다 가져다 버리고 싶었지만, 명호는 둘도 없는 친구였다.

이제 와 무슨 소용이겠느냐만 지금까지 명호에게 했던 모든 행동이 후회돼 미칠 것 같았다.

최근 연락이 뜸했다 할지라도 마음마저 뜸한 건 아니었다. 자주 싸우기는 했지만 큰일이 생기면 모든 걸 제쳐놓고 뛰어오는, 세상에서 유일한 내 편이었다. 그런 명호가 죽었다고 생각하자 기댈 곳을 잃은 기분이었다.

이건 아니다. 뭔가 잘못된 것이다. 그 명호가 이렇게 허망하게 죽을 리 없었다.

정말 명호가 죽은 걸까.

'명호'의 몸은 이렇게 내 영혼을 담은 채 생생하게 살아 있는데.

체한 것처럼 가슴이 먹먹해졌다. 덩어리 같은 감정이 목구멍까지 치솟았다. 곧 지훈도 태헌 옆에 주저앉아 짐승 같은 울음소리를 토해내며 오열했다.

이후 지훈의 기억은 듬성듬성했다. 형사들이 찾아왔고 사인을 확인하기 위해 시신을 부검해야 한다고 말했다. 왜 죽은 거고 어쩌다 시신이 호수에서 발견됐느냐고 물어도, 형사들은 부검 결과가 나와봐야 알 수 있다는 말만 되풀이했다. 부검이 끝난 후에는 최 선생과 장례지도사에게 이끌려 장례를 준비했다. 명호의 장례임에도 불구하고 태헌의 이름으로 사망신고를 하고 태헌의 영정사진을 준비했다. 지훈은 눈물로 온 얼굴을 적신 채 통곡했다. 명호의 이름을 불러줄 수 없다는 사실에 가슴이 찢어질 것 같았다.

잠시 쉬는 시간이 주어지자 지훈은 흡연 구역으로 나와 담배를 연달아 피웠다. 니코틴이 혈관 구석구석 스며들었지만 가슴은 꽉 막힌 것 같았다. 세 번째 담배를 뽑아 드는데 태헌이 흡연 구역으로 들어왔다. 태헌의 얼굴도 해골처럼 말라비틀어져 있었다. 그는 친구를 잃은 데다 본인의 몸이 시신이 된 것을 목격한 터라 심적인 고통이 배로 큰 모양이었다.

한동안 새파란 하늘 위로 하얀 연기가 구름처럼 뭉실뭉실 피어 올랐다.

"너 알아?"

지훈이 먼저 입을 열었다.

"뭐?"

"명호가 왜 소년원에 갔는지."

난데없는 이야기에 태헌은 벙찐 얼굴로 입을 벌리더니 시선을 피했다. 지금 상황에서 별로 듣고 싶지 않은 주제인 것 같았다.

"원장이 너 혼내는 거 말리려다가 그랬다며……."

"아니. ……원장이 나 추행했었어."

태헌이 기겁한 얼굴로 퍼뜩 고개를 들었다. 지훈은 피어오르는 연기에 시선을 고정하며 말을 이었다.

"명호가 그거 알고 막으려다가 원장 죽인 거야."

그토록 꼭꼭 감추고자 했던 일이 입 밖으로 튀어나왔다. 아무에게도 들키고 싶지 않아 발버둥 쳤던 사실이, 명호의 죽음 앞에서는 이토록 무가치한 일이었다.

"그런데 난 법정에서 위증했어. 원장한테 그런 일 안 당했다고 발뺌했어. 나 살자고 명호 등을 떠민 거야. 그러면 명호 죄가 커질 줄 알면서도."

"……."

"나…… 진짜 쓰레기 아니냐?"

평생 책임져야 했었다. 더 잘해줘야 했었다. 명호의 인생을 완전히 망쳐놓고는 이 정도 했으면 충분하다고 혼자 계산기를 두드렸다. 열다섯 살 명호는 자신이 겪을 손해 따위는 계산하지 않고 원장에게 목각 십자가를 휘둘렀는데도 말이다.

그 일에 대해 명호에게 고맙다는 말과 미안하다는 말도 제대로 하지 못했다. 그 사실이 가슴에 사무쳤다. 앞으로 그럴 기회조차 영영 사라져버렸다.

태헌은 한동안 굳어 있다가 고개를 떨구고 담배를 비벼 껐다.

"……명호는 그렇게 생각 안 할 거야. 명호가 그런 새끼냐? 너 원망 안 해."

"그래도 후회했을 거야."

"아니. 아마 그 순간이 또 온다고 해도 명호는 같은 선택을 했을 거다……."

그런 말을 명호의 입을 통해 들었다면 얼마나 좋았을까.

지훈은 명호에게 미안해서, 고마워서, 그리고 죽을 것같이 보고 싶어서 숨넘어가듯 소리 내 울었다. 태헌도 옆에서 줄줄 흐르는 눈물을 훔치며 지훈의 어깨를 다독였다.

한참 뒤 어느 정도 눈물이 멈추자 지훈은 결심한 듯 입을 열었다.

"태헌아. 우리, 명호 잘 보내주자. 그리고 명호 어머니 우리가 모시자. 그게 지금 명호가 바라는 거 아니겠냐."

태헌이 시선을 들었다. 설명할 수 없는 어떤 감정이 차오르는지 얼굴 근육을 움찔거리다가 고개를 끄덕였다.

시계를 보니 곧 조문객이 몰려올 시간이었다. 지훈은 눈물을 마저 닦아내고 "가자." 하며 흡연 구역을 나섰다. 그때 태헌이 낮은 목소리로 지훈을 불렀다.

"야, 나 할 말 있는데……."

태헌의 낯빛이 초조해 보였다. 명호의 죽음으로 인한 괴로움 외에도 다른 감정이 서려 있는 것 같았다.

혹시 명호의 죽음에 대해 털어놓을 거라도 있는 걸까.

지훈이 물어보려던 찰나였다.

"장명호 이 개새끼야!"

벼락처럼 울려 퍼진 목소리에 지훈과 태헌은 뒤를 돌아봤다. 상민이 시뻘게진 얼굴로 성큼성큼 걸어오고 있었다. 이내 상민은 누가 말릴 새도 없이 지훈에게 주먹을 날렸다.

"태헌이 어떻게 된 거야? 내가 거짓말한 새끼들 다 조져버린다고 했지!"

상민은 엄청난 힘으로 지훈을 패대기쳤다. 태헌이 "뭐 하는 거야!" 하며 말려도 소용없었다. 지훈도 얼결에 얻어맞자 눈에 불꽃이 튀었다.

"뭐예요, 내가 뭔 거짓말을 했다고!"

"개새끼야, 슬픈 척하지 마. 넌 태헌이 친구도 아니야."

"당신이 뭔데? 왜, 왜, 왜 나한테 지랄이야! 나도 씨발 죽을 거 같다고!"

이유도 모른 채 대뜸 얻어맞은 지훈은 바닥에 드러누워 지랄발광을 떨었다. 더 울고 싶던 참에 누가 뺨을 때려준 터라 악을 쓰며 울기까지 했다. 태헌은 그런 지훈을 복잡한 표정으로 쳐다봤다.

그러나 상민은 아랑곳하지 않고 지훈의 멱살을 잡아 덜렁 일으켰다.

"쇼하지 말고. 새꺄, 일어나. 너, 저번 달 21일 월요일에 어디서 뭐 했어. 비 존나게 온 다다음 날."

형사임을 증명하듯 상민의 눈초리가 날이 서 있었다. 지훈은 꺽꺽거리며 비강으로 울음을 삼켰다. 대답이 없자 상민이 지훈의 가슴을 냅다 발로 찼다.

"대답해!"

지훈은 억 소리를 내며 벌러덩 넘어졌다가 거칠게 눈물을 닦으며 일어나 앉았다. 울분이 치솟는 가운데서도 묘하게 상민에게 동질감이 느껴졌다. 누군가를 원망하고 싶은 마음이 이해되기도 했다.

"그날은 서울 갔다 왔어요. 석지훈한테 죽도록 얻어맞은 날이니까 의심되면 물어보시든가."

씩씩거리면서도 솔직하게 대답했지만 상민은 전혀 믿지 않는 얼굴이었다.

"너, 태헌이 사인이 뭔지 아냐? 경부압박질식사야. 누가 목 졸라 죽인 다음에 호수에 던진 거라고."

지훈은 상민의 말에 눈을 부릅떴다. 막연하게 사고일 거라 짐작했었지, 타살은 전혀 생각지도 못한 일이었다.

"마, 말도 안 돼요. 누가 그런 건데요?"

"씨발새끼야, 네가 나한테 물으면 안 되지. 태헌이 시신에서 네 DNA만 발견돼봐. 내가 너 진짜 찢어 죽인다."

"미친, 나 아니라고! 누가 그런 거냐고!"

가슴이 터져나갈 것 같았다. 명호가 누군가에게 살해당한 거라니. 게다가 상민은 '태헌' 살인의 유력 용의자로 '명호'인 자신을 의심하고 있었다.

지훈은 명호의 죽음 때문에 미칠 것 같은 와중에도 죄를 뒤집어쓸지도 모른다는 생각에 아연해졌다.

"태헌이가 너 같은 새끼도 친구라고 곁에 두는 거, 진작 뜯어말렸어야 했는데. 진짜 뭐 하나라도 나오기만 하면, 넌 내 손에 뒈질 줄 알아."

상민은 한 번 더 지훈의 가슴을 걷어차고 장례식장으로 걸어갔다.

지훈은 상민에게 얻어맞은 채로 벌렁 넘어져 그 자리에서 일어나지 못했다. 가슴이 아니라 머리를 두들겨 맞은 것 같았다. 명호가 살해당했고 자신은 그 죄를 뒤집어쓰게 될지도 모른다니, 지금 상황이 도저히 믿기지 않았다.

태헌이 서둘러 지훈을 부축해 일으켜 세워주었다. 그 역시도 충격으로 새하얗게 질린 얼굴이었다.

"괜찮냐?"

태헌의 말에 지훈은 대답하지 않았다. 대신 잠시 심호흡하다 태헌을 홱 돌아봤다.

"너, 대체 뭔 짓을 한 거야?"

앞뒤 없이 던져진 말에 태헌은 의아한 얼굴을 했다. 지훈은 태헌의 멱살을 잡았다.

"네가 뭔 짓을 했길래, 누구한테 원한을 샀길래 명호가 죽었어야 했냐고!"

지훈은 충혈된 눈으로 손을 부들부들 떨었다. 지훈의 말뜻을 알아차린 태헌은 꺼멓게 가라앉은 눈동자로 고개를 떨궜다.

"몰라, 나도 모르겠어……."

"새끼야, 생각해내. 그래야 명호 죽인 놈 잡을 거 아니야!"

지훈은 태헌의 멱살을 잡은 채 끅끅거리며 울었다. 태헌도 감정이 북받치는지 벌게진 얼굴이 형편없이 일그러졌다. 지훈의 눈에는 그 얼굴이 꼭 무슨 말을 하고 싶은데 참는 것처럼 보였다.

"너, 아는 거 있지? 말해!"

정말 명호가 누군가에게 살해당한 거라면 도저히 그냥 넘어갈 수 없었다. 명호의 생명을 앗아간 인간이 누구인지 반드시 밝혀내야 했다.

"말하라고!" 하며 외치는 지훈의 절규가 점점 울음소리로 변했다. 지훈은 결국 무릎을 풀썩 꺾고 주저앉아 꺽꺽 소리를 내며 울었다.

"말해……. 너 아는 거 있잖아……."

한참 동안 괴롭게 지켜보던 태헌이 다시 지훈을 일으켜 세웠다.

"……나중에. 장례식 끝나면 그때 다 얘기할게. 지금은 쟤를 잘 보내주는 게 먼저잖아."

지훈은 눈물범벅이 된 얼굴로 태헌을 쳐다봤다. 지훈도 태헌을 탓할 일이 아니라는 건 알고 있었다. 그저 명호가 살해당했다는 끔찍한 사실을 원망할 누군가가 필요했다. 하지만 이 괴로움은 그만의 몫이 아니었다. 어찌 보면 태헌이야말로 자신 때문에 명호가 살해당했을지도 모른다는 사실에 훨씬 더 고통스러울 것이다. 그제야 괴로움에 꺼멓게 죽어버린 태헌의 얼굴이 눈에 들어왔다.

지훈은 눈물로 엉망이 된 뺨을 슥슥 거칠게 닦고는 고개를 끄덕였다. 때마침 누군가가 상주인 지훈과 태헌을 찾으러 나왔다. 태헌의 말이 옳았다. 누가 명호를 죽인 건지 알아내야겠지만 지금은 명호를 잘 보내주는 게 우선이었다.

어깨를 축 늘어뜨린 지훈은 태헌과 함께 장례식장으로 힘없는 발걸음을 옮겼다.

오후가 되자 장례식장이 붐볐다.

'태헌'의 지인들이 속속들이 도착했다. 지훈과 태헌은 상주로서 조문객을 맞이했다.

지훈은 명호의 장례식인데도 명호의 죽음을 슬퍼해주는 사람이 없다는 사실이 가슴 아팠다. 태헌은 자신의 이름을 부르짖으며 우는 지인들 때문인지 마음이 심란해 보였다. 본인 몸의 장례를 직접 치러야 하는 심경이 어떨지 지훈으로서는 상상이 되지 않았다.

조문객을 받느라 이리저리 불려다니다 보니 하루가 금세 지나갔다.

밤이 되자 지훈과 태헌은 유족 대기실에서 소주를 기울였다. 진짜 장례는 지금부터라는 듯 지훈은 명호의 사진도 출력해 왔다. 작은 상에 사진을 올려놓고 술을 따랐다. 두 번 절도 했다. 태헌도 지훈을 똑같이 따라 했다.

낮에는 한바탕 쇼를 한 것에 불과했다. 지금이야말로 진짜 장례식이었다.

단출한 장례를 치르고 지훈과 태헌은 유족 대기실에 몸을 뉘었다. 얼마 전 명호 아버지의 장례식에서는 셋이 함께였는데 어느새둘이 돼버렸다. 가슴이 푹 파인 것 같았다. 명호가 죽고 나니 정말 세상에 홀로 버려진 느낌이었다.

다음 날이 되자 두 사람은 슬픔을 갈무리하고 아침부터 밀려오는 조문객을 맞이했다. 따라주는 술을 마시고 이 손 저 손에 이끌려 테이블마다 인사를 다니는데 장례지도사가 입관식 시간이 됐다고 알려주었다.

지훈과 태헌은 장례지도사를 따라 입관실로 이동했다. 복도를 걷는데 지훈은 갑자기 전신에서 식은땀이 흐르고 숨이 잘 안 쉬어지는 느낌에 멈칫거렸다. 지훈의 걸음이 느려지자 태헌이 의아해하며 돌아봤다.

"왜 그래?"

"먼저 가서 인사해. 난 좀 있다 갈게."

아마도 처참했던 시신 상태가 떠오른 탓일 테다. 명호와 마지막으로 인사하는 자리인데 저어하는 마음이 드는 게 괴로웠다.

지훈이 복도에서 감정을 추스르는 동안 태헌과 장례지도사가 입관실로 들어갔다. 문이 완전히 닫히지 않고 손가락 한 마디만큼 열려 있었다.

지훈은 마음을 다잡고 마지막 인사를 위해 입관실로 걸어갔다. 널 죽인 사람을 반드시 잡겠다는 다짐도 명호에게 들려줘야 했다.

그때였다. 열린 문 사이로 태헌의 말이 들렸다.

"씨발, 태헌아, 어떻게 이렇게 가냐……. 이 등신 새끼, 호구 같은 새끼야."

처음에는 잘못 들은 줄 알았다. 하지만 목소리는 재차 들려왔다.

"태헌아, 이태헌……. 야, 이 새끼야. 이 불쌍한 새끼."

태헌이 정신을 놓고 껙껙거리며 우는 소리도 들렸다.

잘못 들은 게 아니었다. 착각도 아니었다. 태헌은 시신을 향해 또렷한 발음으로 '태헌'이라고 부르고 있었다. 순간 뒷머리가 삐쭉 설 정도로 모골이 송연해졌다.

지훈은 문손잡이를 살며시 잡아당겼다. 발소리가 나지 않도록 주의하며 입관실로 들어가자 우느라 웅크린 태헌의 뒷모습이 보였다. 눈길이 목뒤와 어깨, 손과 발에 차례로 닿았다. 갑자기 해일처럼 덮쳐오는 위화감에 내장이 뒤틀렸다.

저 '지훈'을 태헌이라 믿었다. 아니, 믿기로 결정했다. 그런데 시신을 향해 '태헌'이라 부르는 저 사람은 대체 누구란 말인가. 물론 장례지도사를 의식해서 '태헌'이라 불렀을 수도 있다. 하지만 명호 마지막 가는 길에, 저리도 정신 놓고 꺽꺽 울면서, 자신의 시신을 향해 자기 이름을 저렇게 처절하게 부를 수 있을까. 말투마저 태헌 같지 않았다.

그때 인기척을 느낀 건지 '지훈'이 뒤돌아봤다. 눈물로 얼굴이 축축하게 젖어 있었다. 북받쳐 오르는 감정에 압도돼 자신이 방금 한 말도 인지하지 못하는 눈치였다.

"너도 해."

'지훈'의 말에 지훈은 얼떨떨하게 투명 아크릴판 너머 시신을 바라봤다. 처참한 얼굴은 이미 천으로 감싸여 있었다.

지금이야말로 마지막 인사를 나눌 때다. 그런데 저 시신 안에 든 영혼은 누구란 말인가.

대체 누구에게 인사를 고해야 한단 말인가.

지훈은 혼란스러운 와중에도 명호일지 태헌일지 모를 존재에게 괴롭게 마지막 인사를 했다.

입관식을 마치고 지훈은 '지훈'과 함께 장례식장으로 돌아왔다. 정신이 멍했다. 무언가 상당히 어긋났다는 생각이 점점 뇌리를 점령했다.

"아까부터 왜 그렇게 정신이 빠져 있어?"

'지훈'이 물었다. 지훈은 그를 쳐다봤다. 태헌……. 그래, 그는 태헌이다. 아니, 정말 태헌일까.

대체 저 사람은 누구인 걸까.

이제껏 명호의 죽음을 슬퍼하며 통곡하고 오열했다. 가슴이 찢어지도록 괴로워했다. 그런데 저 사람이 태헌이 아니라면, 만약 명호라면, 그 감정들은 철저하게 기만당한 것에 불과했다.

"왜 그러냐고."

'지훈'이 지훈의 팔꿈치를 잡았다. 지훈은 반사적으로 팔을 확 잡아 빼어 '지훈'의 손길을 떨쳐냈다. 속이 울렁거리며 토기가 치밀었다. '지훈'의 얼굴이 뭉그러진 것처럼 보였다.

지훈은 그대로 장례식장을 박차고 나왔다. 등 뒤에서 "야, 석지훈!" 하고 부르는 소리가 들렸지만 허겁지겁 그곳을 빠져나오는 데 여념이 없었다.

길가로 나온 지훈은 즉시 지나가던 택시를 잡아타고 기사에게 목적지를 알렸다.

"기사님, 도깨비 절벽 근처 1차선 도로로 가주세요."

그랬다. 지훈은 '태헌'이 물을 산 가게로 갈 생각이었다. '지훈'에게서 역한 느낌이 든 그 순간 가게 출입문에 달린 CCTV가 떠올랐다. 당시에는 왜 CCTV를 확인할 생각을 하지 못했던 걸까. CCTV 속 영상을 본다면 저 '지훈'이 누구인지 판단할 수 있을 터였다.

이윽고 택시가 가게 앞에 섰다. 지훈은 전처럼 열려 있는 알루미늄 문 안으로 다급히 들어갔다. 가게 주인이 지훈을 알아봤다.

"사장님, 출입문에 달린 CCTV 작동하는 거 맞죠?"

지훈은 물어보면서도 심장이 터질 것 같았다. 가게 주인이 그렇다고 대답하자 지훈은 CCTV를 보여달라고 사정했다. 한참 실랑이가 오간 끝에 CCTV를 보여주는 대가로 가게 주인에게 100만 원을 주기로 했다. 잠시 후 방 안 책상 모니터 화면에 비가 온 다음 날의 영상이 나타났다.

지훈은 숨죽이고 영상 속 '태헌'을 주시했다.

가게 주인의 진술대로 '태헌'은 엉망인 몰골로 생수를 사 마신 뒤 누군가에게 전화를 걸었다. 평상에 앉아 한참을 무료하게 기다리던 그는, 가게 앞에 검은색 차가 서자 그것을 타고 사라졌다.

화질이 그리 좋은 건 아니었지만 분명하게 알아볼 수 있었다.

느릿느릿한 팔자걸음, 한쪽 어깨를 늘어뜨린 자세, 다소 우둔해보이는 표정. 그는 명호가 아니었다. 30분가량 되는 영상 속에 등장한 '태헌'은, 태헌이었다.

감정이 폭발하듯 휘몰아쳤다. 모든 것이 명호의 거짓말이었다. 영혼 뒤바뀜 현상이 셋 사이에서 일어났다는 것도, '지훈' 안에 있는 사람이 태헌이라는 주장도 새빨간 거짓이었다. '태헌'은 그저 태헌일 뿐, 애초부터 영혼 뒤바뀜 현상은 자신과 명호 사이에서만 발생했던 것이다.

명호는 어머니가 인질이 되자, 불리한 상황을 반전시키고 금고 비밀번호 아홉 자리 숫자를 모두 알아내고자 이런 거짓말을 생각해낸 게 분명했다. 결국 그에게는 친구의 목숨과 우정보다 돈 40억이 더 중요했던 셈이다.

지훈은 의자에 털썩 앉아 하하, 하고 웃음을 터뜨렸다. 가게 주인이 이상하다는 듯 쳐다봤다. 명호에게 지독하게 기만당한 스스로에게 헛웃음밖에 나오지 않았다. 명호는 태헌이 살해당했다는 사실을 알게 된 와중에도 끝까지 거짓말을 했다. 명호의 거짓말 때문에 태헌의 죽음도 제대로 애도해주지 못했다. 명호 그 새끼는 허망하게 가버린 태헌의 죽음조차 농락한 것이다.

머리꼭지가 홧홧해지는 걸 느끼며 지훈은 가게를 나왔다. 택시를 불러 장례식장으로 되돌아갔다. 당장이라도 명호를 갈기갈기 찢어 죽이고 싶을 정도로 살심이 일었지만 성급하게 행동할 수는 없었다.

앞으로 어떻게 해야 할까. 어떻게 해야 놈이 더 이상 발뺌할 수 없는, 확실한 증거를 잡을 수 있을까.

정문에 도착해 장례식장 쪽으로 향하려는데 문득 병원 건물 사이를 가로질러 가는 '지훈'의 모습이 보였다. 그는 과일 바구니를 들고 주위를 두리번거리며 별관으로 향하고 있었다. 지훈은 몸을 숨긴 채 '지훈'을 몰래 뒤따라갔다. 그가 명호라면 어디로 가는지 짐작할 수 있었다.

지훈의 예상대로 '지훈'이 향한 곳은 입원 병동 4층이었다. 비상계단으로 뒤따라간 지훈이 막 4층에 도착했을 때 '지훈'은 간호사와 언쟁을 벌이고 있었다.

"안 된다니까요. 외부인 면회 절대 불가합니다."

"알아요, 아는데……. 그냥 얼굴 한 번만 보고 가면 안 되냐고요."

"안 된다고 몇 번을 말씀드려요? 왜요, 또 저번처럼 난동이라도 부리시게요?"

'지훈'은 머쓱하게 시선을 피하더니 간호사에게 과일 바구니를 건넸다.

"그럼 이것만 좀 전해주세요."

간호사는 선물도 전달할 수 없다고 단호하게 거절했지만 '지훈'은 과일 바구니를 떠안기고는 도망치듯 자리를 떴다.

그가 엘리베이터를 타고 내려가자 지훈은 너스 스테이션으로 걸어갔다. 바닥에 덩그러니 놓인 과일 바구니를 보니 판사봉이 내려쳐진 것 같았다. 명호 어머니는 사과를 무척 좋아했다. 그리고 과일 바구니에는 반질반질하고 새빨간 사과가 가득 담겨 있었다.

지훈은 붉어진 눈가를 손등으로 마구 쓸었다. 뾰족한 가시가 들러붙은 것같이 심장이 화끈거렸다. 이런 모습까지 목격한 마당에 저 사람이 명호가 아니라고 부정하는 것은 어불성설이었다. 눈물이 꾸역꾸역 흘러나왔다.

뒤통수 맞고 배신당하고 기만당한 게 화가 나서.

그런 줄도 모르고 그의 죽음을 진심으로 슬퍼하고 괴로워했던 게 억울해서.

진짜 죽은 사람이 태헌이라는 게…… 실감 나서.

그리고 태헌의 죽음을 애도하지 못했다는 사실이 부끄러워서.

뜨거운 울음 덩어리를 목구멍으로 집어삼켰다. 질질 짜고 있을 때가 아니었다. 어떻게든 복수해야 했다. 명호에게 이 모든 일에 대한 대가를 치르게 하고 싶었다.

지훈이 돌아서서 계단을 내려가려는데 지나가던 간호사가 그를 알아봤다. "장명호 씨!" 하고 부르는 소리에 지훈은 간호사를 돌아봤다. 간호사는 왜 이렇게 오랜만이냐고, 어머니 상태가 부쩍 좋아지셨다고 조잘거렸다.

"그리고 좀 전에 친구분이 오셨어요. 과일 바구니도 주시던데……. 어떻게 할까요?"

"됐습니다. 선생님들끼리 나눠 드세요."

"에이, 비싼 거 같은데 어떻게 그래요? 그러지 말고 이거 가지고 어머니한테 가보세요. 그동안 한 번도 뵌 적 없으시잖아요. 아드님 많이 보고 싶어 하시던데."

지훈은 과일 바구니로 시선을 툭 던졌다. 간호사의 말대로 지훈은 한 번도 명호 어머니를 뵈러 간 적이 없었다. 그녀 앞에서 명호인 척하려니 꼴이 우스웠고 감히 어머니의 눈을 속일 자신도 없었다. 게다가 명호 어머니를 인질로 삼기까지 했으니 죄책감 때문에라도 뵐 낯이 없었다.

하지만 어째서일까. 불현듯 이번에야말로 명호 어머니를 뵈어야겠다는 생각이 들었다. 어찌 보면 각오에 가까운 마음이기도 했다.

지훈은 악에 받친 얼굴로 과일 바구니를 들고 입원실 복도로 들어갔다. 앞서 걸어가는 간호사가 401호, 402호 입원실을 지나쳤다.

지훈은 속으로 명호 어머니에게 용서를 빌었다.

어머니, 어쩌죠? 제가 어머니 아들 명호를 진짜 죽여버릴 것 같아요.

간호사가 병실 문 앞에 섰다. 지훈은 고개를 들었다. 405호였다. 그 순간 번개 같은 충격이 머리를 때렸다. 동공이 커지더니 두 눈이 405호라고 써 붙인 명패에 끈끈이처럼 들러붙었다.

명호는 금고 비밀번호를 제일 자주 보는 숫자로 설정했다. 명호의 비밀번호는 4, 5, 0, 이 세 숫자의 조합이었다. 그리고 마침내 명호 어머니의 병실에서 405라는 숫자를 발견하고 만 것이다.

"뭐 하세요? 안 들어오시고."

병실 문을 연 채 간호사가 재촉했다. 지훈은 목석처럼 굳은 채한 발자국도 움직이지 못했다. 그토록 명호의 비밀번호를 알아내려 했을 때는 알 수 없었건만 왜 하필이면 이런 상황에서 알게 된 것인지. 아이러니한 삶의 장난질에 헛웃음이 나왔다.

어쨌든 잘된 일이다. 드디어 명호와 마찬가지로 금고의 아홉 자리 비밀번호를 모두 손에 쥐게 됐다.

태헌의 죽음을 우습게 만들고 30년 우정을 똥통에 집어 던진 명호에게 40억을 내줄 순 없었다.

"장명호 씨?"

간호사가 복도에 선 지훈을 의아하게 쳐다봤다.

지훈은 결심을 굳혔다. 과일 바구니를 간호사에게 건넨 뒤 복도를 걸어 나왔다. 아직 명호 어머니를 뵈어야 할 때가 아니었다.

지훈은 주먹을 꽉 움켜쥐고 계단을 빠르게 내려갔다. 더 이상 눈물은 나오지 않았다.

5

발인이 끝났다. 태헌의 유해는 인근 도시의 한 납골당에 안치됐다.

하늘에는 먼지 덩어리 같은 잿빛 구름이 자욱했다. 부슬부슬한 비가 바람을 따라 흩날리고 있었다. 지훈은 유골함에 새겨진 '故이태헌'이라는 글씨를 어루만졌다. 목이 메었다.

명호에 대한 감정과는 별개로, 지훈은 발인 날까지 태헌을 위해 슬퍼하고 괴로워했다. 둥글둥글 순해 빠진 얼굴에 소심하고 마음 여리던 태헌. 쉴 새 없이 떠들어대던 그의 목소리를 이제 들을 수 없다 생각하니 하늘이 무너질 것 같았다.

비로소 지훈은 제대로 된 애도의 대상을 찾았다. 지훈은 마지막으로 목놓아 태헌의 이름을 부르며 그를 보내주었다.

늦은 오후가 돼 지훈과 명호는 발인을 마치고 중산으로 돌아왔다. 두 사람도, 동행했던 태헌의 지인들도 지친 모습이었다. 수고했다는 인사를 끝으로 사람들이 뿔뿔이 흩어졌다. 병원에는 지훈과 명호 두 사람만이 남았다.

"우리도 가자."

명호가 지훈의 어깨를 꾹 한번 쥐고 돌아섰다.

"야."

지훈이 명호를 불렀다. 명호가 돌아봤다. 태헌의 장례식이 끝났다. 앞으로 명호는 무얼 하려는 걸까. 어머니가 무사히 수술받은 것도 알게 됐고 완전한 아홉 자리 비밀번호도 손에 쥘 수 있게 됐다. 그걸 위해 이 우스꽝스러운 연극까지 벌였으니 이제 40억 로또를 독차지할 셈인가.

그렇게 하도록 내버려둘 수는 없었다.

"잠깐 어디 좀 같이 가자."

어디냐고 명호가 물었지만 지훈은 따라와 보면 안다는 말로 일축했다.

"잘됐네. 안 그래도 우리 장례식 끝나고 얘기하기로 했잖아."

명호는 착잡해 보이는 얼굴로 뒷머리를 긁적거리며 지훈을 뒤따랐다.

두 사람은 택시를 타고 전당포 앞에 도착했다. 태연하게 택시에서 내리는 지훈을 보고 명호는 의아해했다. 여긴 왜 온 거냐고 물었지만 지훈은 묵묵부답이었다. 그저 컴컴한 굴속 같은 좁은 계단을 묵묵히 걸어 올라가기만 했다.

사무실을 지나 금고실 안으로 들어갔다.

"아 씨. 왜 대답을 안 해? 여긴 왜 온 거냐고!"

잠자코 따라오던 명호가 답답했던 건지 드디어 목소리를 높였다.

그래, 흥분하려면 흥분해라. 그럴수록 내게 유리해지니까.

지훈은 무표정한 얼굴로 명호를 주시하며 입을 열었다.

"장례식도 끝났고. 이렇게 된 김에 우리 금고 열자. 로또 찾고 돈 삼등분해서 너랑 나랑 나눠 갖고 명호 몫은 어머니 드리는 거 어때?"

순간 허를 찔린 듯 명호의 얼굴이 움찔거렸다. 그러다 이내 어떤 사실을 깨달았는지 표정이 굳었다.

"너……. 명호 비밀번호 알아……?"

"어, 알아. '405'."

명호의 얼굴에서 핏기가 사라졌다. 하지만 정체가 들통날까 봐 화를 내거나 캐묻지도 못하고 감정을 숨기느라 곤혹스러운 얼굴이었다.

"여기서 다 끝내버리자. 내가 내 비번이랑 명호 비번 누를 테니까 네가 마지막으로 네 비번 눌러. 그럼 네가 태헌이란 거 증명하면서 금고도 여는 거잖아. 이의 없지?"

지훈은 명호가 반대할 틈도 주지 않고 금고 숫자판에 '127'과 '405'를 차례대로 눌렀다. 순식간에 벌어진 일이라 명호는 크게 뜬 눈을 슴벅거리기만 했다.

"야아……. 어, 어떻게 그걸 그렇게……."

"왜? 어차피 금고 열어야 하잖아. 빨리 눌러."

명호가 돌덩이처럼 굳었다. 당황한 듯 이리저리 눈알만 굴리면서 그는 좀처럼 비밀번호를 누르지 못했다.

"뭐 해. 빨리 안 누르고."

지훈이 서릿발처럼 차가운 음성으로 재촉했다. 명호는 "아 씨."

하며 낭패한 표정을 짓더니 금고 앞에 앉았다. 손가락이 3과 8 사이에서 방황했다.

지훈은 고요히 명호의 손가락만 주시했다. 8을 누르려던 손가락이 머뭇거리다 3으로 향하더니 그 주위만 한참을 맴돌았다. 명호는 어떤 번호도 선뜻 누르지 못했다.

당연히 그럴 것이다. 사실 명호는 완전한 아홉 자리 비밀번호를 손에 넣은 것이 아니었으니까. 명호는 태헌의 비밀번호가 '333'인지 '888'인지 알지 못했다. 지훈이 태헌의 비밀번호를 유추한 방식을 설명했을 때, 애매한 3까지 포함해서 명호와 태헌이 누른 숫자가 3, 4, 5, 8, 0이라 말해주었기 때문이다.

명호가 혼자 전당포에 왔다면 '333'이든 '888'이든 아무 번호나 눌러봤을 것이다. 기회는 아직 여러 번 남았으니 말이다. 하지만 이렇게 자신이 지켜보는 앞에서 본인이 태헌임을 증명하려면 제대로 된 번호를 눌러야 했다.

금고실에서는 숨소리 하나 나지 않았다. 잡아당긴 활시위처럼 팽팽한 긴장감이 돌았다.

명호가 한참 동안 번호를 누르지 못하자 지훈은 픽 비웃음을 터뜨렸다.

"야, 이태헌. 너 명호인 척할 때 말이야. 금고 열어서 돈부터 나눠 갖자고 하면서, 이태헌은 같은 숫자를 세 번 눌렀으니 금고 비번을 세 번 만에 알아낼 수 있다고 했잖아. 그때 그런 말 왜 했어?"

명호의 낯빛이 퍼렇게 질려갔다.

"설마 그것도 나 떠보려고 그런 거야? 근데 내가 만약 진짜 그러 자고, 비번 누르자고 했으면 어쩔 뻔했어? 너 명호 비번 모르잖아. 바로 들통났을 텐데 어쩔 뻔했냐고."

"나, 나도 명호 비번 알아!"

"진짜 역겹네. 그만해라. 너 이태헌 아니잖아. 장명호잖아."

"뭐, 뭔 소리야?"

명호가 당황하며 자리에서 일어났다.

"야, 이 새끼야. 이태헌이 물 산 가게에서 CCTV 돌려보고 왔어."

지훈은 불꽃이 튈 것 같은 눈동자로 명호를 노려봤다. 말을 내뱉고 나니 간이며 쓸개며 오장육부가 뒤틀리는 느낌이었다. 명호는 흔들리는 눈빛으로 입술을 달싹였지만 한마디 변명조차 하지 못했다. 모든 게 탄로 났다는 걸 알아차렸는지 곧 자포자기한 표정을 지었다.

"아 씨. 지훈아. 내 말 좀 들어……."

"네가 사람 새끼야? 아무리 40억이 탐났어도 어떻게 그런 거짓 말을 해? 솔직하게 털어놓을 기회는 많았어. 그런데…… 이태헌이 진짜 죽었는데도 너 거짓말 했어."

"내 말 좀 들어보라고! 그래, 처음엔 상황 모면하고 네 비번 알아 내려고 이태헌 흉내 낸 거 맞아. 근데 이태헌 살해당한 거 알고는 이건 진짜 아니다 싶었어. 나도 다 털어놓으려고 했었다고. 장례식 끝나고 다 얘기하겠다고 했잖아!"

"네 말을 내가 어떻게 믿어? 네가 거짓말한 게 한두 번이야?"

지훈은 극심한 분노로 온몸이 불타는 것 같았다. 눈에 핏발이 서고 귀에서 삐 하는 이명이 들릴 만큼 극렬한 감정이 전신을 뒤흔들었다.

명호는 늘 이런 식이었다. 일을 저질러놓고서는 뒤늦게 그럴 의도가 없었다고 변명한다.

하지만 만약 저 '지훈'이 명호라는 걸 알아내지 못했다면, 그리하여 끝까지 태헌이라고 믿었다면. 과연 명호는 장례식이 끝났다고 해서 사실을 털어놓았을까.

아닐 것이다. 명호는 끝까지 자신이 태헌이라고 주장했겠지.

그리고 40억을 빼돌려 유유히 사라졌을 것이다.

어쩌다 여기까지 왔을까. 왜 태헌은 이른 나이에 누군가에게 살해당해야 했으며, 명호와는 돌이킬 수 없을 만큼 틀어지게 된 것일까.

왜 목숨 같았던 친구를…… 둘 다 잃게 된 것일까.

참아보려 했지만 꾸역꾸역 눈물이 차올랐다. 제멋대로 흐르는 눈물을 거칠게 닦았다.

지훈은 금고 숫자판에 손을 대 '111'을 누르고는 재빨리 입력 버튼을 눌렀다. 명호가 말릴 틈도 없이 돌발적으로 저지른 행동이었다. 곧 '지금까지 세 번 틀리셨습니다.' 하는 기계음이 음산하게 흘러나왔다.

"너 뭐 하는 거야!"

당황한 명호가 지훈의 손을 잡아챘다. 지훈은 말리는 명호를 뿌리치고 또다시 금고의 버튼을 눌렀다. 이번에는 손에 닿는 대로 아무 번호나 마구잡이로 눌렀다. 기계음이 삑삑삑 울려 퍼졌다.

그제야 명호는 의도를 알아차리고 지훈에게 달려들었다. 지훈은 거머리처럼 달라붙는 명호의 훼방에도 불구하고 악착같이 번호를 눌렀다. 명호가 지훈을 바닥으로 넘어뜨렸다.

"제정신이야? 석지훈, 정신 차려!"

"개새끼야. 제정신이니까 하는 짓이다!"

지훈은 명호의 정강이를 힘껏 걷어차고 일어났다. 나동그라진 명호도 발딱 몸을 일으켜 금고로 향하는 지훈의 뒤를 덮쳤다. 지훈은 자신을 온몸으로 짓누르는 명호를 떨쳐내며 손을 뻗었다. 금고 숫자판에 닿을 듯 손가락이 가까워졌다. 두 사람은 얼굴이 시뻘게지도록 힘겨루기를 했다. 드디어 지훈의 손가락이 입력 버튼에 닿았다. 힘주어 꾹 누르자 '지금까지 네 번 틀리셨습니다.' 하는 낭랑한 기계음이 울려 퍼졌다.

해냈다!

목적을 달성하자 지훈은 전신에서 힘을 뺐다.

"야, 이 새끼야!"

격분한 명호가 지훈을 패대기쳤다. 그러고는 주먹에 힘을 실어 지훈을 마구 쳤다. 상스러운 욕설과 둔탁한 타격음, 억억 하는 신음이 뒤섞였다. 지훈은 벌겋게 피로 물든 입가를 끌어올렸다.

"이제 금고 누를 수 있는 기회는 딱 한 번뿐이야."

"그러니까 미친 거냐고!"

"우리 세 사람의 비밀번호를 완전하게 아는 사람은 나밖에 없어."

"……."

"금고 안에 40억은 내 거라고. 알겠냐? 이 개자식아."

명호의 얼굴이 처참하게 일그러졌다. 그 표정을 바로 코앞에서 목도하자니 절로 웃음이 나왔다. 명호가 금고를 확실히 열려면 기회가 두 번 필요하다. 하지만 조금 전 그 가능성을 자신이 완벽하게 날려버린 것이다.

지훈은 정신 나간 사람처럼 킬킬거리며 입가에 번진 피를 닦았다. 명호는 주먹으로 바닥을 내리치더니 벌겋게 충혈된 눈으로 지훈을 노려봤다.

"씹새끼야. 뭐, 기회가 한 번 남았다고? 웃기지 마. 내가 그 한 번 아무 번호나 눌러서 없애버릴 수도 있어, 알아? 그럼 금고는 영영 닫히는 거고 너나 나나 40억 날리는 거야. 너만 패 쥐고 있다고 생각하지 마. 나도 쥔 패가 있으니까!"

명호는 목울대가 붉어지도록 악다구니를 썼다. 지훈은 잠깐 움찔했지만 곧 코웃음을 쳤다.

"어디 한번 눌러봐."

"씨발새끼……."

"금고 영영 닫히게 한다고? 네가 과연 40억을 포기할 수 있을까? 손에 아무것도 쥔 거 없는 거지새끼가."

명호의 눈이 뒤집혔다. 지훈에게 달려들어 멱살을 잡더니 그대로 바닥에 쓰러뜨렸다. 머리가 강하게 부딪쳐 두개골이 쪼개질 것 같은 충격이 강타했지만 지훈은 웃음을 멈추지 않았다.

그때 금고실 문이 쾅 소리를 내며 거칠게 열렸다. 진옥이 눈을 번득이며 문가에 나타났다. 건장한 남자 두 명도 대동하고 있었다.

"이 똥개 새끼들이 지금 뭐 하는 거야?"

진옥이 날카롭게 소리쳤다. 지훈과 명호는 씩씩거리면서도 상대에게서 시선을 떼지 않았다.

"당장 나가! 영업방해로 경찰 부르기 전에."

진옥의 등장으로 명호의 손아귀 힘이 약해졌다. 그 순간 지훈은 명호의 손을 뿌리치고 냅다 달려 나갔다.

전당포를 빠져나와 정신없이 계단을 내려갔다. 명호도 "석지훈, 거기 서!" 하고 고래고래 소리를 지르며 쫓아왔다. 둘 다 한바탕 난장을 친 짐승처럼 흥분해 있었다.

지훈은 건물을 나와 길가를 달렸다.

"야, 석지훈. 제발 좀 서봐. 아깐 내가 좀 흥분했는데, 우리 얘기 좀 해!"

명호의 목소리가 을씨년스러운 거리에 울려 퍼졌다. 하지만 지훈은 저런 수작질에 속아 넘어갈 만큼 멍청하지 않았다. 죽이려 들 때는 언제고 또 금세 태세를 전환해 대화하자는 건가.

"내가 잘못했으니까 오해 풀자고!"

지훈은 더 이상 풀 오해도, 하고 싶은 이야기도 없었다.

때마침 정차 중인 택시가 보였다. 지훈은 택시에 올라타서는 빨리 출발해달라고 재촉했다. 뒤늦게 명호가 달려와 손잡이를 잡았지만 택시는 한순간에 속도를 높여 달아났다.

명호가 다른 택시를 부르는 소리가 들렸지만 여전히 따라오는 지는 알 수 없었다.

명호 집에 도착한 지훈은 핸드폰을 꺼버리고 28억이 든 캐리어에 짐을 쌌다. 옷가지들, 생필품과 함께 지훈 명의의 통장이 든 파우치도 쑤셔넣었다. 어디론가 한동안 떠나 있을 생각이었다. 태헌도 죽고 명호도 변해버린 중산에 더는 머물고 싶지 않았다.

지훈은 묵직한 캐리어를 끌며 명호의 집을 나왔다. 그새 해가 저물어 좁은 골목은 어두컴컴했다. 드문드문 늘어선 가로등이 흐릿한 빛을 비추고 있었다. 혹시 명호가 있을까 주변을 살폈지만 사방은 고요했다.

지훈은 골목을 걸었다. 드르륵 캐리어 바퀴가 구르는 소리만 나지막이 울려 퍼졌다. 그때 문득 지훈의 눈에 골목 진입로를 막아서듯 주차된 검은색 승합차가 보였다. 목덜미를 따라 싸한 느낌이 드는 순간 타다닥 바닥을 박차고 뛰어오는 발걸음 소리가 들렸다. 이내 뒤통수에 불꽃이 튀듯 강한 충격이 느껴지며 지훈은 정신을 잃었다. 누군가 "석지훈!" 하고 외치는 소리가 어렴풋이 들렸지만 곧 아스라이 사라졌다.

고장 난 전구에 불이 들어오듯 깜빡깜빡 정신이 돌아왔다. 눈알이 튀어나올 것처럼 골이 욱신거렸다. 무거운 눈꺼풀을 겨우 들어올렸지만 눈앞은 암흑천지였다. 얼굴에 검은 천이 씌워져 있었다. 몸도 마음대로 움직여지지 않았다. 의자에 앉혀진 채 손이 뒤로 결박당한 것 같았다.

그제야 캐리어를 가지고 명호 집을 나오다가 습격당했다는 사실이 생각났다. 그대로 뒤통수를 얻어맞고 납치당해 끌려온 것 같았다.

대체 누구야? 여긴 또 어디고.

여름인데도 냉기가 골수에 스며드는 듯했다. 코끝에 비릿하고 퀴퀴한 냄새가 맴돌았다. 지훈은 "뭐야, 누구야!" 하고 외치며 발버둥을 쳤다. 누군가 킬킬거리며 다가오는 기척이 느껴졌다. 납치한 사람이 여럿인지 웅성거리는 소리도 들렸다.

곧 검은 천이 확 벗겨졌다. 새하얀 빛이 동공을 찔렀다. 지훈은 눈을 찌푸렸다가 천천히 떴다. 층고가 높은 컨테이너 창고 안이었다. 흐릿한 백열등이 비추는 휑한 공간에는 집기 하나 없이 바닥에 두꺼운 비닐만 층층이 깔려 있었다.

시선을 들자 검은 천을 벗긴 남자가 보였다. 후드 티를 입고 한정판 나이키 하이탑을 신은 태평이었다. 너드 패션이라고 할까, 스타트업 대표 코스프레라도 하는 것 같은 차림이 흉흉한 이 공간과는 이질적이었다.

"안녕, 혀엉?"

태평이 해맑게 웃었다. 대여섯 명 정도 되는 조선족 수하들도 킬킬 따라 웃었다.

설마 내 몸으로 돌아온 건가.

순간 지훈은 다시 몸이 바뀐 줄 알고 소스라치게 놀랐다. 제 몸으로 돌아온 게 아니라면 태평이 자신을 납치할 이유는 없지 않은가.

"명호 형 맞지?"

그러나 뒤이은 태평의 말에 몸이 다시 바뀐 게 아니라는 걸 깨달았다.

"뭐야, 당신 누구야."

지훈은 두려움이 차오르는 와중에도 상황을 파악하고자 명호가 할 법한 이야기를 꺼냈다.

의아했다. 자신은 여전히 '명호'의 몸속에 있었다. 그러니 태평은 지훈이 아니라 '명호'를 납치한 셈이었다. 어떤 이유에서인지 이해가 가지 않았다.

게다가 이건 다 뭐란 말인가. 어두침침한 컨테이너 창고, 바닥에 겹겹이 쌓인 비닐, 테이블에 진열된 연장, 무장한 조선족 수하들까지. 끔찍한 상상에 몸서리가 쳐졌다.

그때 태평이 캐리어를 끌고 왔다. 지훈 앞에 캐리어를 던져놓고 활짝 열자 수북한 돈다발이 보였다. 28억이 든 캐리어였다. 지훈은 창백하게 질린 얼굴로 어금니를 깨물었다.

태평은 파우치에서 지훈 명의의 통장을 꺼내 펄럭거렸다.

"이햐, 이거 우리 지훈이 형 돈 맞지? 세보니까 28억이던데. 우리 형 능력자. 내 돈 갚으려고 부지런히 노력했네."

그제야 지훈은 이 납치극의 전모를 알 것 같았다. 태평이 50억을 돌려받기 위해 '지훈'을 압박하고자 그의 친구인 '명호'를 납치한 것이다.

"나, 나한테 왜 이래. 난 아무 상관도 없잖아."

상황 파악이 끝나자 발밑이 허물어지는 것 같은 두려움이 지훈을 덮쳤다. 창고 안은 후덥지근할 정도로 습도가 높았으나 지훈은 퍼렇게 질린 얼굴로 사지를 떨었다. 그동안 태평에게 학습된 공포와 무력감이 한꺼번에 몰려왔다.

중산에 오기 전까지 지훈은 무수한 협박과 폭력에 시달렸다. 태평은 지훈의 집이든 회사든 내킬 때마다 쳐들어왔고 지훈을 옥상에 매달기도 했다. 파이프든 야구 방망이든 닥치는 대로 휘둘렀고 베드에 사지를 묶어놓고 장기를 털어버리겠다는 협박을 일삼기도 했다. 태평이라는 이름만 들어도 오금이 저릴 지경이었다.

"상관없기는. 이렇게 28억을 형이 대신 보관하고 있는 것만 봐도 존나 상관있는데. 너네 핸드폰도 바꿔 들고 있더라? 우리 지훈이 형이랑 불알친구라며. 방금 형 사진 보냈으니까 지금쯤 좆빠지게 뛰어오고 있을 거야."

태평은 지훈의 턱을 툭툭 치며 비릿하게 웃었다.

"아, 안 올걸. 걔랑 나 인연 끊은 지 오래야. 나한테 이래봤자 넌 50억 못 돌려받아."

"둘이 어지간히 돈독한 사인가 봐? 지훈이 형이 나한테 50억 줄 거 있다는 것도 알고."

태평이 히죽거렸다. 지훈은 아차 싶은 생각에 혀를 깨물고 싶었다. 이래서야 자신이 가치 있는 인질이라고 주장하는 거나 다름없지 않은가.

"그, 그래도 걔 안 와. 돈 앞에서 친구고 뭐고 따질 놈 아니야."

"그래? 그럼 넌 여기서 통나무 되는 거고."

뭐가 그리 웃긴 건지 태평이 요란스럽게 몸을 뒤틀며 낄낄거렸다.

그런데 아까부터 태평의 행동이 조금 이상했다. 늘 제정신이 아니었기에 오늘도 그런가 보다 생각했건만 이상행동이 유독 심했다. 태평은 몸을 흐느적거리며 손발을 그냥 두지 못했다. 묘하게 달뜬 표정에 동공마저 풀려 있었다. 불길한 생각이 머리를 스쳤다.

혹시 마약을 한 걸까.

태평의 행동은 늘 사회적으로 용인 가능한 범주를 벗어나 있었다. 아무리 돈 많은 집 자제고 어린 나이인 걸 감안한다 할지라도 지나치게 대책 없이 굴 때가 많았다. 그런데 그런 행동들의 근간에 약이 있다고 생각하자 모든 것이 이해 가기 시작했다.

뒷머리가 쭈뼛 서고 등 뒤가 오싹해졌다. 태평이 약에 취해 있다면 더 큰일이었다. 지금 상황은 부잣집 도련님의 심상한 장난 따위가 아니었다. 턱 끝까지 찾아온 죽음에 발밑이 쑥 꺼지는 듯한 아득한 공포가 느껴졌다.

명호가 올까. 아니다. 그럴 리 없다.

방금 전까지 전당포에서 악다구니를 쓰며 몸싸움을 벌였다. 이미 깨지고 부서지고 산산조각이 난 관계인데 명호가 목숨 걸고 와 줄 리 없었다.

눈물이 찔끔찔끔 나왔다. 태평을 곁눈질해보니 그는 어느 때보다도 흥분해 있었다. 오늘 저 손에 누구 하나 잡혀 죽으리라는 건

자명한 일이었다.

그렇게 무수히 많은 위협과 죽을 고비를 넘겨왔는데. 정말 여기서 죽게 되는 걸까.

그런데 그 순간 거짓말처럼 컨테이너 창고 문이 부서질 듯한 소리를 내며 열렸다. 문이 열리자 컴컴한 바닥에 빛줄기가 사선처럼 내리꽂혔다. 시커먼 어둠을 뒤집어쓰고 나타난 사람은 다름 아닌 '지훈'이었다.

아니, 명호였다.

명호는 헉헉거리며 창고 안으로 들어섰다. 어지간히 급하게 달려왔는지 셔츠가 온통 땀에 절어 있었다. 다짜고짜 욕부터 내지를 줄 알았건만 명호는 사방을 경계하며 천천히 다가왔다. 태평의 상태가 어떤지, 수하들이 몇 명인지 파악하는 것 같았다.

"와, 씨발. 존나게 눈물겨운 우정이네? 브라보."

태평이 휘파람을 불고 박수를 쳤다. 허리를 꺾으며 낄낄대는 모습이 제대로 돌아버린 사람 같았다.

"지금 뭐 하는 거냐. 상관도 없는 애 데리고."

명호는 지훈은 쳐다도 보지 않은 채 태평에게 시선을 꽂고 물었다.

"둘이 보육원 때부터 존나 친했다며. 너 때문에 얘가 소년원까지 갔다 왔는데 상관이 없다니. 너무하시네."

태평이 내뱉은 말에 명호의 동공이 흔들렸다. 태평은 이미 두 사람의 뒷조사를 마친 듯했다. 약에 취한 와중에도 심리적으로 명호를 쥐고 흔들려는 모양이었다.

"그래서 뭐 어쩌라고."

"지훈이 형, 귓구멍이 막혔어? 형 땜에 명호 형이 나한테 이 꼴로 잡혀 있는 거잖아. 지금이야말로 형이 친구한테 보은해야 할 순간 아니야? 먹튀하면 안 되지."

"씨발새끼야, 입 닥쳐. 쟤 보내고 우리 둘이 얘기해."

"안 본 사이 입이 드러워졌네? 짐승이 아니라면 은혜를 갚아야 할 거 아니야. 형이 돈 안 갖고 오면 형 친구 여기서 사지 토막 나서 죽는 거야. 맛보기로 어디 한군데 썰어봐?"

태평이 손가락을 까딱거리자 수하 중 하나가 전기톱을 가져왔다. 전원을 켜자 위잉 거친 소음을 내며 전기톱이 돌아갔다. 태평은 전기톱을 흔들흔들 불안정하게 쥐고 지훈에게 다가갔다. 흐느적거리는 걸음걸이가 위태로웠다. 명호도 태평에게서 이상함을 감지했는지 얼굴에 서린 경계심이 짙어졌다. 약에 취한 걸 알아챈 모양이었다.

태평이 전기톱을 앞세워 다가오자 꽉 다문 지훈의 턱이 덜덜 떨렸다. 태평은 명호더러 보란 듯이 전기톱을 지훈 옆에 가져다 댔다. 날카로운 칼날이 지훈의 귀 바로 옆에서 맹렬하게 돌아갔다.

"자, 잠깐만. 그거 내려놓고 얘기해."

명호가 한 걸음 물러났다. 이제 여차하면 전기톱이 지훈의 귀를 날릴 지경이었다.

"왜, 내가 명호 형 죽여버리면 형도 좋잖아. 계속 돈 뜯기면서 살았던 거 아냐?"

"뜯기든 말든 뭔 상관이야? 네가 우리 둘 일을 뭘 안다고 지껄여? 상관없는 애 보내고 우리끼리 얘기하자고!"

"상관이 없다? 그럼 이것도 상관없겠네. 어때, 귀 하나 날려봐?"

태평이 전기톱을 지훈의 귓가로 비스듬히 기울인 순간이었다.

"우리한테 40억에 당첨된 로또가 있어!"

명호가 다급하게 외쳤다. 지훈의 심장이 철렁 내려앉았다.

태평은 믿기 힘든지 픽 비웃었지만 이내 지훈과 명호를 번갈아 봤다. 두 사람의 얼굴에 번진 표정을 보고 사실인 걸 깨달았는지 곧 눈빛에 이채가 번뜩였다.

"야, 이 미친놈아. 그걸 말하면 어떻게 해!"

죽음이 코앞에 다가온 순간에도 지훈은 울화가 치밀었다. 로또 40억은 협상의 중요한 카드였다. 그 패를 상대에게 저리 쉽게 까버린 명호의 행태에 열통이 터졌다.

태평이 요구한 50억 중 이미 28억을 넘겼다. 조금 전 28억이 든 캐리어를 태평 본인이 챙기지 않았는가. 그렇다면 이제 줘야 할 돈은 22억이다. 그러나 40억에 당첨된 로또가 그들 수중에 있다는 걸 태평이 알게 된 이상, 그는 40억을 모두 차지하려 할 게 뻔했다.

"시끄러우니까 넌 좀 닥쳐. 지금 로또가 문제냐?"

명호가 소리쳤다. 태평은 목숨이 경각에 달린 와중에도 싸우는 두 사람을 번갈아 보더니 입가에 미소를 띠었다.

"형들, 왜 싸우고 난리들이야. 그만 싸워. 내가 말이야. 방금 좋은 생각이 떠올랐어."

지훈과 명호는 입씨름을 멈추고 태평을 쳐다봤다. 저 미친놈이 무슨 말을 할지 상상조차 되지 않았다.

"지훈이 형, 꽤 능력 있더라? 28억도 이렇게 금방 만들어 오는데 100억도 가능하지 않겠어?"

"야 씹, 뭔 개소리야."

명호가 발끈했지만 태평은 귓등으로도 듣지 않았다. 그의 얼굴에서 킬킬거리던 가벼운 웃음이 사라졌다. 밀랍같이 무표정한 얼굴에 섬뜩한 기운이 흘렀다.

"귓구멍이 막혔나. 100억 가져오라고. 안 그러면 네 친구 진짜 죽어."

태평은 전기톱을 두 손으로 쥔 채 지훈을 내려다봤다. 동공이 활짝 열린 눈이 반달같이 휘고 입가에 잔혹한 미소가 걸렸다. 기묘하게 달뜬 얼굴이었다.

"100억은 무슨 100억이야…… . 말도 안 되는 소리 하지 마!"

지훈이 덜덜 떨면서도 목구멍을 쥐어짜듯 외친 순간이었다.

그 말이 끝나는 것과 동시에 태평이 전기톱을 번쩍 들어 올렸다가 지훈의 다리를 향해 내려쳤다. 위잉거리던 전기톱 소리가 곧 무언가를 썰어대는 소리로 바뀌었다.

희열에 찬 태평의 웃음소리와 찢어질 듯한 비명이 밀폐된 창고 안에서 기괴하게 울려 퍼졌다.

4부

1

명호가 보기에 지훈은 좀 멍청했다.

서울대를 나왔으면 뭐 하나. 똑똑한 척, 잘난 척을 해대면 뭘 하나. 진짜 호구 새끼는 태헌이 아니라 지훈인데. 암만 여우인 척해도 지훈은 한입에 먹혀버릴 햄스터 새끼에 불과했다.

어린 시절부터 그랬다. 이기적인 척, 실속 챙기는 척은 다 했지만 영 맹탕이었다. 쥐꼬리만큼 나눠주는 간식 한번 제대로 먹는 꼴을 못 봤다. 늘 제 몫을 다 먹고도 남의 걸 또 탐내는 아이들에게 뺏기기 일쑤였다. 그런 주제에 자존심은 또 강해서 꼬르륵거리는 소리를 들킬까 봐 목이 마르다는 둥 헛소리를 하며 물로 배를 채웠다.

명호 속을 터지게 하는 건 이뿐만이 아니었다. 꼴에 마음은 약하고 책임감은 강했다. 대청소를 할 때면 어린애들 구역을 대신해주느라 남들보다 배로 몸을 놀렸고, 밤마다 원생들 숙제를 봐주느라 제 공부할 시간을 뺏기기 일쑤였다. 원생들은 가끔 숙제하기 싫을 때면 지훈 앞에서 불쌍한 척을 했다. 방법은 쉬웠다. 손목을 다쳤다거나 배가 아프다는 둥 몇 마디만 흘려주면 지훈은 홀라당 넘어갔다. 처음에야 성질을 부렸지만 결국 어디선가 손목 보호대나 약을 구해왔다. 그걸 엄살떠는 놈들에게 툭 던져주고 그 아이 몫의 숙제를 대신해줄 때가 한두 번이 아니었다. 그렇게 실컷 남들한테 이용당하고, 자기는 새벽까지 불 꺼진 식당에서 너덜너덜한 중고 문제집을 풀고는 했다. 그 모습을 보고 있자면 속이 뒤집힐 것 같았다.

도대체 왜 지훈은 본인이 영특하고 야무지다고 생각하는 건지 이해할 수 없었다. 단순히 말을 틱틱거리고 까칠한 표정을 짓는다고 해서 될 일이 아닌데.

그래서였을 것이다. 원장을 죽인 건.

물론 죽일 의도까지는 없었으나, 지훈이 또 당하는 걸 보고만 있을 수가 없었다. 왜 지훈에게는 저런 벌레 같은 새끼들만 꼬이는 건지 그냥 내버려둘 수가 없었다. 이유를 묻는다면, 모르겠다. 그만큼 대단한 우정이었는지 각별한 마음이었는지는 모르겠다만, 당시에는 그저 머리보다 몸이 먼저 움직였다.

덕분에 2년간 소년원에 다녀왔지만 어쩔 수 없는 일이라 생각했다. 원장은 죽었고 그 일에 대한 책임은 자신의 몫이었다. 원래부터 공부는 체질에 맞지 않았다. 육상을 못 하게 된 건 아쉬웠으나 어차피 육상으로는 먹고살 수 없었다.

이후 지훈의 주머니에서 나오는 돈에 기대어 생활했다. 어머니와 아버지의 병원비도, 생활비도 지훈의 돈으로 해결했다.

내 인생을 책임지겠다고 본인이 먼저 호언장담하지 않았는가. 군말 없이 준다면 나야 땡큐지.

일말의 미안한 마음은 고이 접어 가슴 한편에 밀어뒀다.

하지만 지훈은 유흥비와 사고 합의금으로 몇 푼 쓴 걸 가지고 불같이 화를 냈다. 어머니 병원비가 필요해 손을 내밀자 언제까지 거머리처럼 돈을 뜯어갈 거냐는 망언을 퍼붓기도 했다. 명호로서는 기가 막힐 노릇이었다.

그렇게 대판 싸우고 나서 서울로 가버린 후 지훈과 연락이 뜸해지자, 명호는 서운하면서도 미안한 마음이 들었다.

하지만 사과라는 걸 어디 한번 해본 적이 있어야 말이지.

우리 사이에 또 뭘 굳이 미안하다는 걸 말로 해야 하나.

그래서 괜히 태헌의 옆구리를 찔러 지훈에게 연락해보라고 시키기도 했다. 태헌도 1년 동안 틀어진 두 사람 사이에서 중간 다리 역할을 하느라 짜증이 꽤 났을 것이다.

그나저나 최근 들어 태헌은 부쩍 돈에 쪼들리는 것 같았다. 적게는 몇십만 원에서, 많게는 몇백만 원까지 손을 벌리고 다닌다는 이야기가 주변에서 들려왔다. 무슨 일 있는 거냐고 떠봤지만 태헌은 말을 얼버무리기만 했다.

그래도 친구인지라 골치 아픈 일에 휘말린 건 아닌지 신경 쓰였다. 그래서 어느 하루 날을 잡아 태헌을 미행했다. 태헌은 그날도 바쁜 일이 있다며 만나자는 제안을 거절한 참이었다. 당시 태헌은 식당에서 주방 보조로 일했는데, 쉬는 날이라 늘어지게 잔 모양인지 오후 1시가 돼서야 어슬렁거리며 집을 나왔다. 중앙시장에서 순댓국으로 배를 채우고 향한 곳은 시장 어귀에 놓인 인형뽑기 기계

앞이었다.

명호는 처음 태헌이 약속 장소에 가기 전 인형뽑기로 시간이나 때우려 한 줄 알았다. 하지만 태헌은 한 시간이고 두 시간이고 기계 앞을 떠날 줄 몰랐다. 배가 고프면 핫바나 컵떡볶이를 사 들고 돌아와 인형뽑기에 열중했다. 어찌나 열심히 인형을 뽑는지, 그날 태헌이 인형뽑기를 한 시간은 총 다섯 시간 반. 뽑은 인형만 여섯 개에 달했다. 어림잡아 그 한자리에서 5~60만 원은 족히 쓴 것 같았다. 그런 주제에 태헌은 뽑은 인형 중 곰인형을 제외하고는 모두 상인들에게 나눠주었다.

명호는 이 상황을 어떻게 이해해야 할지 알 수가 없었다.

그저 오늘 하루 유독 인형뽑기가 하고 싶었던 걸까.

누구나 그런 날이 있지 않은가. 엉뚱하게도 뭔가에 심하게 꽂힌 날이.

명호는 결국 주변 가게를 돌아다니며 태헌에 대해 묻고 다녔다. 그러자 상인들은 고개를 절레절레 저으며 똑같은 말을 입에 담았다.

"말도 말어. 한 석 달도 넘었지? 아주 징글징글해. 오늘은 그나마 얼마 안 한 거야. 어떤 날은 열 시간이고 열두 시간이고 인형뽑기만 한 적도 있다니까. 우리 집에도 저놈이 준 인형이 쌓였어."

상인의 말에 그간의 의문이 풀렸다. 이제껏 태헌은 식당에서 번 돈뿐만 아니라 여기저기서 꾼 돈을 인형뽑기 기계에 꼬라박은 것이다.

명호는 그 즉시 태헌의 집에 쳐들어갔다. 아니나 다를까 태헌의 집 서랍장에는 곰인형이 줄줄이 늘어서 있었다. 눈이 돌 정도로 화가 나 태헌의 멱살을 잡고 어떻게 된 일인지 캐물었지만, 태헌은 우물거리기만 할 뿐 사실을 털어놓지 않았다. 정신 차리라고 쥐어패도 어떤 비밀이라도 숨기고 있는 것마냥 입을 꾹 다문 채였다.

그러다가 명호는 창식이 40억을 가지고 도망가는 바람에 정신 없는 나날을 보냈다. 필우도 언제부터인가 돈이 빈다는 걸 알아챈 모양인지 의심의 눈길을 보냈다. 창식을 찾는 한편 필우의 의심을 피하고자 동분서주하느라 한동안 태헌을 잊고 있었는데 그의 귀에 묘한 소리가 들려왔다. 태헌이 갑자기 돈이 생겨 푸드트럭을 차렸다는 것이다.

명호는 곧장 중앙시장 먹자골로 향했다. 정말로 번듯하게 차린 푸드트럭에서 태헌이 땀을 뻘뻘 흘리며 꼬치를 굽고 있었다. 명호는 한 대 맞은 듯 머리가 얼얼했다. 태헌은 이제껏 식당에서 주방 보조로 일하며 번 돈을 몽땅 인형뽑기 기계에 쏟아부었다. 그렇다면 대체 무슨 돈으로 푸드트럭을 차렸단 말인가. 그것도 상의 한마디 없이.

명호를 발견한 태헌은 뜨끔한 표정을 지었다. 명호는 그 즉시 태헌을 인적이 드문 곳으로 끌고 가서 무슨 돈으로 푸드트럭을 차린 거냐고 소리쳐 물었다.

"네가 이럴까 봐 얘기 안 한 거야. 나 모아둔 돈 있었다고."

"뻥치지 마. 내가 네 사정을 몰라? 설마 석지훈한테 돈 달라고 했냐?"

"뭔 소리야. 절대 아냐. 지훈이한테 물어봐!"

"그럼 무슨 돈으로 차린 건데?"

태헌은 시선을 모로 돌린 채 대답을 회피했다. 행여나 불법 사채 업자들한테 손을 벌렸을까 싶어 대답하라고 윽박질렀지만 태헌은 고집스럽게 입을 열지 않았다.

예전 같았다면 그 돈의 출처를 알 때까지 여기저기 파헤치고 다녔을 것이다. 그러나 명호는 창식을 뒤쫓고 필우의 동태를 살피느라 태헌마저 신경 쓸 틈이 없었다. 그저 들리는 소식에 따르면 요즘은 푸드트럭으로 번 돈을 또 다른 곳에 쏟아붓는 모양이었다.

대체 이 개같은 인생은 언제쯤 괜찮아지는 걸까.

횡령한 돈은 만져보지도 못했는데 창식이 들고 튀는 바람에 혼자 덮어쓰게 생겼다. 게다가 어머니를 간병하던 아버지마저 뇌출혈로 세상을 떠났다.

왜 상황은 점점 나빠지기만 하는지. 언제부터 내 인생이 이렇게 꼬이기 시작한 건지.

진창 같은 인생에 더 이상 희망은 없다고 생각하던 그때 거짓말처럼 로또에 당첨됐다.

40억을 삼등분한 13억 3천! 꿈만 같았다. 창식이 가지고 튄 40억에는 훨씬 못 미치는 돈이었고 당첨금을 셋이 나눠야 한다는 사실이 눈물 나게 아쉬웠지만, 13억 3천을 가지고 필우와 쇼부를 쳐볼 수는 있을 것 같았다. 아픈 어머니를 홀로 둔 채 팔다리를 뜯기고 시멘트 통에 담겨 바다에 수장될 수는 없었다.

기분 좋게 로또를 금고에 맡기고 집에 돌아가는 길, 태헌에게서 전화가 걸려 왔다. 자신의 집에서 술 한잔하자는 이야기였다. 안 그래도 장례식장보다는 집에 가서 잘 생각이었기에 알겠다고 답했다. 지훈도 부르자고 했지만 태헌은 둘이서 할 이야기가 있다며 혼자 오라고 말했다.

편의점에서 소주와 맥주, 감자칩을 사 들고 태헌의 집으로 향했다. 태헌은 어딘가 모르게 긴장한 모습이었다. 그래도 딱히 무슨 말을 꺼내지는 않기에, 일단 술부터 마시기 시작했다. 그때 태헌이 우물쭈물하더니 입을 열었다.

"한 사람당 13억 3천이라니…… 좀 적지 않아?"

"아쉽긴 하지."

명호는 솔직하게 대답했다. 그러자 태헌이 우리 둘이서 로또를 나눠 가지는 게 어떻겠냐고 조심스럽게 말을 꺼냈다. 지훈은 이미 성공해 서울에 번듯한 집과 직장이 있으니 삼등분으로 나누는 건 불공평하다는 게 그의 논리였다.

명호는 코웃음을 쳤다.

"너, 석지훈한테 처맞고 싶냐? 그리고 석지훈 비번도 모르는데 뭔 수로 로또를 꺼내냐고."

"사실 나한테 방법이 있거든. 네가 내 말에 동의하면 그때 다 얘기해줄게."

태헌이 머쓱해하며 말했다. 태헌이 진심이라는 걸 깨닫는 순간 명호는 술기운이 달아났다. 자신이 아는 태헌은 무능력하고 나약

했지만 이렇게 탐욕스러운 인간은 아니었다.

"개소리 작작해. 너 왜 이렇게 망가졌냐."

마음속 깊이 실망감이 번졌다. 이제껏 계속 부정해왔지만 끝내 인정할 수밖에 없었다. 태헌은 이미 예전에 자신이 알던 그 친구가 아니었다. 너무 많이 변하고 망가져버렸다.

명호는 술잔을 내려놓고 미련 없이 돌아섰다. 그러나 태헌은 자리를 뜨려는 명호를 내버려두지 않았다. 왜 너 혼자 깨끗한 척하냐며, 의리가 밥 먹여주냐며, 사실 너도 지훈이와 로또 당첨금 나누는 게 아깝지 않느냐며, 괜히 가오 잡지 말라고 악다구니를 썼다.

그런데도 명호가 듣는 척도 하지 않자 태헌은 기어코 절대 해서는 안 될 말을 입에 담았다.

"네 인생이 왜 망가졌는데! 다 지훈이 때문이잖아. 걔 추행당할 때 구해주려다가 원장 죽인 거 다 알아. 근데 그 자식이 어떻게 했어? 입 싹 닦았잖아. 지금이야말로 네가 지훈이한테 대가를 받아야 할 때 아냐?"

명호는 정수리를 가격당한 듯한 충격에 입을 벌렸다. 태헌이 그 일을 알고 있을 줄이야. 이내 분노가 치밀었다. 그렇게 쉽게 이야기할 만큼 가벼운 일이 아니었다. 그와 지훈의 인생에 치명타를 가한 일이었다. 그런데도 태헌은 그때의 이야기를 본인의 이득을 위해 아무렇지 않게 입에 올린 것이다.

명호는 태헌에게 주먹을 메다꽂았다. 어떻게 네가 그때 이야기를 함부로 지껄이냐고 소리쳤다. 태헌도 술김에 명호에게 달려들었다. 독기가 바짝 오른 모양인지 명호에게 쉬이 밀리지 않았다. 한참 싸움이 이어지다 명호는 태헌을 바닥에 패대기쳤다.

"이 씹새끼야. 헛짓거리하지 말고 잠이나 처자. 내일 쪽팔려 뒤지고 싶지 않으면."

명호가 돌아섰다. 이 모든 건 태헌이 술김에 헛소리한 거라 여기기로 했다. 옷에 묻은 과자 부스러기를 털어내고 현관을 나가려는데 순간 태헌이 엄청난 힘으로 그를 덮쳤다. 명호를 쓰러뜨린 태헌은 커다란 손으로 명호의 목을 틀어쥐었다. 시뻘겋게 충혈된 눈이 제정신 같지 않아 보였다.

"안 돼. 이렇게는 못 보내. 나 그 돈 진짜 필요하단 말이야! 난······이 있으면 왜 안 되는데!"

태헌은 육중한 몸으로 명호를 짓누르며 목을 졸랐다. 명호가 켁켁거리며 발버둥쳤지만 유도부 출신에다 덩치가 커다란 태헌을 밀어낼 수는 없었다. 태헌의 손아귀에 더욱 힘이 실렸다.

숨이 막혔다. 호흡이 차단되며 눈앞이 점점 흐려졌다.

명호는 가물가물해지는 정신을 간신히 붙들었다. 그러다 태헌의 정신이 돌아오고 손에 힘이 빠진 순간 온 힘을 무릎에 실어 태헌의 배를 가격했다. 억, 소리를 내며 태헌이 나가떨어졌다. 명호는 내장을 토해내듯 기침하며 허겁지겁 공기를 들이마셨다. 벌어진 입가로 침이 줄줄 샜다.

태헌이 정신을 차리는 게 조금만 늦었어도 명호는 정말로 태헌의 손에 죽었을지 모른다.

명호는 분노에 차서 태헌을 돌아봤다. 그런데 바닥에 쓰러진 그는 미동조차 없었다. 명호는 조심스러운 발걸음으로 태헌에게 다가갔다. 바닥에 피가 묻어나 있었다. 뒷머리를 책상 모서리에 찧은 것 같았다. 떨리는 손을 태헌의 코끝에 가져다 댔다. 호흡이 느껴지지 않았다. 숨 막히는 두려움이 엄습했다.

이후 명호의 기억은 띄엄띄엄했다. 차를 가지고 태헌의 집으로 돌아왔다. 트렁크에 태헌의 시신을 실었다. 어디로 가야 할지, 어떻게 해야 할지 알 수 없었다.

누군가의 도움이 절실했다. 그 순간 생각나는 건 지훈밖에 없었다.

석지훈이 내 말을 믿어줄까. 내 말이라면 덮어놓고 의심부터 하는 놈인데.

명호는 지훈에게 전화를 걸면서 생각했다. 이번 한 번만 믿어준다면 예전 일 따위는 다 잊어버리겠다고. 지훈이 자신처럼 위기에 처하게 된다면 목숨 걸고 도와주겠다고.

명호는 세차게 내리는 빗줄기를 뚫고 지훈이 기다리는 곳을 향해 차를 몰았다.

2

태평이 격렬하게 돌아가는 전기톱을 지훈의 다리로 내려쳤다.
위잉거리던 전기톱 소리가 곧 무언가를 썰어대는 소리로 바뀌었
다. 희열에 찬 태평의 웃음소리가 밀폐된 창고 안에 울려 퍼졌다.

지훈은 쇳소리가 나도록 비명을 지르며 양발을 힘껏 굴렀다. 태
평이 전기톱을 내리치기 전 아슬아슬하게 의자와 함께 몸뚱이가
뒤로 쓰러졌다. 전기톱은 지훈의 바짓자락을 스치고 그대로 의자
다리를 썰어버렸다.

"100억 가져온다고, 이 개새끼야!"

기겁한 명호가 동시에 소리쳤다. 바닥에 머리를 찧은 지훈은 고
통스러운 신음을 흘렸다. 잘려 나간 의자 다리가 톱밥을 날리며 굴
러다녔다. 손가락 한 마디만큼 찢어진 지훈의 바짓자락 사이로 톱
날에 긁힌 피부가 보였다.

"얼라? 이걸 피해?"

태평은 눈썹을 삐죽 올리며 전기톱을 다시 들어 올렸다.

"귓구멍이 막혔나. 100억 가져온다니까!"

명호는 사색이 된 얼굴로 또 한 번 소리쳤다.

태평이 한 짓은 단순한 겁박용 쇼가 아니었다. 그는 진심으로 지훈의 다리를 썰어버리려 했다. 명호는 저런 눈을 한 인간 부류를 잘 알고 있었다. 게다가 저 미친놈은 약까지 한 모양이었다. 이 상태에서 태평을 자극하는 건 불쏘시개를 들고 불구덩이 속으로 뛰어드는 거나 마찬가지였다.

"와, 우리 지훈이 형 능력 있네? 그럼 내일까지 100억 가져올 수 있지?"

태평은 전기톱을 끄고는 손목 스냅을 이용해 빙글빙글 돌렸다. 제정신이 손톱만큼이나마 남아 있었던 모양인지 원래의 목적을 상기한 것 같았다.

"미쳤냐? 내일까지 100억을 어떻게 갖고 와? 그냥 협박하는 말이 아니라 진짜 100억을 원한다면 기한을 내일로 주면 안 되지. 적어도 일주일은 필요해."

"사흘."

"씨발, 닷새."

"나흘."

이 정도 협상의 과정조차 짜증이 났는지 태평이 인상을 구기며 전기톱을 켰다.

"아, 알았다고, 이 개새끼야. 나흘."

"혀엉, 내가 그동안의 정을 생각해서 나흘씩이나 준 거야. 알지? 그 안에 100억 안 갖고 오면 형 친구 팔다리 다 썰리는 거다?"

"알았다니까. 그니까 석지…… 아니, 명호랑 잠깐 얘기할 시간 좀 줘."

태평은 알겠다는 듯 어깨를 으쓱거리고 몇 발자국 뒤로 물러났다.

명호는 태평과 수하들을 경계하며 천천히 지훈에게 다가갔다. 눈물과 콧물, 침으로 범벅된 '명호'의 얼굴에는 공포가 선연하게 서려 있었다. 흉하기 그지없었다.

"새끼야, 숨 쉬어."

명호가 지훈의 다리를 툭 찼다. 지훈은 전기톱이라도 닿은 양 소스라치며 경기를 일으켰다. 정신이 나간 것 같았다. 명호는 지훈의 멱살을 움켜쥐고 뺨을 세게 때렸다.

"이럴 때 아니라고. 정신 똑바로 차려!"

명호는 멱살을 바싹 끌어당겨 지훈이 자신의 눈을 보게 했다. 가까이 얼굴을 마주한 채 서로의 호흡이 교차하자 그제야 지훈의 눈에 이성이 돌아왔다.

"이태헌 금고 비번 뭐야."

"……888."

지훈이 겨우 입을 떼고 호흡 소리처럼 말을 뱉어냈다.

'127', '405', '888'. 드디어 아홉 자리 비밀번호가 명호의 머릿속에서 완성됐다.

명호는 지훈의 멱살을 놓고 뒤로 물러섰다. 안심이라도 시켜주고 싶었지만 태평이 지켜보고 있었다. 지훈에게서 눈을 떼지 않으며 뒷걸음질로 컨테이너 창고를 빠져나갔다. 태평의 지시였는지 수하 둘이 따라붙었다. 겁에 질린, 호소하는 듯한 지훈의 얼굴이 멀어지자 가슴 한구석이 무겁게 내려앉았다.

컨테이너 창고를 나오자 풀 내음을 실은 바람이 불어왔다. 어느덧 후텁지근했던 공기에도 조금씩 찬기가 묻어났다. 시계를 확인했다. 밤 11시. 태평 같은 또라이라면 오늘 하루를 나흘 안에 포함할 것이다. 마음이 조급해졌다.

명호는 그 길로 즉시 전당포로 향했다. 태평의 수하들을 출입문에 세워두고 계단을 올라 현관문을 두드렸다. 진옥은 늦은 밤에 온 손님이 달갑지 않다는 티를 내며 문을 열어주었다. 금고실로 들어가 금고 앞에 섰다. 쪼그리고 앉아 숫자판에 손을 올리고 비밀번호 아홉 자리를 누르자, 금고가 삐리릭 소리를 내며 열렸다.

차가운 금속 상판에 로또가 놓여 있었다.

만감이 교차했다. 그토록 가지고 싶을 때는 가질 수 없었건만 모든 게 엉망이 된 후에야 이렇게 손에 쥐게 될 줄이야. 허망한 기분까지 들었다. 하지만 여전히 가질 수 없는 건 마찬가지였다.

이건 그냥 돈이 아니라 지훈의 목숨값이었다.

명호는 로또 종이를 가지고 금고실을 나왔다. 그런데 문 앞에 진옥이 가로막듯 서 있었다.

"뭡니까."

신경이 극도로 날카로워진 상태라 말이 곱게 나오지 않았다.

"금고에 맡겨놨던 물건 갖고 가는 거야?"

진옥이 짙게 화장한 눈을 치켜뜨며 물었다.

"뭘 상관이에요."

"셋이 와서 물건을 맡겼는데 하나가 와서 찾아가니 이상해서."

"신경 끄세요."

명호는 진옥을 지나쳐갔다. 사무실을 가로질러 현관문을 열고 나가려는데 문득 뒤가 잡아당겨지는 듯한 느낌에 휙 돌아봤다. 어둠을 뒤집어쓴 진옥이 여전히 그 자리에 서 있었다. 눈길이 묘하게 섬뜩했다. 명호는 꺼림칙한 기분을 무시하고 전당포를 빠져나왔다.

이후 일은 일사천리로 진행됐다. 모텔에서 하룻밤을 보낸 명호는 다음 날 새벽같이 서울로 향하는 고속버스에 올랐다. 농협 본점에서 로또를 현금과 수표 40억으로 바꾼 뒤 캐리어 두 개에 나눠 담았다. 돈이 가득 든 캐리어를 들고 중산행 버스에 올라타자 그제야 긴장이 조금이나마 풀리는 것 같았다.

중산으로 돌아가는 길, 명호는 뒷자리에서 코를 골고 자는 태평의 수하들을 돌아봤다. 옆자리에는 묵직한 캐리어 두 개가 놓여 있었다. 지금이라도 저 두 명을 제압한 뒤 40억을 들고 도망가는 건 일도 아니었다. 하지만⋯⋯.

그런 명호의 마음을 짐작이라도 한 듯 때마침 핸드폰이 울렸다. 태평의 문자였다. 어젯밤부터 태평은 주기적으로 지훈의 사진을 보내왔다. 사진 속 의자에 묶인 지훈은 시간이 흐를수록 몰골이 처참해졌다. 명호는 낮게 욕설을 뇌까리며 핸드폰을 껐다. 지훈도 지훈이지만 저렇게까지 망가진 자신의 모습을 보는 것도 기분 나빴다.

도대체 어쩌다가 인생이 이 지경으로 꼬이게 된 건지.

생각해보면 어린 시절부터 지훈과 엮이면 꼭 일이 터지고는 했다. 지훈은 그 똑똑한 머리에 잘난 얼굴을 달고도 편하게 살지를 못했다. 그게 답답해서 참견 좀 할라치면 어느새 자신도 모르게 일에 휘말려 있었다.

그 새끼 때문에 얼마나 인생이 꼬였는지. 지금도 결국 40억을 빼앗길 처지 아닌가.

그런데도 지훈을 구해야 하는 이 상황에 열통이 터졌다.

이내 버스가 중산 고속버스 터미널에 도착했다. 명호는 로비 사물함에 캐리어 두 개를 욱여넣고 비밀번호를 설정했다. 태평의 수하들이 40억을 먼저 가져가겠다고 했지만 명호는 32억을 더 구해서 72억을 한꺼번에 가져가겠다고, 태평이 나흘이라는 시간을 주었는데 왜 너희가 나서냐고 윽박질렀다.

40억을 안전한 곳에 보관하고 두 손이 자유로워지자 어느 정도 마음이 놓였다.

이제 나머지 32억을 모아야 할 차례였다. 그만한 돈을 구하려면 창식이 빼돌린 횡령 자금 외에는 답이 없었다.

명호는 터미널을 빠져나와 회사 근처로 향했다. 지금 시각은 오후 12시 반. 곧 수완이 직원들과 점심 먹으러 나올 시간이었다. 수완의 단골집인 돼지국밥집에서 기다리길 십여 분. 예상대로 수완이 나타났다. 돼지국밥을 특대로 시킨 수완은 언제나처럼 밥 두 공기를 말아 먹었다. 명호가 기다리는 타이밍은 수완이 혼자 화장실에 가는 순간이었다.

10분 만에 국밥을 해치운 수완은 밖에서 담배를 연달아 피웠다. 이윽고 신호가 오는지 건물 안 2층 화장실로 향했다. 명호는 때를 놓치지 않고 잽싸게 수완을 따라갔다.

화장실 안에 아무도 없다는 걸 확인한 명호는 용변을 보는 수완 옆에 섰다.

"임수완 씨. 나 알죠?"

수완은 '지훈'을 힐끗 보더니 아아, 하며 알아보는 표정을 지었다. 얼마 전 '지훈'은 명호 어머니의 병원 문제로 줄기차게 수완을 찾아가 '명호'를 만나게 해달라고 닦달했었다. 회사에서 몇 시간을 죽친 적도 있으니 수완이 '지훈'을 기억하는 건 당연했다.

"그, 명호 행님 서울대 친구 아입니까. 근데 뭐꼬, 내 찾아왔습니까?"

수완은 지퍼를 쭉 잡아 올리며 세면대로 향했다. 얼굴에는 경계심이 서려 있었다. 저번 일 때문에 수완은 '지훈'을 '명호'의 적으로 인지하고 있었다. 이름만 들어왔던 서울대 친구 '지훈'이 난데없이 찾아와 입원한 명호 어머니에 대해 캐묻고 '명호'를 만나게 해달라 그 난리를 쳤으니, 수완으로서는 둘 사이가 틀어졌다고 판단할 수밖에 없었다.

수완을 말로 납득시킬 시간 따위는 없었다. 명호는 태평에게 납치돼 의자에 묶인 '명호'의 사진을 보여주었다.

"명호 부탁받고 왔어요. 지금 명호 납치됐거든요. 임수완 씨 도움이 필요합니다."

수완은 사진 속 인물이 '명호'라는 걸 알아채고 두 눈이 휘둥그레졌다.

"이거 뭐고."

수완은 명호의 목을 사납게 틀어쥔 채 화장실 벽으로 몰아붙였다. '명호'를 이 지경으로 만든 사람이 '지훈'이라 생각하는 모양이었다.

"네가 우리 행님 이래 만들었나!"

장난기가 많고 온화한 편인 수완이지만 그 역시 조직의 일원이었다. 원래 몸이었다면 수완 정도는 쉽게 제압할 수 있었겠지만 지금 걸친 건 지훈의 몸뚱어리. 체격이나 근력이 수완에게 상대가 될 리 없었다.

수완은 눈에 불을 켜고 죽일 듯이 '지훈'의 목을 졸랐다. 명호는 버둥거리며 있는 힘껏 소리쳤다.

"이거 안 놔? 너 예전에 동생 사고 합의금으로 회삿돈 2000만 원 빼돌린 거, 명호가 갚아준 적 있다며."

순간 수완의 눈이 휘둥그레졌다. 멈칫하는 사이 손아귀에서 힘이 빠졌다. 수완이 손을 떼자 명호는 벽면을 타고 미끄러지듯 주저앉았다. 밭은 숨이 터져 나왔다.

수완이 회삿돈에 손을 댄 건 명호 외에는 아무도 몰랐다. 명호는 죽을 때까지 그 사실을 덮어주고자 했고 수완이 명호에게 충성을 맹세한 계기가 된 일이었다.

"와, 이거 진짜 뭐고. 우리 행님이 말했나."

"이거 말하면…… 네가 믿을 거라던데?"

수완은 혼란스러운 기색이 역력했지만 곧 명호 말에 귀 기울이기 시작했다.

명호는 자세한 이야기는 거두절미하고 '명호'를 구하려면 창식이 빼돌린 횡령 자금이 필요하다고 설명했다. 수완이 '명호'를 구하러 가겠다고 난리를 쳤으나 섣불리 움직이면 안 된다고, 잠자코 지시를 기다리라며 그를 진정시켰다.

"그라믄 내는 우짜면 되는데요?"

"고창식이 한필우 새끼…… 아니, 한 대표가 필리핀으로 보낸 애들한테 잡혔다며? 언제 한국 들어오는지 알아봐줘."

"그거면 됩니까?"

"몇 시 비행기인지 정확하게 알아와."

수완은 대단한 임무를 받은 것처럼 굳은 얼굴로 고개를 끄덕였다.

할 일을 모두 마쳤다. 이제는 기다리는 수밖에 없다. 앞으로 남은 시간은 사흘.

그 안에 창식이 한국행 비행기를 타지 않으면 상황은 복잡해진다. 또 다른 수를 생각해야 할 것이다. 창식이 사흘 안에 한국에 도착하기를 바라는 수밖에 없었다.

명호는 수완과 연락처를 주고받았다. 수완은 '지훈'이 명호의 예전 번호를 쓴다는 것에 의문을 품은 기색이었지만, 명호는 설명할 여력이 없기에 무시하고 화장실을 빠져나왔다.

이틀이 지났다. 피가 마르는 시간이었다.

늦은 밤 수완에게서 연락이 왔다. 다음 날 새벽 3시에 창식이 한국에 도착한다는 것이다.

명호는 렌터카를 빌려 인천공항으로 향했다. 태평의 수하들은 떼놓고 움직였다. 터미널 사물함에 40억이 든 캐리어를 넣어놓은 이상 도망칠 이유가 없다는 말로 그들을 설득했다. 태평의 수하들은 명호를 따라가는 것보다 사물함을 지키는 일이 더 쉽다고 판단했는지 터미널 로비에서 노숙하는 쪽을 선택했다.

인천공항에 도착하자 새벽 2시였다. 한숨도 자지 못하고 먹은 게 없어 위장까지 텅 비어 있었지만 긴장을 풀지 않은 채 입국층 출입문들을 주시했다.

새벽 3시 무렵이 되자 검은 차 한 대가 스르륵 5번 출입문 앞에 도착했다. 필우가 보낸 차였다. 그 말인즉슨 창식이 한국에 도착했다는 뜻이었다.

출입문 주위로는 사람 하나 없었다. 간혹 비행기가 이착륙하는 소리만이 밤의 정적을 가를 뿐이었다. 명호는 새카만 어둠 너머로 한시도 눈을 떼지 않았다.

이윽고 출입문이 열리고 남자 셋이 나왔다. 두 손이 묶인 창식이 가운데 서고 두 명의 조직원이 그를 연행하는 모양새였다. 마치 형사들이 범죄인을 한국으로 소환한 것 같았다. 사람들 눈에 띌 것을 대비해 의도적으로 그런 장면을 연출한 모양이었다.

조직원들은 대기 중이던 검은 차에 창식을 태웠다. 곧 차가 매끄럽게 출발했다. 명호는 시동을 걸고 검은 차를 뒤쫓았다. 목울대가 불거질 정도로 전신에 힘이 바짝 들어갔다.

검은 차는 유유히 인천대교를 지나 중산으로 향하는 국도에 접어들었다. 명호는 한참 거리를 벌려둔 채로 검은 차를 쫓아갔다. 도로는 텅 비어 있었다. 간혹 반대편에서 불빛을 켜고 달려오는 차들이 쌩하니 지나갈 뿐이었다.

명호는 차로 하는 미행은 들키지 않을 자신이 있었지만 한적한 길에 접어들자 일부러 검은 차 뒤에 바짝 붙었다. 명호의 추격에 검은 차도 속도를 높였다. 한동안 쫓고 쫓기는 레이스가 벌어졌다. 앞을 가로막는 신호 하나 없었기에 두 차는 맹렬하게 도로를 달렸다.

차가 인가에서 떨어진 숲길에 접어들자 명호는 단숨에 액셀을 밟아 검은 차를 들이박았다. 끼이익, 타이어가 바닥과 마찰하는 굉음이 울려 퍼졌다. 명호는 액셀에서 발을 떼지 않고 그대로 검은 차를 수풀 속에 처박았다.

운전석에서 뛰어내리다시피 한 명호는 쇠 파이프로 검은 차의 유리창을 깨뜨렸다. 급작스레 사고를 당한 조직원들은 정신을 차리지 못했다. 차 문을 열고 겁에 질린 창식을 끌어냈다. 그는 이대로 '지훈'에게 붙잡혀 가는 게 나은지, 필우에게 끌려가는 게 나은지 판단하지 못하는 얼굴이었다.

명호는 창식을 조수석에 태우고 재빨리 차를 출발시켰다.

차는 한참을 달렸다.

숲길을 지나고 인가를 지나고 외딴길에 접어들었다. 그러다 끝내 어느 으슥한 산기슭에 멈춰 섰다. 그동안 창식은 이게 다 무슨 일이냐고, 자신에게 왜 이러는 거냐고 물었지만 명호는 닥치라고만 했다.

차가 멈춰 서자 사방이 고요했다. 어둠 속 산이 만들어내는 울림 소리만 아스라이 퍼져나갔다.

명호는 창식을 차 밖으로 끌어냈다. 쇠 파이프를 들고 그 앞에 섰다. 두 손이 묶인 채 무릎을 꿇고도 눈을 치켜뜬 창식을 보자니 만감이 교차했다. 불과 몇 달만의 해후인데 아주 오랜만에 보는 것 같았다.

창식은 소년원에서 만나 친해진 동생이었다. 어쩌다 보니 회사에 취직도 시켜주고 수족처럼 부리게 됐지만 한 번도 창식을 믿어본 적은 없었다. 그는 수완과는 달랐다. 비열하고 졸렬한 인간이었다. 강자에게 약하고 약자에게 강했다. 자기 이익을 위해서라면 얼마든지 비굴해지기도 잔악해지기도 했으며 배신도 서슴지 않았다.

오랜 시간에 걸쳐 회삿돈 40억을 착복한 창식은 그 사실을 일부러 들켰을 것이다. 자신이 숟가락을 얹으려 할 때 속으로 얼마나 환호했을까. 40억을 빼돌리고 누명을 씌울 누군가가 필요했을 테니. 새삼스럽게 뒷골이 당길 정도로 분노가 솟구쳤다.

창식은 상황을 파악하려는 듯 눈알을 쉴 새 없이 굴렸다.

"지, 지훈이 형. 지금 이게 다 뭐예요?"

명호는 쇠 파이프로 있는 힘껏 창식의 허벅지를 내리쳤다.

"말해. 40억 어디 숨겼는지."

창식은 목이 터져라 비명을 지르며 바닥을 굴렀다. 명호는 쇠 파이프로 방금 내리친 부분을 또 가격했다. 창식은 얼굴 핏줄이 터지도록 용을 쓰며 고통스러워했다.

명호는 창식 같은 인간을 어떻게 다뤄야 하는지 알고 있었다. 생각할 틈, 빠져나갈 겨를을 주면 안 된다. 압도적인 공포로 단숨에 제압해야 한다.

명호는 다시 쇠 파이프를 들었다. 창식은 눈물 콧물이며 침까지 줄줄 흘려댔다.

"나, 나한테 왜 이러냐고요. 난 암것도 모른다고요!"

쇠 파이프가 창식의 같은 쪽 허벅지를 또 강타했다. 창식은 살려달라며 꽥꽥 돼지 먹따는 소리를 질러댔다. 하지만 그러면서도 자신을 구타하는 사람이 '명호'가 아니라 '지훈'이었기에 이겨볼 만하다고 판단했는지, 명호에게 틈이 생긴 순간 눈빛이 돌변했다. 명호가 쇠 파이프를 치켜드느라 앞이 비었을 때 창식이 괴성을 지르며 달려들었다. 머리로 명호의 가슴을 들이받은 그는 명호와 함께 나동그라졌다가 벌떡 일어나 숲속을 향해 달렸다.

"살려주세요. 살려달라고. 여기 사람 있어요!"

창식이 외치는 소리가 숲속에 왕왕 메아리쳤다. 명호는 쇠 파이프를 든 채 창식을 쫓아갔다. 같은 허벅지를 연속으로 맞아서인지 창식의 뜀박질이 더뎠다. 명호는 창식을 뒤에서 덮쳐 넘어뜨리고 마구 주먹질을 했다. 창식은 맞는 동안에도 온갖 욕설을 퍼부었다. 허벅지 몇 대 때리는 걸로 곱게 넘어가려 했건만 창식은 40억을 섭

게 넘길 생각이 없어 보였다.

"씨발새끼야. 넌 뭔데. 뭔데 나한테 이러냐고!"

명호는 버둥거리는 창식의 발목을 잡아 눌렀다. 그러고는 쇠 파이프로 발목뼈를 두드렸다.

"야, 고창식. 내가 못 할 거 같냐?"

"네가 뭔데. 장명호 친구라고 형, 형 해주니까 씨발 네가 뭐라도 된 거 같애?"

명호는 일 초의 망설임도 없이 쇠 파이프로 창식의 발목을 내리쳤다. 빠각, 뼈 부러지는 소리가 들렸다. 창식은 외마디 비명을 지르며 고통에 울부짖었다. 아마도 '지훈'이 진짜 뼈를 부러뜨릴 거라고는 생각지 못했을 것이다.

"너 이대로 한필우한테 끌려가면 죽어. 40억 어디 숨겼는지 말해. 내가 숨겨줄게."

"좆까……."

창식의 욕설에 명호는 무표정한 얼굴로 쇠 파이프를 움켜쥐었다. 한 번 더 뼈가 부러진 발목을 내리친다면 창식은 아마 영영 불구로 살아야 할 것이다. 창식도 이를 깨달은 모양인지 얼굴이 사색이 됐다.

"자, 잠깐만. 잠깐만! 생각할 시간을 줘야 할 거 아냐."

말로는 시간을 달라고 했지만 창식의 얼굴에서는 이미 전투의 의지가 완전히 사라진 상태였다. 굴종의 낯빛이 드러나고 있었다.

"지, 진짜 숨겨줄 수 있어?"

"우리 집. 서울 한남동 트리아세 오피스텔 1508호. 이건 현관문 카드키."

창식은 눈알을 굴리며 머릿속으로 이것저것 계산하는 듯싶더니 알겠다며 고개를 끄덕였다.

창식이 40억을 숨긴 곳은 마산에 있는 주점으로 그의 누나가 운영하는 곳이었다. 이혼한 어머니가 재혼하면서 어머니가 데려간 누나도 성이 바뀌어, 필우도 그곳까지는 몰랐던 모양이다. 명호는 곧장 마산으로 차를 몰았다. 창식은 진통제를 한 움큼 삼키고 이내 잠에 빠져들었지만 명호는 한시도 쉴 수 없었다.

그새 날이 밝아왔다. 꽉 움켜쥔 핸들 위로도 햇빛이 내려앉았다.

벌써 마지막 날이다. 원래대로라면 오늘 밤 11시가 약속한 시간이지만 태평이 언제 어떻게 변덕을 부릴지 몰랐다. 게다가 꾸준히 보내오던 '명호'의 사진마저 끊겼다. 지훈이 어떤 상태인지 알 수 없었기에 초조함이 배로 커졌다.

차는 한참을 달려 창식의 누나가 운영하는 주점 앞에 도착했다. 주점 가장 안쪽에 있는 남자 화장실 천장 환풍기를 열자 숨겨놓은 보스턴백 두 개가 보였다. 먼지투성이 가방을 바닥에 내려놓고 지퍼를 열자 현금다발이 한가득이었다. 현금뿐 아니라 수표와 몇천, 몇억짜리 양도성 예금증서도 여러 장 보였다.

명호는 그제야 숨통이 트이는 기분이었다. 옆에서 지켜보던 창식은 40억을 빼앗긴 게 실감 난 모양인지 표정이 썩어들어 갔다.

"이거 갖고 누나랑 빨리 서울로 가. 발목도 치료받고."

명호는 5만 원권 네 다발을 창식에게 던져주고 미련 없이 주점을 나왔다. 뒤통수를 뚫을 듯이 노려보는 시선이 느껴졌지만 신경 쓸 여력이 없었다.

차에 보스턴백 두 개를 실은 명호는 이번에는 중산으로 향했다. 차에 실은 40억과 터미널 사물함에 든 40억을 합치면 총 80억. 평생 만져보지도 못할 돈을 쥔 셈이었다.

중산 고속버스 터미널에 도착하자 사물함 맞은편 벤치에 앉아 핫바를 먹고 있는 태평의 수하들이 보였다. 그들은 명호를 보고 반갑게 손을 들어 올렸다. 며칠 함께했다고 그들은 명호에게 제법 친숙하게 굴었다. 어쩌면 일평생 백면서생이었던 '지훈'을 쉬운 상대라 생각하고 긴장을 풀어버렸는지도 모른다.

세 사람은 터미널에서 분식으로 배를 채우고 컨테이너 창고로 향했다. 차창 밖으로 해가 붉은빛을 흩뿌리며 내려앉고 있었다. 80억이 든 차체가 무겁게 움직였다. 명호는 지금 이 차에 80억이 들어 있다는 사실을 믿을 수가 없었다. 새삼스럽게 80억이 어떤 돈인지 실감 났다.

강남에 아파트를 한 채를 사고 나머지는 주식, 채권, 예금으로 굴려볼까.

아니다. 작은 상가 하나를 사는 게 더 나을지도. 임대료로 먹고 사는 건물주의 삶을 누려보는 것도 괜찮을 성싶었다.

차가 한적한 길로 들어섰다. 그때 저만치 앞에 폐주유소가 보였다.

"잠깐 볼일 좀 보고 가시죠."

명호는 폐주유소에 차를 세웠다. 차 트렁크 쪽에서 지퍼를 내리고 볼일을 봤다. 태평의 수하 하나가 다가와 명호 옆에 섰다. 나머지 수하도 차에서 내렸지만 볼일을 볼 생각은 없는지 먼 산만 바라봤다.

지금이다. 기회는 한 번뿐.

명호는 재빨리 옆에 선 수하의 가슴을 발로 찼다. 또 다른 수하가 당황하며 칼을 꺼내들었지만 그보다 먼저 그의 목에 잭나이프를 가져다 댔다.

명호의 눈빛이 싸하게 변했다. 망설일 이유가 없었다. 그는 조금도 지체하지 않고 잭나이프로 붙잡은 수하의 목을 그었다.

3

의자에 묶인 지 벌써 나흘째였다.

지훈은 죽을 맛이었다. 사람이 지치고 진력이 빠지는 것만으로도 죽을 수 있다는 게 실감 났다. 옴짝달싹도 못 하는 몸은 감각을 잃고 썩어가는 것 같았고 아랫도리는 지린 소변으로 엉망이었다. 게다가 물도 거의 주지 않아 목이 타들어갔다.

"무, 물⋯⋯."

지훈이 버석거리는 입을 열었다. 마작을 하던 태평의 수하들이 힐끔 쳐다봤다. 저들끼리 눈짓을 주고받더니 막내로 보이는 수하가 생수통을 들고 다가왔다. 그는 지훈에게서 풍기는 냄새가 역한 모양인지 인상을 찌푸렸다가 지훈의 머리 위로 생수를 들이부었다.

지훈은 코로 들어가는 물 때문에 괴롭게 컥컥거리면서도 입을 한껏 벌려 물을 허겁지겁 받아마셨다. 동시에 뒤로 묶인 손목도 힘껏 비틀었다. 수하들은 지훈을 괴롭히려고 물고문하듯 아까운 물을 머리에 들이부었지만, 덕분에 지훈의 손목을 묶은 테이프의 점성도 약해지고 있었다.

몇 시나 됐을까. 벌써 밤이 된 것 같았다.

명호는…… 돈을 구한 것일까. 아니, 72억을 만들었다 할지라도 여기로 올까.

그 생각만 하면 머릿속이 아득해졌다. 명호를 믿고 싶은 마음과 믿을 수 없는 마음이 계속해서 부딪쳤다. 명호라면 태평의 수하 둘 정도는 간단하게 제압할 수 있을 터. 돈을 모을 때야 72억을 만들어야 한다는 절박함으로 움직이겠지만 다 모으고 나면 무슨 생각을 하게 될지 알 수 없었다.

분명 흔들릴 것이다. 부모 자식 간에도 돈 때문에 살인이 벌어지는데, 친구 하나 구하자고 72억을 선뜻 내놓을 수 있을까. 그런 생각이 들자 점점 자신이 없어졌다.

그때 창고 밖에서 차가 도착하는 소리가 들렸다. 뒤이어 여러 명의 발걸음 소리가 나더니 문이 열렸다. 지훈은 고개를 들었다가 얼굴을 굳혔다. 태평이 수하 여러 명과 함께 창고 안으로 들어오고 있었다.

"명호 혀엉, 잘 있었어?"

태평은 과장되게 웃으며 지훈 앞에 놓인 테이블에 앉았다. 수하들은 별도의 지시가 없는데도 기계적으로 공구를 꺼내 진열했다. 진짜 작업 준비를 하는 것 같아 지훈은 두려움이 목 끝까지 차올랐다. 그사이 소매를 걷은 태평은 자신의 팔에 주사기를 꽂았다. 실린더를 밀어넣고 약을 투약하며 지훈을 쳐다봤다.

"아주 끝내주게 죽여줄게."

태평의 눈이 기이하게 번뜩였다. 약에 취해가는 모습을 보니 끝을 알 수 없는 아득한 공포가 지훈을 삼켰다. 태평이 정말로 살인을 하려고 준비하느라 약을 하는 것처럼 보였다.

"아, 아직 약속 시간 남았잖아!"

지훈은 목소리를 쥐어짜며 외쳤다. 어떻게든 시간을 벌어야 했다. 태평은 낄낄 기괴한 웃음을 흘리며 전기톱을 집어 들었다.

"지금 나흘이 지났는지 어쨌는지 형이 어떻게 알아?"

"알아, 안다고. 야, 약속했잖아. 나흘 주기로."

"나흘 지나고 죽는 거나 지금 죽는 거나 마찬가지 아냐? 시간 지나면 형은 더 괴롭게 죽을 텐데?"

이상했다. 태평은 지금 명호가 오지 않으리라 확신하고 있었다.

설마 무슨 일이라도 벌어진 걸까. 그래서 태평이 예상보다 일찍 온 걸까.

상황을 알 수 없으니 두려움은 더욱 커졌다. 심장이 전신을 울릴 정도로 세게 고동쳤다.

"100억, 100억은 받아야 할 거 아냐. 나 죽이면 100억도 없어. 알잖아."

태평은 지훈의 말에도 동요 없이 전기톱을 들고 다가왔다.

"지훈이 형이 다 들고 튀었대. 30년 우정도 참 별거 아니지? 그럼 그렇지, 돈 앞에서 친구가 어딨어."

지훈의 머릿속에서 삐 소리가 울려 퍼졌다. 신경을 긁는 듯한 소리가 고막과 심장을 짓이겼다. 태평이 조롱하는 말들을 덧붙였지만 제대로 들리지 않았다.

그렇다. 명호는 결국 돈 앞에서 자신을 버린 것이다.

믿고자 했고 진심으로 믿고 싶었다. 하지만 그 믿음은 또다시 무참하게 짓밟히고 말았다.

지훈은 고개를 푹 떨어뜨린 채 비틀린 웃음을 지었다. 지난 나흘 동안 도망갈 생각도 못 하고 명호만 기다린 스스로가 바보 같았다. 반면 명호의 배신을 알게 되자 도리어 삶에 대한 의지가 솟아났다.

"정신 차려, 강태평. 지금 네 목적은 날 죽이는 게 아니라 100억을 차지하는 거야. 날 죽인다고 해결되는 건 아무것도 없다고."

지훈은 먼저 말로 태평을 설득해보고자 했다.

"아닌데? 난 너도 죽이고 100억도 가질 건데?"

"그럼 나부터 죽이는 게 아니라 석지훈부터 잡아서 죽여야 하는 거 아냐?"

"너도 죽이고 내 돈 갖고 튄 그 새끼도 죽일 거라고."

"씨발, 그게 말이 돼?"

"그니까 명호 형, 자꾸 대가리 굴리지 마. 오늘 둘 다 뒤지는 거니까."

말이 통하지 않았다. 미칠 것 같았다. 지금 태평의 머릿속에는 '장명호를 죽인다'라는 명령어 하나만 입력된 것 같았다. 태평은 수하들에게 지시를 내리며 전기톱을 켰다. 톱날이 맹렬하게 돌아갔다. 위잉거리는 소리만으로도 나흘 전 공포가 되살아났다.

그때 어떤 생각 하나가 불쑥 머릿속에 떠올랐다. 성공 가능성은

희박하지만 시도해볼 가치는 있었다. 만약 성공하지 못한다면? 어쩌겠는가. 여기서 전기톱에 썰려 죽을 수밖에.

그러면 받아들일 것이다. 내 인생은 이 모양 이 꼴로 작살 날 운명이라는 걸.

지훈은 위잉거리는 전기톱 소리에 맞춰 있는 힘껏 손목을 틀었다. 손목이 잘려 나갈 정도로 쓰라렸지만 지금이 아니면 기회가 없었다. 다행히 손목 하나가 쑥 빠져나왔다.

수하들에게 뭐라고 지시를 내린 태평이 손에 목장갑을 끼고 지훈을 쳐다봤다. 눈빛에는 광기가 번뜩였다. 태평은 전기톱을 들고 여상한 걸음걸이로 다가왔다.

"너, 손맛 본 적 있냐?"

그때 지훈이 고개를 치켜들고 도발적으로 물었다. 태평은 개의치 않고 전기톱을 치켜들었다. 이제 그 어떤 사정의 말과 설득의 말도 듣지 않겠다는 표정이었다.

"사람 직접 칼로 썰어본 적 있냐고."

지훈은 신경의 한계치를 넘어서는 극렬한 두려움에 휩싸여서도 태연한 척 말했다. 이 말에도 태평이 흥미를 보이지 않으면 진짜 끝이다. 심장이 거세게 뛰다 못해 폭발할 것 같았다. 다행히 태평은 솔깃한 모양인지 멈칫한 채 눈썹을 삐죽거렸다.

"왜? 칼로 썰어줘?"

"손맛 한번 보면 전기톱 같은 거 안 쓰지. 지저분하잖아. 내장 찢고 빠득빠득 들어가는 느낌이 얼마나 짜릿한지 모르지?"

"이건 또 무슨 꿍꿍일까?"

"전기톱에 죽기 싫거든. 나도 이왕이면 깨끗하고 깔끔하게 죽고 싶고, 너도 이참에 손맛 한번 보라고."

태평은 잠시 생각하는 듯하더니 피식 웃으며 전기톱을 껐다. 그러고는 테이블로 걸어가 수하들이 준비해놓은 연장을 살폈다. 다행히도 손맛이라는 말에 회가 동한 것 같았다.

"명호 형, 칼 맞아 죽고 싶구나? 마지막 소원인데 안 들어줄 이유는 없지."

태평은 날이 예리하게 번뜩이는 30센티미터짜리 회칼을 집어 들고 지훈에게 다가왔다. 약 기운이 도는지 동공이 확장돼 있었다. 거침없이 걸어오는 걸 보니 단숨에 칼로 찌를 모양이었다.

지훈은 전신에 힘을 바짝 주고 태평만 응시했다. 살고자 하는 의지가 손끝, 발끝까지 뻗어나갔다. 날카롭게 제련한 칼날처럼 신경이 곤두섰다.

할 수 있을까. 그래, 난 할 수 있어.

내 몸이었다면 불가능했겠지. 하지만 지금 난 '명호'다. 공격을 버텨줄 체구, 순식간에 힘을 방출할 근력이 있었다. '명호'의 힘을 믿어야 했다.

태평이 다가오는 모습이 느린 화면처럼 펼쳐졌다. 태평은 회칼 손잡이를 두 손으로 단단히 부여잡고는 배 쪽을 찔러왔다. 동시에 벌떡 일어난 지훈이 의자를 휘둘러 회칼을 막고서는 태평의 손목을 공중에서 틀어쥐었다. 태평의 두 눈이 둥그렇게 커졌다. 지훈의 귓가에는 둥둥 북소리처럼 울려 퍼지는 자신의 심장 소리밖에 들리지 않았다.

태평의 수하들이 황급히 연장을 들고 달려왔다. 지훈은 예전에 명호가 자신에게 했던 대로 엄지손가락의 악력으로 태평의 손목을 잡아 눌렀다. 악, 소리와 함께 태평이 회칼을 놓쳤다. 지훈은 회칼을 얼른 집어 들고는 태평의 목에 바짝 들이댔다.

"씨발새끼들아, 내려놔. 내려놓으라고!"

연장을 든 채 지훈을 둘러싼 수하들이 엉거주춤 동작을 멈췄다. 어찌할 바를 몰라 당황한 눈치였다. 태평은 약 기운 때문인지 의외로 침착했다.

"뭣들 해? 안 덤벼들고. 이 새끼 나 못 죽여."

태평이 킬킬대며 말했다. 그러나 여유로움은 오래가지 못했다. 지훈이 회칼로 태평의 목을 가볍게 그었기 때문이다. 깊이 베이지는 않았지만 피가 주룩 흘러내렸다.

"씨발, 못 죽인다고? 야, 내가 누군지 알아? 가로회 장명호야. 내가 사람 죽여본 게 한두 번이겠냐? 네가 재벌 3세든 뭐든 여기서 목 따버리면 그만이야."

그제야 태평도 일순 정신이 든 것처럼 목을 부여잡고 끄아아악, 비명을 질렀다.

"다, 다들 연장 내려놔!"

태평이 질겁하며 소리치자 수하들이 하나둘 연장을 바닥에 내려놨다.

지훈은 태평을 인질 삼은 채 뒷걸음질로 컨테이너 창고를 나왔다. 사지가 벌벌 떨렸지만 들키지 않기 위해 내내 고함을 질렀다. 태평은 욕설을 지껄이면서도 지훈에게 붙들려 창고 밖으로 끌려나왔다.

넓은 공터에 태평의 포르쉐 파나메라가 서 있었다.

저기까지만 가면 된다. 그러면 살 수 있다.

지훈은 태평의 바지 주머니를 더듬어 차 키를 꺼냈다. 주차된 차를 향해 버튼을 누르자 삑 소리를 내며 차 문이 열렸다. 태평의 목에 회칼을 겨눈 채 차 쪽으로 게걸음을 쳤다. 포르쉐까지 실제 거리는 5미터도 채 되지 않았지만 걸어도 걸어도 영원히 닿지 않을 만큼 먼 거리 같았다.

그때였다. 태평이 회칼에 자신의 목을 쑥 가져다 댔다. 칼날이 태평의 목 살갗을 깊게 파고들었다. 지훈은 놀라 움찔했고 태평은 그 틈을 놓치지 않았다. 팔꿈치로 있는 힘껏 지훈의 복부를 가격한 것이다.

지훈이 윽 소리를 내며 꼬꾸라지자 태평은 그의 팔을 비틀어 회칼을 뺏어 들었다.

"뭐, 사람을 죽여? 네 심장 소리 다 들려. 칼 들고 쫄보처럼 벌벌 떨기나 하는 주제에."

태평은 눈을 희번덕거리며 회칼을 치켜들었다. 순식간에 일어난 일이었다.

회칼이 찔러 들어오는 모습이 나노 단위로 분절돼 보였다. 그와 동시에 모든 감각이 외부 세계를 향해 활짝 열렸다. 바람에 섞인 비린내도, 시끄럽게 울어대는 풀벌레 소리도, 발밑에 울퉁불퉁 느껴지는 자갈돌도, 요란하게 비행하는 날벌레의 날갯짓도 전부 생생하게 느껴졌다.

지금까지 살아온 날들이 주마등처럼 스쳐 지나가진 않았다. 그저 이런 게 죽는 거로구나, 하고 받아들이게 될 뿐이었다.

지훈은 눈을 감았다. 곧 내장이 찢어지는 고통이 닥쳐오리라 생각했다. 그런데 그 순간 픽, 무언가를 세게 강타하는 소리가 정적을 갈랐다. 지훈에게 현실로 되돌아오라고 종용하는 소리였다.

곧이어 태평의 비명이 날카롭게 울려 퍼지자 지훈은 눈을 번쩍 떴다. 눈앞에는 명호가 쇠 파이프를 든 채 거센 숨을 몰아쉬며 서 있었다. 명호가 쇠 파이프를 태평에게 휘두른 것이다. 지훈은 넋을 놓고 눈앞에 펼쳐진 광경을 쳐다봤다. 태평은 머리에 피를 흘리며 바닥에 엎어져 있었고 연장을 든 수하들이 앞다투어 창고에서 뛰어나왔다. 수하들이 달려들자 명호는 쇠 파이프를 붕붕 휘두르며 그들의 접근을 막았다.

"와봐! 이 새끼 대갈통 터뜨려버릴 테니까."

그리고 멍하게 선 지훈을 돌아보더니 냅다 소리를 질렀다.

"뭐 해? 빨리 캐리어랑 가방 차에 싣고 시동 걸어!"

지훈은 뺨을 한 대 맞은 듯 얼떨떨한 얼굴로 내동댕이쳐진 캐리어 두 개와 보스턴백 두 개를 포르쉐 뒷좌석에 실었다. 엄청난 무게를 보니 명호가 정말 그 큰돈을 구해온 것 같았다.

지훈이 운전석에 올라 시동을 걸자 명호는 뒷걸음질 치며 차 쪽으로 다가왔다. 자연스레 기절한 태평에게서 멀어지자 수하 중 하나가 냉큼 태평에게 달려갔다. 그게 신호탄이 된 듯 태평의 수하들이 욕설을 퍼부으며 한꺼번에 명호에게 달려들었다. 명호는 쇠 파이프를 수하들에게 집어 던진 다음 잽싸게 포르쉐에 올라탔다.

지훈은 부들거리는 발로 힘껏 액셀을 밟았다. 운전대를 쥔 손뿐만이 아니라 전신이 극렬하게 떨렸다. 수하들은 포르쉐를 따라잡으며 연장을 던졌다. 뒷좌석 차창이 깨지는 소리가 들렸다. 그러나 곧 욕하는 소리도, 뜀박질 소리도 점점 멀어졌다.

그렇게 지훈과 명호가 탄 포르쉐는 어둠에 물든 길 속으로 순식간에 사라졌다.

얼마나 달렸는지 모른다.

포르쉐가 구불구불하게 이어진 산길로 들어섰다. 어느덧 날이 밝아 외진 진흙투성이 길에도 황금빛 햇살이 내려앉았다. 녹음이 우거진 숲에서는 산새 소리도 들렸다.

지훈은 눈꺼풀 너머로 환한 빛이 느껴지자 미간을 찌푸리고는 눈을 떴다. 그새 잠깐 곯아떨어졌던 모양인지 머릿속이 뿌연 안개가 들어찬 듯 멍했다. 고개를 흔들어 잠기운을 떨쳐내자 옆자리 운전석에서 담배를 피우며 운전하는 명호가 보였다. 밤새 운전하고도 피곤한 기색조차 없었다. 지훈은 괜히 머쓱한 기분이 들어 차창 너머로 시선을 돌렸다.

어젯밤 명호는 80억을 구해 컨테이너 창고로 돌아왔다. 중간에 태평의 수하를 공격한 이유는 그들이 명호를 죽이고 80억을 가로챌 계획이었다는 걸 알아차렸기 때문이다. 이를 먼저 눈치챈 명호는 폐주유소에서 그들을 제압해 두 손 두 발을 묶은 채 그곳에 버려뒀다. 하지만 그들은 묶인 손발을 풀고는 태평에게 명호가 80억을 들고 달아났다고 거짓 보고를 한 것이다.

물론 이 모든 이야기를 명호가 논리 정연하게 설명해준 것은 아니었다. 극한의 상황에서 간신히 빠져나온 터라 둘 다 흥분에 휩싸여 있었다. 왜 이렇게 늦었냐고, 진짜 죽을 뻔했다고, 그럼 넌 왜 당하고만 있었냐고, 어떻게든 탈출해야 하지 않았냐고. 목에 핏대를 세우며 서로 자기 말만 일방적으로 퍼부은 끝에 이런저런 말을 조합해 겨우 알게 된 사정이었다.

포르쉐는 산길을 달리다가 어느 외딴 시골 주택 앞에 멈춰 섰다. 깨지고 내려앉은 기와지붕에 얼룩덜룩해진 시멘트벽, 잡초가 우거진 마당. 사방이 수목으로 둘러싸인, 폐가나 다름없는 단층집이었다.

지훈이 여기가 어디냐고 묻자 명호는 작은 외할아버지가 돌아가시기 전까지 살던 곳이라고 대답했다. 태평이든 필우든 사람을 풀면 여기도 금세 찾아내겠지만, 그래도 추적하는 데 시일이 소요될 테니 며칠 정도는 쉬어갈 수 있을 것 같았다.

두 사람은 80억이 든 캐리어와 보스턴백을 집 안으로 옮겼다. 이후에는 누가 먼저랄 것도 없이 바닥에 대자로 뻗어버렸다. 열어놓은 문으로 쉴 새 없이 바람이 밀려 들어왔지만 지훈은 끙끙 앓는 소리를 내며 정신없이 잠에 빠져들었다. 해가 정수리 위로 바짝 올라서고, 먼저 일어난 명호가 발로 툭 찼을 때야 겨우 잠에서 깨어날 수 있었다.

눈을 뜨고서도 한동안 정신이 돌아오지 않았다. 식은땀이 흐르고 전신이 잘근잘근 밟힌 듯 욱신거리지 않는 데가 없었다. 온몸에서 악취도 풍겼다. 이 와중에도 위장은 배가 고프다고 아우성이었다.

지훈과 명호는 수도에서 녹물을 빼고는 화장실에서 간단히 샤워를 마친 다음 유통기한이 지난 라면과 가스버너를 찾아냈다. 수건이 없어 팬티 한 장만 입은 채로 라면 다섯 봉지를 끓여 먹었다. 배가 채워지고 나른해지자 그제야 살았구나 하는 생각이 들었다.

둘은 다 먹은 그릇을 부엌에 쌓아두고 마루에 나와 앉았다. 선선한 바람이 불자 드러난 살갗에 오슬오슬 소름이 돋았다. 비릿한 풀 냄새도, 바람이 나뭇잎을 스치는 소리도 안온하게 느껴졌다. 두 사람 다 아무 말도 하지 않았다. 말할 필요도 없었다. 이런 게 살아 있는 거구나, 똑같은 감정을 공유하고 있었으니까. 찔끔 눈물이 날 것 같은 한편, 한차례 극한으로 치솟았던 감정이 끝없이 침잠하기도 했다.

명호는 주변을 둘러보겠다며 집을 나섰다. 지훈은 걸레로 새까맣게 먼지가 쌓인 방과 마루를 닦아냈다. 다시 마루로 나와 바람을 쐬고 있으려니 명호가 캐리어를 끌고 집으로 돌아왔다.

지훈은 명호의 손에 들린 익숙한 캐리어를 보고 눈이 휘둥그레졌다.

"설마 그거……."

"어, 맞아. 네 28억. 강태평 차 트렁크에 있더라."

지훈은 28억이 든 캐리어를 보고 아연해졌다. 의도치 않게 태평에게서 28억마저 도로 뺏은 꼴이 됐다. 쇠 파이프에 맞아 머리가 깨진 데다 목까지 베이고 100억은커녕 28억까지 뺏겼으니. 지금쯤 그가 얼마나 절치부심하고 있을지 상상이 갔다.

지훈과 명호는 28억이 든 캐리어를 안방으로 옮기고 명호가 가져온 캐리어 두 개와 보스턴백 두 개도 꺼냈다. 그렇게 안방 한가운데에 모아놓고 가방을 뒤집었다. 엄청난 양의 돈다발이 쏟아졌다.

전부 다 합쳐 108억. 믿을 수 없는 액수의 돈이었다.

평생 만져보지도 못할 돈이 손에 들어왔는데 어찌 된 일인지 지훈은 마음이 가라앉았다. 명호도 그다지 즐거워 보이지 않았다. 사실 따지고 보면 지훈은 108억이라는 돈을 원한 적도, 로또 40억을 원한 적도 없었다. 그저 태평에게 협박당하지 않는 평범한 삶을 원했다. 아침에 일어나면 회사에 출근하고, 때로는 인정받고 때로는 질타받으면서 일하고, 남들하고 비슷한 시기에 승진하고, 사랑하는 사람을 만나 결혼해서 가정을 꾸리고. 그 평범한 삶을 위해서는 태평의 위협에서 벗어나야 했기에 50억이 필요했던 것뿐이다.

하지만 지금 현실은 어떠한가.

태평은 '지훈'과 '명호' 둘 다 죽이려고 눈에 불을 켜고 있다. 이제 돈 때문만이 아니었다. 원한이 쌓일 대로 쌓였으니 곱게 죽이고 싶지도 않을 것이다. 횡령한 돈 40억을 뒤쫓는 필우와 태헌을 살해한 유력 용의자가 '명호'라고 의심하는 상민도 있었다.

평범했던 삶과 일상이 완전히 무너진 셈이다.

그뿐만이랴. 회사에서도 잘렸다. 휴가가 끝났는데도 무단결근을 일삼았으니 어찌 보면 당연한 일이었다. 인사부에서 메일로 보낸 해고 통지문을 보니 일상이 부서졌다는 사실이 실감 났다. 직장 상사와 동료들로부터 엄청난 양의 메시지가 전송되기도 했다. 처음에는 걱정하고 안부를 묻는 연락이었지만 박지상 팀장의 지시대로 태평의 비자금을 운용했다는 사실이 알려진 건지 곧 비난하는 내용으로 바뀌었다. 태평의 비자금인지 몰랐다고 호소해도 소용없을 것이다. 그들은 지훈이 불법적인 일을 저지르고 말도 없이 도망간 거라 생각하고 있었다. 평판은 나락으로 떨어졌다. 회사에서의 인간관계도 박살 났다. 소문이 업계에 파다하게 퍼졌기에 동종 업계에 다시 취직하는 것도 불가능한 일이 돼버리고 말았다.

태평과 필우에게 목숨을 위협당하는 것에 비하면 대수롭지 않은 일이겠지만, 지훈에게는 이런 상황이 심적으로 더 큰 타격을 주었다. 태평과 필우의 위협에서 벗어난다고 할지라도 이제 다시는 예전의 삶으로 되돌아갈 수 없었다. 그가 35년 평생 힘껏 쌓아올린 인생이 무너진 것이나 다름없었다.

"다 잃고 남은 게 이 108억이네?"

명호도 비슷한 심정인 것 같았다. 하긴 그 역시 가족과 친구, 일상을 잃고 태평에게 쫓기고 있었다.

"그러게."

지훈과 명호는 찌푸린 얼굴로 산처럼 쌓인 돈다발을 쳐다봤다. 이렇게 보니 참 무의미했다. 희한하게 너무 많은 돈이 주어지자 돈 같아 보이지도 않았다. 저 돈 때문에 무슨 일을 겪어야 했는지, 앞으로 또 무슨 일을 겪어야 할지를 생각하면 꼴보기 싫다는 마음까지 들었다. 하지만 삶과 일상, 친구와 몸과 목숨까지, 이 전부와 바꾼 108억이었다. 이걸 지켜내지 못한다면 그 모든 것을 아무 의미 없이 잃은 거나 마찬가지였다. 108억은 그냥 돈이 아니라 이제껏 잃은 것을 대신하는 가치였다.

지훈과 명호는 108억을 어떻게 할 건지는 나중에 논의하기로 하고, 일단 돈을 안전한 곳에 가져다 놓을 방도에 대해 고민했다. 무엇보다 기동성을 위해 가방의 개수부터 줄여야 했다. 결론이 나자 명호는 시내에서 이민 가방 두 개와 생필품을 사 오기로 하고, 지훈은 그동안 전기와 수도, 집 안 가재들을 살펴보기로 했다.

해가 기울었다. 아직 오후인데도 산속에는 이른 어둠이 찾아왔다.

지훈은 세탁기 배수 호스를 연결하고 창고에서 선풍기를 찾아냈다. 물걸레로 몇 번이고 바닥을 닦고 있는데 조용한 산속에 포르쉐가 달려오는 소리가 들렸다. 집 앞마당에 차를 세운 명호는 뒷좌석에서 이민 가방 두 개를 꺼냈다. 지훈도 얼른 달려 나가 명호가 마트에서 사들인 생필품을 집 안으로 가져왔다. 생필품을 봉지에서 꺼내고 있으려니 명호가 지훈을 향해 뭔가를 들어 보이며 씩 웃었다. 맥주였다.

두 사람은 108억을 이민 가방 두 개에 옮겨 담은 뒤 맥주를 들고 마루에 나와 앉았다. 해가 저물어 공기가 서늘해졌다. 우거진 수목이 그늘을 드리웠다.

밤공기를 안주 삼아 하나둘 맥주캔을 비웠다. 아직 해결된 건 아무것도 없지만 이런 일상의 평화가 얼마 만인지 감격스러웠다. 게다가 이렇게 궁지에 몰린 상황 속에서 혼자가 아니라는 사실이 눈물이 날 만큼 안심되기도 했다.

둘은 한동안 별것 아닌 시시껄렁한 이야기만 주고받았다. 사실 해야 할 심각한 이야기들이 산더미처럼 많았지만 의식적으로든 무의식적으로든 둘 다 그 화제를 피하고 있었다. 그러다 어느 정도 취기가 오르자 지훈은 조심스럽게 말을 꺼냈다.

앞으로를 위해서라도 꼭 한 번은 짚고 넘어가야 할 문제였다.

"너, 이태헌하고는 대체 무슨 일이 있었던 거야?"

지훈의 진지한 시선에 명호는 맥주로 목을 축이고는 태헌과의 일을 털어놨다. 명호도 이미 각오하고 있었는지 의외로 쉽게 이야기가 흘러나왔다. 태헌의 인형뽑기 중독과 돈에 쪼들렸던 그간의 사정, 출처를 알 수 없는 돈으로 차린 푸드트럭까지. 그동안 지훈이 알지 못했던 이야기가 많았다. 당첨된 로또를 금고에 넣고 온 날, 태헌이 명호의 목을 졸랐다는 이야기를 들었을 때는 참담함에 깊은 탄식이 터져 나왔다.

"근데 그때 이태헌 새끼 진짜 이상했어."

명호가 허공 어딘가로 시선을 던진 채 맥주캔을 찌그러뜨리며 말을 이었다.

"내 목을 조르면서 이렇게 얘기했단 말이야. '이렇게는 못 보내. 나 그 돈 진짜 필요하단 말이야! 난 가족이 있으면 왜 안 되는데!' 라고."

"가족? 잘못 들은 거 아냐?"

"아냐, 확실해. 그 와중에도 이상하다는 생각을 했으니까. 이태헌 그 새끼, 내 목을 조르다가 중간에 정신이 돌아왔는지 놀라서 손에서 힘을 빼더라고. 그거 아니었으면 난 진짜 죽었을 거야. 그니까 애초에 작정하고 저지른 일은 아니었단 거지."

지훈도 명호의 말에 동의했다. 그럴 사람이 아니라고 태헌을 미화하자는 게 아니었다. 태헌은 분명 무능력하고 나약했지만 돈 욕심 때문에 친구를 죽이려 할 정도로 탐욕스럽진 않았다. 그렇게 변하게 된 근간에는 어떤 다른 사정이 있는지도 몰랐다.

지훈은 태헌과 보냈던 지난 며칠간을 떠올려봤다. 그러고 보니 처음 만났을 때 상의할 일이 있다고 우물쭈물대던 게 생각났다.

"상의할 일? 설마 돈에 관한 건가? 우리 로또 당첨됐을 때도 이 태헌, 자기 이 돈 진짜 진짜 필요하다고 했었잖아."

명호의 말에 지훈도 어렴풋이 그렇게 말하던 태헌의 얼굴을 떠올렸다. 로또를 손에 꼭 쥔 채 울먹거리던 표정이 너무도 간절해 보였다.

지금까지의 이야기를 종합해보자면 모든 정황이 한 가지를 가리키고 있었다.

태헌은 아주 큰 돈이 필요한 상황이었다는 것.

"그럼 이태헌은 왜 그렇게까지 돈이 필요했던 거지?"

지훈의 말에 두 사람 다 알 수 없다는 표정을 지었다. 상식적으로 생각해서 인형뽑기에 중독돼 로또 당첨금 40억이 필요했다는 건 말도 안 되는 소리였다.

도대체 그동안 태헌에게 무슨 일이 있었던 것일까.

왜 그렇게 변해버린 것이며 큰돈은 왜 필요했던 것일까.

문득 지훈은 장례식장에서 태헌의 시신을 앞두고 했던 다짐이 떠올랐다. 중간에 태평에게 납치돼 목숨이 위태로워지며 잠시 뒤로 미뤄뒀지만 한 번도 잊어본 적 없는 생각이었다. 그러나 혼자서는 불가능했기에 명호가 어떤 생각인지 궁금했다.

"야, 장명호. 우리…… 한번 알아볼래? 이태헌이 왜 돈이 필요했는지. 어쩌면 이태헌 죽은 이유랑 관련 있을지도 모르잖아."

"우리도 언제 죽을지 모르는 이 와중에?"

"언제까지 이렇게 도망만 다닐 거야? 난 더 이상은 못 버텨. 차라리 죽을 각오로 먼저 들이받아 버리는 게 낫지. 근데 그 전에 이태헌이 왜 죽었는지는 알아야 할 거 아냐."

"……"

"그냥 하는 말 아니야. 진짜 목숨 걸 생각이야. 근데 한필우든 강태평이든 그 새끼들 때문에 죽는다고 생각하니까…… 딱 하나가 맘에 걸리더라. 이태헌 죽인 범인 못 잡은 거. 우리 죽기 전에 그거 하나는 해결해야 하지 않겠어?"

지훈은 말을 내뱉으며 명호의 의중을 살폈다.

명호는 훨씬 더 심경이 복잡할 것이다. 어쨌거나 태헌은 명호의 목을 졸랐고, 명호는 방어하려다 태헌이 죽은 줄 알고 그의 시신을 유기하려고도 했다. 그러다 진짜 태헌이 죽었고 누군가에게 살해당했다는 사실까지 밝혀졌다. 태헌의 장례식장에서 명호는 괴로워하며 고통스럽게 울부짖었지만, 지금은 또 어떤 마음이 가장 우선할지 짐작할 수가 없었다.

그러나 명호는 조금도 망설이지 않고 고개를 끄덕였다.

"씨바, 당연한 거 아니냐, 이태헌 죽인 새끼 찾아야지."

이것저것 재고 따지지 않는 모습이 과연 명호다웠다.

"좋아. 그럼 이제 어떻게 알아볼지가 문제긴 한데……."

지훈의 말이 끝나기도 전에 명호는 씩 웃으며 턱짓으로 이민 가방 두 개를 가리켰다. 그제야 지훈의 머릿속에 불이 켜지듯 생각이 떠올랐다. 고민할 필요가 뭐가 있겠는가. 두 사람에게는 108억이라는 엄청난 돈이 있는데.

지훈과 명호는 누가 먼저랄 것도 없이 동시에 맥주캔을 들어 건배했다. 킬킬거리며 맥주를 단숨에 비웠다. 이 자본주의 사회에서 돈으로 안 되는 일은 없다. 모든 걸 살 수 있다.

그렇다면 저 돈으로 태헌의 죽음에 대한 진실을 사면 된다.

태헌이 가는 길에 돈다발을 고이 깔아줄 생각이었다.

"일단 경찰 수사가 어떻게 진행되고 있는지부터 알아야 돼. 유상민 형사한테 연락 없었지?"

태헌의 죽음에 대한 정보를 얻기 위해 누군가에게 접근해야 한다면 상민이야말로 적절한 대상이었다. 다만 그가 '명호'를 태헌을 죽인 범인으로 의심하고 있다는 게 문제라면 문제겠지만.

"어, 당장이라도 체포할 거처럼 굴더니 뭣도 없네. 하긴 증거가 있어야 영장이 나오든 체포를 하든가 하겠지."

"그럼 내가 내일 경찰서로 함 가볼까?"

"네가 거길 왜 가냐? 유 형사 잘 알지도 못하면서. 내가⋯⋯."

명호는 뒷말을 이으려다 아차 하며 말을 멈췄다. 몸이 바뀌었다는 걸 순간 깜빡한 것이다. 명호는 멋쩍은지 괜히 새 맥주캔을 따며 투덜거렸다.

"아, 씨바, 깜빡했다."

지훈은 피식 웃다 같이 새 맥주캔을 땄다. 어디서부터 시작해야 할지 대략적인 큰 그림이 그려졌다. 답답한 마음이 가시는 듯했다. 동시에 불쑥 이제껏 생각해보지 못했던 의문 하나가 고개를 들었다. 그러고 보니 왜 한 번도 궁금해하지 않았을까 싶기도 했다.

"근데 우리, 진짜 몸 왜 바뀌었을까. 대체 우리가 뭘 잘못했길래 이런 저주에 걸린 거냐고."

그렇다. 일이 이 사태까지 오게 된 건 몸이 바뀌었기 때문이다. 이 영혼 뒤바뀜 현상 때문에 얼마나 많은 목숨의 위협에 시달렸는지 생각하면 치가 떨렸다. 왜 하필 이런 재앙이 우리에게 닥친 걸까. 뭘 그렇게까지 잘못했길래 이런 잔혹한 형벌이 주어진 건지 궁금해졌다.

그러자 명호가 갸우뚱 고개를 기울였다.

"글쎄, 저주인가? 생각해보면 몸 바뀐 거 때문에 살아난 적이 더 많은 거 같은데. 몸 안 바뀌었으면 너나 나나 진작 죽어도 몇 번은 죽었을 거야."

"뭔 소리야. 말이 되는 소릴 해."

"네가 회계장부 안 고쳤으면 난 그때 그 자리에서 한필우한테 죽었어. 그리고 나니까 이제껏 강태평 피해 다녔던 거지, 너였으면 진작 강태평한테 잡혀서 28억 뺏기고 죽었을걸?"

명호가 미간을 찌푸린 채 이런저런 기억을 끄집어냈다.

듣고 보니 몸이 바뀐 덕에 상황을 헤쳐 나온 적이 여러 번 있었다. 당장 태평에게 납치됐던 순간도 마찬가지였다. 납치된 사람이 명호가 아니라 지훈이었기에 명호가 80억을 구하러 다닐 수 있었고, 지훈이 아니라 명호였기에 80억을 구할 수 있었다. 지훈이 '명호' 몸속에 들어 있었기에 '명호'의 힘으로 태평을 제압해 탈출할 수도 있었다.

"그니까 신이 우릴 살려주려고 몸을 바꿔버린 거야. 좀 과격하긴 해도 그 방법밖에 없었으니까. 진짜 로또는 40억이 아니라 우리 몸이 바뀐 걸 수도 있어."

킬킬 웃은 명호가 농담처럼 지껄였다.

지훈은 명호 의견에 반박하고 싶었지만 할 말이 떠오르지 않았다. 결과적으로 목숨의 위협은 다 무사히 넘겼다. 그래서인지 몸이 바뀐 덕에 살아남았다는 말이 더 맞는 말처럼 들렸다.

그래, 뭐든 생각하기 나름이니까.

이왕이면 신에게 저주를 받은 게 아니라 축복을 받은 거라고 치지, 뭐.

명호는 방금 자신이 한 말에 지훈이 무슨 생각을 했는지는 전혀 눈치채지 못한 채 금세 화제를 돌리며 맥주를 마셨다. 지훈은 명호의 말에 맞장구도 치고 반박도 하며 대화를 이어갔다.

어둠이 짙어졌다. 고요가 물결처럼 잔잔하게 두 사람을 에워쌌다.

지훈은 취기가 오른 머리로 다시 한 번 명호의 말을 생각했다. 그리고 결국에는 명호 말이 맞다는 걸 인정할 수밖에 없었다. 어쩌면 영혼 뒤바뀜 현상이 그야말로 완벽한 행운, 로또일 수 있다는 사실을.

다른 누구도 아닌 명호와 몸이 바뀌어서 다행이라는 생각도 들었다.

4

지훈과 명호는 술에 취해 마루에서 잠이 들었다. 다음 날 아침 눈을 뜨자 팔다리가 온통 모기에게 뜯긴 흔적투성이였다. 도망치는 와중에 모처럼 누린 여유가 눈물 나게 달았다. 그러나 마냥 느긋할 수는 없었기에 두 사람은 간단히 샤워를 하고 오늘 할 일에 대해 의논했다.

누가 상민에게 접근할 것인가를 두고 한참 이야기를 나누다 결국 명호가 경찰서에 가는 것으로 결론이 났다. 태헌을 죽인 용의자인 '명호'보다 번듯한 직장인인 '지훈'이 접근하는 게 상민의 경계심을 누그러뜨릴 수 있다는 이유에서였다. 또한 태헌의 최근 생활과 상민에 대해서도 명호가 아는 게 훨씬 더 많았다.

결론이 나자 두 사람은 포르쉐에 108억을 싣고 인근 도시에 있는 벤츠 매장으로 향했다. 태평이 포르쉐를 도난 차량으로 신고했을 것이기에, 기동성과 안전성을 위해 새로운 차가 필요했다. 아니, 사실 그런 이유가 아니더라도 새 차는 살 생각이었다. 목숨이 간당간당한 와중에 이런 큰돈을 쓸 기회가 또 어디 있겠는가. 본격적으로 일을 시작하기 전 미친 듯한 돈지랄을 한번 떨어보고 싶었다. 안 그러면 죽을 때 아쉬움이 남을지도 몰랐다.

두 사람은 매장에서 당장 몰고 나갈 벤츠 G바겐이 필요하다며 현금 3억을 카운터에 올려놨다. 직원은 출고되려면 몇 개월을 기다려야 한다고 했으나 지훈이 5000만 원을 더 올려놓자 30분 만에 새 차를 대령해 왔다. 역시 돈이면 안 될 것이 없는 세상이었다. 지훈과 명호는 이민 가방을 벤츠로 옮기고 백화점으로 차를 몰았다.

백화점에 도착한 두 사람은 제일 먼저 에르메네질도 제냐 매장에서 최고급 정장을 한 벌씩 뽑아 입었다. 루이비통, 디올, 샤넬, 발렌시아가, 보이는 명품매장마다 들어가 현금다발을 척척 내밀고 구두, 운동화, 벨트, 넥타이, 가방 등 온갖 것을 쓸어 담았다. 마지막으로 대미를 장식한 건 시계 매장이었다. 이제껏 보면서 침만 흘리던 시계를 각각 현금 2억씩 주고 샀다. 번쩍거리는 시계를 손목에 휘감자 가격만큼이나 묵직한 존재감이 느껴졌다.

세상에서 제일 재미있는 게 돈 쓰는 일이라더니, 순식간에 차 값을 포함해 10억이 날아갔다. 그렇게 머리부터 발끝까지 돈으로 치장하고서 두 사람은 백화점을 나왔다. 10억을 흥청망청 쓰고서도 아쉬움이 남았지만 더 이상 돈 쓰는 재미에 빠진다면 원래의 목적을 잊을 것 같았다.

10억 원어치 쇼핑을 한 두 사람이 벤츠를 타고 명품을 휘감은 채 도착한 곳은 고작 중산 경찰서였다.

지훈은 차 안에 남기로 하고 명호가 차에서 내렸다.

"잊어버리지 마. 넌 장명호가 아니라 석지훈이야. 괜히 유 형사 도발하지 말고, 욱하지도 말고, 우리 목적이 뭔지 잊으면 안 돼."

지훈이 당부했다. 명호는 잔소리가 귀찮은 듯 귀를 후비적거리며 경찰서로 걸어갔다.

안내하는 직원에게 유상민 형사를 찾아왔다고 알리고 계단을 올라 2층으로 향했다. 2층 복도 제일 끝에 강력계 사무실이 보였다. 명호는 주름진 정장을 판판하게 펴고 머리를 쓸어넘긴 다음 사무실로 걸어갔다.

나는 석지훈이다. 장명호가 아니라 석지훈이다.

마음속으로 되뇌었지만 명호로서의 본능이 경찰서에 심한 거부감을 일으켰다. 불편할 뿐만 아니라 위축되고 쪼그라드는 느낌이었다. 명호는 빨리 해치워버리자는 생각으로 서둘러 강력계 사무실 안으로 들어갔다.

예전에 몇 번 와본 대로 사무실 안은 민원인들로 시끌벅적했다. 명호는 상민의 자리로 빠르게 걸어가 책상을 톡톡 두드렸다. 상민은 의자 위에서 양반다리를 한 채 자료를 읽다가 고개를 들었다.

"유상민 형사님이시죠? 석지훈입니다."

"무슨 일이십니까?"

"태헌이 사건 수사가 어떻게 진행되고 있는지 해서요."

상민은 어이없다는 표정을 짓고 다시 수사 자료로 고개를 박았다. 대꾸조차 하지 않겠다는 뜻이었다.

"나도 관련인인데, 참고인 조사라도 해야 하지 않습니까?"

명호의 말에 상민은 다시 고개를 들고 쳐다봤다.

"제보할 것도 있어서 왔는데 태도가 영 무성의하시네."

그제야 상민은 자리에서 일어나 따라오라는 눈짓을 보냈다.

두 사람은 조사실 안으로 들어갔다. 창문도 없이 사방이 막힌 공간에 들어서자 명호는 적진에 들어온 것처럼 숨이 막혔다. 상민은 앉자마자 본격적인 질문을 시작했다.

"제보할 게 뭡니까."

"태헌이가 죽기 전에 돈에 상당히 쪼들렸던 거 같아서요."

명호는 태헌이 상의할 일이 있다고 우물쭈물댔던 일, 인형뽑기에 중독돼 돈을 탕진한 일, 정체불명의 돈으로 푸드트럭을 차린 일, 푸드트럭으로 번 돈을 어딘가에 쏟아부은 일들을 차례대로 설명했다.

상민은 처음에는 귀 기울여 듣는 듯했으나 이내 다 아는 내용인지 얼굴에 실망감이 번졌다. 다른 제보를 기대했던 모양이다.

"그거 말고 다른 제보는 없나? 이태헌 친구였으면 평소에 누구와 갈등이 있었는지, 원한 관계였는지 잘 알 거 아냐. 가령…… 장명호라든가."

상민이 날카롭게 눈을 치켜뜨며 물었다. 아까부터 상민은 태헌의 친구이자 명호의 친구이기도 한 '지훈'을 어떻게 대해야 할지 결정하지 못한 눈치였다.

"장명호……. 근데 걘 왜 안 잡아가세요? 뭐 하나라도 나오면 잡아간다고 하셨잖아요."

명호의 말에 상민은 대답이 없었다.

"증거가…… 없는 모양이죠? 알리바이도 확인됐을 거고."

떠보는 듯한 명호의 말을 상민은 부정하지 못했다. 명호는 가슴을 쓸어내렸다. 이제껏 '명호'를 체포하러 오지 못한 이유가 있었다. 방금 자신이 던진 말이 사실이라는 뜻이었다. 그럼에도 상민은 명호를 향한 의심을 거두지 못하는 것처럼 보였다.

"형사님, 저도 같은 입장이에요. 누가 태헌일 죽인 건지 진짜 알고 싶다고요. 설사 그게 명호라고 하더라도요. 그래서 물어보는 건데 형사님이 명호를 의심하는 이유가 뭐예요?"

상민은 '지훈'의 눈빛에서 진실을 읽어내려는 듯 한참 쳐다보다 입을 열었다.

"나랑 이태헌이랑 친했던 거 알지? 이태헌이 평소에 너희에 대해 뭐라고 얘기했는지 알아?"

명호의 얼굴이 굳었다.

"그건 별로 안 듣고 싶은데요. 이태헌도 없는 마당에 남의 입을 통해서 듣는 얘기가 진짜인지 지어낸 얘긴지 어떻게 알아요?"

"글쎄, 난 너희 같은 사이가 친구인지 잘 모르겠다. 그냥 어렸을 때부터 알던 사이 아닌가? 특히 장명호는 이태헌 꼬붕 취급하고 만만하게 보고 괴롭히고 지 꼴리는 대로 대했잖아. 성질 팍팍 부리면서, 어? 근데 어느 순간부터 이태헌이 지 말을 안 들으니까 기분 나빴던 거야. 무시한다고 생각하지 않았을까?"

어느새 상민은 완전히 바뀌어버린 말투로 '지훈'을 자극했다. 명호는 그제야 알 것 같았다. 지금 상민은 '지훈'의 의중이 무엇인지

310

떠보는 것이다. 태헌의 친구로서 이 자리에 온 것인지, 명호의 친구로서 온 것인지 파악하기 위해서 말이다. 아니라고, 그런 적 없다고 쏘아붙이고 싶었지만 잠자코 듣기만 했다.

"가족 같은 친구가 어딨어? 그냥 족 같은 친구만 있는 거지. 가족은 지지고 볶고 싸워도 가족이지만, 친구는 지지고 볶고 싸우면 그냥 남 되는 거야. 장명호 같은 새끼한테 친구가 별건 줄 알아?"

"……."

"이태헌이 평소에 장명호한테 얼마나 이를 갈았는데. 깡패 새끼한테 언제까지 무시당하고 살아야 하냐고. 내가 당하고만 있지 말라고 했더니 이태헌도 언제 한번 장명호 들이박겠다고 하더라? 내 생각엔 말이야. 이태헌이 진짜 들이박은 거야. 그리고 장명호는 평생 자기 발밑이라 생각했던 놈이 들이박으니까 눈이 돌아갔던 거고."

아니다. 태헌이 우리에 대해 그렇게 말했을 리 없다.

아닌 줄 알면서도 심장이 쿵쿵 무섭게 박동했다. 손끝이 떨리도록 화가 치솟았다. 그딴 개소리 하지 말라고 소리치고 싶은 마음이 굴뚝 같았으나 꾹 참았다. 한편으로는 태헌이 정말 그런 말을 했을까, 미약한 의심마저 솟아나려 했다. 그렇다면 지금 이 짓거리가 다 헛일이 아닌가 싶어 조사실을 박차고 나가고 싶은 마음도 들었다.

하지만 명호는 떨리는 손을 조용히 말아쥐었다. 저런 수작질에 넘어가서는 안 된다. 상민의 목적은 '지훈'을 도발해 경찰서에 찾아온 진짜 목적을 알아내려는 것이다. 여기서는 온전히 태헌의 친구로서 온 것처럼 행동해서 상민의 신뢰를 얻어야 했다.

"……그거 진짜예요? 장명호 이 개새끼……!"

명호는 씩씩거리며 '명호'에 대해 욕을 퍼부었다. 한동안 태헌인 척 흉내 냈던 게 도움이 됐던 걸까. 진짜 화난 것처럼 연기하는 게 그다지 어렵진 않았다. 얼굴이 시뻘게지도록 열을 내다 고개를 떨군 채 눈물을 쥐어짜냈다.

"그럼 설마 태헌이 돈 문제에도 명호가 연관된 거예요? 명호가 태헌이한테 돈도 빌려줬냐고요."

상민은 대답 없이 잠자코 '지훈'의 반응만 지켜봤다.

"형사님, 제발 대답 좀 해주세요. 이때까지 장명호 그 쓰레기 같은 놈을 친구라고 생각하면서 살았어요. 근데 명호가 태헌일 죽인 거라면……. 전 어떻게 해야 하냐고요!"

이제껏 '지훈'이 보여준 감정이 진짜라고 판단했는지 상민은 고민하다 결국 입을 열었다.

"맞아. 장명호가 이태헌 돈 문제에도 얽혀 있어. 장명호가 준 돈으로 이태헌이 푸드트럭 차린 거거든. 이태헌 통장에 장명호 이름으로 1억 꽂힌 게 입금 내역에 떡하니 있더라."

명호는 속으로 입을 쩍 벌렸다. 말도 안 되는 소리였다. 자신은 태헌에게 1억이나 되는 돈을 입금한 적이 없었다. 태헌이 푸드트럭을 차린 것도 한참 후에나 알았다.

소름이 돋았다. 누가 장명호라는 이름으로 태헌에게 돈을 꽂은 걸까.

"그, 그러면 돈 문제 때문에 둘이 싸우다가 명호가 태헌일 죽인 걸 수도 있네요."

"그렇지. 정황은 빼삭한데 증거가 없으니 문젠 거지."

상민은 이제 '지훈'에 대한 의심을 지운 듯 묻는 말에 제대로 된 답을 해주었다.

명호는 머릿속이 엉킨 실타래처럼 꼬이는 것 같았다. 그러다 문득 새까만 암흑 속 한줄기 빛처럼 어떤 생각 하나가 떠올랐다.

"형사님, 혹시 태헌이…… 죽기 전에 한필우 대표한테 찾아간 적 있어요?"

순간 상민이 흠칫하는 표정을 지었다. 정곡을 제대로 찌른 것이다. 명호는 틈을 놓치지 않고 물고 늘어졌다.

"맞죠? 태헌이 죽기 전에 여기저기 돈 빌리면서 한필우 대표한 테도 돈 빌린 거 맞죠?"

밝힐 수 없는 수사 내용 중 하나인 건지 상민은 대답 없이 시선 만 돌렸다.

그 정도 반응만으로도 충분했다. 이제야 어떻게 된 일인지 전부 알 것 같았다.

중산 바닥에서 돈이 필요한 사람들은 모두 필우를 찾아간다. 그 사실을 왜 그동안 잊고 있었는지. 신용등급이 그나마 나은 사람들 은 골든아이캐피탈에서, 금융권에다가는 신청도 못 할 처지인 사 람들은 가로 대부업체에서 돈을 빌린다.

신용등급이 처참한 태헌 역시 필우를 찾아갔을 것이다. 명호 친 구인 태헌의 쓰임새를 알아본 필우는 그에게 돈을 빌려주었을 것이고. 아마도 필우는 그때부터 횡령 자금 40억을 꿀꺽해야겠다고 생각하지 않았을까. 그 일환으로 자신에게 누명을 씌우기 위해 태헌의 통장에 장명호 이름으로 1억을 꽂은 것이다. 그게 아니라면 푸드트럭 창업 비용을 훨씬 웃도는 1억이라는 돈을 입금했을 리 없었다.

태헌과 필우의 연관성은 생각지도 못한 부분이었다. 그런데 필우가 태헌의 돈 문제와 관련이 있다면 그의 죽음과도 연관돼 있을 가능성이 컸다.

한필우 이 개새끼.

명호는 무슨 정신인지도 모른 채 상민과의 대화를 마무리하고 조사실을 빠져나왔다. 상민에게 얻을 정보는 이걸로 충분했다. 앞으로 무엇을 해야 할지가 분명해졌다.

지훈은 차 안에서 명호를 기다리며 시간을 확인했다. 생각보다 대화가 길어지고 있었다. 그것이 긍정적인 사인인지 알 수 없었기에 마음이 초조해졌다. 또다시 시계를 확인하며 운전대를 쥔 손만 까닥거리고 있는데 문득 앞 차창으로 경찰서를 빠져나오는 누군가의 모습이 보였다.

'마포 전당포'의 주인 진옥이었다.

지훈이 시선을 떼지 못한 것은 경찰서에서 보리라고는 전혀 생각지도 못한 인물이었기 때문이다. 진옥은 경찰서 앞에서 한동안 담배를 피우다 누군가에게 전화를 걸며 택시에 올라탔다. 진옥이 탄 택시가 사라질 때까지 지훈은 한참 동안 택시 꽁무니만 쳐다봤다.

진옥이 경찰서에는 왜 온 것일까.

우연일 리 없었다. 지금 중산 경찰서는 태헌의 사망 사건으로 비상이 걸렸다. 이 와중에 태헌과 관계된 인물이 경찰서에 나타났다는 건 그냥 지나칠 만한 일이 아니었다.

혹시 진옥이 태헌의 죽음에 관해 뭔가 아는 게 있는 걸까.

진옥에 대해 생각하던 그때 경찰서를 성큼성큼 빠져나오는 '지훈'이 보였다.

상민과 무슨 일이 있었던 건지 그는 다소 흥분한 얼굴이었다. 곧장 차 조수석에 올라타더니 "한필우 이 개새끼." 하고 욕부터 내뱉었다. 지훈이 어찌 된 일이냐고 묻자 명호는 조사실에서 있었던 일을 전부 털어놓았다. 빨리 필우를 족치러 가야 한다며 길길이 날뛰기도 했다. 하지만 이야기를 다 들은 지훈의 생각은 달랐다.

"아냐, 그렇게 섣불리 행동할 일은 아닌 거 같아. 아직 증거도 뭣도 없잖아. 그니까 경찰도 한필우를 의심하면서도 어찌지 못하고 있는 거고."

지훈도 뒤에 필우가 있다는 사실에 충격받고 분노가 치밀었지만, 필우는 절대 아무 계획 없이 접근해서는 안 될 인물이었다.

"그럼 어쩌라고? 이대로 증거가 저절로 굴러올 때까지 가만히 있으라고? 네가 먼저 이태헌이 왜 죽었는지 알아보자고 했잖아! 누가 죽였는지도 알아냈는데 등신처럼 가만히 있으라고?"

물론 지훈도 그럴 생각은 전혀 없었다. 지훈은 잠시 머릿속으로 여러 가지 계획을 굴려보다가 결정을 내리고 차 시동을 걸었다.

"야, 어디 가?"

"증거를 더 모아야지. 아까 여기서 너 기다릴 때 전당포 사장이 경찰서에서 나오는 걸 봤어. 전부터 생각했던 건데 그 사람, 이태헌하고 뭔가 관련 있는 거 같지 않아? 로또를 금고에 넣을 때 그 전당포로 가자고 했던 것도 이태헌이었고. 둘이 전부터 아는 사이였던 게 분명해."

지훈의 말에 명호는 기억을 더듬으며 미간을 깊게 찌푸렸다.

"그냥 감인데 왠지 그 사람이 뭔가 알고 있을 거 같아."

지훈은 확신에 찬 얼굴로 빠르게 차를 몰아 경찰서를 빠져나갔다. 명호는 내키지 않는지 뚱한 얼굴이었지만 이내 차 시트 깊숙이 몸을 묻었다.

두 사람은 차를 몰고 전당포로 향했다. 을씨년스러운 거리에 멈춰 서는 삐까번쩍한 벤츠가 그림을 잘라 붙인 것처럼 이질적이었다. 지훈은 이민 가방에서 현금다발을 잔뜩 꺼낸 다음 작은 가방에 옮겨 담았다. 왜 그러냐고 묻지 않는 걸 보니 명호도 지훈이 하려는 일이 무엇인지 짐작한 것 같았다. 두 사람은 곧장 건물 안으로 들어가 낮에도 컴컴한 계단을 올랐다. 전당포 현관문 앞에서 벨을 누르자 삐걱 문이 열리더니 진옥이 나타났다.

진옥은 예의 그 짙게 화장한 눈을 치켜떴다. 눈썹이 삐죽 올라가며 의외라는 표정을 지었다.

"무슨 일?"

진옥이 물었다. 와중에도 둘의 차림새를 머리부터 발끝까지 훑어보는 시선이 느껴졌다. 두 사람의 손목시계에 오랫동안 눈길이 머물기도 했다.

"잠깐 얘기 좀 하시죠."

지훈은 진옥의 대답도 듣지 않은 채 사무실로 들어갔다. 명호마저 안으로 들어가자 진옥은 의문에 찬 얼굴로 뒤따라왔다. 지훈과 명호의 표정이 심상치 않다고 느낀 건지 진옥은 둘에게서 멀찌감치 떨어진 채 팔짱을 꼈다.

"무슨 얘긴데?"

"이태헌 아시죠?"

에두를 것 없었다. 그럴 시간도 없었다. 상민과는 경우가 달랐기에 지훈은 직진하는 방법을 택했다. 진옥은 경계 어린 눈빛으로 그를 응시하더니 고개를 끄덕였다. 지훈은 가방에서 5만 원권 한 다발을 꺼내 테이블에 내려놨다.

"이태헌이랑 어떻게 알게 됐는지 말해주면 500만 원."

진옥은 놀랐는지 잠시 눈이 커졌지만 픽 웃으며 돈다발을 집어 들었다. "진짜 찾은 모양이네." 하며 혼잣말을 중얼거리기도 했다. 이야기는 쉽게 흘러나왔다.

"3년 전에 가게 손님으로 만났어. 어떤 버러지 같은 놈한테 사기를 당했는지 쓰레기 같은 물건들을 가지고 왔더라고. 내가 묻지도 따지지도 않고 장물까지 다 취급한다는 얘길 들은 거지. 그 후로는 신발, 가방, 시계 같은 잡동사니를 들고 한 달에 한 번꼴로 찾아왔어. 몇 번 말을 섞다 보니 가끔 만나 술 한잔도 하고 신세 한탄도 하고, 그러다 친해지게 된 거지 뭐."

지훈은 진옥이 말하는 내내 꿰뚫을 듯한 눈초리로 그녀를 쳐다봤다. 사연이 별스럽지 않아서일까. 딱히 거짓말을 하는 것 같지는 않았다. 명호를 쳐다보자 그 역시도 비슷한 생각인지 고개를 한번 끄덕여주었다.

지훈은 다시 가방에서 5만 원권 한 다발을 꺼내 테이블에 내려놨다.

"그럼 이태헌이 그날 우리를 왜 이 전당포에 데려왔는지 이유를 말해주면 500만 원."

순간 명호가 의아해하며 지훈을 쳐다봤다. 왜 그런 이상한 질문을 하는지 묻고 싶어 하는 얼굴이었다. 태헌이 필우에 대해 이야기하지는 않았는지, 필우에게 위협을 느낀 적 없었는지부터 묻는 게 맞을 것이다. 하지만 지훈은 예전부터 왜 태헌이 로또에 당첨된 날 하필이면 멀리 떨어진 이 전당포로 온 건지 내내 궁금했다. 그 뒤에는 인정하고 싶지 않은 어떤 사실이 숨겨져 있는 것만 같았다.

"글쎄, 그 이유를 꼴랑 이 500만 원에 대답하라고?"

진옥이 픽 비틀린 웃음을 지으며 어깃장을 놓았다. 지훈은 오히려 그 모습에서 자신이 핵심을 찔렀다는 걸 확신했다.

"그럼 얼마를 원하는데요?"

"얼마 줄 수 있는데?"

"먼저 말하세요."

진옥은 한 번 더 지훈과 명호의 차림새를 훑어보고는 입을 열었다.

"글쎄, 한 10억은 받아야 되지 않나 싶은데."

"잠깐만요. 대체 어디에서 그런 계산법이 나온 건데요?"

"뭐?"

"그렇잖아요. 우리한테 얼마가 있는 줄 알고 10억을 부른 거냐고요. 꼭 아는 사람 같잖아요. 우리한테 그 이상의 돈이 있다는 거."

무언가 변명을 하려던 진옥은 곧 실수했다는 걸 깨닫고 표정이 굳었다.

혹시나 했던 의심이 진옥의 반응을 보자 확신으로 변했다. 진옥은 금고에 40억에 당첨된 로또가 들어 있었다는 것도, 그걸 자신과 명호가 꺼내 갔다는 것도 알고 있었다. 그들이 40억을 가지고 있다고 생각했기에 무심코 태헌 몫의 근사치인 10억을 부른 것이다.

"우리가 40억에 당첨된 로또를 금고에 넣어뒀던 거 알고 있죠?"

"무, 무슨 소리야?"

진옥이 당황하며 목소리를 높였다. 명호도 놀랐는지 얼빠진 얼굴로 지훈을 쳐다봤다. 지훈은 작은 가방에 든 돈을 테이블에 몽땅 쏟아부었다. 어림잡아 5억 정도 되는 돈이었다.

"됐고요. 내가 궁금한 건 어디서부터 어디까지가 사장님하고 태헌이가 짜고 벌인 일인지예요. 선택하세요. 경찰서에 끌려갈지, 아니면 우리가 주는 돈 받고 전부 사실대로 털어놓을지."

진옥은 낭패한 얼굴로 입술을 씹었다. 5억을 받고 끝내는 게 좋을지, 더 받을 수 있을지 고민하는 모습이었다. 지훈은 더 기다릴 생각이 없었다. 조금이라도 생각할 틈을 주면 안 된다.

"고민이 기네요. 내가 지금 몰라서 사장님한테 묻는 거 같아요?"

지훈은 테이블에 쌓인 돈다발 중 두 개를 집어 가방에 도로 넣었다. 진옥의 눈빛이 흔들렸다.

"태헌이는 이미 죽었죠. 사실 들어도 그만, 안 들어도 그만일 얘기라서 사장님한테 적선이나 하는 셈 치려고 했는데 어쩔 수 없네요."

또다시 돈다발 두 개를 집어 가방에 넣으려는데, 진옥이 황급하게 지훈의 손을 붙들었다.

"자, 잠깐만. 성질 참 급하시네. 다 얘기한다니까?"

지훈이 손을 떼자 진옥은 뜸을 들이다 결국 입을 열었다.

"그날 밤늦게 태헌이한테서 전화가 걸려 왔어. 금고를 쓰게 해달라고 부탁하더라? 친구들하고 갈 건데 꼭 CCTV에서 보이는 금고로 빌려달라고 하더라고. 저번에 술 마시다가 얼결에 금고실에 CCTV가 설치돼 있다고 말한 적이 있었거든."

진옥의 이야기를 들으며 지훈은 마음이 점점 가라앉았다. 명호 역시 낯빛이 눈에 띄게 어두워졌다. 진옥의 이야기를 더 듣고 싶지 않은 마음까지 들었다. 태헌의 죽음과 관련된 진실을 알아내고 그를 죽인 사람을 찾을 생각이었다. 그런데 이런 사실까지 알게 될 줄은 전혀 예상하지 못했다.

"너희 나가고 얼마 안 있어서 태헌이가 헐레벌떡 되돌아왔어. 그러면서 3억을 줄 테니까 CCTV를 보게 해달라고 사정하더라고. 나야 싫다고 할 이유가 없었지. 근데 세상에, 그게 로또였네? CCTV

로 비밀번호를 알아내서 로또를 꺼내려고 했는데. 저기 잘생긴 친구가 127, 태헌이가 888을 누르는 장면은 확실하게 보였지만, 거기 덩치 좋은 친구가 4 이후에 뭘 눌렀는지는 등판에 가려서 안 보이는 거야. 태헌이랑 둘이 고민하다가 435를 눌렀는데 가운데 숫자가 틀렸더라고."

"……"

"다섯 번 틀려서 금고가 잠기면 나도 여는 방법은 모르니까 좀 난감했지. 근데 태헌이가 알아낼 방법이 있다고, 그동안 금고 좀 지켜달라고 하고선 다시 나갔어. 그게 다야. 이후론 태헌이가 찾아온 적도, 연락한 적도 없었어. 나중에 죽었다는 사실을 알고 좀 놀랐지. 혹시 그 로또 때문인가 싶어서."

진옥의 이야기가 끝나자 지훈은 마음이 끝없이 침잠하는 걸 느꼈다. 명호도 참담한 심정인지 소파에 털썩 주저앉았다. 어떻게 해야 할까. 결국 금고 비밀번호를 제일 처음 눌러본 사람은 태헌이었다. 태헌은 애초부터 친구 둘을 배신하고 로또 40억을 독차지할 생각이었던 것이다.

이게 진실이었다. 결코 아름답지만은 않은 진실.

전당포에는 한동안 무거운 침묵만 흘렀다. 참혹한 진실 앞에서 누구 하나 쉬이 말을 꺼내지 못했다. 그때 고개를 떨구고 한참 거센 숨만 몰아쉬던 명호가 불쑥 말을 꺼냈다.

"그때 이태헌 표정 어땠어요?"

무슨 뜻인가 싶어 지훈도 진옥도 명호를 쳐다봤다.

"40억을 죄다 가질 생각에 신나했어요? 욕심이 드글드글 했어요? 아니면…… 우리한테 아주 조금이라도…… 진짜 조금이라도 미안해하긴 했어요?"

지훈은 명호가 무슨 심정인지 알 것 같았다. 태헌은 이미 죽어버렸다. 이제 태헌에게서는 그 어떤 사과의 말도 변명의 말도 들을 수가 없다. 죽어버린 태헌을 원망할 수도 없다. 해소해야 할 모든 감정은 남겨진 사람들만의 몫이 돼버렸다.

명호는 마지막 남은, 아주 가느다란 희망의 끈이라도 붙잡고 싶은 것이다. 이제껏 태헌과 함께 지냈던 30년이라는 세월, 그 모든 것을 제대로 끝맺기 위해서라도 그의 마음 한 조각이 절실하게 필요했다.

처참한 표정의 지훈과 명호를 번갈아 보던 진옥은 어이없다는 표정을 지었다.

"뭔 소리야, 당연히 엄청 괴로워했지. 질질 짜기도 하고, 계속 미안하다고 혼자 중얼거리고. 친구냐 아들이냐, 둘 중 하나만 선택해야 하는 순간이었는데."

아들……?

진옥이 던진 폭탄 같은 말에 지훈은 고개를 번쩍 들고 명호를 쳐다봤다. 명호도 커다랗게 뜬 눈에 입을 쩍 벌리고 있는 걸 보니 처음 듣는 소리인 것 같았다.

"아들이라니, 그게 무슨 말이에요?"

벌떡 일어난 명호가 진옥을 붙들고 다급하게 소리쳤다. 진옥은 더더욱 어리둥절해했다.

"태헌이한테 희소병에 걸린 아들이 하나 있잖아. 그것 때문에 돈이 필요했던 거고. 근육이 퇴화하는 병이라던가? 하여간 매년 몇 번씩 주사를 맞아야 한다던데, 1년에 치료비가 3억 정도 든다지, 아마?"

지훈은 세게 얻어맞은 것처럼 머리가 얼얼했다. 명호도 충격에 넋이 나간 얼굴이었다. 진옥은 두 사람의 표정을 보며 픽 웃더니 고개를 절레절레 흔들었다.

"어머, 정말 태헌이가 말 안 한 모양이네. 이 지독한 놈. 아니, 지독한 순정이라고 해야 하나, 뭐라고 해야 하나."

"뭔 얘긴데요? 빨리 자세히 얘기해보라고!"

명호의 재촉에 진옥이 털어놓은 이야기는 다음과 같았다.

5년 전 주방 보조로 일하던 태헌은 여자 한 명을 만났다. 이름은 한지나. 술집에서 일하는 여자였다. 태헌은 지나에게 푹 빠졌지만 지나에게 태헌은 수많은 고객 중 하나일 뿐이었다. 지나는 얼마 후 고객 중 하나와 결혼을 했고 다른 지역에서 가정을 꾸리고 아들을 낳았다. 여기까지는 지훈과 명호도 익히 알고 있는 이야기였다. 둘은 당시 실연당한 태헌의 술주정을 들어주는 게 일이었기에 기억하지 못할 리 없었다.

그런데 몇 년 후 지나가 태헌을 찾아왔다. 사실 자신이 낳은 아들이 태헌의 아이이며 그 아이가 큰 병에 걸려 돈이 필요하다는 것이었다. 지나는 남편과 주위 사람은 이 사실을 전혀 모르니 제발 비밀로 해달라고 사정했다.

이후 태헌은 주방 보조로 일하며 번 돈을 몽땅 아들 병원비에 가져다 바쳤다. 만난 적은 고작 몇 번뿐. 그것도 엄마 친구 '태헌이 삼촌'이라는 신분으로 만날 수밖에 없었다. 태헌은 닥치는 대로 밤낮없이 일하는 동시에 대부업체, 사채업자, 지인, 친구 등 가리지 않고 돈을 빌렸다. 그렇게 만든 돈을 모두 아들 치료비에 보탰지만 강물에 물 한 방울 떨어뜨리는 수준밖에 되지 못했다.

이야기를 전부 들은 지훈은 머릿속이 아득해지는 기분이었다.

"왜, 태헌이가 저희한텐 그런 얘길 안 한 거죠……?"

"지나가 아무한테도 얘기하지 말라고 신신당부했으니까. 나도 첨엔 태헌이가 아니라 지나한테 들은 거고. 지나가 결혼한 남자, 내가 소개해줬거든."

"그래도 저한테…… 아니, 지훈이한테 얘기했으면 돈 좀 빌려줄 수도 있었을 거잖아요."

"너희 둘, 돈 때문에 맨날 싸웠다며. 태헌이가 너희한텐 돈 못 빌린다고 딱 잘라 말하던데?"

지훈은 커다란 돌덩이가 얹힌 것처럼 가슴이 답답했다. 머릿속이 터질 것 같았다. 로또 40억을 독차지하려던 태헌을 생각하면 여전히 화가 났다. 하지만 태헌이 돈이 필요했던 사정을 알게 되자 그 절실함이 이해되기도 했다.

지훈, 명호와는 달리 태헌은 태어나자마자 보육원에 버려졌다. 당연히 친부모가 누군지 몰랐기에 늘 피붙이에 대한 절박함을 안고 살았다. 태헌은 종종 술을 마실 때면 자신이라는 존재가 세상으로부터 홀로 뚝 떨어진 것같이 느껴진다고 말하고는 했다. 가끔씩 사무치게 외롭다고, 무서울 정도로 혼자인 것 같다고 말하기도 했었다.

그런 태헌에게 아들이라는 존재가 어떤 것일지. 지훈은 감히 상상조차 할 수 없었다.

얼마나 절박했을지, 얼마나 간절했을지.

같은 인간이기에, 나약한 인간으로서 할 수 있는 선택들이 이해됐던 것이다.

진옥은 할 말이 더 남았는지 물었지만 지훈은 고개를 저었다. 명호도 마찬가지였다. 알게 된 진실이 처참해서 마음도 몸도 무겁게 가라앉았다.

지훈과 명호는 진옥의 연락처를 저장한 뒤 힘없이 전당포를 빠져나왔다.

5

차 안은 적막에 휩싸여 있었다. 지훈도 명호도 머릿속 생각을 갈무리하느라 말없이 정면만 바라봤다. 그때 사이드미러에 뒤따라오는 검은 SUV 한 대가 보였다. 태평이나 필우의 수하일까 싶어 지훈은 순간 긴장했지만 검은 SUV는 유유히 차를 앞질러 갔다. 생각에 잠긴 명호는 그 차를 미처 발견하지 못한 듯했다. 지훈은 흘낏 운전하는 명호의 옆모습을 쳐다봤다. 명호도 심경이 복잡해 보였다.

"어떻게 할 거야. 우리…… 이태헌 죽인 범인 잡는 거."

지훈이 먼저 말을 꺼냈다.

"모르겠다. 그 새끼가 우리 뒤통수 치고 날 죽이려고 했던 거 생각하면 아직도 피가 거꾸로 솟는 것 같긴 한데……."

"그러게. 차라리 솔직하게 얘기하고 로또 당첨금 다 달라고 얘길 하지……."

"그랬으면 넌 줬을 거 같냐?"

명호의 말에 지훈은 쉽게 그렇다고 대답하지 못했다. 당시 자신은 태평에게 쫓기는 상황이었고, 명호는 필우에게 40억을 횡령한 사실을 들키기 일보 직전이었다. 자신들의 목숨이 위태로운 상황에서 친구 아들의 목숨을 살리고자 로또 당첨금 40억을 선뜻 내줄 수 있었을까.

"개새끼. 죽어서까지도 우리를 어떻게 이렇게 괴롭히냐. 하여간 맘에 드는 구석이 없어. 차라리 여우같이 굴 거면 아예 여우같이 굴든가. 어설프게 착한 척하면서 무능하고 약해 빠졌고."

"⋯⋯."

"생각할수록 존나 열받네. 결국 그 새끼 지 아들 살리려고 평생 친구로 지낸 우리 따윈 안중에도 없었던 거잖아. 뭐, 엄청 괴로워하고 울고 짜고 미안해했다고? 그 당시 죄책감 쬐끔 가졌다는 사실만으로 우리가 걜 용서해야 해? 그럼 우린 어쩌고? 이미 뒈져버린 새끼라 다시 죽여버리지도 못하는데!"

명호는 감정이 북받쳐 오르는지 덜컥 갓길에 차를 세웠다. 거센 숨을 몰아쉬다 제 성질에 못 이겨 운전대를 쾅쾅 치기도 했다. 지훈은 착잡한 얼굴로 명호를 쳐다봤다.

지훈은 명호의 심정이 이해가 갔다. 태헌이 살아 있었다면 싸우기라도 했을 것이다. 변명의 말이든 사과의 말이든 들을 수도 있었을 것이다. 하지만 태헌이 죽어버린 상황에서는 끝맺음조차 남겨진 자들의 몫이 돼버리고 말았다.

"난 사실 그 여자가 자기 아들이 이태헌 아들이라고 했던 것도 못 믿겠어. 돈 뜯어내려고 거짓말한 건지 어떻게 알아?"

씩씩대던 명호는 갑자기 무슨 생각이라도 난 건지 액셀을 밟고 차를 출발시켰다.

"야, 어디 가?"

"씨발, 나 이태헌 아들내미라는 놈 좀 봐야겠어. 전당포에 전화해서 아들이 입원한 병원이 어딘지 좀 물어봐."

"뭔 소리야? 우리가 거길 왜 가?"

"그래야 진짜인지 아닌지 알 거 아냐? 전당포 사장이 거짓말한건지 어떻게 알아? 이태헌이 전당포 주인한테 거짓말했을 수도 있고. 그 아들이 이태헌 아들이 맞기나 한 건지, 진짜 병에 걸린 건지 싹 다 알아내야겠어. 만약 다 거짓말이면…… 진짜 이태헌 유골함 박살 내버릴 거야."

지훈은 따지려던 말을 삼켰다. 명호의 말이 옳았다. 어떤 괴로운 진실이 기다리고 있건, 그 진실을 눈으로 직접 봐야 미련이 없을 것 같았다.

지훈은 진옥에게 전화를 걸어 태헌의 아들이 입원한 병원 위치를 물었다. 차로 한 시간 정도 떨어진 곳이었다. 진옥이 병원 위치를 순순히 털어놓는 걸 보니, 적어도 어떤 아이가 병원에 입원한 것만은 사실인 듯했다. 병원까지 가는 내내 차 안에는 침묵만 감돌았다. 명호는 운전에만 몰두했고 지훈은 창밖을 내다보며 생각을 정리했다.

이윽고 차가 병원에 도착했다. 두 사람은 차에서 내려 소아병동으로 향했다. 소아병동은 부드러운 파스텔톤으로 꾸며져 있었다. 두 사람이 엘리베이터에서 내려 로비를 걸어가는 동안에도 환자복을 입은 조그마한 아이들이 엄마 아빠 손을 잡고 지나가는 모습이 보였다. 지훈은 아이들을 한참 쳐다보다가 애써 고개를 돌렸다.

두 사람은 입원실 복도로 들어가 병실을 찾았다. 진옥이 말해준 병실은 819호였다. 복도 제일 끝에 있는 모양인지 한참을 걸어도 나타나지 않았다. 819호가 가까워질수록 지훈은 주저하는 마음이 들었다. 저도 모르게 발걸음을 멈췄다. "왜?" 하며 명호가 돌아봤다.

"근데 이렇게 무작정 찾아간다고 전당포 사장 말이 사실인지 아닌지 알 수 있을까?"

지훈이 머뭇거리다가 말했다.

"애 엄마 붙들고 물어야지 뭔 소리야?"

"애 엄마가 사실대로 얘기 안 할 수도 있잖아."

"협박을 하든 뭘 하든 어떻게든 알아내야지. 마음 약한 소리할 거면 넌 오지 마."

명호는 지훈을 내버려둔 채 성큼성큼 복도를 걸어갔다. 지훈은 멀어지는 명호의 뒷모습을 쳐다보다가 서둘러 따라잡았다. 이 주저하는 마음은 진실을 대면하기 싫은 마음이다. 모든 게 거짓일까 봐, 그리하여 태헌이 정말 작정하고 배신한 사실을 기어코 알게 될까 봐 두려웠다.

곧 819호가 눈앞에 보였다. 지훈과 명호는 문 옆에 붙은 환자명을 확인했다. 진옥이 알려준 '최선재'라는 이름이 보였다. 지훈은 문에 달린 창으로 병실 안을 들여다봤다. 한 침대는 비어 있었고, 다른 침대에 다섯 살 정도 되는 남자아이가 태블릿을 보고 있었다.

지훈의 시선이 남자아이의 얼굴에 닿았다.

아…… 아…….

그 순간 비어 있는 침대의 아이가 태헌의 아들일지도 모른다는 생각이 단숨에 날아갔다.

진옥의 말, 태헌의 말, 지나의 말이 거짓일지도 모른다는 생각도 한순간에 날아갔다.

애 엄마를 붙들고 어떻게 물어봐야 할까 머리를 굴렸던 것 또한 무용한 짓이었다.

누군가에게 물어볼 필요도 없었다. 아이의 얼굴을 보니 그냥 알 수 있었다.

저 아이는 태헌의 아들이었다.

태헌의 어릴 적 모습과 놀라울 정도로 꼭 닮아 있었다.

아이는 힘이 없는지 반쯤 세워놓은 침대에 축 늘어진 채 태블릿에 시선을 고정하고 있었다. 어린이용 애니메이션이라도 보는지 홀린 듯한 표정이었다. 가끔 이를 드러내며 웃는 모습이 어릴 적 천진난만했던 태헌의 모습과 똑같았다.

지훈은 가슴에서 무언가가 들끓는 것 같았다. 그동안 그를 괴롭게 했던 감정들이 한순간에 휘발되는 느낌이었다. 저 아이는 죽어버린 친구의 아들이었다. 태헌이 그렇게까지 가지고 싶어 했던 가족, 살리고 싶어 했던 아들.

아이의 침대 주변에는 태헌이 인형뽑기로 뽑은 곰인형이 한가득 진열돼 있었다. 어림잡아 서른 개도 넘는 것 같았다. 태헌의 집에 있던 것과 똑같은 생김새라 출처를 짐작하기 어렵지 않았다. 그 곰인형들에서 태헌의 마음이 느껴졌다.

지훈은 시큰해진 눈가를 괜히 한번 문질렀다. 지금 가슴에서 치받는 게 무슨 감정인지 알 수 없었다. 명호도 입을 꾹 다문 채 태헌의 아들만을 보고 있었다.

이윽고 지훈과 명호의 시선이 마주쳤다. 둘 다 아무 말도 하지 않았지만 서로가 비슷한 감정을 느낀다는 걸 알 수 있었다. 명호는 고개를 푹 숙이더니 "아이 씨." 하고 중얼거리며 자신의 머리를 감싸쥐었다. 몇 번이나 병실 안 태헌의 아들을 흘낏거리기도 했다.

"태헌이 아들 맞네."

지훈이 말했다.

"……어, 그러네."

"아픈 것도 맞았네."

"……그러게."

"그래서 돈 필요했던 것도."

명호는 또 말없이 고개를 떨궜다.

희한한 일이다. 진옥에게서 태헌에게 아들이 있다고 들었을 때는 태헌의 심정만 짐작했을 뿐 아이에 대해서는 별생각이 들지 않았다. 하지만 직접 아이를 보니 형용할 수 없는 감정이 휘몰아쳤다. 듣는 것과 직접 보는 것은 너무도 달랐다.

지훈과 명호는 말없이 발걸음을 돌렸다. 병원을 빠져나와 터벅터벅 주차된 차로 걸어갔다. 머릿속은 생각으로, 가슴속은 감정으로 터져나갈 것 같은데 이게 무슨 생각이고 무슨 감정인지 여전히 알 수가 없었다.

차 문을 연 지훈은 문득 돈다발이 가득 담긴 이민 가방을 쳐다봤다. 제 손목에서 무거운 존재감을 드러내는 시계에도 시선이 꽂혔다.

지훈은 차 문을 닫고 트렁크에서 보스턴백을 꺼냈다. 차로 들어가 이민 가방에서 돈을 꺼내 보스턴백에 옮겨 담기 시작했다. 처음에는 가만히 지켜보던 명호도 곧 지훈의 의중을 알아채고 같이 보스턴백에 돈을 담았다.

"⋯⋯아이는 죄가 없잖아."

지훈의 말에 명호는 작게 고개를 끄덕였다.

보스턴백 두 개에 돈다발을 가득 넣은 지훈과 명호는 다시 병원으로 걸어갔다. 담당 의사와 간호사를 만나 뜻을 전했더니 행정실 직원을 연결해주었다. 두 사람은 그렇게 태헌의 아들 치료비에 50억을 사용했다.

담당 간호사의 배웅을 받아 병원을 나오는 길, 지훈은 문득 한 가지가 궁금해졌다.

"그런데 선재 병실에 곰인형은 다 뭐예요? 굳이 저렇게 많이 필요가 있나 싶어서요."

선재가 곰인형을 좋아한다면 몇 개만 뽑아서 주면 될 일이었다. 그런데 태헌은 인형뽑기에 중독됐다는 말이 나돌 정도로 열중했다. 거기 쓴 돈을 선재 병원비에 보태는 게 나았을 텐데도 말이다. 지훈은 그 이유를 알고 싶었다.

"아아, 그거요? 다 선재네 삼촌이 갖고 온 건데. 사실 선재가 무슨 TV 프로그램에서 본 건지 언젠가부터 곰인형이 소원을 들어줄 거란 말을 하더라고요. 근데 다른 곰인형도 아니고 꼭 뽑기로 뽑은 그 곰인형이어야 한다잖아요. 머리에 고리도 달려야 하고. 그 곰인형이 자기 병을 낫게 해줄 거라면서. 선재네 삼촌이 그 곰인형 갖고 올 때마다 그렇게 좋아했어요."

지훈과 명호는 그 앞에서 아무 말도 할 수가 없었다. 그저 다음에 곰인형을 가지고 다시 찾아오겠다는 말만 남기고 병원을 나섰다.

중산으로 돌아가는 길, 이번에는 지훈이 운전대를 잡았다. 어찌된 일인지 전처럼 머릿속이 복잡하지도, 마음이 무겁지도 않았다. 속에서 괴롭게 휘몰아치던 감정의 일부가 해소된 것 같았다. 명호도 마찬가지인 것처럼 보였다.

"이제 어떻게 할 거야?"

지훈이 물었다. 말로 정리하지는 않았지만 태헌과 관련된 문제는 다 끝났다는 것을 알 수 있었다. 명호는 다소 날 선 얼굴로 창밖만 내다봤다.

"이제 다 집어치우고 남은 돈 나눠 갖고 제대로 살아볼까? 태헌이 문제도 다 끝났는데……."

"제대로 어떻게 살아. 우리가 그게 가능할 거 같냐?"

명호는 사이드미러에서 시선을 떼지 않은 채 날카로운 목소리로 대답했다.

"그럼 어쩌자고……."

지훈이 말을 이으려는 찰나, 명호가 버럭 소리쳤다.

"야, 밟아!"

지훈은 영문도 모른 채 액셀을 밟았다. 명호는 신경이 바짝 곤두선 얼굴이었다. 그제야 차 뒤꽁무니에 바짝 따라붙은 검은색 SUV가 보였다.

지훈은 차 속도를 높이며 명호에게 물었다.

"어느 쪽이야?"

"한필우. 아, 아니, 강태평. 씨바, 나도 몰라."

하긴 필우든 태평이든 무슨 상관있으랴. 중요한 건 그들에게 위치가 들통났다는 것이다. 태헌 일을 알아보느라 잠시 잊고 있었던 두려움이 단숨에 등 뒤를 덮쳐왔다.

그렇다. 108억, 아니, 이제는 43억인가.

저 돈을 가지고 있는 이상 이렇게 영원히 쫓기는 신세가 될 수밖에 없었다. 아니, 영원히 도망칠 수도 없는 노릇이었다. 결국에는 필우나 태평에게 잡혀서 돈도 뺏기고 죽임당할 날만이 기다리고 있는 것이다. 돈을 나눠 가지고 제대로 한번 살아보자는 말이 얼마나 순진한 말이었는지.

지훈은 신경을 곤두세운 채 정신없이 도로를 달렸다. 그사이 검은색 SUV뿐 아니라 다른 차 두 대도 굉음을 내며 쫓아와 가까이 따라붙었다.

"씨발……."

명호는 욕을 내뱉으며 손잡이를 단단히 붙잡았다. 차 두 대가 속도를 내 치고 나오더니 지훈의 차 양옆을 에워쌌다.

"속도 좀 더 내."

지훈은 액셀을 더욱 세게 밟으며 앞차를 추월했다. 이제 속도는 시속 180킬로미터를 넘어서고 있었다. 그나마 다행인 것은 점점 차량이 많아지고 저 멀리 시내가 보인다는 점이었다. 미친 듯이 달리는 네 대의 차가 엄청난 속도로 시내에 들어섰다. 눈앞에 사거리 신호가 보였다. 때마침 노란색 신호가 빨간색으로 바뀌었다. 양옆에서 신호가 바뀌길 기다리던 차들이 하나둘씩 출발하고 있었다. 지훈은 식은땀이 줄줄 흘렀다. 여기서 멈춰 서게 되면 꼼짝없이 저 놈들에게 잡히게 된다.

"뭐 해? 더 밟아!"

"안 돼. 사고 난다고!"

"나 믿어, 밟으라고!"

입 밖으로 욕설이 튀어나왔다. 지훈은 정신없이 경적을 울리며 액셀을 힘주어 밟았다. 양옆에서 달려오던 차들이 경적을 울리며 급정거했다. 동시에 지훈의 차가 아슬아슬하게 사거리를 통과했다. 따라붙던 차들은 차량의 흐름에 막혀 그대로 멈춰 섰다.

지훈은 뒤쫓아오던 차들의 시야에서 벗어나기 위해 우회전을 했다. 다행히 고비는 넘겼지만 안심하기는 일렀다. 여전히 흥분을 가라앉히지 못한 채 액셀을 밟아대며 달리고 있는데, 명호가 안전벨트를 풀더니 뒷좌석으로 넘어갔다.

"잠깐 저기 덤프트럭 뒤에 차 세워봐."

지훈이 급브레이크를 밟아 덤프트럭 뒤에 차를 대자, 명호는 작은 가방에 돈다발을 욱여넣고는 서둘러 차에서 내렸다.

"저 새끼들, 곧 너 다시 찾아낼 거야. 그니까 무조건 서곡 쪽으로 달려."

"야, 미친. 여기서 찢어지자고? 어디 가는데? 나는 어쩌고?"

지훈이 소리쳤다.

"나 한번 믿어봐."

명호는 제대로 된 대답도 하지 않고 차 문을 쾅 닫은 채 어디론가 달려갔다.

지훈은 뒤통수를 맞은 것처럼 황당해서 말이 나오지 않았다. 둘이 힘을 합쳐 도망가도 모자랄 판에 이게 다 무슨 짓인지. 하지만 명호를 따라가야 하나 생각할 겨를도 없이 검은색 SUV가 나타났다. 지훈은 덜덜 떨리는 손으로 운전대를 붙잡고 차를 출발시켰다.

서곡, 서곡 쪽이라고 했다.

명호가 아무 생각 없이 그렇게 말했을 리는 없었다. 지훈은 안내판을 확인하며 서곡 쪽으로 방향을 틀었다. 뒤쫓는 세 대의 차는 시내인 것도 아랑곳하지 않고 마구잡이로 차를 몰았다. 지훈은 내몰리듯 정신없이 달리는 수밖에 없었다.

한동안 레이스가 이어지다 차가 시내를 벗어나 국도에 접어들었다. 텅 빈 도로를 보니 두려움이 배가 됐다. 명호 없이 혼자라는 사실이 지훈을 끝없는 공포 속으로 몰아넣었다.

국도에 접어들자 뒤쫓는 차들은 거리낄 것 없다는 듯 속도를 높였다. 그러더니 결국 지훈의 차를 따라잡았다. 지훈의 차와 검은색 SUV가 도로를 나란히 달렸다. 검은색 SUV가 옆으로 부딪칠 때마다 차체가 요란하게 흔들렸다. 뒤에 붙은 차도 지훈의 차 범퍼를 쿵 들이박았다.

지훈은 두려움 때문에 전신이 덜덜 떨렸다. 정신이 나갈 것 같았다. 그때 핸드폰이 울렸다. 명호였다. 지훈은 가까스로 블루투스를 켜서 전화를 받았다.

"옆 차선으로 가서 더 밟아. 무조건 밟아!"

명호가 소리쳤다. 동시에 뒤쫓는 차 뒤에서 커다란 덤프트럭이 빠앙 하고 경적을 울렸다.

젠장……. 울컥 눈물이 나올 것 같았다. 명호가 덤프트럭을 몰고 나타난 것이다.

또다시 뒤차가 차 범퍼를 들이박으려 하자 지훈은 있는 힘껏 액셀을 밟으며 차선을 변경했다. 곧 덤프트럭이 뒤차를 세게 들이박는 소리가 들렸다. 그대로 뒤차를 튕겨낸 덤프트럭은 다른 차들을 한 대씩 차례대로 뭉개버렸다. 쾅쾅, 차가 충돌하는 소리와 끼익 바닥을 긁는 굉음이 한동안 메아리쳤다. 그러더니 곧 아무 소리도 들리지 않았다.

급하게 속도를 줄인 지훈은 멀찍이 떨어진 갓길에 허겁지겁 차를 세웠다. 돌아보자 저 멀리 종잇장처럼 우그러진 차들이 보였다. 덤프트럭은 차 한 대를 거의 깔아뭉갠 채 멈춰 서 있었다. 사방이 고요했다. 좀 전까지의 추격이 거짓말이었던 것처럼 한가로운 도로에는 적막이 흘렀다.

영화 같은 상황에 아연해진 지훈은 입을 벌린 채로 사고 현장만 쳐다봤다.

명호는……?

지훈이 얼굴을 일그러뜨리며 달려가려는 찰나, 명호에게서 전화가 걸려 왔다. 서둘러 전화를 받자 명호 목소리가 들려왔다.

"차 갖고 이쪽으로 다시 와!"

지훈은 얼른 차에 올라타 유턴해서 사고 현장으로 돌아갔다.

명호는 덤프트럭에 깔린 차에서 한 남자를 끌어내고 있었다. 자세히 보니 한필우의 오른팔인 조동재였다. 지훈이 차에서 뛰어내리며 물었다.

"너 괜찮아?"

"씨발, 이거나 도와."

지훈은 덜덜 떨리는 손으로 기절한 동재를 우그러진 차에서 꺼냈다. 그리고 명호와 함께 부축해 차에 태웠다. 명호는 극렬한 흥분에 휩싸인 듯 크게 숨을 몰아쉬며 전신을 부풀리고 있었다. 사냥에 성공한 한 마리 짐승처럼 보였다.

명호는 턱짓으로 지훈에게 조수석에 올라타라고 한 다음 운전석에 앉았다. 사납게 달아오른 명호의 표정에 지훈은 한마디 말조차 붙일 수 없었다. 그러나 명호와 다시 함께한다는 사실만으로 삽시간에 두려움이 사라졌다.

두 사람은 한동안 차를 몰고 달리다가 어딘지도 모를 산기슭에 차를 세웠다. 필우에게 위치를 들켜버린 이상 어디를 가든, 어디에 숨든 무의미했다. 여전히 기절해 있는 동재의 손발을 묶은 다음 둘은 차에서 내렸다. 흙바닥에 주저앉자 그제야 살았다는 생각에 안도의 한숨이 흘러나왔다.

하지만 아직 안심하기에 이르다는 듯 때마침 명호에게 전화가 걸려 왔다. 발신자를 보고 두 사람 다 몸이 굳었다. 필우였다.

핸드폰을 잠시 쳐다보던 명호는 미간을 사정없이 구기며 전화를 받았다.

"명호야…… 잘 있었니? 선물은 잘 받았고?"

나른한 필우의 목소리가 핸드폰 너머에서 흘러나왔다.

"이 개새끼야! 뭐 하는 짓거리야?"

명호는 자신의 목소리가 '지훈'의 것이라는 사실도 아랑곳하지 않고 소리를 질렀다.

"어머닌 병원에 잘 계시지? 이태헌 아들이라는 놈도. 내가 둘 다 어느 병원에 있는지 모를 거 같아?"

그 순간 두 사람의 얼굴에서 핏기가 사라졌다. 지훈은 심장이 아득한 낭떠러지 아래로 추락하는 것 같았다. 이제 상황은 단순히 돈 43억을 뺏기거나 둘의 목숨이 위협받는 데 그치지 않고, 더 끔찍한 형태로 뻗어나갔다. 죄 없는 명호 어머니와 태헌의 아들까지 이 일에 휘말리고 만 것이다.

"씨이발……! 조동재 내가 데리고 있어, 알아? 죽여버린다!"

명호는 핸드폰 쥔 손을 부들부들 떨었다.

"그래? 대신 죽여주면 고맙지. 그니까…… 내 돈 갖고 기어와. 두 시간 준다."

명호가 대답할 새도 없이 필우는 전화를 끊었다.

명호는 핸드폰을 바닥에 패대기치며 괴성을 질렀다. 지훈도 미칠 듯한 심정인 것은 매한가지였다. 남은 돈을 필우에게 넘기면 과연 목숨만은 살려줄까? 절대 그럴 리 없었다. 입막음하고 누명을 씌우기 위해서라도 가차 없이 둘을 죽일 것이다. 지금이야말로 절벽 끝의 끝까지 내몰린 순간 같았다.

명호는 분노를 주체할 수 없는지 한동안 발광하다가 바닥에 주저앉았다. 얼굴에는 절망감이 가득했다. 그러다 돌연 눈빛을 사납게 번뜩이더니 벌떡 일어나 지훈을 쳐다봤다.

"넌 이제 빠져."

그러고는 던진다는 게 밑도 끝도 없이 황당한 말이었다.

"뭔 소리야?"

"한필우 내가 죽인다……. 그 새끼 죽여버리고 나도 죽어버릴 테니까 넌 빠지라고."

지훈은 어이가 없어 헛웃음이 나왔다. 발광하다 내린 결론이 고작 그건가 싶었다.

"누가 누구더러 빠지라 마라야? 이게 전부 다 네 일이야? 그리고 너도 죽겠다고? 지금 네 몸 그거 네 거 아니야, 내 거라고. 우린 살아서 서로한테 몸을 돌려줄 의무가 있어!"

"……."

"네 어머니뿐 아니라 태헌이 아들까지 걸린 일이야."

"알아, 아는데……. 이제 진짜 죽을 수도 있어서 하는 말이야."

"내가 전에 했던 말 다 귓등으로 들었어? 내가 죽을 각오도 안 된 거 같아?"

지훈은 때가 왔다고 생각했다. 자신의 몸과 마음으로는 이런 상황을 더 이상 버틸 수가 없었다. 언제까지 도망만 다닐 수도 없는 노릇. 이러다 정신이 돌아버리는 게 먼저일 것 같았다. 어떻게든 마무리를 지어야 했다. 죽이든, 죽임을 당하든.

"너야말로 진짜 죽을 각오가 돼 있어?"

지훈이 물었다. 명호는 결심이 들어찬 얼굴로 조금의 망설임도 없이 고개를 끄덕였다.

"그럼 우리가 먼저 치자."

"뭐?"

"저번에도 얘기했잖아. 먼저 선수 치자고. 언제까지 이렇게 쫓겨 다닐 거야. 최선의 방어는 공격인 거 몰라?"

지훈의 말에 명호는 미간을 찌푸렸다. 말도 안 되는 소리라고 생각하는 듯했다.

"아는데, 뭔 수로? 이렇게 도망 다니기만도 급급한데 어떻게 먼저 치냐고."

"넌 영화도 안 봐? 내가 전부터 생각한 게 있는데……."

지훈은 이야기를 시작했다. 망연하게 듣고 있던 명호도 점점 귀를 기울였다. 처음에는 헛소리에 가까운 계획이었지만 둘이 이야기를 주고받는 과정 속에서 제법 실현 가능한 세부 사항이 덧대어지기 시작했다.

지훈도 이 어설픈 계획이 완벽하게 통하리라고는 생각하지 않았다. 하지만 뭐라도 시도해봐야 했다. 어차피 필우에게 죽는다면 대차게 한번 들이박고 죽는 게 나을 것도 같았다.

어느 정도 계획이 세워지자 두 사람은 차에서 기절한 동재를 끌어냈다. 뺨을 몇 대 갈겨주자 동재는 신음을 흘리다가 눈을 떴다. 명호는 동재가 제정신을 차릴 때까지 기다리지 못하고 그의 멱살을 잡았다.

"조동재. 죽고 싶지 않으면 똑바로 말해. 이태헌 네가 죽였어? 한필우가 죽였어?"

다짜고짜 묻는 말에 동재는 눈을 크게 뜨고 주위를 살폈다. 그러다 자신 혼자 '명호'에게 붙들려온 걸 알아챈 모양인지 그제야 얼굴에 두려움이 들어찼다. 지훈은 명호가 이제껏 왜 동재를 두고 비열한 쪼다 새끼라고 했는지 알 것 같았다. 필우를 등에 업고 수하들을 부릴 때는 그렇게 당당하더니 혼자 불리한 상황에 놓이자 금세 본모습을 드러낸 것이다.

"넌 뭐야? 갑자기 뭔 개소리……."

동재는 말을 끝내지 못했다. 명호의 주먹이 동재의 얼굴에 메다꽂혔다.

"잘 생각해. 네 대답에 따라서 네가 살지 죽을지가 결정되는 거야. 지금 내가 제정신인 거 같아? 쥐도 궁지에 몰리면 사람을 문다는데, 난 어떡할 거 같냐?"

동재는 명호의 친구인 '지훈'이 왜 저러는지 모르겠다는 얼굴을 하면서도 눈빛이 흔들렸다. 명호가 동재를 몰아붙이는 동안 지훈은 차에서 이민 가방 하나를 끌어냈다.

"누가 이태헌 죽였냐고 묻잖아. 사실대로 얘기하면 10억."

지훈은 이민 가방에서 돈다발을 꺼내 동재 앞에 내던졌다. 시간이 없었다. 동재 따위와 입씨름하느라 아까운 시간을 날려 보낼 수는 없었다. 한쪽에서는 협박, 한쪽에서는 구슬리기. 무슨 방법으로든 동재의 입을 열어야 했다. 돈다발을 슬쩍 본 동재의 눈빛이 탐욕으로 번들거렸다.

"……내가 널 어떻게 믿어?"

동재의 말에 지훈은 돈다발을 더 꺼내 그의 앞에 쌓았다.

"20억."

동재는 잠시 고민하는 척하다가 입을 열었다. 의리니 충성이니 말로만 주절댔지 20억 앞에서는 10분도 채 지키지 못할 마음이었다.

"필우 형님이 죽였지. 작업실에서."

지훈의 심장이 크게 고동쳤다. 명호도 얼굴이 터질 듯이 시뻘게졌다.

"왜?"

명호의 질문에 동재는 또 입을 닫았다. 한 번 더 지훈이 나설 차례였다.

"지금 경찰 수사 중인 거 알지? 한필우가 연관된 거 몰라서 안 움직이는 거겠어? 덤프트럭으로 차 세 대나 박살 내고 난리가 났어. 경찰이 지금 상황 못 알아낼 거 같냐고. 네가 다 덮어쓰기 전에 우리랑 입 맞추는 게 낫지 않아? 그니까 솔직하게 털어놓고 저 20억 챙겨서 한국 떠."

동재는 한동안 눈알을 이리저리 굴리며 계산하는 듯했지만, 죄를 덮어쓸지도 모른다는 말에 결국 입을 열었다.

"필우 형님이 이태헌한테 너 죽이라고 했거든. 근데 이태헌이 싫다고 했어. 그래서 죽인 거야."

잠시 침묵이 흘렀다. 휘이 바람 부는 소리만이 정적을 갈랐다. 지훈과 명호의 얼굴이 무참하게 일그러졌다. 어떤 말도 내뱉지 못했다.

저 짧은 몇 마디 말에는 많은 이야기가 담겨 있었다. 로또에 당첨된 다음 날, 절벽 아래에서 눈을 뜬 태헌은 명호를 죽이려 했던 사실이 들통날까 두려워 도망쳤을 것이다. 아마도 도와달라고 필우에게 손을 내밀지 않았을까. 이에 필우는 1억을 갚으라고 종용하며 태헌에게 명호를 죽이라고 청부 살인을 지시했을 거고. 태헌은…… 명호의 목을 졸랐던 기억을 떠올리며 거절했을 것이다.

아니, 잘 모르겠다. 이것이 진실인지. 태헌이 죽은 이상 진실은 영영 알 수 없게 돼버렸다. 하지만 지훈은 이것이야말로 진실에 가장 가까울 거라 생각했다. 아니, 진실이라 믿기로 했다. 지난 30년 동안 알아왔던 태헌은, 나약하고 소심했지만 마음이 여리고 정에

애달팠던 태헌이라면 그러했을 것이다. 사실 우리에게도 가능성이 필요했을 뿐이다. 태헌이 끝까지 우리를 친구라고 생각했을 거라는 단 하나의 가능성.

지훈은 명호를 쳐다봤다. 명호는 어떤 감정이 북받쳐 오르는지 얼굴 근육이 파르르 떨렸다. 이내 얼굴에 짙은 죄책감이 드리웠다.

명호는 동재의 가슴을 냅다 걷어찼다. 몇 번이나 동재를 짓밟았다. 윽윽, 고통스러워하는 신음이 귀를 찔렀다. 명호가 동재를 걷어차는 동안 지훈은 그의 앞에 쌓인 돈을 도로 가방에 챙겨 넣었다.

"뭐 하는 거야? 솔직하게 얘기하면 20억 준다며!"

지훈은 차로 걸어가다 돌아보며 말했다.

"솔직하게 얘기 안 했으니까. 한필우가 시켰을진 몰라도 네가 죽인 거잖아. 한필우가 직접 목 졸라 죽였다는 게 말이 돼? 한필우 같은 인간은 절대 자기 손에 피 안 묻히지."

정답이었던 모양인지 동재의 얼굴이 퍼렇게 질렸다.

명호는 분이 풀릴 때까지 동재를 패고 지훈을 따라 차에 올라탔다. 시동을 걸고 출발하기 전 지훈은 창문을 내리고 핸드폰을 들어 보이며 동재에게 소리쳤다.

"아까 한 얘기 전부 다 녹음했다. 좀만 기다려. 유 형사가 잡으러 올 테니까. 한필우한테 죽는 것보다야 그게 낫지 않겠어?"

차가 엔진 소리를 내며 산길을 따라 내려갔다. 뒤에서 동재가 목이 터져라 욕설을 퍼부었지만 그 소리도 곧 아스라이 멀어졌다.

6

지훈과 명호는 곧장 중산으로 차를 몰았다.

둘 다 긴장으로 몸이 뻣뻣하게 굳어 있었으나 태연한 척하려 애썼다. 자신의 불안을 상대에게 전염시키고 싶지 않은 마음이었다. 지훈은 상민에게 동재와의 대화 녹음 파일을 보내고 상황을 설명한 뒤 계획대로 필우에게 전화를 걸었다.

"한 시간 뒤 새천년새교회."

필우의 대답도 듣지 않고 전화를 끊었다. 할 일을 끝내자 차 안에는 적막이 감돌았다. 명호는 손에 땀이 나는지 몇 번이나 바지에 문질러 닦으며 운전에만 집중했다.

지훈은 창문을 열고 바깥 공기를 쐤다. 미지근한 바람이 얼굴을 때렸다. 드디어 더위가 물러가나 싶었는데 늦더위가 기승을 부리는 모양이었다.

정말이지 지긋지긋한 여름이다. 지훈은 여름이 싫었다. 비단 더위 때문만은 아니었다. 백 퍼센트의 확률로 나쁜 일은 여름에 일어났다. 여름이 끝나면 이 모든 일도 마무리가 될 것이다. 썩어 문드러진 시체가 돼 하수구 안을 뒹굴지, 시원한 집에서 부른 배를 두드리고 있을지. 아직은 아무것도 알 수 없었다.

두 사람은 중간에 마트와 주유소에 들러 이민 가방 두 개와 20리터 등유 다섯 통을 샀다. 이후 다시 차를 몰아 도착한 곳은 중산시 외곽에 있는 한적한 동네였다. 두 사람이 어린 시절을 보낸 새천년 새교회가 있는 곳이었다.

20년이나 지났지만 마을은 바뀐 게 없었다. 나지막한 산등성이가 동네를 둘러싸고 있었고 넓게 펼쳐진 논밭이 마을 전경의 대부분이었다. 인가라고는 띄엄띄엄 자리 잡은 단층집 몇 채뿐이었다.

외딴길을 따라 차를 몰다 막다른 곳에 도착했다. 새천년새교회가 보였다.

지훈과 명호는 교회 앞마당에 주차하고 차에서 내렸다. 지훈은 교회를 쳐다봤다.

몇 년 만인지. 무려 20년 만에 다시 찾아온 곳이었다.

교회는 20년의 세월을 고스란히 맞은 듯 쇠락한 기운이 물씬 풍겼다. 높이 솟은 첨탑은 여전했지만 교회 건물도 보육원 건물도 숙소동도 창고도 모두 낡은 사진처럼 빛바랜 모습이었다. 방치된 지오래돼 폐건물이나 다름없었다. 당연한 일이었다. 원장이 죽고 그의 악행이 드러나는 바람에 교회와 보육원은 문을 닫아야 했다. 인수하려는 사람이 없었던 모양인지 그때 모습 그대로 버려진 것 같았다.

지훈과 명호가 이곳을 결전의 장소로 잡은 이유는 간단했다. 낮

선 장소보다는 익숙한 장소가 싸우기에 더 유리할 것 같았고, 외딴 곳이라 큰 난리가 나도 주변에 피해가 가지 않을 것 같았다. 끔찍 했던 어린 시절을 몽땅 불태우고 싶은 마음도 있었다.

각각 식칼과 망치를 손에 든 지훈과 명호는 만약의 경우를 대비해 벤츠에 기름을 뿌렸다. 돈이 든 이민 가방 두 개는 기름 범벅이 된 벤츠 뒷좌석 아래 숨겨져 있었다. 이후 신문지를 채워 넣은, 새로 산 가짜 이민 가방 두 개를 들고 바닥에 살살 등유를 뿌리며 예배당 안으로 들어갔다. 벤츠에서 예배당 안까지 길게 기름으로 만든 길이 생겼다. 언뜻 보면 등유 통을 들고 가다 흘린 것처럼 보이는 자국이었다.

예배당 안에는 먼지와 함께 퀴퀴한 냄새가 떠돌았다. 준비가 완료되자 명호는 태평에게 전화를 걸었다. 잠시 신호음이 울리더니 태평이 전화를 받았다. 그는 내내 격분에 휩싸여 욕만 퍼부었다.

"내가 너 어딨는지 위치 하나 못 딸 거 같아? 딱 기다려. 가서 목 따버릴 거니까!"

"여기 내가 어릴 적에 살던 새천년새교회야. 돈 받고 싶으면 이쪽으로 와."

"돈이고 자시고 간에 내가 너네 둘 다 눈알이랑 손발톱 다 뽑고 내장을 씹어 먹어버린다!"

"못 할걸? 야, 이 멍청한 새끼야. 내가 왜 중산으로 도망 왔겠냐? 어떻게 지금까지 멀쩡하게 살아 있겠냐고. 나한테 뒷배가 있을 거란 생각 안 해봤어? 내 친구 장명호 개도 가로회잖아."

348

"씨발, 가로회고 뒷배고 다 죽여버리면 그만이야!"

"네가 한필우한테 참이나 상대가 되겠다. 어디 한번 와봐. 제대로 함 붙어보게."

고래고래 악을 쓰는 태평의 목소리를 뒤로하고 명호는 전화를 끊었다. 다행히도 태평은 둘의 계획대로 움직여줄 것 같았다.

뒤이어 지훈과 명호는 탈출 통로인 기도실을 확인하려 했으나 밖에서 희미하게 자동차 소리가 들리는 게 먼저였다. 차 여러 대가 한꺼번에 굴러오고 있었다.

지훈과 명호는 기도실로 향하던 발걸음을 돌리고 가짜 이민 가방 앞에 섰다. 심장 소리가 귓가에 북처럼 울려댔다. 극도의 긴장감이 전신을 에워쌌다. 지훈은 식칼을 손에 꽉 쥐고 명호는 망치를 들었다. 곧 열려 있는 예배당 문을 통해 마당에 차 여러 대가 서는 게 보였다. 필우와 조직원들이었다. 영화처럼 검은 양복을 빼입은 남자 열댓 명이 차에서 내렸다.

필우는 교회 앞마당에 세워진 벤츠를 흘낏 보고는 예배당 안으로 걸어왔다. 그의 뒤를 조직원들이 뒤따랐다.

"거기 서시죠."

보란 듯이 가짜 이민 가방에 등유를 콸콸 부어버린 지훈이 지포 라이터를 켜며 말했다. 필우는 구두로 바닥을 딱 찍는 소리를 내며 멈춰 섰다. 동시에 뒤따르던 조직원들까지 발을 멈추자 예배당을 울려대던 발걸음 소리가 한순간에 사라졌다.

필우는 뱀 같은 눈을 가늘게 뜨며 고개를 삐딱하게 기울였다.

"명호야. 사람 불러놓고 뭐 하는 짓이니……? 돈 넘긴다며."

"제가 아직 형님을 못 믿겠어서요."

"이 개새끼가 기어올 생각이 없는 모양이네……?"

그때 필우를 본 순간부터 화를 참지 못해 얼굴이 터질 것 같던 명호가 소리쳤다.

"넌 이제 진짜 끝났어! 죽을 때까지 콩밥이나 먹어라, 개새끼야."

순간 필우의 표정이 변했다. 나른하면서도 일견 온화해 보이던 얼굴이 사라졌다. 필우는 잠깐 주위를 둘러보더니 함정이라는 걸 깨달은 눈치였다. 그는 두 사람이 대처할 새도 없이 조직원 중 하나의 회칼을 빼앗아 지훈에게 달려들었다. 찰나의 순간이었다. 이렇게 돌변해서 급작스럽게 공격할 줄 몰랐기에 지훈은 눈만 껌뻑거리며 복부를 찔러오는 칼을 그저 쳐다볼 뿐이었다.

필우의 칼이 지훈의 옆구리를 스쳤다. 그나마 필우의 공격을 대비하던 명호가 지훈을 잡아당긴 터라 그 정도에 그친 것이다. 지훈의 목구멍에서 비명이 터져 나왔다. 끔찍한 고통이 신경을 뻗어나갔다. 필우가 다시 회칼을 치켜들었다. 기계처럼 군더더기 없는 동작에는 그 어떤 감정도 실려 있지 않았다. 회칼이 이번에는 어깨를 찔렀다. 명호가 "씨발!" 하고 소리치며 망치를 휘둘렀다. 그 모습을 보고 조직원들이 달려들었다.

모든 상황이 불과 몇 초도 되지 않아 동시다발적으로 일어났다.

예상을 완전히 벗어난 전개에 지훈의 머릿속은 벌집을 쑤신 것 같았다. 원래 계획은 가짜 이민 가방에 등유를 뿌리고는 필우를 협박해 시간을 끄는 것이었다. 이후 태평이 도착하면 두 패거리를 싸움 붙이고, 기도실을 통해 예배당을 빠져나가 벤츠를 타고 도망갈 생각이었다. 그러나 필우를 만만하게 본 것이 실수였다. 그는 얕은 수작에 넘어갈 만한 인물이 아니었다.

지훈은 끙끙 신음하면서도 불이 붙은 지포라이터를 미리 만들어 둔 기름 길로 던졌다. 필우의 무자비한 공격을 막을 방도는 이것뿐이었다. 사실 예배당 밖 벤츠까지 기름 길을 만든 건, 가짜 이민 가방을 들키는 최악의 경우 도망갈 시간을 벌기 위한 것이었다. 이렇게 금방 기름 길에 불을 붙이게 될 줄은 지훈조차 예상하지 못했다.

순식간에 예배당 안이 불길에 휩싸였다. 불길이 번지자 필우는 지훈을 공격하던 걸 멈추고 황급히 가짜 이민 가방을 향해 달려들었다. 하지만 이내 가방 속 신문지를 확인하고는 얼굴을 구겼다. 잠시 주변을 둘러본 그는 교회 앞에 주차된 벤츠 안에 진짜 돈이 들어 있을 거라고 판단했는지 수하들을 헤치며 예배당 출입구로 달려갔다.

매캐한 연기가 넓은 공간을 가득 채웠다. 화염이 예배당을 집어삼킬 듯 삽시간에 활활 타올랐다. 부상당한 지훈 앞을 가로막은 명호는 달려드는 조직원들을 상대하느라 악전고투를 벌이고 있었다.

그때 예배당 문이 쾅 소리를 내며 열리더니 태평과 그의 수하들이 나타났다. 태평은 전보다 훨씬 더 약에 취한 상태로 기다란 회칼을 들고 있었다. 불길로 아수라장이 된 내부를 보고 눈을 희번덕거린 그는 칼을 마구잡이로 휘둘렀다. 화염을 피해 출입구로 도망치던 필우의 조직원들은 태평의 회칼에 무차별적으로 찔렸다.

곧 두 무리 사이에 싸움이 벌어졌다. 서로가 서로를 향해 연장을 휘둘렀다. 찌르고 때리고 부수고 내려치는 온갖 소리가 뒤섞였다.

필우는 예배당 밖으로 뛰쳐나가 불길에 휩싸인 벤츠 앞에서 괴성을 질렀다. 물을 가져오라고 조직원들에게 고함을 쳤으나 수도가 끊긴 지 오래된 예배당에 멀쩡한 호스가 있을 리가 없었다.

도망갈 시간을 번 명호는 상처에서 울컥울컥 피가 솟구치는 지훈을 부축해 기도실로 향했다. 애초에 둘이 탈출구로 점찍어둔 기도실에는, 뒷마당으로 향하는 문이 있었다.

둘은 기도실에 들어가 문을 닫았다. 소리는 어느 정도 차단됐지만 매캐한 연기는 끊임없이 들어왔다. 눈물과 콧물이 줄줄 흐르고 숨쉬기가 힘들었다. 명호가 황급히 뒷마당으로 향하는 문손잡이를 잡아당겼으나 어찌 된 일인지 문이 열리지 않았다. 사용한 지 오래된 문이라, 문틀이 꽉 낀 듯했다.

"이거 왜 이래? 왜 안 열려."

명호가 어깨로 문짝을 쾅쾅 밀어봤지만 문은 꼼짝도 하지 않았다. 온 힘을 다해 망치로 손잡이를 내려쳐도 마찬가지였다. 그사이에도 예배당 쪽 문틈에서는 검은 연기가 계속해서 밀려 들어왔다. 이제는 정신이 흐릿해질 정도였다.

이 문을 열지 못하면 진짜 끝장이다.

기도실은 예배당 가장 안쪽에 위치해 있었다. 예배당은 이미 불길에 잡아먹힌 지 오래니, 이 문으로 탈출하지 못한다면 죽은 목숨이나 다름없었다.

명호는 죽을힘을 다해 망치를 휘둘렀다. 영화처럼 망치 몇 번 휘둘렀다고 문이 부서지지는 않았다. 어깨가 부러질 것 같았다. 이제 기도실 안은 연기로 가득 차 한 치 앞도 보이지 않았다. 눈물 콧물 범벅이 된 얼굴로 문틀을 내리치고 또 내리쳤다. 그러다 어느 순간 퍽 소리와 함께 문 틈새가 벌어졌다.

명호는 어깨로 한 번 더 강하게 문을 밀어냈다. 이윽고 문이 활짝 열렸다. 삽시간에 맑은 공기가 밀려 들어왔다. 두 사람은 물속에 있다가 갓 빠져나온 것처럼 허겁지겁 숨을 들이마셨다. 폐부를 가득 채웠던 연기를 기침으로 토해냈다. 지훈을 부축한 명호는 엉금엉금 기듯이 기도실을 빠져나왔다.

뒷마당에 들어서자 태평과 필우 무리가 뒤엉켜 싸우는 소리가 들렸다. 높은 담으로 둘러싸인 뒷마당에는 밖으로 향하는 길이 없었다. 오래전 명호가 드나들었던 개구멍도 넝쿨로 막혀 있었다. 그새 좁은 뒷마당에도 매캐한 연기가 들어차고 있었기에 지훈과 명호는 뒷마당을 빠져나와 교회 건물 모퉁이에 몸을 숨겼다.

앞마당은 그야말로 지옥도가 펼쳐진 것 같았다. 필우의 조직원들과 태평의 수하들은 상대방이 누군지도 모르면서 연장을 휘둘러댔다. 상대방의 어깨와 등을 칼로 사정없이 찍는 놈이 있는가 하면 아군인지 적인지 제대로 보지도 않고 쇠 파이프를 무작정 휘둘러대는 놈도 있었다. 피투성이가 돼 바닥을 구르는 사람, 부러진 다리를 부여잡고 고통스럽게 비명을 지르는 사람, 팔다리가 틀어진 채 미동이 없는 사람, 연기 때문에 시커멓게 그을린 얼굴로 기침을 토하는 사람으로 아수라장이었다.

"유, 유 형사는 왜 안 오는 거야……."

지훈이 콜록대며 말했다.

"그니까. 존나 느려터진 짭새 새끼. 우리 족치러 올 때는 그렇게 빨리 날아오더니. 오는 건 확실하지?"

지훈은 고개를 끄덕였다.

체포 영장 발부가 늦어지는 것일까. 그래도 올 것이다. 아니, 반드시 와야 한다.

지훈은 명호와 함께 몸을 숨기고 상민을 기다렸다. 섣불리 나갈 수는 없었다. 옆구리와 어깨를 다친 이상 저 아귀다툼에 휘말릴 수는 없었다.

지훈은 고개를 내밀고 앞마당을 초조하게 살폈다. 그 순간 피로 칠갑한 채 누군가의 배를 쑤셔대던 필우와 눈이 마주쳤다. 지훈은 얼어붙었다. 한순간 시간이 정지되는 것 같았다. 불길에 휩싸인 건물로부터 열기가 전해지는데도 목덜미가 서늘해지며 소름이 돋았다. 필우는 드디어 제 목표물을 발견했다는 양 눈을 번득이며 회칼을 들고 달려왔다. 명호는 "씨발!" 하고 외치며 망치를 움켜쥐고 맞설 준비를 했다.

그때였다. 사이렌 소리가 벼락처럼 울려 퍼졌다. 곧이어 마당으로 경찰차 여러 대가 들이닥쳤다.

필우는 욕설을 지껄이며 회칼을 집어 던지고 냅다 도망치려 들었다. 총을 든 상민과 형사들이 경찰차에서 내렸다. 연장 내려놔, 든 거 다 내려놓으라니까! 가만있어, 움직이면 총알구멍 뚫리는 줄 알아! 경찰들이 태평과 필우 무리를 제압하는 소리가 또 한 번 앞마당을 뒤덮었다.

두 무리가 연장을 내려놓고 바닥에 엎드렸을 즈음 지훈과 명호는 절뚝거리며 걸어 나와 마당에 세워진 필우의 차에 올라탔다. 두 사람을 발견한 상민은 빨리 꺼지라는 듯 획획 고갯짓을 하고는 자기는 아무것도 못 봤다는 양 시선을 돌렸다.

사실 지훈의 계획은 태평과 필우 무리를 싸움 붙이는 것만이 아니었다. 유혈 사태가 벌어지는 현장을 상민이 덮치도록 하는 게 더 큰 그림이었다. 신고 전화를 받은 상민은 동재를 먼저 체포한 뒤, 너무 늦지 않은 타이밍에 경찰 병력을 이끌고 현장에 나타나 준 것이다.

명호는 액셀을 밟아 차를 출발시켰다. 부웅 소리를 내며 차가 교회 앞마당을 빠져나갔다.

두 사람을 태운 차가 외진 길을 따라 달렸다. 교회에서 멀어질수록 언제 그런 일이 있었냐는 듯 한순간 사위가 고요해졌다. 지훈은 옆구리와 어깨에서 밀려드는 고통에 깊은 한숨을 내쉬었다.

"괜찮냐?"

명호가 물었다.

상처에서 계속 피가 배어 나오고 있었지만 다행히 출혈량이 많지는 않았다. 하지만 극악했던 상황을 벗어나자 귀신같이 통증이

355

몰려왔다.

"안 괜찮아. 아파 죽겠어. 빨리 병원 가자."

"어, 알았어."

"……."

"……근데 야, 우리 살았다. 씨발, 왜 이렇게 이태헌 생각이 나냐."

"……그러게. 살았네."

"하여간 살았어."

지훈은 끙끙 앓으면서도 픽 웃음을 터뜨렸다.

"우리 살았다고. 진짜 진짜 살았어!"

명호는 차 속도를 높이며 경적을 빠앙 울리기도 했다. 운전석과 조수석 양쪽 창문이 내려갔다. 시원한 바람이 차 안으로 밀려 들어 왔다.

지훈은 시선을 들어 창문 밖을 쳐다봤다. 서서히 노을이 지는 하늘이 보였다. 풀 냄새를 머금은 상쾌한 공기도 느껴졌다. 몸은 여전히 긴장에 휩싸여 있고 심장은 터질 듯이 뛰었지만, 모든 것이 끝났다는 게 실감 났다.

명호는 마음껏 액셀을 밟았다. 쭉 뻗은 도로를 달리던 차가 산 위에 난 S자형 도로로 진입했다. 차는 굽어진 길을 따라 점점 산 위로 올라갔다. 산 아래 넓게 펼쳐진 중산 전경이 보였다. 크게 휘어진 길을 또 한 번 돌아가던 그때였다.

"차 세워."

뒷좌석에서 들려오는 목소리와 함께 지훈의 옆머리에 차가운

금속이 닿았다.

"씨발, 차 세우라니까."

지훈이 돌아보려 하자 누군가가 관자놀이에 총을 짓누르며 소리쳤다. 명호는 룸미러로 뒷좌석에 탄 사람을 확인했다. 창식이었다.

"너 뭐 하냐."

"안 세우면 이 새끼 대가리에 빵꾸 뚫리는 거야. 하나, 둘."

창식이 셋을 외치기 전 명호는 브레이크를 밟아 갓길에 차를 세웠다.

밀도 높은 정적이 감돌았다. 조금 전까지 차 안에 가득했던 환희는 온데간데없이 사라졌다. 세 사람의 거친 호흡 소리만이 공간을 메웠다.

"너 지금 뭐 하는 거냐고."

명호가 물었다.

"내려."

창식은 지훈의 머리에 총을 겨눈 채 싸늘하게 지시를 내렸다.

지훈과 명호는 창식을 자극하지 않기 위해 잠자코 차에서 내렸다. 우연의 장난인지 몰라도 지금 두 사람이 선 곳은 도깨비 도로였다. 지난번과 완전히 같은 장소는 아니지만 가드레일 너머로 깎아지르는 듯한 절벽이 도사리고 있는 건 매한가지였다.

지훈과 명호가 차에서 내리자 창식은 지훈의 목덜미를 틀어잡고 다시 관자놀이에 총을 가져다 댔다.

"거기, 석지훈. 가드레일 넘어가서 서."

두 사람 다 무슨 소린가 싶어 창식을 쳐다봤다.

"씨발, 말귀 못 알아들어? 너 저기 서라고. 가드레일 넘어가서!"

창식의 시선은 '지훈'의 겉모습을 한 명호에게 꽂혀 있었다.

"야, 고창식. 진정해라. 왜 이러는 건데?"

지훈이 창식을 달래보려 했다.

"왜 이러냐고? 네 친구한테 물어보든가. 아니, 그것보다 네가 나한테 그런 거 물으면 안 되지. 존나 아직도 내가 네 따까리처럼 보이냐? 언젠가 내가 너 목 따버리려고 했어. 씨발, 근데 더 좋은 게 생겼네? 왜 하필 타도 한필우 차를 탔냐. 한필우가 뒷자리에 총 넣어두는 거 몰랐지?"

창식은 극도로 흥분한 상태였다. 제정신이 아닌 것이, 약이라도 한 듯 보였다. 자신이 무슨 말을 지껄이는지도 모르는 것 같았다.

"그때 내가 심하게 때렸던 건 미안하다. 사과할게. 근데 너도 쟤 돈 가지고 튀었잖아."

명호가 창식을 보며 말했다.

"그게 왜 장명호 돈이야, 내 돈이지! 내 돈 40억 어쩔 거야, 어쩔 건데!"

창식이 미친 사람처럼 난리를 치며 고함을 질렀다. 당장에라도 무슨 짓을 저지를 것 같았다.

"일단 총 내려놓고 얘기하자. 내가 어떻게든 네 40억 돌려줄게."

지훈이 창식을 진정시켜보려 했지만 그 말이 오히려 그를 자극한 모양이었다. 창식의 눈에 비정상적인 안광이 번뜩였다.

"어떻게 줄 건데. 다 타버렸잖아! 내가 등신 같아? 아직도 네 한 마디에 벌벌 떠는 좆밥 새끼 같냐고! 석지훈, 빨리 안 서?"

창식이 지훈의 목을 더욱 세게 틀어쥐며 총구를 옆머리에 짓눌렀다.

지훈은 눈빛으로 말렸지만 명호는 가드레일을 넘어 절벽 위에 돌아섰다. 그의 등 뒤로 경사가 급격한 낭떠러지가 펼쳐져 있었다. 창식은 지훈의 등을 밀어 명호 앞에 서게 했다.

"밀어."

지훈은 눈동자만 굴려 창식을 곁눈질했다.

"네 친구 밀어버리라고, 개새끼야."

지훈의 입에서 허, 하고 헛바람이 새어 나왔다. 창식은 그에게 명호를 절벽으로 밀어 죽이라고 종용하고 있었다. 만약 그렇게 명호를 절벽으로 밀어버린다면 그다음 차례는 자신일 것이다.

지훈과 명호의 눈이 마주쳤다. 명호는 가드레일에 허벅지 앞을 비스듬히 기댄 채 아슬아슬한 절벽 끝에 서 있었다. 노을빛에 가려 명호의 얼굴이 잘 보이지 않았다. 아니, 보였다. 똑똑히 보였다. 두려움에 휩싸인 명호의 얼굴이.

그래, 창식은 총을 쏴서 우리 둘을 죽일 생각이 없다. 그랬다면 진작 쐈겠지.

총은 두 사람을 절벽 아래로 떨어뜨릴 협박용 수단일 뿐이다.

짧은 순간 판단이 서자 지훈은 온 힘을 다해 총을 잡아 총구를 위로 치켜들었다. 하지만 지훈이 망설이는 사이 창식이 몸을 틀어

어깨로 명호를 세게 들이받았다. 명호가 시야에서 혹 사라졌다. 다행히 명호는 떨어지던 그 순간 두 손으로 가드레일을 붙잡고 매달렸다.

"이 씨발새끼!"

지훈과 창식은 총을 맞잡은 채 몸싸움을 벌였다. 양쪽에서 총을 사이에 두고 밀어내는 힘과 버티려는 힘이 팽팽하게 맞붙었다. 지훈은 한쪽 어깨를 다친 상황이었지만 그 정도 아픔 따위는 느껴지지도 않았다. 어떻게든 총을 빼앗아야 한다는 생각뿐이었다. 하지만 둘이 가드레일 바로 앞에서 맞붙은 탓에, 가드레일을 잡은 명호의 손이 둘의 몸뚱이에 짓눌렸다.

창식은 자신의 덩치를 이용해 지훈을 가드레일로 찍어 눌렀다. 칼에 찔린 옆구리가 가드레일에 짓눌리자 끔찍한 고통이 신경줄을 태웠다. 엎치락뒤치락 싸움이 이어졌다. 가드레일에 간신히 매달린 명호의 숨소리가 지훈의 귓가를 스쳤다.

어떻게든 버텨내려 했지만 지훈은 팔에서 점점 힘이 빠지는 걸 느꼈다. 창식은 뒤에서 지훈을 덮친 자세로 같이 총을 맞잡은 채 총구를 지훈 방향으로 틀고 있었다. 버텨내던 힘이 약해지자 총구가 기어코 지훈을 향했다. 창식은 승기가 기울었다고 생각했는지 킬킬거렸다. 지훈은 밀리는 와중에도 명호를 쳐다봤다. 끝마디로 가드레일을 붙들고 있던 손이 결국 미끄러졌다.

"장명호!"

눈이 뒤집힌 지훈은 목이 터져라 명호의 이름을 불렀다. 심장이 순식간에 끝도 없는 나락으로 떨어지는 것 같았다. 다행히 명호는 절벽에 삐죽하게 튀어나온 돌을 붙잡았다. 그러나 겨우 손끝뿐이었다. 어디든 발을 디뎌보려 허우적거렸지만 허망하게 미끄러지는 듯했다. 아래는 까마득한 절벽이다. 명호가 버틸 수 있는 시간은 몇 초도 채 되지 않을 터였다.

"안 돼, 버텨. 무조건!"

명호의 한쪽 손이 결국 삐죽 튀어나온 돌을 놓쳤다. 동시에 지훈은 망설임 없이 자신의 배를 겨냥하고 있는 총의 방아쇠를 당겼다. 찢어질 듯한 고통이 배 속을 휘저었다. 총알은 지훈의 옆구리를 뚫고 뒤에 선 창식의 복부 한가운데 박혔다.

동공이 크게 벌어진 창식의 몸이 뒤로 넘어가는 순간 지훈은 초인적인 힘으로 명호에게 달려갔다. 모든 순간이 느린 화면으로 펼쳐지는 것 같았다. 지훈은 손을 뻗으며 절벽 아래로 몸을 던졌다. 눈을 크게 뜬 채 추락하는 명호의 모습이 보였다. 쭉 뻗은 손에 명호의 오른팔이 잡혔다.

누군가 목숨을 던질 만큼 명호가 가치 있는 인간인가 묻는다면 그렇다고 선뜻 대답할 수 없을지도 모른다. 그래도 어쩌겠는가. 다 잃고 남은 건 이 새끼 하나뿐인데. 가족이며 친구며 남은 건 이놈뿐인데.

몇 번이나 서로의 목숨을 구해주었고 함께 죽을 고비를 넘겼다. 이제 같은 목숨이나 다를 바 없었다.

지훈은 지금 이 순간 자신의 선택을 후회하지 않았다. 어차피 다 잃고 껍데기뿐인 인생, 이대로 마무리하는 것도 나쁘지 않을 것 같았다. 백 번, 천 번 같은 상황이 온다고 하더라도 똑같은 선택을 했을 것이다.

이제 다 갚았다. 20년 전의 빚.

훅 꺼질 듯 추락한 지훈과 명호는 절벽 경사면에 강하게 충돌했다. 부딪치고 튕겨오른 몸뚱이가 낭떠러지의 가파른 경사를 따라 데굴데굴 굴러떨어지다 이내 절벽 아래 땅에 처박혔다.

지훈의 정신이 새까만 어둠 속으로 아스라이 꺼져갔다.

청명한 하늘에는 구름 한 점 없었다. 하늘은 깊고 푸른색으로 물들어 있었다. 끝날 것 같지 않던 더위도 물러나고 가을이 무르익어 갔다. 아침저녁으로는 이제 꽤 쌀쌀한 바람이 불었다.

상민은 유골함 앞에 꽃다발을 놓았다. 사진 속 밝게 웃는 모습을 보자 마음이 쓸쓸해졌다.

새천년새교회에서 집단 싸움이 벌어진 지도 벌써 두 달이 지났다. 다행히 사망자는 없었지만 입건된 사람이 필우와 태평을 포함해 수십 명에 달했다. 필우에게는 태헌에 대한 살인 교사와 사체 유기 등의 혐의도 추가됐다. 검찰로 송치했으니 상민이 해야 할 일은 어느 정도 마무리된 셈이었다.

상민은 납골당을 빠져나오며 지훈과 명호를 떠올렸다. 그때 그들을 보내준 게 과연 잘한 선택이었을까. 두 사람을 그렇게 보내지 않았다면 도깨비 절벽에서의 일도 없었을 텐데, 하는 생각이 들어

착잡해졌다.

중산 고속버스 터미널에 도착하니 벌써 점심 무렵이었다.

오래된 터미널은 중산 시내와 함께 쇠락하고 있었다. 터미널을 이용하는 사람도 줄어 한산하기 그지없었다. 중산이라는 도시와 함께 터미널도 늙어가는 것 같아 쓸쓸한 마음이 들었다.

그때였다. 가판대 매점 앞에 선 두 남자가 보였다.

"달라니깐요? 저희 돈 가지고 저희가 산다는데 왜 할머니가 안 된다고 하세요?"

"이놈들아. 안 판다니까!"

지훈과 명호였다. 둘은 5000원을 쥐고는 주인 할머니와 아웅다웅하고 있었다.

상민은 눈을 가늘게 뜨고 둘을 쳐다봤다.

징글징글한 놈들. 하여간 목숨줄 한번 길다.

두 놈은 절벽에서 추락했는데도 살아남았다. 심지어 장명호는 칼에 찔리고 나서 총에 맞기까지 했는데 큰 후유증 없이 멀쩡히 회복했다. 같이 총에 맞은 창식이 사경을 헤매다 얼마 전에야 겨우 정신을 차린 걸 생각하면 믿을 수 없는 회복력이었다.

참고인 조사에서 둘은 이제껏 있었던 일을 상세하게 진술했다. 두 사람의 진술은 서로 모순되거나 어긋나지도 않고 전부 잘 들어맞았다. 하지만 절벽에서 떨어졌을 때의 일에 대해서만큼은 자꾸 헛소리를 지껄였다. 어디선가 바람이 불어와서 떨어지던 몸을 받아준 것 같았다는 둥, 바닥에 부딪히는 충격을 뭔가가 흡수해준 것 같았다는 둥 정신이 회까닥한 것 같은 소리만 해댔다.

"진짜 왜 이러세요. 많이도 아니고 딱 한 장, 한 장만 주세요."

"됐다니까 그러네. 너희는 이제 안 사도 돼. 빚 다 갚았다니까. 그러니까 요행 바라지 말고 성실하게 살아, 이놈들아."

주인 할머니의 말을 듣고 상민은 얼굴을 왕창 구겼다. 죽다 살아나서 사는 게 로또라니. 돈 때문에 그 난리를 겪어놓고서도 아직 정신을 못 차렸나. 하지만 한편으로는 로또를 사는 그 마음도 이해가 갔다. 그 난리를 겪고도 살아났으니 로또에 당첨될 운수라고 생각할 만도 했다.

상민은 행여나 두 사람이 아는 체할까 싶어 가판대를 빠르게 지나쳤다. 다시는 저 둘과 엮이고 싶지 않았다. 그렇게 상민은 중산 시내 쪽으로 성큼성큼 사라졌다.

한편 지훈과 명호는 할머니와의 실랑이 끝에 겨우 로또 한 장을 샀다.

모든 일이 끝났지만 아직 두 사람에게는 해결하지 못한 문제가 있었다.

그렇다. 절벽에서 떨어졌는데도 몸이 다시 바뀌지 않았다는 것.

병원에서 깨어나 살았다는 사실에 기뻐한 것도 잠시, 둘은 몸이 그대로라는 걸 확인하고는 실망했다. 하지만 한편으로는 뭐 어떠랴 싶었다. 애초에 살아난 것만으로도 기적이었다.

두 사람은 몸을 바꾸는 걸 포기하고 그냥 이대로 살기로 했다. 이제는 이 생활도 익숙해진 데다가, 기어코 원래 모습으로 되돌아가야 하는 이유도 없었다. 어차피 두 사람 다 모든 걸 잃었으니까.

"너로 사나 나로 사나, 그게 그거지. 됐다. 우리 이제 그냥 이렇게 살자."

지훈의 말에 명호도 알겠다고 수긍했다. 살다 보면 익숙해지지 않겠는가. 또 살다 보면 언젠가 어떤 이유로 몸이 다시 바뀔 수도 있을 거고.

이후 지훈은 명호 집에 눌러앉았다. 집도 돈도 다 날리고 그야말로 빈털터리가 됐으니 당장은 명호에게 기대는 수밖에 없었다. 지훈은 명호 모습을 한 채 구직활동을 했고 명호는 지훈 모습을 한 채 가끔 배달일을 다녔다.

언젠가 집에서 치맥을 먹으며 둘은 이런 이야기를 주고받았다.

"어, 선재 엄마한테 연락 왔다. 선재가 삼촌들 언제 오냐고 물어봤다는데?"

"우리야 뭐 남는 게 시간인데, 내일 갈까?"

"근데 말이야……. 우리 이렇게 사는 거 선재 보기에 좀 쪽팔리지 않아?"

지훈이 얼굴을 찌푸리며 말했다. 구직활동 중이기는 하지만 당장은 아무 일도 하지 않고 뒹굴거리고만 있으려니 선재 보기에 낯부끄러웠다. 좀 더 자랑스러운 삼촌이 돼주고 싶었다. 지훈의 말에 명호는 닭다리를 뜯으며 시큰둥하게 대답했다.

"그럼 우리 나중에 돈 벌어서 중산 시내 제일 좋은 자리에 끝내주는 가게 하나 차리자."

"무슨 가게?"

"몰라. 하여간 끝내주는 가게. 그래서 우리가 다시 중산을 일으켜 세워보는 거야. 죽어가는 이 도시를 살리는 거지."

"그니까 무슨 가게?"

"아, 모른다고."

지훈은 에라이 미친놈아, 하고 웃으며 명호에게 닭다리를 던졌고 명호는 두고 보라며 자신만만하게 굴었다. 그러던 중 오늘 터미널 앞을 지나다가 가판대 매점을 발견한 것이다.

지훈은 끝내주는 가게를 차리려면 돈이 필요할 테니 로또를 사자고 명호를 부추겼고 명호는 별생각 없이 할머니에게 5000원을 내밀었다. 그런데 할머니가 한사코 팔지 않으려 하자 오기가 생긴 두 사람은 기를 쓰고 로또를 산 것이다.

큰 기대는 없었지만 토요일이 되자 은근히 로또가 신경 쓰였다. 방송 시간이 되자 두 사람은 긴장한 얼굴로 TV 앞에 앉았다. 방송이 시작됐다. 두 사람은 로또를 방바닥에 고이 내려놓고 방송 화면에 집중했다. 초조함에 목이 바싹 말랐다.

아나운서의 멘트와 함께 로또 추첨기가 공을 뱉었다. 1번이었다. 지훈과 명호는 눈을 부릅뜨고 자신들의 로또 종이를 쳐다봤다. 눈을 씻고 봐도 숫자 1은 없었다. 두 번, 세 번 다시 봐도 마찬가지였다. 허망했다. 첫 숫자부터 틀려버린 것이다. 이후 당첨 숫자들이 계속 발표됐다. 맞는 숫자가 단 하나도 없었다.

잔뜩 욕을 퍼부은 지훈과 명호는 로또를 구겨 쓰레기통에 버리고는 술판을 벌였다.

둘은 술에 취해 거실에 대자로 누워 잠이 들었다. 가을밤이 깊어
갔다. 열린 창문으로 소슬한 바람이 불어왔다. 그리고 다음 날 아침
눈부신 햇살과 함께 눈을 떴을 때 두 사람은 깨달았다.

몸이 다시 바뀌어 있었다.

모든 것이 완벽해진 아침이었다.

에필로그

그 차는 석 달째 그 자리에 방치돼 있었다. 메마른 나뭇잎이 쌓이고 방수천이 덮인 채였다. 그럴 만했다. 차가 선 곳은 중산에서도 손에 꼽히게 외진 장소였다. 간혹 지나가는 사람이 있었지만 차에 관심을 기울이지는 않았다. 신고하는 사람조차 없었다.

그 차가 그곳에 도착한 사연은 이러했다.

석 달 전 새천년새교회에서 두 집단 간에 큰 싸움이 벌어졌다. 이 싸움으로 43억이 든 이민 가방 두 개가 벤츠 안에서 불타올랐다. 모두 벤츠에 접근할 엄두조차 내지 못할 때 돈 욕심에 눈이 먼 한 조직원이 생수를 적신 수건을 손에 둘둘 말고 이민 가방 하나를 꺼냈다. 필우조차 싸움에 정신이 팔려 그 사실을 알지 못했다.

조직원은 반쯤 불에 탄 이민 가방을 자신의 차 트렁크로 옮기고는 새천년새교회를 빠져나왔다. 어떻게든 중산에서 멀리 떨어진 곳으로 가서 돈과 함께 몸을 숨길 작정이었다. 조직원은 중간에 차를 세우고 이민 가방을 열어 돈다발을 셌다. 멀쩡한 돈이 대략 35억 가까이나 됐다. 이만하면 충분히 새로운 삶을 시작할 수 있었다.

그러나 문제가 하나 있었으니, 그의 허벅지에서 계속 피가 난다는 점이었다.

빨리 병원에 가야 할 정도의 출혈이었지만 조직원은 돈을 숨기는 걸 우선했다. 그는 한참을 달려 버려진 컨테이너 창고가 위치한 곳에 도착했다. 컨테이너 창고로 돈 가방을 옮기려는데 슬슬 정신이 가물가물해졌다. 팔 하나 들어 올리는 것도 힘겨울 정도였다. 엎친 데 덮친 격으로 고장이 났는지 돈 가방이 든 트렁크도 열리지 않았다.

그는 마지막 남은 힘을 쥐어짜 차를 방수천으로 덮었다. 이렇게나마 위장한 뒤 병원에서 치료를 받고 돌아와 이민 가방을 컨테이너 창고로 옮길 생각이었다.

조직원은 비틀거리며 길을 걷다 이내 정신을 잃고 꼬꾸라졌다. 쓰러지기 직전에 119에 신고 전화를 걸었다는 게 불행 중 다행이었다. 그는 병원으로 이송돼 수술을 받았다. 하지만 피를 너무 많이 흘린 탓에 의식불명 상태가 됐고, 그가 깨어난 건 6개월이나 지난 뒤였다.

한편 그 차가 그곳에 방치된 지 꽤 지났을 무렵, 남자 하나가 오토바이를 타고 근방을 지나다가 방수천에 덮인 차를 발견했다. 남자는 혹시나 하는 생각에 덮개를 벗겨냈다. 불에 그을린 흔적도 있고 여기저기 찌그러진 곳도 있었지만 생각보다 멀쩡해 보였다. 키도 차 안에 있었다. 한 가지, 트렁크가 열리지 않는다는 문제가 있었지만 그게 무슨 대수랴 싶었다.

남자는 즉시 중고 마켓에 차 사진을 올렸다. 겉에 흠은 좀 있지만 문제없이 잘 굴러간다며, 급처라 딱 오늘 하루만 현금 50만 원에 팔겠다고 판매 글을 올렸다. 조금 있으니 멍청한 호구 하나가 걸려들었다. 남자는 속으로 쾌재를 불렀다.

한 시간 정도 후 남자 둘이 차를 사러 왔다. 지훈과 명호였다.

둘은 차를 살폈다. 불에 그을리고 우그러진 흔적도 보였지만 운행에는 문제가 없었다. 명호는 미간을 찌푸리며 어디서 본 찬데, 하고 중얼거렸다. 두 사람은 결국 차를 구입하기로 했다. 현금 50만 원을 건네자 남자는 오토바이를 타고 쏜살같이 멀어졌다.

뭐가 저리 급한 일이 있을까. 남자의 오토바이가 어느새 시야에서 사라졌다.

지훈과 명호는 차에 올라탔다. 액셀을 밟자 차가 부드럽게 출발했다.

그렇게 차는 35억 돈다발을 짊어진 채 새로운 주인들과 함께 도로를 달렸다.

완벽한 행운

초판 1쇄 인쇄 2024년 8월 5일
초판 1쇄 발행 2024년 8월 16일

지은이 주영하
펴낸이 김선식

부사장 김은영
책임편집 최수아 **디자인** 김선민
웹툰/웹소설사업본부장 김국현
웹소설팀 최수아, 김현미, 여인우, 이연수, 장기호, 주소영, 주은영
웹툰팀 김호애, 변지호, 안은주, 임지은, 조효진, 최하은
IP제품팀 윤세미, 설민기, 신효정, 정예현, 정지혜
디지털마케팅팀 지재의, 박지수, 신혜인, 이소영
디자인팀 김선민, 김그린
저작권팀 한승빈, 윤제희, 이슬
재무관리팀 하미선, 김재경, 윤이경, 이보람, 임혜정 **제작관리팀** 이소현, 김소영, 김진경, 박예찬, 이지우, 최완규
인사총무팀 강미숙, 김혜진, 지석배, 황종원
물류관리팀 김형기, 김선민, 주정훈, 김선진, 한유현, 전태연, 양문현, 이민운

펴낸곳 다산북스 **출판등록** 2005년 12월 23일 제313-2005-00277호
주소 경기도 파주시 회동길 490
전화 02-702-1724 **팩스** 02-703-2219 **이메일** dasanbooks@dasanbooks.com
홈페이지 www.dasan.group **블로그** blog.naver.com/dasan_books
종이 ㈜한솔피엔에스 **인쇄·제본** 한영문화사 **코팅 및 후가공** 평창피엔지

ISBN 979-11-306-5584-0 (03810)